U0918706

21世纪小说馆
记录时代变迁 直指世道人心

人性在浑浊中下沉，却也有莲花会在淤泥中生出。因为悲悯，因为宽容，所以虽惹尘埃，但恩泽永在。

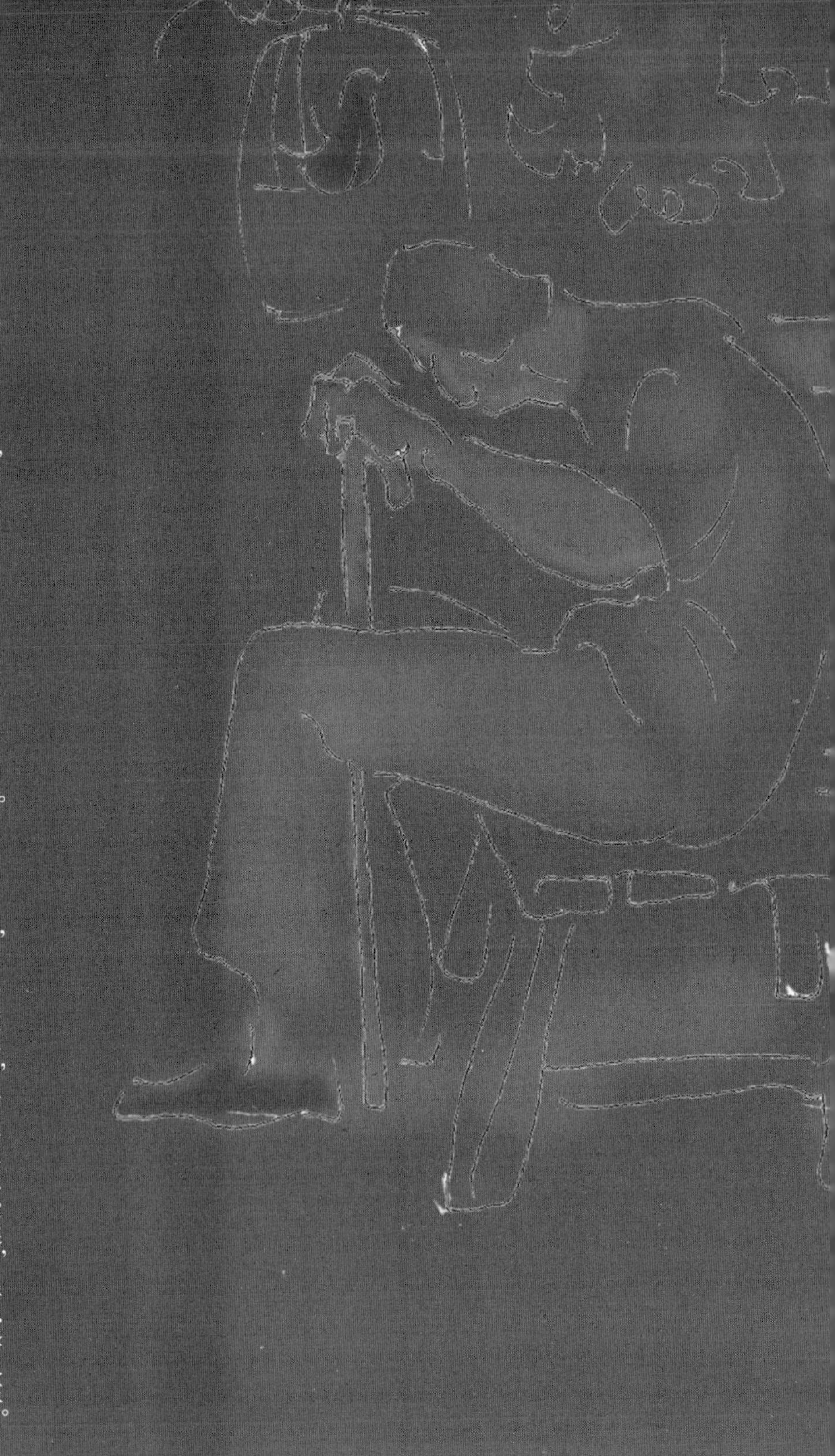

惹尘埃

Rechenai

鲁敏／著

一世纪出版社
tury Publishing House
百佳出版社

图书在版编目（CIP）数据

惹尘埃 / 鲁敏著 . -- 南昌 :
二十一世纪出版社 , 2011.5（2022.4重印）
（21 世纪小说馆）
ISBN 978-7-5391-6513-4

Ⅰ . ①惹… Ⅱ . ①鲁… Ⅲ . ①中篇小说 – 小说集 – 中国 – 当代
Ⅳ . ① I247.5

中国版本图书馆 CIP 数据核字 (2011) 第 074854 号

惹尘埃 鲁敏 / 著

策　　划 张　明
责任编辑 文　欢
装帧设计 同异文化传媒
出版发行 二十一世纪出版社
（江西省南昌市子安路 75 号　330009）
www.21cccc.com　cc21@163.net
出 版 人 张秋林
经　　销 新华书店
印　　刷 北京金康利印刷有限公司
版　　次 2011 年 6 月第 1 版　2022 年 4 月第 3 次印刷
开　　本 700mm × 1000mm　1/16
印　　张 20.25
字　　数 260 千
书　　号 ISBN 978-7-5391-6513-4
定　　价 30.00 元

赣版权登字—04—2011—201

出版前言

这是一个令人激动、亢奋又无奈、伤感，一个“神马都是浮云”、令人无法把握和逆料的信息娱乐化时代；一个挟带着无以伦比的超能力量，真正以迅雷不及掩耳之势便能瞬间瓦解和改变所需要的一切，令人百感交集却又身不由己，连真实的人生都能被摇晃的前所未有的浮躁时代。

所幸还有小说——这个文学门类中最坚不可摧的艺术形式，依然用它对人生悲悯的宽容和抚慰，让人的心灵还能保有一丝清澈和真诚。虽然文学板块在信息浪潮的强烈冲击下，不可遏制地发生着巨大的变化，但文学的真正重心和意义却是无法逆转的。

小说是叙事的艺术，要有真实的情感和人生感悟。它所要传达的永远是应该直达内心的深刻的思想性，只有这样，小说才会具有永恒的生命力。

新世纪的文学发展至今，已整整是第十个年头。面对纷繁复杂、剧烈变化的当下时代，小说家们无疑遭遇了前所未有的文学创作挑战。怎样挖掘和表现当下社会情状下的真实生活和思想，是他们所面临和思考的。带着这样的使命和情感，我们策划出版“21世纪小说馆”系列。

启动“小说馆”，力图囊括当下具有广泛影响力及切合当下市场因素的新锐作家和重要作家的代表作品，以当下风格、当下气派和文学价值观上的当下立场，来展示历史进程、社会变迁、当下生存与现实画景，尤其是表现思想的表情、真实的人性、人民对生活的自己的理解和安排。

挂一漏万，偏颇缺失也在所难免。但在当下的市场经济和社会转型下，这项文学工程将尤其警惕审美趣味的走低、语言的粗陋及想象力、原创力的匮乏，而特别倡导当代作家对社会责任的承担，对现实敏锐大胆的把握、对人精神深处犀利而透彻的挖掘、对当下国人复杂而多彩生活的表现、对未来乐观而坚韧的希望、以及对优美汉语言的精心重铸、传承启后。

如此，这方“馆”将会是欣欣向荣的中国文学事业的一个缩影，是生机勃勃的转型期中国小说界的一件雅事盛事，其文学价值和社会意义，相信只会随时间的推移而日益彰显。

静下心来，用一颗善感的心去阅读它们，去感受当下世相人生的脉动，则每颗心灵必多一份丰沛润泽。观照别人的人生心性，享受不可多得的愉悦，这或许是生命发酵的催化剂，生命便得以多出了酿造人生的时间。

是为前言。

目录

惹尘埃

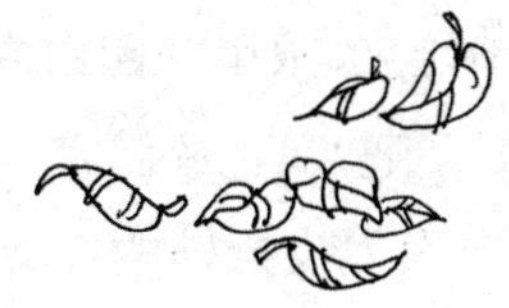

一

1

清晨公园一角，怪滑稽的三人组合。一个脖子上挂着听诊器的小伙子在正儿巴经地朗读，左边的老太太闭着眼睛似听非听，他右边的年轻女人表情严厉，像在监控小伙子的每一根毫毛。小伙子挺精神，雪白的衬衫传递着某种无谓的姿态。

他们跟前，是张简陋的桌子，铺着白布，上面放着气压计、按摩器、理疗仪之类的器械，旁边的一棵树上，挂着视力表与人体经脉图。两张表随风微动，微型旗帜般，宣告着日常生活在某一个瞬间的安谧与空洞。

“能不能帮点忙？”我怯生生地问道。他果断的摇了摇头。“你太好了，医生。但我不想让你卷进去，我只想独自一人来对付这种局面。”

他沉默了片刻，然后又用略微不同的声调重复了一遍：“是的，我要独自一人来对付这种局面……”

《罗杰疑案》的第三章《种南瓜的人》结束了，抽象的老派悬疑停滞于树枝间的晨光里，公园这一角在摇晃的虚构镜像中重归温吞的现实。

小伙子抬起眼，征询地等着。老女人仍旧闭着眼，一阵极小的风吹过，她却遭了惊雷般地醒来，眼里两团白内障薄门帘儿般：“我又睡着了?得，韦荣啊，读累了吧?我也该回家了。”被称作韦荣的家伙蛮快活地摇摇头，帮着老太太收拾她的零碎：水壶、软帽、拐杖、老花镜、报纸、外套。

老太太心满意足地挎起年轻女人的胳膊：“今天的晨练结束，咱回！正好，肖黎啊，我要跟你说说那个姚处长，教育局的！后备市管干部！你明天中午要见的就是他！”

肖黎一言不发地扶着老太，刚准备走，后者突然又冲小伙子加了一句：“明天再给我带三个疗程的金视丸！”“哎！我还给您老打六五折！”韦荣挥着手殷勤作答。

这是肖黎与韦荣的第一次见面，她从头到尾都虎着脸，可她感到，他毫不在意，反像是很自如一般。初见的人之间，总会有小密码般的信息，可以得出讨厌或是喜欢这样基本的判断——从第一眼来看，她并不排斥他，但是！

“天呐！那小家伙玩的是多低级的把戏呀……”还没出公园门，肖黎就憋不住了，厌恶得想吐唾沫。“您老装什么糊涂?什么破烂金视丸！还三个疗程！”

“你还不知道我?四十多年的内科！都‘专家门诊’了！你说我

是真糊涂还是假糊涂?”徐医生笑眯眯的,慢性子。“这金视丸,入口微甘,我估计呀,就是淀粉,最多有点枸杞子。”

“那你还由着他骗!两个月花去三千块!怎么啦这是!”肖黎火气更大了,听到自己脑门上某根筋跳起来。最近都这样,她很容易愤怒——像另一些不同种类的人,很容易疲劳,很容易多情,很容易哭泣。

“嗳,那三千块,东西可多!十二盒金视丸,一个红外理疗仪,还有保健足疗桶……人家全都打折的。”徐医生满脸怡然,假牙雪白。“这小伙子啊,每天陪我聊天,还经常去我家,替我检查煤气、买米买油、到银行查工资卡什么的,你也听到的,他还替我念念小说……三千块还能买到这些个,我都赚到喽!”

“对嘛!这就是他的小手腕!您这样简直是纵容……呀,八点四十,我要上班了!”肖黎急忙忙把老太太送到单元门口。

“唉呀,骗子自有骗子的好,你不懂……”徐医生摸索着她的门钥匙,一边像只老母鸡那样咕咕自语。突然,她回过头,老年人的惊觉与迟钝,“嗳,你走啦?姚处长!我还没跟你说到那个姚处长呢……”

但肖黎没有听见,或是听见了而更不愿停步。这不是徐医生第一次给她介绍男人,恐怕也不是最后一次,实际上,大家都疲沓了——这是老太太表达友谊的方式,肖黎得收下,如同一个天真而无用的礼物。

患有白内障的徐医生今年七十有四,肖黎呢,刚三十二,按说是扯不上的,但她们的交情,不浅。要说最初的缘起,可能跟肖黎的不信任症有关。

何为“不信任症”,这也是现编的词,不太准确,具体地说,是肖黎对目下现行的一套社交话语、是非标准、价值体系等等的高度质疑、高度不合作，不论何事、何人，她都会敏感地联想到欺骗、圈套、背叛之类，统统投以不信任票。

具体的表现后面详细再说，这决定了她完全算不上是个乖巧、可爱的女人，可这或许并不能怪她，人的诸种弱点都是有原因的——我们往前追溯一点，从肖黎丈夫的意外死亡说起。

2

两年半前，肖黎的丈夫死在31岁，这是一个不该死去的岁数，更重要的，他死在一个他不可能出现的地方。不是病床、办公室或卧室，不是他上下班的途中，或是前往某个公派地点、亲戚、同学家的路上。他是白下区税务局的一名分帐会计，主要工作就是坐在电脑前，对一些数字进行繁复庞大同时也是意义极小的操作。他就算应当死在31岁，也应当死在上述的各个可能的地点与处所。

然而，怪得很，他死在城北以北的城郊结合部，距离市中心他工作的税务分局足有五十公里，偏远得令人瞧不起，在一个快要完工、但突然塌陷的高架桥下，他被压倒在一堆新崭崭的钢筋水泥板里，好像他经过一个漫长的跋涉就是为去赶上这座桥的坍塌。

那是夏日中午的十二点四十五，正是全城人甜美小憩的午休时分，包括工地上的工人们，为了避开滚烫的桥面，以及桥下的一片狼藉，他们在附近的绿化带另寻了一处阴凉，以草帽遮脸打起痛快的呼噜。没有人知道事发时的情形，没有目击者，而受难者也只有他一人——在高架桥轰然断裂的时分，世界像是突然说好了似的，按下了暂定键，所有的车辆与行人都定格在安全的地带，只有肖黎的丈夫，不知他从何处来，亦不知他要往何处去，大太阳下，他步履匆匆，为了赶时间而抄近路，急忙忙地从这座即将诞生、亦即将死去的高架桥下路过……也许，他还侧抬了一下头，在强烈的光线下眯起眼,打量了一下这座高架桥宏伟的架构与生硬的线条,出于职业性的习惯思维,他一定会想到:这座连接外环路与物流中心、用以承载众多重型卡车的高架桥,是纳税人税款支出的漂亮篇章,是市政建设的又一个丰功伟绩,也是……容不得他在头脑里打完一个三句式的排比,这座尚未获得命名的高架桥突然在肖黎丈夫的头顶"吱嘎"作响,伴随着一阵黄色烟尘的腾起,桥梁如紧握的双手突然松开,一个参差却匀称的裂口出现了,接着,以来不及惨叫的速度塌陷,遽然压往肖黎丈夫的头顶,淹没掉他作为人类存在的最后一个瞬间,与此同时,更多的烟尘缓慢翻滚、如精心设计的礼花,并制造出沉闷的轰响,惊醒了远处打呼的建筑工人们。"他奶奶的,我做梦回家过年放炮仗了!"一个粗壮的汉子揉着他腥松的眼睛,快活地咒骂道。

从事故发生至当天晚上,七八个小时之久,没有任何人发现到肖黎丈夫与这座桥的关系——闻讯而来的工程方在震惊中分头查点了所有可能在场的施工与管理人员以及附近的学校与住户,甚至包括他们的宠物与汽车,继而莽断地做出了乐观的判断:"零死亡,不幸中的万幸啊"。诸多相关的人大大松了一口气。

"今天中午一点左右,位于绕城公路与玄武大道交叉路口、通往大王湾物流中心、即将施工完毕的高架桥主体发生断裂性塌陷,所幸没有造成人员伤亡,具体事故原因正在调查之中……"

电台整点新闻以权威而匆促的语气播报,肖黎边听边做晚饭,两岁的儿子小冬在看电视。

六点半了,肖黎奇怪丈夫为何迟归,而且没有电话?作为一个税务小吏,丈夫具备公务员的诸多习惯:富有计划性,重视预告,如有变动保持联系,从不无故离场……今天可真是奇怪。肖黎打过他的手机,通了却没有人接。

这顿清蒸鳊鱼、素炒西兰花的晚餐永远没有等到丈夫的筷子（此后，肖黎永远从家庭菜单上删去了这两个菜，不完全出于哀悼，她是惊惧于当时的情境——她生气地抱怨着丈夫，而后者的身体早已在桥下变得僵硬——这两道菜由此变得触目惊心了）。晚饭后，以及把小冬哄睡之后，肖黎又拨打了几次丈夫的电话，一共五次——最终，她拿到丈夫的手机，九个未接来电中，五个是她的，另外一个是单位的，还有三个，来自同一个号码。

直到凌晨五点半，电话响了，和衣未眠的肖黎已经开始知道：这不可能是丈夫本人打回来的了。

一个客气但试探性的声音："我这里有部手机，这是未接来电，请问……您是手机主人的……"

肖黎警惕了，注意让声音不要抖："我是他妻子！他怎么了？他手机怎么在你手里？有什么情况，好商量啊！"肖黎以为丈夫被抢劫了，她想象着毒打、敲诈、人质……她匆促地回头看看熟睡的小冬，以确认这一个还是完好的。她知道她的生活就此裂开，不会再拥有平庸的宁静了。

"哦，不要紧张，出了起事故……他身上没有证件，请报一下他的姓名、单位、职业、年龄……"对方小声商量着什么，背景有着奇特的寂静感，像大雪普降的夜。肖黎把耳朵紧贴着手机，另一只手提起家里电话，随时准备拨出110。

肖黎详细地报出丈夫的自然情况。一边报着，心跳变慢，她搁下座机话筒：用不着报警——某事，已经发生了，已经结束了。

电话那边换了个人，语气颇为温和："……您丈夫是国家工作人员，我们也是，大家自己人，请相信，我们一定会处理好他的事情，但是……"

电话那边的两个人开始轮流跟肖黎谈各方面的情况——时间是凌晨、正以凌晨特有的异样流淌，如梦境的粘滞与眩晕……他们富有耐心和条理,像在重新构建一个软体的永远不会塌陷的高架桥。

他们解释时间问题。您知道,这事情得层层上报,现场是要封锁的,不能随便动的,但那些记者们又一直催着,要统一口径、要通稿,我们一直是确认没有伤亡的……清理工作晚上才开始,所以,您的丈夫到夜里才被发现……很抱歉过了这么长时间,但医务人员做过检查,事实上,他在第一个瞬间就……他没有任何痛苦。关于这次事故的具体原因我们一定会追查到底!相关事故责任人我们一定会严惩不贷!

接着是地点问题。现在,这个事故,已经作为"无人员伤亡"上报了,定性了,发布了……所以,您的丈夫"不该"死在这个地方,当然,他不该死在任何地方,他还这么年轻,请节哀顺变……我们的意思是,他的死跟这个桥不该有关系、不能有关系……当然,这话您肯定不理解,我理解您的不理解,但我相信你最终会理解,您毕竟是国家工作人员的家属,您会明白我们的意思……

接着是一个颇为巧妙的建议。你丈夫已经去了,这是悲哀的、也不可更改了,但我们可以把事情尽可能往好的方向去发展……可不可以进行另一种假设?如果您丈夫的死亡跟这座高架桥无关,那么,他会因为其他的什么原因死在其它的什么地点吗?比如,因为工作需要、他外出调查某单位的税务情况、途中不幸发病身亡?我们想与你沟通一下,他是否可能患有心脏病、脑血栓、眩晕症、癫痫病……不管哪一条,这都是因公死亡……

他们推心置腹。真的,只要您同意这样处理,事情就大不一样了,这关乎到这起事故的性质!您可以想一想,相关人员的前程,他们多少年的仕途,还有他们的家庭子女……

接着是配套承诺。您放心——具体的情况全部由"我们"去"协调",去开医院证明,到税务局协调认定为工伤,按最高标准发放一次性因工伤亡补贴,并且,你们的孩子可以享受抚恤金直到十六岁……包括孩子将来的重点幼儿园、重点小学与重点中学，“我们”也都会安排的，这是一个利益最大化的处理结果不是吗……

还有压力的巧妙施放。话说回来，肖黎女士（她并未说过她的名字，可这几分钟内，他们查清了，了不起的效率！），您也知道的，一座未峻工的高架桥，不管上面还是下面，都是不向行人和车辆开放的，就是抄近路也是禁止的！你丈夫，咳，老实讲，他是违反了交规！而且是在工作之外的休息时间，在一个跟工作无关的地点，你想想，没有任何单位应当为他负责的……所以，现在这样处理，真是很好很好的……将来，您要独自拉扯孩子，很不容易的，他才两岁（听听，他们什么都清楚！）……时间很紧，我们一定要在天亮以前，达成一致。您也说说吧，还有什么想法？

“行。”肖黎迅速地简直像是不耐烦地小声回复，一阵奇特的震惊与分裂感控制了她，有某个瞬间，她惊讶于电话里那两个人的腔调与角度，真像一对商务谈判高手！不可思议，他们竟会这样跟她讨论她刚刚死去的丈夫！在这噩耗突至的凌晨！肖黎本来还发着抖，还在涕泪交流，可给他们这样说着说着，她被冻住了，这惊人的冷酷麻醉了她的撕心裂肺。

肖黎再次回头看看她唯一的儿子，她想赶紧结束这个电话，以免吵醒小冬——她觉得小冬此刻的睡眠非常、非常重要，她要不惜一切代价去维护。

“对，我答应。”在对方怔住了一般的空白中，肖黎再次重复。“不过……请把他的随身物品还给我，钥匙、手机、包什么的。”日常的思维回来了，她想要他留下的东西，那似乎仍然有热度的部分，他用以打开家门的钥匙，他的名片夹与旧笔。

“当然。那当然。包括他手机里的一切，我们都不动。”那头停了一下，又小心地加了一句。“手机里最后一条信息，我们已了解过，无关紧要……你不要当真，一切都过去吧，他就是因工伤亡，没任何别的事情……”

“什么?”肖黎惊讶地追问，她注意到对方语气里突然而来的体恤。咯嗒。那边已非常轻地挂上了电话。

直到拿到丈夫的手机，她才明白那个语气的含义——丈夫的手机比他本人要结实得多，摔出两道裂缝的显示屏依然可以正常运转，她查阅到最后一条短信:“出来了吗?快点!我下午要准时上班。”发自当天中午十二点半，同时，这个号码还在稍后留下了三个未接来电，在它之后，才是单位与肖黎的另外六个未接来电。

这个号码，是在那个中午与活着的丈夫最后联系的人、也是第一个呼叫死去的丈夫的人，当然，这正是导致丈夫奔赴无名高架桥之死的人。号码肖黎不认识，但丈夫显然熟识，他给这个号码取了名儿，顽皮而古怪:午间之马。这显然是心血来潮但又富有闲情逸致的编造，完全不像一个严谨的税务人员所为。

肖黎被“午间之马”击中了，满面是血，疼得不敢当真。这伪造的名字涵盖并揭示了一切可能性的鬼魅与欺骗。

3

“你不要当真，一切都过去吧……”

时隔多日，电话那端作为结束语的劝慰仍像只棒槌一样时不时地抡起来，嗡嗡地逼近肖黎，灼然而危险，但从不真正打下!肖黎把嘴角向斜上方牵起，熟练地露出冷笑。不过一日一夜，无名高架桥与午间之马，这两样闻所未闻、毫不相干的物事，使她成了欺骗者与被骗者。

冷笑谁呢。自己。

那两个在凌晨与她长时间通话的“国家工作人员”，她差一点呸他们，狠狠呸他们一脸！可是不，现在，她欣赏他们的智慧与技巧，甚至，她回忆到一些差点忽略掉的真诚，他们那官方言语里带着的亲切人情，以及不可置疑的世俗正确性，而这，给她和小冬带来了如期而至、并仍将延绵的巨大实惠。

这让肖黎张口结舌了，她嘴巴粘住了，她连恶心与呕吐都不可能了。她清楚地看明白，她是这个谎言的同谋者与受惠者，今后漫漫一生，都要怀抱着这个秘密谎言，与之同床共枕、长久地被它占有、同时长期地享用它。

她试着把时间往前倒，卡嚓卡嚓像扭手表发条，把时间倒回到那个凌晨，就在那一刻，假装为了小冬的睡眠（多草率的借口，亵渎了纯洁的睡神吧！），她那么轻巧地说“行”，她顺从地以一个好价钱出卖了新死的丈夫。她所做的，算是什么？

哦还有，“午间之马”！那个又怎么说呢——像是两个绚烂的恶之花的痒痒，这个还没抓好，那个还要更痒！

于是，接下来，肖黎把冷笑对准死去的丈夫。

总的说来，他可真扫兴！她本可以凄凉地怀念，于饮泣中追忆他们的恋爱与怀孕、三口之家的零星片断……婚姻固有的温情部分，足可以像流水一样取之不尽，让她像其他的未亡人那样心碎地消瘦、然后在健忘中恢复，开始人们常说的“新生活”——但显然，现在不可能了。从拿到丈夫手机起，从那条短信所属的怪异名字开始，事件的质地就变了，被某个活动力强大的异形分子给搅和了。

死亡不再是死亡，哀悼不再是哀悼。被毁了，并且，很污糟！

是的，现在肖黎可以毫不避讳的承认：相对丈夫的死，她更在乎那个细节不详的“午间之马”！ 她没法接受这被蒙蔽的耳光，这是多么令人难以忍受的庸俗啊！丈夫把她打发进了那样一群被遗忘被损害的蠢婆娘之列——傻乎乎地烧好菜，盯着表，守着孩子，一无所知地等着不忠的男人！真恨不得把丈夫从死亡里揪回来、流淌着热泪狠狠嘲笑个够啊!有什么好骗的呢!随便男女,随便什么鸟事情!外遇算个球!多少人在外面搞啊,哪个像你这般地举轻若重——搞到那么偏远的城郊地带、荒凉的大太阳下、还要赶时间抄近路、甚至把性命都搭上!这真太他妈的了!

更差劲儿的是,对于那个“午间之马”,肖黎已无追踪的可能——凌晨的电话里,对方明确过这一点,就算她执意行事,结果亦可以想见,那号码在“国家工作人员”的先期干预之后,肯定会关机,然后,停机。这个号码以及背后的“午间之马”,会跟随丈夫一同消逝……啊不,这还不是最糟的部分,那个人年纪几何长相如何,他们是旧相识还是新伙伴,是了不起的柏拉图还是淫邪的肉体狂欢,这些该死的详情还有意义吗,也许任何一个别的妻子都想知道,但肖黎不需要,她只在乎一个简单而粗暴的事实——她被至为亲密、交付终身的枕边人给骗了!当然,她从未希翼过所谓的海誓山盟,她只求最基本的坦诚与信赖,然而,这也不能够!连他都如此,整个世界都是纸糊的不是吗!

的确,肖黎是一个新寡之妇,但内心的狂暴却像地震与海啸、像所有能想象到的末世灾难,摧毁了她曾有的平和的旧性情,她成了一个没有悲痛的寡妇,她所有的只是对自己的厌恶、对死者的愤怒、对整个世界的高度拒绝——这一切,皆不可告人。

肖黎就只有整夜整夜地在客厅(小冬在卧室熟睡)走来走去,听任自己的脚步敲打地板,像一只被两条巨蟒死死缠住的青蛙,除此之外,还能怎样?白天她还得好好的上班呢,上级们、同事们、已故丈夫的单位、小冬幼儿园的老师们、两边的亲朋们都在远远地好心等着她开始“新生活”呢——人们现在对隐私权可真尊重,特别懒洋洋,特别约定俗成,或者也是人际间安全距离的正当借口,她竟找不到一个人可以说说她内心的大暴动!

4

退休主任医师徐医生就是这个时候跟肖黎交上好的，作为一个七十多岁的老人，其睡眠的脆弱程度可以想见——她就住在肖黎楼下，眼睛不好，耳朵却太好：一清二楚听着肖黎一步一步在屋子里转圈。

凌晨两点，徐医生敲肖黎的门。这个时候，肖黎正进入她狂乱思辩的高峰，双目洞红、四肢酸胀、头发给挠得纷乱，宽大的睡衣皱得没了人形。她脑子里忙得不得了，非常讨厌这个时候被打扰。

徐医生是有礼貌的，她笑着开口："我就是想问一下，你的靴子是怎么回事？"

"靴子？"说什么呢，肖黎恶意地抵着门，认出这是楼下的独居老太太。

"让我进来成不成？"老太太使劲挤了进来，她衣衫整齐，一副正经作客的样子，脖子还挂一副蛮讲究的金框眼镜。"靴子你不知道？马三立的名段子啊！一只靴子，'咚'！另一只呢，没了！"

"……"肖黎迟钝地低头看看，她穿的是双皮拖鞋，它在地板上会有脚步声——她是特意要听听那个，好歹是个动静！

"嗨，跟你的鞋没关系，跟扔一只留一只也没关系……啧，你没有幽默感吗。"徐医生不满意地摇头。"我是说，你打算穿着你的靴子到什么时候？要不，跟我说说呢，说不定我可以帮你脱掉呢！"

肖黎听懂了，什么狗屁幽默！她暴戾地回绝："谁说我打算脱掉的，穿着就挺好！"

"成！那你就穿着……嗯，其实我能理解，你们小夫小妻的感情正浓着……"徐医生以一种过来人的长者口气，自顾自坐下来，四处瞅，眼里的白色翳物随之移动。

这让肖黎愈发冒起火，这种软绵绵的鬼话她白天听得够多了！

去他的，她真想说句大实话，她憋死了啊，她从来没有跟任何人说过！反正这会儿是凌晨两点，反正就是个半瞎的龙钟老太。“没有的事！我那丈夫，他死在桃花路上，挺带劲！他死得我都赚大发了！”

“！”老太太瞪起眼，翳影占了快小半个眼眶。

“你知道个什么啊！还理解我，理解个屁！”肖黎极不友好，连水都不倒，只更快地走来走去。“还要帮我脱靴子！就你！”

老太太蛮斯文地一笑，不说话，只往后靠了靠。她有数，肖黎就要说了。

肖黎的确是说了，但她那也不能算是说，而是吐、呕，是倾倒泔水。

她讽刺，接着又嘲弄自己的讽刺，她假设，然后推翻这些假设，她指责，却又收回一切的指责，她诘问，却又因这些诘问而失声……如此这般逻辑混乱地叽哩咕噜了一大通，天都没亮，反而被她说得更黑了一般，满房间都像堆了缠绕的乱麻。皮拖鞋仍在地板上继续敲打，肖黎口干舌燥、筋疲力尽——这无法捱过的凌晨啊，从手机半夜响起的那第一个黑色凌晨开始！

徐医生去烧了半壶水，又挑了半勺蜜，等肖黎的两片唇都沾上水了，才开了口，语气却平常，根本没把肖黎的两只靴子当回事。

“就这些吗！那好，你倒看看我呢，我那丈夫，都死了三十几年了！说起来是自杀，可他为什么要寻死？谁不想活下去！唉，那死就是白死、是自取灭亡、自绝于人民！你听听，就这样红口白牙地胡说八道啊，你要是换作我，还不早疯了？算了不说我，只说你！多好啊，不能再好了……你想，是他们求着你去领抚恤金的对不对，这不是皆大欢喜嘛！谁在乎那个真相？尤其是你丈夫，怎么算卖了他？他要能活转了、绝对会高举双手赞成！我真奇怪，你气恨个什么？跟他们一起圆个谎怎么了，你四面看看，谁不扯谎啊。”

肖黎一怔，她不清楚老太太的丈夫究竟是怎么死的，三十多年前,是另一曲死神的欺骗之歌……水可真甜,她又喝了半杯。

“至于第二个小问题……”徐医生沉吟着,接着竟笑嘻嘻的了。“你丈夫,他可比你幽默多了!午间之马!有趣儿!不过,谁告诉你就一定是那码子男女事?或者你丈夫在做小生意?他有个贩毒的坏朋友?他被什么人叫去收一笔小贿赂?一万种可能嘛!他不过是不想让你挂心……人活着么,总归要受骗的,被自己丈夫骗骗,有什么了不得的!”

唉,看老人家,还是和稀泥的劝解而已!这反而让肖黎更深地对谎言感到惧怕与憎恨,看哪,它那么猾溜溜的、善变并和气的——照老太太的说法,她说个谎是皆大欢喜,她被骗一下亦是天经地义,通通是好的!那什么才是不好,难不成竟是“真”……肖黎忽而又感到骄傲——她为这个时代所感到的脏、羞耻以及不确凿的正义感,本就不指望任何人的明白!至于老太太的劝解,且先取了吧,这样想着,于是微微点个头。

徐医生却认为是她后半段的小型调侃获得了效果,颇有成就感地看着肖黎,眼睛吃力地眨着,好一阵之后,面色忽然庄重了:“我知道,现在只有我才知道你的这双靴子!放心吧,孩子,我要让你开始新生活!”

听听,又是“新生活”,什么才算是新生活啊?人们为何如此向往?那是洁净的天空与无邪的大地吗?痴心妄想吧,这世上还有那样的去处吗?

5

表面上看,肖黎的一对靴子,好像还真的就此脱下了,从那个凌晨起,她结束了通宵的走来走去、重新拥有了睡眠——那靴子是脱了,却又变成了袜子或其他什么玩意儿附到了肖黎身上,其表现形式，即前文所提到的“不信任症”，此病症如微风，非常之细碎、无孔不入。

比如，看报纸或是听电台，消费向导、医药咨询这些作风豪放的商业假面，自是不必说了，就是挺端庄的新闻，肖黎也会发现端倪——其实就是遮盖物不是吗，她唯一的兴趣就是掀开这层布：“某某指数持续走低”，胡说！她给小冬买对虾，一个月内涨了两块。“某公司宣布即将从事慈善”，幌子，这根本就是洗钱！“据有关部门检测，该区所属28家化工企业排污处理均已达标……”愚民政策！不能当真的啊，小冬，去看看那边的水沟呢，连片鱼鳞都养不住！

拿起食品包装袋，她直翻白眼：“百分百天然维C、令您倍增活力！”“国际营养专家配方，天然牧场奶源，添加23种微量元素，帮您的宝宝赢在起跑线！”看到了吗小冬，无谎不广告啊！她叮嘱小冬不要相信出厂日期与保质期，“那就是一个大概的参考！期限内吃了不会死人就是！”

她买东西总要吵架，人家讲的任何一句话，夸她试的裙子合身、说价格已是最低折扣、向她推荐新款产品，她都会失态地翻脸，犀利地指出对方是在“忽悠”。

她忍不住细究人们相互间的寒暄，她聆听人们在会上的“抛砖引玉”，他们做计划，他们赞美与谦虚；在另一些场合，他们发狠，他们彼此交心，他们信誓旦旦；他们以天壤之别的角度定义同一件事，他们凭空捏造、塑造另一个完全不存在的公民！多可怕啊，肖黎越听越觉得不妙，那么多话，完全不能捏啊，全是水分，全是泡泡，他们都是说说而已——语言的全部价值，就是用于消耗和装饰！

也可能，肖黎这“不信任症”的终极目标是为了小冬、为了他安然的睡眠，在丈夫离去的那个晚上，肖黎就发过誓的，她要让儿子一直能够那样无忧地睡眠——她没办法替小冬建造无菌室，她所能做的就是结合生活中的一切所见所闻,细小不舍地教导似懂非懂的小冬,尽可能揭露给他看这世道所有的异形!她才不像别的妈妈那样操心钢琴围棋心算或任何别的,不,她认为孩子唯一需要的教育就是:如何识别这个世道的谎言,以及如何在谎言的野蛮丛林中过活。

当然,她这病症,偶尔也具有喜剧效果,比如,对付徐医生替肖黎所介绍的男人——这就是老太太所庄严宣布的“新生活”!多年的“专家门诊”使得她拥有一张涉及各领域的庞杂人际网络,尤其当这张网络上大部分人都跟她一样,进入了退休生涯,其一呼百应之势可真惊人,一个接一个地,徐医生替肖黎张罗上了。

从一开始,肖黎的回答就言简意赅:“我,那事,不可能的!”肖黎深知自己已经坏掉了,没有办法再跟另一个人融合在一起了,不仅仅是跟一个人,包括跟这整个世界吧。更何况,结婚!那是何等破绽百出、缝缝补补的事儿啊,趁早撒手了吧!

怎么就不可能,还年轻着呢!徐医生当然以为她就是这么一说,她满心想着只有她才能救肖黎呢,茶楼或是馆子,早把人都替肖黎约上了。某杂志社的美编、外事办处长、电脑销售地区总代理,也都算是漂亮人物。

——也罢,肖黎认了,就当老太太是她跟现实妥协的小缺口吧,偶尔装装样子,与这谎言世界大同,反正中午也没什么事情(午间之马:午间时光,疏可走马,桥下的丈夫啊,你当初是这意思吗)。肖黎略收拾一番沉着地就去了,甚至还有一点兴致:她想或许可以做做游戏。

肖黎坐下来就先自我介绍:“我是办公室秘书,专职文字骗子,以讲话稿、内部信息及红头文件的形式专门写假话空话套话场面话……”这开场白有点突兀,但挺有趣儿的不是嘛,对方愣了一下,看她蛮秀气的样子,笑了,这女子!好玩呢。

“那么您呢,您主要在哪一方面行骗?”她第二句话就有些让人坐不住了,外事办那位发了福的中年处长当即托辞而去,也有的倒能跟得上她的调子:“鄙人主要从事视觉欺骗,使人觉得我们杂志时尚、厚重、美仑美奂,赠品很高级!”

“那么,咱们吃点什么?你偏好什么口味?”肖黎不动声色,如同狡诈的猎手。

“不……您随便点,我保管都爱吃。”对方当然要客气,多绅士!肖黎却暗中一笑:言无道,这不就开始了!

接下来,她还有一大把的暗箭:“您跟原来的妻子,为什么分手?”“我有个儿子,才上中班,您真的不介意?”“您满意现在的生活?对领导同事朋友,感觉如何?”“您看我还行?那您最中意我什么,长相呢工作呢还是性格?”每一句话都是陷阱,对方根本就搞不清楚,在哪里失足跌下了,况且有些话,初次见面,本来就不便实话实说!

最终,在初次见面的尾声,肖黎奉献出一个胜利微笑,计算器般精确指出对方一席谈中,假话所占的百分比,接着,她亲切地留下她那份餐费:“对不起,请您谅解,我不想跟一个骗子交往……”

大部分人都被肖黎的蛮不讲理给惊呆了,这个女人头脑坏掉了不是吗,真白长了个好模样!也有些家伙较为放松,他们摇着肥胖的手大笑:“啊,从没见过您这样的,真太有趣了!肖女士,您知道你适合找什么样的吗?程序员怎么样,不行,那可是严密的大骗子!气象预报员?不,也不行,他们总出错儿,那么,整点报时员!这个最适合您,现在时刻,北京时间十三点整……”

二

1

一方面是为了徐医生，可更多的，大约是因为长期逆流而行的发泄之需，肖黎决定“关注”一下老太太身边的韦荣——在那么多胡搅蛮缠、几近无厘头的“不信任”作为之后，碰到这么个摆地摊卖大力丸的小角色，虽说低级了点，但倒真是货真价实，正可以好好收拾一番。

反正早上送完小冬到幼儿园，离上班还有会儿，肖黎便赶到公园，像个便衣督察员，若即若离地坐在徐老太太边伺机而动。当然，那三个疗程的金视丸，老太太已经买下了。不过，亡羊补牢，未为晚也，肖黎倒要看看，这个叫韦荣的还有什么把戏。

韦荣真是个有耐心的坏孩子，对所有的老人，他绝口不提他卖的任何东西，他好像是个降临到这帮老头老太中的天使，就是专门来陪他们打发时间的！

他笑微微的，听他们谈另一个世界的老伴、同一个世界却难见影踪的儿女，谈他们没完没了的小病小痛，活脱脱像个孝子贤孙：真的?您老一到阴天手腕就痛?那么是针刺的痛、还是骨头缝里的痛?他替他们系围巾（瞧这大红色，真衬您老人家的皮肤！），替他们找钥匙（唉呀韦荣帮我看看，明明放口袋的，怎么就不见了），替他们看药品说明书（到底睡前吃好还是早晨吃好）……

老人家们实在太喜欢他了，他那简陋的小桌摊子就像是个社交中心，每天一大早，身形衰弱、衣着过时的老人们就三三两两地前来交际，跟韦荣扯，相互间扯，连半聋了的都在扯，衰弱的嗓子颤巍着、七岔八岔、前言不搭后语……而这过程中，不知不觉地，他们就买起韦荣的东西了，治眼睛花的“金视丸”，治关节痛的“十全膏”,治肩周炎的理疗仪,延年益寿的“银杏茶”、全面调节体质的“美国蜂胶”……千儿八百的,他们几乎是争先恐后把退休工资送到韦荣的手上,谁要是不买的话简直就是落伍,要被这晨间的社交生活所淘汰了,可不是吗,否则大家聊起吃药心得来,他有什么好说的呢!

韦荣总穿得衣冠整齐,衬衫天天都换(肖黎承认,整洁是个优点,可骗子的整洁,是可鄙的手腕!),他的嗓音颇悦耳(他解释,在学校,参加过话剧社,哼,怪不得,做戏本便是他的强项),还有他的眼睛,肖黎觉得奇怪,他的眼睛怎么竟会那样的?黑白分明,干净得像深山的泉,毫不羞愧、也不贪婪,还高高兴兴蛮有道理似的,好像他从事的不是最为劣等的街头勾当而是正大光明的锦绣事业!以致于肖黎竟会产生一种奇怪的心虚,似乎反倒是她在妨碍这个孩子勤勉工作似的!

……一阵阵怡人的微风亲吻着脸儿,绿叶无辜而优美地翻动,植物们大口吐故纳新,花开叶落宛若世外桃源,老年人们面容安详、慢吞吞如神仙携游。这样的背景下,韦荣抑扬顿挫的诵读似乎具有某种提纯的鬼魅效果,连肖黎也不知不觉听进去了……但享受的沉醉长不过五秒!她随即紧绷了,并陷入小小的迷惑,准确的说,或许竟是一种肉身的疲惫与孤独——这么长时间了,她到底在跟什么较劲?难道自己竟是个女版的当代唐吉诃德,这谎言的风车分秒不停、此起彼伏地呼呼转着、如同源源不断的发电站,确保世界马力充足翻滚着向前!而她连个桑丘都没有,她的战斗意义何在?征程何日为止……可她甘愿认输、委身于此吗?傻乎乎地上当受骗、快活而愚蠢地活着、对一应的虚假视而不见……

肖黎眼睛一转,却发现韦荣正盯着她,他在一边朗读一边观察她!怎么搞的?肖黎感到羞恼,还有软弱,她想提前离开。回头看一眼徐医生,老人家又开始似睡非睡了,肥圆的脸庞非常舒服地歪在木躺椅的后背，也许她不是真的在乎爱伦·坡故弄玄虚的小故事吧……算了，不喊她了，肖黎站起来。

“您要走了？没事，我送她回去，今天太阳好，我正好可以帮她晒被子……”韦荣停下他的诵读，小声跟肖黎道别。肖黎没应声就走了，她介意他宁静的眼神，还有语气，那样的自在！这比他的假药还要冒犯肖黎，他竟以为他能算个好人吗。

2

连续这么去了两三次，徐医生觉察到肖黎的目的了。从不生气的老太太不高兴了。“你还有没有人味了？人家那不也是个营生！他不也得吃饭睡觉买东西？你要把他的摊子给端了，我可不放过你。再说咱们这些老人们，还到哪里找到这么个好孩子来？”徐医生的眼白蒙上一层水汽，都动感情了。

肖黎简直不相信她的耳朵：“可您自己也承认他的药根本不是什么东西！还那么贵！他要吃饭睡觉买东西，正经找工作好了！怎么能做这个！对，我承认我以前跟你介绍的那些男人见面时，我在胡闹，但这次不是，到派出所报案的话，一准抓！他就是个小骗子嘛！”

“骗子又怎么了？他这样的小骗子，反让人安心呢，骗什么就给他什么好了！不就是点药钱嘛！都骗在明处，就怕那种真正的大骗大盗，口口声声为你好为了你的权利，还条条框框写得白纸黑字，那才怕人！你根本不知道被算计了什么！唉，你怎么还不明白，这世上，冠冕堂皇的好人好事最是可怕，黑得伸手不见五指，你我都辨不出，也抗不过……”老太太用她的奇谈怪论为小骗子辩护，语调深沉而忧心。

肖黎苦恼地听着——她所苦恼的是，她竟批驳不了老太太！

老太太抿住嘴，盯着肖黎，动着什么脑筋，隔了好一会儿，她突然一拍腿："对了，小冬快上学了，小学里放学早，你不是一直说想找个人接送照看的，我替你找着了个人！"

怎么说到这个了，可真蒙太奇："什么人？"

"就韦荣哪！他在公园上班，也就半天，整个下午都没事……主要，我想让你好好了解一下这孩子……"老太太轻声地说，怕吓着肖黎，原来她根本没放下韦荣。

肖黎简直要笑了！这老太太，真吃了迷魂汤："你找个专门卖假药的替我接送小冬？"

"就算他是兼职嘛，跟卖药不相干的。我可不是随便说说！第一，我认识韦荣这么久，相熟，可靠！第二，他好歹是个大专生，除了接送照看，还可以教小冬些什么，总比乡下保姆强！第三，也最主要的，你可以一分钱不付！你不是有个半地下室吗，那孩子最近正愁租房子呢，就当是帮我的忙，你把地下室给他住，我让他替你接孩子，你们两不付！大家方便！怎么样？"老太太眉飞色舞，同时紧紧盯着肖黎，等着她大发其火。

肖黎没发火，突如其来地，她难过起来，因为她觉得徐医生那急迫而笑嘻嘻的样子有些可怜，她是那么真心诚意地对韦荣好，别的那些老人们也一样，这韦荣，实在高明啊，他抓住了老人们的心，那些陷于孤独的、衰老并走向死亡的心。他骗的不仅仅是钱，还有他们乏人触碰的脆弱与渴求。

怕什么，那就让这个韦荣来接送小冬好了，引狼入室、关门打虎，总会有办法收拾他的。

"这个……真的不用另外给他工资？他那种人，不是顶爱钱吗？小时工工钱可比地下室的租金贵多了！"肖黎装着在算钱。那间十二平米的半地下室的确没什么用，好几个邻居们都悄悄租给了卖菜的农民，用他们的话说："就赚点订牛奶钱。"

"就说你不了解他的。他每个月帮我们多少人取工资啊，密码他都知道的，可从没人少过一分钱……我保管他感谢你还来不及！这里离公园多近！”徐医生高兴得像孩子似的，“那你这算是答应了？咱们可说定了，你不会再去为难他的工作了？”

“我……”肖黎含糊着，她真不愿意便宜了那小子！

老太太又开始蒙太奇了，神秘地补充道：“下个星期，我保证给你介绍一个条件特别特别好的人，说不定，那就你的缘分到了！”

“行了，我答应不赶韦荣，可有一个条件，您别再给我介绍了。那事到此为止吧，你真的还不明白吗，我，不可能的！”如果能借此彻底中止徐医生的幻想，也算好了。

徐医生怔住，忽又转喜为悲，替肖黎伤起心来：“你怎么这样啊，我拿你怎么办……不该当真的你当真，该当真的你偏不当真，你将来可怎么弄呢？最多几年嘛，我也就会死的，到时谁会管你！你再老一些，谁再会要你！”

肖黎扭过头，看这徐医生的心肠！反叫她难过啊。

3

以前在公园没注意，现在面对面站着，肖黎发现，韦荣个儿高得多，他俯看着自己，目光友善，又似若有所思。这让肖黎浑身不自在，她提醒自己应当警惕——当心，像对付那些老人们一样，他也要主攻她的软弱吗，肖黎在心里冷笑，不，也反过来盯着他好了，怕什么。

递出地下室钥匙，她冷冰冰地提出：此处只作睡眠之用，不要烧饭，不要看电视，不要留任何人过夜。如果需要，她可以每天提供两瓶热水。

所谓的“两不付”合作就这样开始了，肖黎没有再去公园了，还有必要再观察吗，一切都明摆着的，况且，这小家伙的全部假药，现在就堆在她的地下室，随时打个电话到派出所，就可以把他连人带货给连锅端了——但她不能当真这样做,那会伤了徐医生的,她可舍不得她与老太太间的情谊,再说,如此对付他未免太简单了,她真正想要收拾的是他眼里那该死的清澈与理直气壮,她要从心理上整个打倒他,要他承认自己是个可恶的大骗子,然后,主动卷铺盖滚蛋!

但显然,韦荣不这样想,他竟像是终于找到了归宿似的,极其勤勉地开始了寄居于地下室的“新生活”(对,正是“新生活”!肖黎从他脸上看了这几个字)。接送陪伴小冬之事,不用说,完成得相当出色。

小冬性格颇为内向,轻易不跟人示好,可不出一个星期,韦荣就成了小冬最推崇的人物,他把韦荣整天挂在嘴上(可怜的孩子,有五年了,在爸爸之后,这是他生活中重新有男子汉的陪伴),模仿韦荣的举止与口头禅——每天回家,肖黎看到的小冬都非常之快活,给她展示若干小进步与小成就,这当然不坏,但再一细想,儿子正狂热地追随一个骗子,这未免荒唐吧!

骗子还做了许多份外的事情。

作为一个性格不那么随和、朋友少之又少的女人,肖黎的家庭生活实在乏善可陈,许多方面她皆在将就。升降衣架坏了,听凭其卡着。墙顶的吊扇因为太高,上面的灰尘黑得惊人。客厅水晶灯里的灯泡坏了三分之一。电脑音箱一只响另一只哑。太阳能的热水阀总漏水。洗碗池的液压杆揿不动……骗子还真是会骗啊,妙手空空地全把它们弄得运转了、回生了,还富有技巧地压根不提,直到肖黎偶然间惊异地发现“田螺小伙”的作为——他满心以为肖黎会感激死了吧,的确,有一丝丝!毕竟太久没有人替她分担或料理过生活,但随之,肖黎一个冰冷的激灵,愈加感到了被冒犯:不,他并不是真心想做这些!这是用来包裹欺骗的蕾丝花边!他只是要收买她,他想稳妥地继续他肮脏的营生,就是这么回事!

冒犯的最高潮是这个星期六。

困倦的周末清晨，肖黎在大懒觉中迷迷糊糊地挣扎，她强迫自己走到阳台上去看天，以决定今天是否需要赶早洗床单、随后带小冬去爬紫金山——天色灰蒙蒙的，像是一个人恶劣的脸色，肖黎看了几眼，心绪竟也同样恶劣起来，说真的，她并不多么喜欢周末，别人的周末很忙很热闹，可她得一个人“制造”并“苦撑”出若干的忙与热闹。她怕闻别人厨房的香气，怕听到别人家的门铃声，怕看到某个男人系着油乎乎的围裙到楼下扔垃圾——当然，大部分情况下，她用她敌意的“不信任”来蔑视这一切，说服自己瞧不起这苟且饮食里假扮的和美，可说到底，这是多么热乎乎、喧嚣的生活啊，很难真正拒绝，她真是个怯懦的伪清高者，她还是渴求爱与亲近的……

一连串的坏想法令肖黎完全萎靡起来，阳台上随便找张小凳子软塌沓沓地坐下——突然，就在膝前，她看到了一盆新鲜而普通的花，月季！两个粉嫩的小苞，其中有一角已经绽出，晨光中如婴儿的脸那样柔嫩地冲着她，肖黎的心中一疼，差点儿没哭出来。怎么回事？这哪儿来的？她还能够拥有这样娇美的事物吗？韦荣这是在干什么！肖黎几乎颤抖起来。

从丈夫去世，这家里没有再养过花（肖黎没有气力，也没有心境，花草的淡雅会让她更觉尘世的浑浊），原有的五六只花盆也就那么弃在阳台一角——这会儿，肖黎才注意到，不仅仅是这盆月季，另外还有一盆虎皮兰及一丛她不认识的野草般的玩意，就在原先的那些花盆里，它们安了家，盆土湿乎乎的，很有模样的绿着。

肖黎花了很长的时间凝视这盆月季，甚至是太长的时间，她看花骨朵儿，看它半透明的甜美，她说服自己享用这一瞬间，这样的时刻太罕有了，等这一刻过去，她知道她就会旧病复发、变本加厉。她受不了这样软和的、好的东西，韦荣他凭什么这样做啊，他算个什么，他以为她是个很容易上当的软弱的人吧。

这实实在在地惹恼了她。

4

耐心地一直等到午饭之后，让小冬睡了午觉，肖黎去敲地下室的门，用很粗鲁的方式——在公园跟老人们周旋了一个大上午，那家伙这会儿总该回窝了吧。

韦荣开了门，他显然在睡觉，惊讶地看着肖黎，左手还揉着眼睛，这个动作很像小冬，一种少年般的稚气。肖黎严厉地把眼光往他身后扫：一张行军床，一个吃得空空的盒饭，悬着的绳子上挂着他两件轮流替换的衬衫，剩下的地方，正如肖黎所预料的，全堆着他的“金视丸”与各种理疗仪。

韦荣恢复了他的机灵，“呃，我睡着了，你……有事？”关切的样子。肖黎再一次意识到，她得仰着头看他，这很别扭，她可是来谴责他的。

“我请你，就是接送、照看小冬，然后，你使用这间地下室。别的，你不用做。做了也白做明白吗，我还没老，可不会买你这些破玩意儿！要不是你是放长线、吊大鱼，嗯？指望从我这里捞点什么？”肖黎劈头盖脸一串责问，语气很硬，但并没有计划中的那么硬，毕竟，那是一盆柔嫩的打着两个花骨朵的月季！

肖黎苛刻地把目光往四处溜，半地下室有扇极小的窗户，射进来的光刚好打在一小片空出的墙上，那里，用不干胶挂了张照片：某个山村小房前，一对拘谨的父母，三个瘦小的孩子，最小的那个，从眉眼上看，应当是韦荣。

韦荣也把目光停在照片上：“我老家在山里……那些事也都是举手之劳，好比带着小冬玩呗，他特别喜欢看我修东修西，他四处找家里的坏东西给我，真可爱！”看肖黎的脸色，韦荣收住。“我不图你什么，真的就是非常感谢你，肯把这里给我住。你不知道，这几年我前后换了多少次住处，合租的话很不方便，要么离得太远，一大早我赶不到公园，东西也没法带……”

“东西？”肖黎毫不客气地抓住。“你说说你这都是些什么东西？”

“我知道，你一直对我这个事情有想法，第一天我就看出来了。”韦荣直率地盯着肖黎，他依然毫不羞愧，“我其实，也一直想跟你谈谈……”

“那好，你倒是谈！”肖黎四处望望，除了行军床，这里没任何地方可坐。

韦荣从高处搬下一个纸箱，又铺上一层报纸，冲肖黎示意。哼，善解人意！肖黎不大高兴地偏坐了一角。

“这样的保健服务点，每个公园都有，在所有同行里，我是折扣打到最低的。我只赚药品公司给我的那一块，确保每个月能寄回家八百块。我知道这些东西……”他眼睛扫了扫那些药，但语气依旧从容。“并没有那么神奇的效果。但真的，你不要以为我在狡辩，那些老人，他们需要这个！也可能是心理暗示的成份，他们很依赖这些保健品与器械，好像对他们这个年龄来说，这显得挺积极、挺流行的！就好比小孩子玩摩尔庄园与妖怪A梦，这不是对不对、好不好的问题，而是同龄人都在玩……他们喜欢这样凑凑热闹。”

肖黎冷笑：“照你这话，你还真是问心无愧呢。他们喜欢这样——省吃俭用一辈子、几年不买新衣服、从不下馆子吃饭、出门都是挤公交，就为了把省下来的退休工资大把大把往你这儿送！”

“……”韦荣把脸掉开去，他看墙上的照片。“我推销过万向拖把，在电脑卖场做过导购，穿不透气的卡通服在儿童乐园派发宣传单……”他不紧不慢地数着，“前后，我跑了不下二十场的招聘会，投过上百份的简历，还不包括网上的，结果呢，我被面试过十九次，被试用过八次，短的一周，最长两个半月……这份，算是最稳定的了。”

“你哪个大学？专业是什么？”肖黎毫不心软。这根本不是理由，失败者不值得同情，他白念书了？

“商贸管理，听上去像万金油吧，可哪儿都不要……不管怎么说，我应该留在南京，每个月挣点像样的钱寄回去。家里就我一个在外面。”停了停，他主动回到原先的话题。“……我知道，老人们也不容易，腿脚和脑筋都不灵光，我真挺愿意替他们修修弄弄，交水电费或者买米买油什么的。不管怎么说，他们信赖我，这挺让我高兴的。我想，工作是一回事，做人又是一回事——其实我以前那些工作，也都是骗骗人的，方式不同而已，所以……”他替自己的辩护大概也就只有这么多了。

不知为何，肖黎走神了，突然想笑。她想到了她相亲时曾这样描述自己的工作，“职业文字骗子，以讲话稿、内部信息及红头文件的形式专门写假话空话套话场面话……”其实，她不仅这样定义自己，对各个领域的从业人员，她都有着非常刻薄的责难，但这些想法她没有跟别人说过，因为很难有恰当的时机与对象，但这会儿，她反倒被这个自圆其说的小家伙给激发了，忍不住表示了赞同。

“这个，我是相信的……”

“啊真的，你同意？我一直就这么想的，但说了怕你骂呢。什么天才早教中心、男科健康门诊、出国中介服务，那倒容易进去，但……”

“还有卖房子的！卖保险的！卖基金的！卖汽车的！你不知道，我平常出门，经常跟卖东西的吵架的！最多一个星期吵了七架！”肖黎爽快地招认，好像这是一个非常光荣的纪录。

“是啊，我有时都怕，我真要被这些行业招聘上了，我恐怕都骗不好！”韦荣眼睛亮亮的，顽皮地笑着．他陡然放松了。

“就是记者、医生、公务员，那又怎么样，不也都是各种观点、政策或假相的制造者与阐述者嘛！告诉你，我可碰到过不少！”肖黎迫不及待地补充起来，她回忆徐医生跟她介绍到的那些男人们，她曾经怎样地故意奚落他们——她从没跟人提起那些对话细节，但此刻她发现，当初她胡闹时，也许就有些指望着，将来要跟谁说一说那多有趣！但再怎么也不会想到，竟会在这样的情形下说（骗子，假药、地下室！）——她活灵活现地重演她与他们的对话，模拟对方的尴尬或是吃惊。

韦荣果然大笑，毫不拘礼地直夸肖黎真带劲！一边像是跟肖黎比赛似的、不甘落后地拚命在脑子里搜罗：“反正没有一个行当是清白的，司机也是！他说没有喝醉！警察，他说他从不认识黑社会！教授算不算？他们互相抄来抄去！歌星，他明明吸了毒！大法官，他披着法律的破袍子……”

“哼，还有更多的大鱼！球员，他说他在场上是真踢了！小煤窑主，他说死了不到十个人！还有经济学家，他们被收买了替房地产胡说八道！官员，他说他在搞绿色GDP……他们可真是骗得颠倒乾坤呢！得了，所有的职业，众声喧哗，本质都一样，看他们浑身光鲜、肥头大耳的吧，全都是一步三骗、靠谎言喂饱的！”肖黎几乎在呐喊。

太过瘾了！这样说说多么痛快啊，这世界飘洒着谎言的细雨，这世界翻腾着谎言的尘埃，众生皆在细雨中奔跑在尘埃中打滚，满身的泥泞与腥臭。

一场因月季花而起、蓄意酝酿的敌意性交涉，竟在一个混乱而夸张的逻辑中演化成为愤世嫉俗的同仇敌忾，当争先恐后的语言高峰过去，狭窄阴暗的地下室重新归于安静时，肖黎惊愕而哑然了——怎么回事，她竟是承认了韦荣那份“工作”的合理性吗？

肖黎遽然从纸箱上站起，勉强重申了一下她此行的目的："……总而言之，以后你不要那么多事了，我不喜欢那样。"不等韦荣回答，她慌张地离去，出门时，都差点儿踩翻门边的一个塑料盆。

"……慢点！你没事吧。"韦荣不安的声音，似又夹杂着不敢流露的欣悦。

三

1

徐医生有三天没到公园去了，直到第四天晚上，韦荣告诉肖黎她病了，肖黎不禁自责，她倒真把老太太给忘了。

"没事，我去看过了。应该就是感冒，但老太太精神不太好，连小说都不要我读了。呃……我在你灶上熬了锅稀饭，要是你方便，晚上给她送点。小菜我也准备了，你今晚将就着吃这个吧。"韦荣很愉快地眨着眼。

自那天地下室对话之后，他对待肖黎更加自如起来。肖黎也不再似铁板一块——说实话，要她完全认同这孩子是不可能的，但像原先那样置之死地而后快的敌意显然也淡了。可是不管怎么说吧，让小冬这样天天跟着韦荣，也非长久之计，而且，她的地下室，作为临时性的假药仓库，不也是在为虎作伥吗。总之，得终止这个局面，还是要让他走——他就算像今天这样烧了晚饭也没用！

肖黎来到餐厅，只见桌子上一盘盐水鸭、一碟凉拌海带，还有炒花生米与五六块焦香的黄桥小烧饼。唉，什么时候有人替她准备过这么现成的一顿啊，哪怕是稀饭与小菜！肖黎感到胃部一阵期待的蠕动，这时候是很难冷下脸来的，是他做的，又足够三四个人吃的。肖黎于是跟韦荣招呼："要不，就一块儿吃吧。"——这真的只是客气一下而已，她想韦荣还不至于这么不知趣。

然而，韦荣竟点着头咧开嘴笑起来，牙齿白白的，好像还暗中跟小冬对了个眼色："那……太好了，我天天吃盒饭，真吃够啦。刚才小冬也一直喊我留下来……"

小冬早欢天喜地地张罗起来，筷子、椅子的准备得团团转。肖黎只得勉强微笑，然而，她心中却是一个不愉快的"咯噔"，她劝自己，不就是一块吃个饭嘛，不要那么介意。

方形的家庭餐桌，坐三个人跟坐两个人，大不一样，突然就天伦之乐了：韦荣替小冬挟菜舀汤，小冬问韦荣各种古怪的问题，小冬又就韦荣的某些回答听取肖黎的意见，有笑有闹，有碗筷丁当——尽管肖黎一点不积极，但整个气氛真是相当之……一个肖黎一向讨厌的词：温馨。

这算哪门子的事，跟一个地道的小骗子，还温馨起来了！没脑子了？当真享用这乐融融的和谐表象吗，啊呸。

好像有毒虫子钻到头脑里了一样，猛烈而尖刻的厌恶突然来袭，肖黎突地放下碗筷，站起身翻出皮夹，飞快地掏出五十块钱扔在桌子上一角，尽量不让嘴唇发抖："这是你买熟菜的钱，够不够？下不为例，我不习惯跟外人一起吃饭！"这次跟地下室的情形正好相反，好的开端、糟的结尾！

韦荣满脸错愕地放下碗，嘴里还嚼着一口花生米。小冬正好差不多吃完了，韦荣于是站起来，带着小冬到房间，安排他看动画片。

重新出来后，韦荣发现肖黎已经在收桌子了，鸭子、花生米剩下不少，烧饼也还有两只，但肖黎一古脑儿地往垃圾袋里扔，韦荣心疼了，伸出手拦："哎，明天还可以吃呢！给我带走好了。"

肖黎听了，反而拉开袋子，污辱性地往里面吐起唾沫："我一想就觉得太脏了，胃里直恶心，你这是什么臭钱买的？嗯，骗的哪一个老人家的？还记得他多大年纪吗？他用哪只手把热乎乎的钱交给你的?”

韦荣从肖黎手中抢过袋子,脸色涨红:“那不就是一份工作嘛,你看那么多人都已经接受我了……为什么你就不能……”

“不可能的!你以为你真的跟医生、律师或者卖房子卖保险的一样吗,才不是,你只有一个名字:骗子!”

“好吧,我承认,我承认这份工作不正当。”韦荣很爽快。“但我以为我们上次已经达成一个共识了:职业性的骗子,与生活中的骗子,是两码事。就像我们上次一起骂了那么多行当,可回到生活、回到人际交往,大家还是有真诚的不是吗,你为什么总对我这么偏见!”

“嗬,这么泾渭分明!我还偏见了!好,抛开工作不说,就算在生活中,也绝没有任何人是朵大白莲花!比如我,注意,我现在说的是我!你听好了!我本人就撒过大谎、骗过一大笔钱,还有我死去的丈夫,我亲爱的枕边人,也是说谎者,他活生生地骗我,直骗得他丢了性命!你明白吗,别跟我瞎掰了,我可比你看得清,人人都是双重间谍,职业中靠谎言谋取工资,生活中靠谎言谋取情感或其他任何玩意儿。谎言就是全球通用货币!比99.99的黄金还硬!”

韦荣沉默了一会儿,消化肖黎语焉不详的过去,他的眼光随之有些抱歉:“我不知道你的事情……但不管怎么说,我真的想让你认可我!我们可以好好相处!工作是工作,我是我,离开那个公园,我真的绝对从不骗人。”

“从不?”肖黎挑起眉毛,这是她最为介意的词汇之一,永远、从不、百分之百、绝对,哼,一听就不符合常伦!可多少傻瓜在死心塌地发着誓并相信着哪!

“我从不骗你,不信咱们打赌。”韦荣发急了,孩子气似的。“你反正不一直在盯着我,挑我毛病嘛,除了工作,欢迎你继续盯下去!”

“好，赌！若抓到你骗了我，你就输了，马上搬走；反之，你就算一直赢，可以住下去。”看，机会这不就来了，正好让他走吧，不要再这样无谓地纠缠下去了！肖黎诡异地一笑，她什么都不敢信，却相信谎言普世的覆盖力——韦荣不可能例外。

韦荣伸过来握起肖黎的手，用力地摇一摇：“就这么定了。赌。”他黑黑的眼睛从偏上方一点的位置紧盯着肖黎，也许不到一秒，肖黎就挣开了手——一方面是不自在，同时是自觉笑话，这莽断的瞬间，多么经不得推敲啊：一个骗子跟她打赌说他从不骗她。

2

肖黎提着粥下楼看徐医生，老太太圆胖的脸明显瘦削了，讲起话来，嗓里多了拉风箱般的喉音，下巴处的囊皮连着青筋，老态触目。

徐医生的住处肖黎以前来过，仍像以前一样，墙上钉满她儿女及孙辈的照片，煞是热闹，墙下却伶丁。桌上堆着好几天的报纸和牛奶，都没有动过。到处黑乎乎的，只节俭地开着一盏床头灯。

徐医生刚挑了两勺稀饭，就赶着问肖黎跟韦荣处得如何？承认不承认韦荣其实是个好孩子？

这老人家！“嗯，你说得大体不错，他很会卖乖。”肖黎只能这么简单说说了。

“不是看我生病才顺着我的吧？”徐医生挺高兴的。

肖黎开了各处的灯想替老太太收拾收拾，却发现四下里都挺整齐，阳台上一排新洗的衣服，水瓶里也是刚烧的开水，一只梨子削好了切成片放在床头。“韦荣下午不是来的嘛，小家伙忙了一个多小时……我要给他钱他死活不肯要，所以呢，我就又买了两个疗程的药。这回，你不会再拦我吧。”徐医生蛮得意地说，好像她胜利了。

肖黎给徐医生打些热水洗脸擦身。老太太有些不情愿，终于还是同意了，她抿着嘴，尽量保持身体的尊严。

重新开起口，徐医生的声调却有些异样：“看看我这样，几天没人说话，简直就是等死……身前身后想一想，这一辈子的许多事情，也都不记恨了，活着，总归好啊。”

肖黎想岔开话题，老太太不理。“你呢，千万要听我一个劝，不要再拧巴下去了，韦荣跟我说了你跟他的吵架，什么职业性的骗子、社交性的骗子，你呀，你算是哪门子的上帝啊！要知道，说谎这种事情，真算是咱们中国最大的人情世故，它是有传统有渊源的，你就得服这个软！你想想，古往今来、历朝历代，随便扒开一个缝儿往里瞧瞧，哪里不是谎言！远的不说，就我们这代人，前前后后，从上到下听了多少大谎小谎、自己又撒了多少大谎小谎！哪一步不被骗？骗得饿肚皮，骗得去扎根，骗得去交心，骗得六亲不认家破人亡、骗得大厦倾倒，骗得心头扎刀眼中滴血可嘴上还得抹蜜，唉，你啊，要学着从古往今看呐……”

肖黎好像突地被猛抽了一耳刮子，一阵来自数千年之前的飓风直吹得她周身通凉，听听！此事由来久，自古皆如此！这谎，原来是万千年的妖精！连诺大的历史，都得听凭它翻云覆雨的折腾、五花大绑地掩埋！她这些芝麻事又算什么，怪不得老太太向来不以为然，难道生而为人，就得死心塌地去认了谎言作爹娘老子吗。

见肖黎灼灼地瞪着眼，一脸的骇然，徐医生垂下眼皮停一停，像从往事的泥淖与漩涡里艰难地爬出来：“行了不说了……反正我看现在已经好得翻了多少倍了，好得我都越来越喜欢它了，现在的谎言多乖巧多绵软——你要什么它就说什么，你要金刚不坏，它就说“滋阴壮阳”，你爱财，它就说“恭喜中奖”，你怕变心，它就说“我永远爱你”，所有你痴心妄想却不可能的，它都跟你说！多好啊这，要没了它大家还怎么活？一点奔头没了，所以我天天儿的都踏实着呢高兴着呢！有人上门来卖万用遥控器，有人给我寄名医人选辞典通知书，有人打电话给我赠送消费卡，有人要给我无偿代理基金理财，有韦荣这样摆摊儿免费体检的，没事儿，真无伤大雅，大家都踏实着呢，有做戏的有瞧热闹的，各取所需呗。就连你最恨的电视广告，我都喜欢！瞧那里面的纯牛奶！瞧那里面的黑头发！那全家福的乐呵劲儿！只有假的才会那么完美呢……”老太太说得开心，直说得咳嗽起来，一口痰堵在喉咙里。

肖黎给她拍背，心中感慨——想不到，在谎言中沉沦的那些旧日月反倒让老人家如此超脱了，乃至都消遣起现下的各种骗人勾当了！大约是嫌不过瘾，所以还盯着让韦荣念侦案小说，听更专业的谎话去！

喝了一口水，徐医生缓过气来：“……其实我知道，对你丈夫的那个‘午间之马’，你一直还没转过弯儿，所以你不肯再找个人，包括对韦荣，对平常的好好的人，都疙里疙瘩相处不好！其实，这些天我躺着胡思乱想，真越来越咂出谎言的好滋味了。你想啊，但凡人家愿意费心瞒你个什么骗你个什么，那说明是看重你、在乎你，谎言就是对你的好，对你的待见……只有陌生人，跟你不相干，对你没兴趣，才会跟你说大实话。倘若真的所有的人都冲着你直通通的，那才顶可怜！说明你压根不招人喜、不招人疼呢！所以我呀，天天儿地躺在这里动弹不得，却不想医、不想药，就想有人再来骗骗我！跟我说两句好听话儿！”

“看你，都被你说糊涂了……”肖黎听得懂老人家这理，却不甘点头称是——难道爱与忠诚，根本就是一对悖论？不可能同时兼得？照此说来，她桥下的丈夫，他对自己的蒙蔽，反而是爱了？这道理太别扭！

“你呀，哪天轮到你也想骗骗一个人，就会明白这个理儿了！”老太太闭上眼睛歇着，眼皮软得像片干树叶，不到一分钟，又强撑着睁开。“……我最不放心的还是你的终身大事，真的就这样算了吗，你以为守着个小冬就够了?我两个儿子一个女儿呢,看看,还不就这样……说不定你将来老了,也会像我现在对韦荣一样,明知是假,却还装作相信……”

唉,这话让肖黎愈发地难过,对徐医生,也是对她自己,人生的凄清与虚空如此活生生的逼近!

看看时间不早了,肖黎把大灯一一地关了,在渐渐暗下去的光线里,老太太冲着肖黎发表了她最后一句名言:“听我的,不要去较真,学会自己骗自己!这是生活的最高境界,这样,你才能获得安逸……”

3

肖黎发现了一部不错的美国电视剧《Lie to me》,讲一个专业的测谎小组参与到各类有争议的悬疑事件里去,从细节之处去判断关键人物在关键问题上是否说谎:搔脖子,抖动腿部、眼球往上斜、川字皱纹加深、频繁眨眼等等——肖黎花了许多的时间去研究,主要是为了应对她跟韦荣所打的那个赌。

事实上,供她观察的时机少得可怜,她下班到家,韦荣也就该回地下室去了,就算偶尔有些交谈,也是小冬的生活学习事,就算当真请来测谎小组的Lightman博士,恐怕也下不了手!看来是中韦荣的圈套了——这样日常无事下去,他怎么会输?

索性反其道而行之,或者也是正面出击,肖黎决定把《Lie to me》给韦荣看。

“喏,一个人在下面也挺闷的吧?可以在电脑上放的。”肖黎递给韦荣,脸上要笑不笑的。她都闹不清自己这算哪一出,有这样甩出鱼饵的吗。

韦荣意外地接过来:“美剧!你也爱看?正好这部我没看过!放

心，我看得很快的，熬通宵那是我强项……”韦荣高高兴兴地笑起来，带走了。

肖黎扶着门框，感到自己又笨又阴险，看那孩子刚才笑得多没心眼。真像徐医生说的，自己过头了吗。

这天晚上十一点多，肖黎正收拾了各个房间打算关灯睡觉——她现在有些怕关灯这个动作，尤其是一盏一盏挨个儿关，总让她会想到那天替徐医生关灯，像是吹灭生命之火般的，有种莫名的凄凉感，她不愿意这样联想到自己的老年……突然有人轻声地敲门，肖黎有准确的预感，是韦荣。

韦荣站在门口，表情在黑里，看不清："小冬睡着了吗?方便的话，跟你说几句话。"

"进来吧。"肖黎带他到小餐厅。上次坐在这里，是那不欢而散的晚餐。

"我一下去就开始看了，边看边吃泡面，还傻乐着呢，直看到第三集，才明白过来。不如直说吧，为什么让我看那碟子，到底想说什么?"韦荣努力表现得平静。肖黎看到他鼻孔微张，这是不友好的标志（她运用起那系列剧的推断）。

"也没什么……我是想，我并没有什么机会了解到工作之外的你，所以，那个赌，我基本上不可能赢。"肖黎让自己说实话。

"这样子啊。"韦荣瞪起眼，嘴角一提，想笑。"那要不你随便问问我?任何问题都可以，我百问百答，然后你检测就是了。"他往椅后背靠着，伸开腿坐着（这是解除对抗的动作）。

肖黎有些不好意思，但这样实话实说，心里头倒是很舒服："那我就真的随便问问了。你多大?"

"22岁。性别男，未婚。受教程度大专。籍贯陕西太白。"韦荣一口气的报。

自己竟比他大了整10岁，看看，10岁！“嗯……谈过几个女朋友？”第二个问题一出口，肖黎差点没捂起自己的嘴，为什么不问问他墙上那照片里的家人、问问他对金钱的感受、心目中的理想生活之类的，为什么要问“女朋友”，太不得体了！但算了，坦诚一些，今天就是想到什么说什么吧！

“学校里谈过一个，毕业后结束了。找工作期间没有。最近才又谈起一个。”韦荣表情有些凝固。肖黎不明白，这凝固代表着什么。

“她知道你干什么吗？”

“她是我同行，在老年大学做保健咨询，她比我干得强多了，销售额是我三倍。”韦荣突然看看她。“你心里肯定在发笑，一个男骗子跟一个女骗子。”

“是！是想笑，但没什么恶意。我能理解，她找工作一定也不容易。”说实话，肖黎喜欢这个搭配，另一个巧舌如簧的小丫头，这反而很好不是吗。“好吧，咱们继续，你相信爱情？”

“信。”韦荣毫不犹豫。

“那说说呢，爱情是什么？”这个问题也可以检测吗，肖黎骂自己，她问得真太差劲儿了，这是怎么了。

“是……”韦荣停了一下，眼睛挪开去一些。“是一场梦。”肖黎捕捉细节（他闪避眼神，说明这不是他喜欢的话题）。

“你和你现在的女朋友，是什么样的梦？”肖黎感到自己有些纠缠了，可是，她要对自己的好奇心诚实，况且这好奇，并非出于男女间的暧昧吧——她还记得徐医生病中的话，苍凉而超脱地，对爱与忠诚判了死刑。她很想知道，在韦荣这样年纪的情爱里，有几分真几分假？

“我们之间么，才不做梦。”韦荣缓慢地眨了一下眼睛（这是一个回忆的动作，他在回忆什么呢，他大学的第一个女友？）。

“那你们……算是什么样的恋爱啊？”肖黎不明白，又有些微的欣然，的确，两个骗子，如何谈情说爱呢。

“就是很实际的呗，我在她那儿搭伙烧点吃的；一起淘宝，买些小玩意儿；看看碟子什么的。”停了一停，“我们从不做梦……我们做爱。”好似突起的恶作剧，韦荣直盯着她。

是韦荣无忌的作答或是他的表情？肖黎突然间心绪崩坏。

他真的只是把她当作一台测谎仪了？可，难道不是吗——她忽然感到，自己真是一个笑话。在徐医生那里，自己不够老，不懂得比较与妥协；可在韦荣这里，他的年轻又刺痛她！他意识不到任何道德上的困境，还跟他讨论什么原则或是真伪呢？他大概一辈子都不会与这些玩意儿发生瓜葛，他、他的女朋友、所有后来的年轻人们，他们不会在乎任何东西，他们轻装上阵，并在奔跑中接二连三地抛弃，扔掉一切！而他们所痛快抛掉的却正如纸枷锁一般紧紧扼着自己……

“你们两个……就在我租给你的地下室？”肖黎坚持着她的测谎工作。她把手挪到桌子下，一个个掰着指头——她意识到，按照《Lie to me》的说法：自己有点神经质。

“是。她那里是跟人合租的。”

“我不是说过，不要带人回来同住！”最好强硬得像一个就事论事的古板房东吧！

“你也要求过我不要看电视，但你借我碟子看。”韦荣不紧不慢地反驳。

“行了，到此为止，你已经骗了我，对不对？被我抓住了，你输了！就照咱们的赌，明天，明天你就搬走吧。”肖黎的手指在桌子下捏得更快了，潦草收兵算了！让这家伙快点消失吧，她不能忍受这样与他面对面！

“我并没有让她过夜……这不违反你的规定。”韦荣解释，他瞧着肖黎，瞧了一会儿，摇摇头。“如果，你实在要我走，也行。但我不承认我输了——我从没有骗过你！”

肖黎站起来，把门打开。韦荣却又把门合上。“既然都要走了，最后再说一句吧……你，你知不知道你这个人很不好相处？你到底在跟什么较劲儿？你自己过得别别扭扭，也让旁人别别扭扭的，这简直就……挺傻的，也挺幼稚的！你比我大几岁，可是我真觉得你还不如我，不如我那个女朋友。世界就是世界，它脏也好、假也罢，存在就是合理，想那么多干吗，只管去适应就好！我周围的人，谁都明白这个道理，偏偏你跟它去较什么真！你在对抗什么？完全就是以卵击石嘛。哎，真的，不要怪我说得难听，什么真话假话的，老天，真是弱智真是童话啊！你是成年人啊，三十多岁了！我都觉得你太可悲了！”

肖黎闭闭眼，没吱声。随便他说什么，她都不会再生他的气了——韦荣那无辜的语气正代表着一个理直气壮的、让道德去喂狗的世界，他们只管轻松去吧、开明去吧，这是他们的进步与解放，可她决不妥协，哪怕她会成为最后一个悲惨且愚蠢的捍卫者！

而且，韦荣这么说开来，哪怕刺耳，某种程度上，肖黎还是略感安慰——好歹，有人愿意跟她这么说开来吧！

“你搞不懂我——这很正常。再见。”肖黎重新打开门，夜风冰冷冷地涌进来。

4

关于韦荣的走，小冬的反应，比想象中要激烈许多。第二天，肖黎下班回家，他像小野兽一样地扑上来，抓住她就伤心大哭。韦荣不忍心的样子，嘴里含糊招呼了一声，径直就下楼了。

七岁的小孩，火热而脆弱，随便肖黎怎么样劝说，他就是抽咽不止，也许，不仅是因为韦荣的离去，这孩子还有日积月累的其他不痛快……晚饭，小冬一口没吃，双颊红肿着昏睡过去。

肖黎也无心吃饭，只回到客厅呆坐，感得心里头异常的堵塞。有些想到楼下徐医生那里去聊聊，可是，去了又怎么说呢，她与韦荣之间的几场争吵，具体竟不知如何说清，她虽自有道理，但真正讲述出来，却颇困难，包括那个赌，她确实算是耍赖吗？而她曾经答应过老太太，不赶韦荣的，然而，还是“赶”了……

现在这样，真的便算是如愿了？韦荣将会从地下室搬走，从视线和生活里消失，不会再有人自作主张地到处修补，替小冬洗校服刷球鞋（他说只是顺便，因为他要洗他的白衬衫），在阳台上变戏法似的弄出那触目的娇艳花朵——所有这些令她伤怀而感到冒犯的事情都将一并消失了……她的生活就要重新变得清洁了？重新踏上孤家寡人的黑夜独行舟！她该欢呼这寂寞的回归吗？是否要想想韦荣的话，她的生活与性情还算正常吗？

那么，又是什么让她陷入今天这样的性情与境况，三年前的无名高架桥以及那遁于无形的“午间之马”？那个，究竟在多大程度上影响并导致了她的现在？或者，并不能归咎于往事——许多人都有不堪回首的部分（比如徐医生！），为什么偏偏她就这样的失魂落魄、格格不入？

而最不敢往下追问的是：自己如此这般，明知不可为而为，到底在执着于什么？公道良心？绝对真实？道德正确？这便是她苦苦维系的信仰吗？然而扪心自问，她果真信仰什么吗？一个像她这样的人，在这样的世道，还能信仰个什么吗？若早已没有了“相信”，信仰又如何存在？

肖黎没有头绪地苦苦思索着，想自己的由来与去处，唉，人啊，到底是什么？就是所吃过的食物，所读过的书，所经过的事与人，其之所以成为现在，均由过往一步步堆砌而成，而今日的一举一动，又维系并铸造着明日……

这样的夜晚这样的心境下，如此一想，真是有些惊心，昔已往矣，来日何为？她不敢想象，如果继续这样孤独、不为人所理解地走下去，她所“铸造”的“明日”之自己，会是何种面目？她再次想起那天在楼下替徐医生关灯的情形，那次第浓黑下去的阴影，恰如台阶，台阶的终点，会是什么？

一直坐到将近凌晨一点，手脚冰凉，肖黎终于打算去睡。睡前，她去看小冬，这才发现，可怜的孩子发起高烧来，小身子滚烫，肖黎抚摸着弄醒，孩子却在迷糊中惦记着：“妈妈你能保证，真的能找到跟韦荣一模一样的人？”肖黎又心疼又懊恼，急忙收拾着裹起小冬下楼。

病孩子可真重，要替他裹上外套，还要拿包，外加别的零碎——虽说肖黎一直都是一个人带孩子看病，但今天可是上了一天班、又没吃晚饭，加之方才那样坐了好几个时辰，下得楼来，两腿直打晃，又发愁着恐怕出租车很难等到。

或许也并没有睡觉听到了单元铁门的声音，或是从半地下室的窗户里看到了肖黎两个，韦荣突然出来了，他默不作声地从肖黎手上接过小冬，碰到小冬的脸，难过地小声叫起来：“这么烫！快点，你先到巷口叫车吧！”

几番忙乱……直到小冬在急诊室找到床位挂上水，他们才有了空闲坐在一边的硬木椅上，肖黎正想着该对韦荣道谢，韦荣却又站起身出去了，好大一会儿才回来，手上垒着两碗泡好了的方便面。“我猜你可能没吃饭。我正好也饿了。将就着吧。”

方便面的味道俗气而香浓，飘在深夜的医院里，有着奇特的感人之处——与那朵微绽的月季花相似，这样无心而细小的美好只会让肖黎更为崩溃！勉强撑住，吃下第一口面，肖黎终于还是塌了，泪水一串串掉进碗里，方才在客厅枯坐时那些消极而沉痛的想法一股脑儿涌上来，难过得根本没法往下吃。

韦荣放下他的面，又从肖黎手里接过碗面放到一边，很有男子气概地轻轻地扶过肖黎，让她靠在他一侧的肩膀上。

已经来不及犹豫了，肖黎顺从地贴近韦荣一个肩头，厚厚的防风服并没有热度，连身体都感觉不到。可是肖黎还是愿意这样贴一会儿，她真的太需要了，哪怕明知她所贴近的是堵隔阂着的墙！

最终，小冬的一瓶水快完了，韦荣去喊护士换水。非常浅的这半个拥抱也便就此结束了。

肖黎坐直身子，调整自己，同时发现内心也并非多么羞愧或尴尬——拥抱就是拥抱，仅止于拥抱，不过这样也够了，可能这半个拥抱就是她所需要的全部，也是韦荣所能提供的全部。这已是她与他最大的机缘。

等到护士换好水重新离开，肖黎为刚才的失态致歉："不好意思出这么大的丑……你快回去睡吧，明天一大早要去公园的。"

韦荣很有担当地摇摇头："还是等完了一起走吧，我看你一个人抱他实在太吃力了，还要拿药。"他看着肖黎——那眼光，竟像是看一个出了岔子的人，疼惜而不解。

韦荣站起来走了几步，看看小冬："嗯……我想跟你说说他！你可能自己没有察觉，你的那套教育，对小冬影响很大。放学路上，看到要饭的，他当面骂人家是寄生虫，专门骗人钱！我带他去超市，他从一进门就跟我嘀咕，说这个有问题那个是假货，活脱脱是你的口气。他们学校组织爱心募捐，他不参加，我给他钱也不肯，他说那钱肯定到不了灾区。他不喜欢合作性的游戏或运动，总认为伙伴会出卖他。他在学校没有好朋友，每次我去接他，别的孩子扎堆闹，他都是一个人。还有，他听故事时完全不会享受情节，而一直警惕地找坏人，就连好人他也能分析成坏人……我真不知道，你到底在他心里埋下了什么种子？不错，你教会他识别一切所谓的谎言，可你知道吗，你同时也破坏了他的信任感，他永远那么紧张、排斥、敌意，看到的全是事情的反面，我真担心他将来体会不到生活的美好……”

“小冬？”肖黎难过而惊诧地用手捂住嘴，儿子的这一切，她似乎也是知道的，甚至可能还因此表扬过小冬的成熟，可这会儿听韦荣集中说来，却又相当吓人了。她什么地方错了吗，她是要保护小冬的，她本是为他的未来着想……

“唉，我真不知怎么劝你。其实每个人都一样，徐医生那么大岁数都过来了，我跟我女朋友跌跌爬爬也过来了，你就让小冬他自己慢慢走，他也自会适应他将来的世道……当然你，你本人大概是个例外，你总跟不上大家的节拍和调子，所以我，想建议你去找医生聊聊，哪怕是为了小冬……你这样，叫人很不放心的。”韦荣把手往肖黎这边靠了靠，肖黎一只手正搁在腿上。但他只是靠了靠，没有握上来——也许完全是个无意识的动作吧。

这诚恳的劝说让人无法拒绝，肖黎用手捋捋头发（一个说违心话的掩饰动作）：“嗯，我会考虑的，为了小冬……”

小冬醒来了，要小便，韦荣带他出去了。肖黎却突然回过神——她刚才扯谎了。她根本没想去找医生，那种职业性的鬼话她才不信！但问题是，她为什么要对韦荣说谎？为了这么件无关紧要的小破事？想想徐医生是怎么解释谎言的吧，难道她竟在乎起他了？

四

1

徐医生的亡故直到第三天才被韦荣发现——按照约定的时间，他去替她取前两天的牛奶与报纸，敲门却没有人应了。随后赶来的医生大致认定,老太太去了已有两天,她脑袋歪向一侧,枕上有秽物,她被呕吐物或是痰块堵住了呼吸道。

作为一个曾经的“专家门诊”,老太太大约对此略有预感,或者是她知道她总有一天必然要这样孤身地猝然离去,在她最喜欢的《东方快车谋杀案》里,夹着她三个儿女的联系电话、她的财产清单,以及一份相当简单的遗嘱。

外地的儿女们红肿着眼睛来了,在房子里四处走看,又伤心又陌生,他们非常吃惊地发现了一大堆原封未动的“金视丸”,数量惊人,以及两个分别针对腰背与脚部的红外理疗仪——包装也没有拆。

“唉,她怎么竟会这么糊涂!叫她装个空调都不肯,却把钱花到这上面!”徐医生的女儿,一身来不及换下的条纹套装,胸前还别着公司的名牌,她找到老太太的一个记帐本,疲惫而伤心地翻看,一边指给徐医生的大儿子看。“看,多贵呀,一盒就七百八,真该找那骗子退货去!”

有来探看的其他老人打圆场:“这不算贵了,韦荣给我们打的是最低折扣!她有白内障,这个药顶有效果,她一直说她眼睛好多了……”

“韦荣?就是韦荣卖给她的!”徐医生的大儿子听到这个名字,声音发尖。“看,遗嘱上写了,她五年内不准我们卖这房子,要把这房子租给韦荣,每月租金一块!谁是韦荣啊,我倒看看,这个骗子凭哪一条把我老母亲给骗成这样?临了还捡这么个大便宜!这种小混混,专门骗老年人!我要告他去!让他进班房!那里房租全免!”

韦荣当然不在,这是上午,他得在公园上班。但肖黎在,她一直在自责,就为了小冬生病,加之忙着自怨自艾,她这一个星期竟全然忘了下楼看徐医生,想想看,怎么能怪徐医生的儿女们来得太少,她与徐医生那么近,她又做了什么,人啊,总在自己的陷阱里挣扎……

肖黎看着徐医生的儿女们,试图在他们的眉眼中寻找老太太的痕迹,说实话,她多想念活着的徐医生啊,还有许多事情没有跟她说呢,比如,韦荣的那半个拥抱、她对韦荣撒的谎,真的,她不会隐瞒,她会承认她已经愿意接纳善意、体谅别人的感受……她多想让徐医生高兴高兴、圆胖的脸上浮现出老年人那狡黠的笑……

肖黎没有特别留意老太太儿女们的对话,然而,听到一个“骗子”,她耳朵却竖起来,尤其当那儿子开始大骂韦荣,要送韦荣到“房租全免”的“班房”去,她猛然间冲动起来,非常泼辣地开口反驳了:“骗子?天下人都是骗子他也不是骗子!你们都知道些什么?徐医生这房子,看你敢不租给韦荣!”纵使口气这样强硬,但肖黎再一次意识到,她又在撒谎了,哪怕仅仅是从常识来看,韦荣怎么能就算是完全的清白者?

几个老人也纷纷地替韦荣讲话,那大儿子咕囔着没有再骂下去,带着几分委屈地继续研究遗嘱,好一会儿,他突然冲着肖黎:“我猜,你叫肖黎?你和那小骗子看样子是二人转喽,你们把我母亲侍候得真不错,看,这里也提到了你,不过你没落到实惠,她只说要给你……一个名单?”大儿子从那几张纸里找到一串名单,疑惑地扫了好几眼,递给肖黎。

肖黎接过这张纸,只有她能看得明白——徐医生是把她还没来得及介绍给肖黎的男人们全都写在这里了,名字年纪单位职务收入联系方式。徐医生总担心,她哪天走了,恐怕再也没有人会管肖黎了……

肖黎忍住泪收起名单,突然,她发现,在名单下面,还有老太太用铅笔写的几个字,因为眼力不济的缘故,字体粗大而松疏,是《红楼梦》里的一句话,正反都写了一遍:假作真时真亦假,真作假时假亦真。

肖黎知道,徐医生是拿这话送她的。

2

徐医生头七的那天，正好小冬要去上一个游戏乐园课（肖黎开始调整对小冬的教育了），肖黎和韦荣约好，挑了晚上五点左右的时间，公园里没什么人了，找了个僻静的地方，离韦荣的桌子、离徐医生常坐的那个位置不太远——他们打算这样单独祭别一下徐医生。

韦荣挺认真地祷告：“老太太，这地方你最熟悉了，咱们天天见的，你肯定能找到，过来拿吧！我们给你烧书去了，都是你最喜欢的。”

这是韦荣的主意，他手里有好几本徐医生以前放在他那里的侦案小说，也有他为徐医生新买的但尚未读过的，他要一并烧了给她。

书很厚，两个人蹲着，慢慢地撕了一张张往火里扔，火苗舔着白纸黑字，然后蜷缩着变黑、变灰、再消失，像是悬疑故事的另一种讲述版本。

“我和她之间，还有‘两只靴子’，她这一走，没有人知道了。我想跟你……”也不知是什么诱发了肖黎，或者也是她有意识地想让自己更敞开一些。前面这几天，他们一起送走了徐医生，心理上似乎真的颇为亲近了——这世上，如果再选一个人说说她的来龙去脉，无疑也只有韦荣了。

韦荣埋头撕书，脸色被火光映着一晃一晃：“……其实我知道了，但也才知道。就在小冬挂水后不久，我倒数第二次替老太太送牛奶时，她告诉我的。所以，我大致可以明白你为什么会成为这样了……你知道吗，虽然你在岁数上该算我姐，可不管从哪个方面，我现在都觉得你像妹妹，你整个人、你整个生活，都太……怎么说呢，我不会说。”

肖黎不知如何作答了，姐姐或是妹妹，听上去挺自然——但也仅止于此吧。但是，这也是好的：亲近而不亲狎，她想徐医生也一定是愿意看到的。

“你的两只靴子,现在算过去了吗?我真不知如何帮你才好,你好像浑身长刺,很难帮上忙!”韦荣又换了一本书。风向变了,烟呛得眼睁不开,他让肖黎换个位置蹲。

“可能谁都帮不了吧……就直到现在,我每天用到钱,还是会想到这些钱的来源,它是我欺世换来的;看到亲密的夫妻,会想到枕边人的不忠;他留下的那只手机,我还时常充电呢,把那最后一条短信翻出来看看,像定期吞服苦药……其实时间长了,光着脚与穿着靴子,也差不多,我真的已经无所谓了。”她很乐意对韦荣和盘托出她的这些阴暗与堕落,哪怕他并不能真的明白。“对了,徐医生还跟你说别的什么了吗?”

“也没什么,就问我们处得如何,我说我跟你打赌输了,要搬走了。”

肖黎一怔,看来老太太真把她能想到的都给交待了,怪不得要把房子租给韦荣。肖黎竭力地回忆,在她给徐医生送粥的那最后一个晚上,徐医生跟自己都说了些什么?“但凡人家愿意费心骗骗你,那说明是看重你、在乎你,谎言就是对你的好,对你的疼……越是跟你不相干、对你没兴趣的人,才会跟你说大实话,那说明你压根不招人喜欢、不招人待见呢!”

肖黎回味着徐医生的话,这里面,不知道有些什么东西,让她很不踏实了。她突然急迫地想知道一个答案:“韦荣,从头到尾,你是不是从来都是跟我说实话?每一句?”

“是的,我是这样的,就算骗过我女朋友,也从没骗过你。”他眼睛闪闪地,有隐约的成就感,“这倒不是为了打赌,我本来就是这样对你的!”

“哪怕明明知道我不愿意听,你连一句好听的都不肯编?”肖黎忍不住再问,她想弄清楚,韦荣是否在意她的感受,韦荣是否只拿她作个不相干的人——这里头,有个多大的悖论啊:她渴求真话,却一直把与谎言的斗争作为生活的全部;而当一个人完全地对她诚实时,她又感到失落与生分——她怎么了,这不是疯魔了吗,到终了,她竟还是渴求一个可以骗骗她的人!

“……对,比如,我跟女朋友在你地下室亲热的事,骂你蠢、幼稚的话,还有小冬的事,虽然我知道你不会爱听……哎,你这是怎么啦,脸色这么难看?又怎么了?你到底希望不希望我说真话?唉,你真让我有些怕你了!”韦荣真正地迷惑了,手里撕书的速度慢下来。

“哦,没什么……你做得很对,我就是个爱听实话的老疙瘩心眼。”肖黎甚至还笑了一笑。可她知道,内心某个地方,非常之钝痛,韦荣所讲的以卵击石,她这次感受到了。韦荣好好的,他跟女朋友也好好的,世界万物都是正确的完好的,只有她碎了一地。她是个真正一根筋的孤家寡人,没有任何人懂得她、体恤她,当她做好了软化的准备、想要试探性地靠近这世界取暖,却发现没有可依之处、可依之人——哈,这正是老天爷对她的讽刺与惩罚吧!

见肖黎勉强摇头一笑,韦荣顺便换了话题。“我听别的老人说,你那天在徐医生家还替我说了很多好话!我真高兴,你终于是对我没有偏见了……对了,我后来找徐医生的儿子谈过了,那房子我当然不会租的,他们尽管去处理好了。所以现在,他们也不气我了……”

“那么,你打算……还住在我地下室?”破碎了的肖黎似乎抓到什么,不过她问询的声调非常之干涩,会让听者获得另一个方向的理解。

事实上,由于小冬生病、徐医生故去,肖黎一直还没有时间去找可以接替韦荣的人。她怀疑她是否会去找,以及她能否找到——潜意识里,还是希望韦荣继续留下来吧,即便留下来并不说明什么、并不改变什么,可她还是希望!她多渴望生活能柔软一点!肖黎紧绷着,等韦荣的回答——这一刻多么重啊,压得她全身疼!

“地下室?哦,别担心……” 韦荣研究着肖黎的脸,慢吞吞地回答,“我答应过你搬走的,我……”他努力着,脸色骤然一阵涨红。

肖黎看着他。说出来吧,如果他想说什么,如果他愿意继续住下去,请说出来吧——她忽然感到一阵剧烈的摇摇晃晃,这是怎么样一个瞬间!如果她主动向韦荣伸出手去,也许可以一并解决许多的问题:她的苦楚与孤独,她对人际的渴求,一个可以依靠的带有温度的触点,小小的富有积极性的一步……当然,这不是爱,而是需要,她需要一个稍微亲近些的人,她希望韦荣是世界的入口。

韦荣张了张嘴……最终还是压下了,他的声音在半空飘荡。“我可能快要找到一份新工作了!跟现在比,那可是挺体面的,不过我也有点犹豫……”他只看着火堆,“但我想你一定会喜欢这个消息,那里也提供集体宿舍,所以,最多再过一个星期,我就可以搬走了。包括这个公园,大概也很少会再来了。”他环顾四周,仍是不看肖黎。

“可小冬……可……”肖黎结巴了,不知自己要说些什么,难道可以开口挽留与拖延吗?她所指向的,并不完全是韦荣的去留,而是一个界限——对明天的生活,她的游离与胆怯。

“没事,我会经常来看看。我真的不太放心你们两个!但想来想去,从长计议,我大约还是离开更为妥当。”韦荣用一根树枝挑动余烬,一角死灰又窜出殷红的光,他的眼圈发红。

“那么,一份新工作,祝贺!”肖黎笑得很不错,软弱期过去了,可能性的契合也过去了。况且,关于他的工作,这祝贺不完全算是自欺欺人。她知道,他很快就要翻过这一页了,二十啷当岁嘛,他的脸上将再次生机勃勃地写着“新生活”几个字,就像他当初搬到地下室一样,他大概很快都会忘了,他曾经给了她半个救命般的拥抱。

3

渐渐黑下来的公园里，晚风却大了起来，等到烧给徐医生的灰烬完全灭去，肖黎与韦荣挥手，分道而行——后者要到女朋友处搭伙了。

确认韦荣完全走远，肖黎又重新折回，寻到绿树环绕的深处，找个地方坐下，她闭起眼睛，仿佛又回到了清晨的公园，在万物吐纳、花动叶摇的世外之景中，再一次看到徐医生闭目假寐的模样，耳边有韦荣漂亮嗓音的诵读，挂在树杈间的人体经络图与视力表飘动着，无限的静谧而和乐……

肖黎怀念徐医生，怀念她初次拜访的那个难捱的凌晨，怀念她介绍的那许多面目模糊的男人，怀念她在病中所说的奇谈怪论，当然，最怀念她所带来的韦荣——她知道，接下来的这几天，她还会与韦荣有若干次的见面，说不定还会一起吃顿饭，就算他搬离地下室了，他一定也会信守诺言，常过来看看……但在肖黎心里，她已经开始了对韦荣的道别。从那朵尚未绽放的月季开始，到地下室的混乱逻辑，到不欢而散的晚餐，到人工测谎，到输液之夜，到几分钟前火光中发红的眼圈……这样一一的回想起来，她真该多谢韦荣，他出现的意义，大概正是为了打破她的沉沦、唤醒她对情爱的感知，虽然从头至尾，他从未多么的明白她。

也许，怀念徐医生、感谢韦荣是假，作别自己才是真——对伤逝的纠缠，对真实与道德的信仰，对人情世故的偏见，皆就此别过了，她将会就此踏入那虚实相间、富有弹性的灰色地带，与虚伪合作，与他人友爱，与世界交好，并欣然承认谎言的不可或缺，它是建立家国天下的野心，它是构成宿命的要素，它鼓励世人对永恒占有的假想，它维护男儿女子的娇痴贪，它是生命中永难拂去的尘埃，又或许，它竟不是尘埃，而是菌团活跃、养分丰沛的大地，是万物生长之必须，正是这谎言的大地，孕育出辛酸而热闹的古往今来。

至于自己的明天、明天的“新生活”会是什么样？肖黎不知道，也不想费心去思量，口袋里不还有徐医生留下的“名单”吗。

——暂且，先停留在这一刻里吧。肖黎闭着眼，顾自沉浸在漫长而沉重的告别里，沉浸在越来越浓厚的暮色里。

镜中姐妹

1

小五的命值50元。生她的那天,街道的计划生育委员会找到家里,罚了父亲50元。

50元在79年,不多也不少。但因为小五还是个女孩,父母就都觉得这50元真是太冤枉了,尤其是父亲,他简直后悔起来。在小五前面,他们已经一口气生了三胎四个女孩(有一对双胞胎),然后他们停了八年,尽管父亲这时已经快40岁了,但就像赌徒相信手气可以好转一样,他们决定试试运气再生一胎。没想到,种子才种下去四五个月,一直风传的计划生育却真刀实枪地刮到了县城,每个街道都成立了计划生育委员会,一家一家地上门劝说女上环男结扎。父亲有点不甘,但他在县第一中心小学做老师,那是为人师表的地方,总觉得面子上有点过不去,校长才一开口,他就故作轻巧地一口应承下来:过几天去做掉,保证做掉。做母亲的却相当固执,一直拖延着,找出种种借口,同时她整日重复着一句话,就像一个健忘的演员在练习一句拗口的台词:你不想试试吗,我真的有感觉,这次可能就是个男的呢。父亲被说中了心事,并且被母亲的“感觉”和沉着的坚决所感染,他默许了母亲的拖延,并像一个心照不宣的同谋那样找出种种借口对付成立不久、毫无经验的计生办。当他们绞尽脑汁再也无法找到新的借口的时候,计生办终于意识到某种阴谋,他们冠冕堂皇地到父亲家坐了一整天,并最终与心虚的父亲、疲惫的母亲达成协议:次日到县医院引产。

小五在胎中似乎有所感应,当天夜里,母亲腹痛如割,见红下水,一切症状都表明:小五提前四十天早产了。母亲虽痛苦难捱,但她却在汗水和血水中面呈欣慰之色。然而,当疼痛在高峰嘎然而止,小五细如发丝的哭声如寒夜中的一道微弱烛光照亮父亲沮丧的脸色,母亲生产的喜悦在瞬间被巨大的绝望、自责取代,她不用看就知道:又是一个丫头!

考虑到父母曾答应次日引产,但被非人力因素才导致超生,计生办只罚了父亲50元,并免去了停课一学期的处罚,尽管如此,由于中年得子这一理想的彻底破灭,父亲还是对小五充满了他无法意识到的一丝积怨。

给这孩子取个名儿吧。月子里,母亲几乎是小心地请求说。就叫小五好了。父亲心不在焉地回答,说这话的同时,他正在诵读一篇佶屈聱牙的楚辞,似乎想把下半生全都投入古汉语的海洋,做一个知识深奥得失去意义的小学语文老师。

母亲更加沉默了,本来,她是特意选了父亲读书的时候请他取名,一番心思白废了。她不能不想到从前,她第一次怀孕,那时父亲多兴奋啊,他早备好了名字,一下子想了两个,他得意地对年轻的母亲说:预产期是三月份吧,就叫春华,不错吧?等你生第二个,我们就叫秋实。男孩女孩都适合,怎么样?我们就生一男一女吧……然而,春华、秋实全是女孩。父亲有点失望,但有句老话叫“事不过三”,

他满怀希望地看着母亲的肚子再次变大，这次大得超出想象——是个双胞胎！更加雪上加霜的是：全是女孩。对接踵而至的女孩儿深感厌倦且绝望的父亲这时已经失去了一个语文教师应有的文采与浪漫，他随着前来喝满月酒的亲戚们胡乱叫着：大双、小双。这名字尽管平常了些，却也恰如其分。最可怜的是小五，小五，这名字算什么呢。母亲又开始流泪了，她的最后一个月子，泪水泡得她的双眸失去了最后一丝光泽。生完小五，她就彻底成了一个中年妇人了。

这一年，春华、秋实已经上初中了，而大双小双也已成为父亲所在小学的三年级学生，她们每天放学回家，看到的就是母亲披散的头发、哇哇乱哭的婴儿以及一大堆散发着臭气的尿布，春华和秋实每日以划拳决定由谁来洗尿布；大双小双则轮流分工：一个去唱着儿歌晃动摇篮，另一个得以悄悄溜到厨房，偷吃没有了热气的鸡汤。很快，父亲下班回来了，每天一进门，他就觉得自己是从一个课堂来到了另一个课堂，甚至后者更令人烦燥。他于是用工作一天后的疲惫为借口，一边准备简单的晚饭，一边训斥两个大的两个小的，在训斥的过程中，他偶尔会停在小五的摇篮边，小五在摇篮中用她尚没有视力的双眼对着任何发声音的地方露出高兴的笑容。可能正是缘于摇篮中的某种直觉，小五从小就认为，如果按照对自己的喜好程度把家中的成员排个队的话，可以有三个层次：母亲小双（心疼、关注）、大双春华秋实（若有若无）、父亲（漠然、厌烦）。小双与别的姐姐们不同，她最爱笑，她在小五摇篮边唱歌的次数最多，并且只有她的歌声带有真正的柔情蜜意。

2

等到小五也背着一只小书包摇摇晃晃地出现在县一小的时候，她才第一次意识到人们对她外貌的关注和期待。那些老师们（父亲的同事）会在下课时拐到一（三）班的门口，头往里面一伸，大声地问讲台上准备下课的老师：哪个是张老师家的小五？

同学们会转过脸盯着小五，小五犹豫着，不知道该不该站起。但这样已经足够，伸头的老师认出了她，他们满意地笑起来：真的，又来一个，张老师还真有福气……

这样，从人们只言片语的零星评价中，小五得到了自己一家人的社会形象：父亲，一个性格内向、喜爱古文的语文老师；母亲，曾经漂亮过的县服装厂广播员；四个女孩子，一个比一个漂亮，尤其到了小双，简直活脱脱一个大美人胎子，对于小五的长相，有两种观点，一种认为她是个败笔，这孩子脸上线条太硬，眼睛不够大，眉毛也太浓；另一种认为她比她所有的姐姐们都更洋派，有气质，像大地方的孩子。但总的来说，在八十年代小县城的审美观里，小五是比她的姐姐们长得差了一点。

奇怪，对于女孩子，为什么人们总是会关心她们的长相。这让小五觉得很单调，但这也导引和暗示了小五的某种兴趣，在家里，小五时常会注意地观察姐姐们的一举一动，同时，她慢慢地养成了一个特别的爱好：收集废物，收集家里每个人丢掉的那些没用的玩意儿。这些破烂，在被扔掉的瞬间，小五觉得，它们才产生了意味深长的价值。小五会悄悄地找回其中的一部分，细细地观察研究一番，从中寻找和发现人生的最大奥妙。

有一年冬天，小五在春华的废纸篓里捡到了一个撕破的纸质小口袋，上面写着：卫生带。卫生带，那是什么？小五的直觉让她记起这两天母亲与春华间的窃窃私语以及春华别扭的走路姿势。春华在一天之中开始疏远起别的妹妹来，就连与她关系最好的秋实，她也是爱理不理的样子。这一年，春华已经在读高一了，身体有点微微的青春胖，辫子乌黑发亮，很引人注目，走在她身边，母亲就像个又瘪又老的丝瓜干。春华性格温顺，天天看书到很迟，但她的成绩却一直不好，勉强捱到高二，不顾父亲的几次阻拦，她执意不肯再读下去，正好母亲的服装厂里有一批小规模的招工，春华就工作了，成了家里第一个挣到钱的孩子。

记得她第一次拿到工资，按照当时县城流行的风气，她给家里每人都买了一个礼物：母亲是一袋"光明"牌染发剂，父亲是一瓶有包装盒的精装"洋河大曲"，秋实是一条红色的薄纱巾，大双小双一人一只新发夹，给小五的呢，是一个小小的只有64开人的日记本。全家人都高兴极了，最起码表现得高兴极了。小五其实很喜欢纱巾或发夹，但春华却给了她一本日记，这说明什么：她不够漂亮？她更加聪明？可是那只发夹多么好看呀。当天晚上，小五做了个梦，梦见了一只硕大无比的发夹，漂在水面上，小五跟在后面追呀追，却总也追不上，奇怪，后来，那只发夹变成了小双，小双漂在河面上，一动不动，像睡着了一样……小五从梦里吓得醒过来，却听到睡在旁边床上的父亲母亲在说话。

看来我是真的老了，春华都给我买染发剂了……母亲在夜里叹了口气，听上去悲凉极了。你都忘了我年轻时的样子了吧。

没有，她们个个儿的像你，跟你从前一个样儿……父亲说，语气却不如他的词儿那么热烈。

春华工作的事儿你还在生气，瞧她都挣钱给你买酒了……

看她带的这个头，我最恨的就是绣花枕头……我看我们家全是一堆绣花枕头，你看她们，整天就知道照镜子，看看她们今天拿到丝巾、发夹的那欢喜劲儿！我为什么想要个男孩子，就是恨她们这点出息！

她们还都是小孩子嘛……母亲微弱地争辩了一句。有时我也想不通，我们怎么就生不出个男孩子，真是的，说出来都怕人笑话，一下子五个……都怪你，种子不好……

是土不行，盐碱地，不出带把儿的，我撒多少种子也不行啊……

我再给你撒点儿怎么样……父亲好像在翻身。然后他喘起气来。床好像抖起来,令人不安。母亲没有声音,过了一会儿,小五有点害怕,最终听到母亲憋着嗓子吟哦了一声,小五放心了,翻个身接着睡下了。她想接着做那个梦,看看小双为什么会那样一动不动地漂在水面上。

春华上班不到一年,就开始有媒人到家里提亲了。尽管当时风气渐开,但最正式最地道的求婚方式还是请媒人提亲。母亲对此似乎胸有成竹,她支开因为手足无措而显得心烦气躁的父亲,踌躇满志地开始了她的挑婿历程。很多年以后,当全家只剩下小五待字闺中的时候,已经衰老得无需保守秘密的母亲对小五说:我跟你爸不一样,生不到儿子,我只气一时,但长远来看,我早就知道,生女儿好,可以挑个好人家。这个"挑"字,大有讲究,挑好了,全家跟着享福,日子在天上飞;挑孬了,日子倒着过,苦得跟爬似的。我呀,自己的命就到此为止了,但你们呢,才刚开始,一个个儿的要给自己开个好头……只可惜小双她太没福气……

春华的求亲者集中在服装厂,最好的只不过就是厂办的小秘书。这让母亲大为失望,她想一定是春华敦厚老实的模样使人们低估了她家的门槛,母亲拿出她做播音员的嘴皮功夫,不着痕迹地拒绝了那些假借串门名义前来提亲的中年妇女们,同时,她又深入浅出地暗示了春华的好条件高要求,以促使那些联想丰富的媒人们发现新的人选。那些被拒绝掉的男方的具体情况,母亲有时候都不会跟春华说,春华更是从来不会主动问上一句:这是一个女孩家应有的规距。做了这么多年的长女,春华的性格已经平实得像一块密实耐用的砧板,她习惯于听父母的话,即使婚姻这样的大事——加上母亲那种洞察世事、不容置喙的腔调——春华听天由命的想:管他是谁呢,母亲不会看错的。父亲却对来来往往的串门者不胜其烦了,他认为这大大影响了他晚上研读楚辞的时间,似乎女儿的终身大事还比不上楚辞中的某个有争议的注解似的。当母亲连厂办秘书的牵线人也拒之门外后,父亲不耐烦了,他把母亲叫到他们的房间,尽管他努力压低嗓门,但几个在客厅做作业的孩子还是听得清清楚楚。

你在待价而沽吗?你在讨价还价吗?你把春华当成什么了?一棵摇钱树?当心,不要到最后竹篮打水一场空!你不嫌丢人?你不嫌闹得慌!语文老师因为激动而使用了不太恰当的成语和歇后语。

这有什么丢人的!男婚女嫁,择优而从,这是讲到哪儿都明明白白的道理。你看看咱家春华,她那模样,那脾气,多好的女孩儿,我就不信找不到个有前途的人家!我觉得我还挑得不够呢,她这样儿的,我怎么挑都不过分……再说了,我还要给下面几个开个好头呢……

小五偷偷地走到厨房,春华正在洗碗,春华最近瘦了,显得胸脯更高了,她的脸从侧面看过去,像长了一圈绒毛,全身上下散发出一种特别的气息。小五在边上看着,一时有点发呆,春华发现她,用湿漉漉的手敲了一下小五的头:还不快去做作业!春华上班以后,似乎反而对学校有了一点敬畏之心,她几乎比母亲还要尽心地督促着下面四个的功课。

他们在说你的事儿呢!小五故意说,她想只要春华问她,她就把刚才听到的全部说出来。春华要比小五大上十一岁,在小五的眼里,大姐是个大人了,小五有点想要讨好她。

去,小毛孩儿,别听大人的话!我能有什么事儿!春华板起脸抹桌子。

小五很生气,她觉得春华一点意思也没有,连脸都没红。

好在很快,春华的事就有了眉目,一个社交广泛的媒人很快悟到母亲的诣趣所在,她在第二次串门时不再一事无成,最起码,她推荐的对象终于成功地过了母亲这一关。那个在她的口中被说得一表人材、前途无量的年轻人叫陈善材，在县政府财政科工作。

不久，母亲亲手安排了两人的见面。为了准备这次见面，母亲带着春华到裁缝店做了一件带金丝线的两用衫，这是当时县城最时髦的布料了，衣服做好后，挑剔的母亲又逼着裁缝修改了两次，最终合体得像从春华身上长出来似的。正式相亲的前一个晚上，春华带着点羞怯试衣服给大家看，大双小双小五一个个都喜欢得张大了嘴巴，秋实在一边闹着，说一定要借给她穿到学校，秋实那时刚上高中，爱穿衣打扮的心思一天比一天强烈。母亲一边趁机训斥着秋实，一边拿手指用力戳着父亲的肩膀，父亲从他的灯下抬起头，好像第一次见到春华似的围着春华看了一圈，母亲满脸得意地看着他，等着他称赞，父亲笑了几声，却突然有点悲哀起来，他很轻地说：这是春华的顶峰了。小五听不明白，想象中应当是句夸耀的话吧，母亲却沉下脸来：你不会学喜鹊唱，就非得叫声乌鸦调么！

次日的相亲正如母亲所愿，两方你情我愿、一锤定音。后来的事就都按部就班了，陈善材会隔三岔五地带着小礼品来看望父母，春华也经常会穿戴得漂漂亮亮地单独跟陈善材出去看电影或到红梅公园玩上大半天。陈善材是个面面俱到、讲究细节的人，话虽不多，但每句话的分寸感把握得很好，一看就是在机关里呆了很久的人。母亲对此非常得意，认定这是陈善材前途无量的最好证明。可能是出于习惯，他对每个人都客客气气，就连小五端杯茶给他，他都会抬起屁股表示谢意。每次约春华出去，他都会让春华带回来一些好吃的零食，这让小五非常高兴，因为秋实最近嫌自己太胖，基本不吃零嘴了，大双小双两个虽然先天不足一直是瘦条子身材，但她们却喜欢围着春华听她讲电影故事，所有的零食基本上都由小五独享了。但小五并没有因此对陈善材有更多的好感，因为小五现在开始明白父亲的那句话了，的确，订婚之后的春华好像就开始走下坡路了，尽管后来她又添了一些新衣服和漂亮的丝巾，频繁的约会也使得她的脸色更加红润娇嫩起来，但是奇怪，小五就是觉得春华变丑了，特别是她身上的味道，好像开始混浊厚重起来，夹杂着一丝陌生而可疑的气息。这让小五有点伤心。

春华结婚那天，小五第一次穿上带花边的新衣服，可是从后来的全家福照片上可以看见：她挂着小脸挤在大人们脚边，看不出一丝喜气。春华出嫁了，小五第一次体味到家人之间这种以喜庆形式出现的分离，尽管只少了一个人，但小五觉得：家不完整了，像缺了一个角的月饼。小五去翻春华桌子下的纸篓子，她找到了大姐在这个家中最后一次扔下的垃圾：一副旧的洗破了的假领子；内衣的空包装盒；一块皱皱巴巴的手绢；几张被剪坏的红喜字。小五看了看，又飞快地闻了闻，然后悄悄地收起来塞进她抽屉的最里边。

最先从别离中恢复过来的是秋实，因为春华出嫁之后，留给她不少衣服，她不顾母亲因为春华的出嫁而筋疲力尽、悲欣交集的状况，甜言蜜语地央求母亲帮她把春华的衣服一一改小，并在领子、袖口等细节处增加一些时新的变动。

母亲一声不响地坐在厨房靠北的窗户，一针一线地帮秋实改衣服，眼泪悄悄地滑下来，她终于停住手，哽咽着说：从小养到这么大，说出去也就出去了，她昨天在家还穿着这身衣服呢……家里突然显得很静，父亲故意咳嗽着，却显得家中更加安静。

12岁的小五抬头看看母亲，她这是第一次看到母亲在哭。小五心想，如果嫁女儿让母亲那么难受，自己以后就不结婚了。

3

父母亲像大多数人那样，习惯于过一种低于他们所能负担得起的水平的生活。父亲的工资全都交给母亲，而母亲就会神秘而平静地把其中的大部分送到银行。留下的一小部分，母亲用来买菜、交书本费、买报纸、交水电费。至于添衣服，那是过年时才会有的。小五对此没什么感觉，因为她的衣服很多，四个姐姐一年年的积攒下来，够她一个礼拜都穿得不重样，尽管那些衣服略略肥大，样式过时，颜色发白，但小五毫不在意。父亲常常当着全家的面为此夸奖小五：咱家就数小五最纯真，一心想着读书，不照镜子。在父亲看来，照不照镜子好像是衡量一个人价值的重要标准。

但秋实对一年四季没有新衣的生活感到难以忍受。她有一个误区，认为春华出嫁了之后，母亲应该像对待春华那样给自己多添点新衣服。在跟母亲反复交涉无效之后，她就会躲在房里不肯出来吃饭，母亲喊她，她不吭声，再喊，她就气哼哼地说：我不吃了，把我的那份伙食费省下来，给我买衣服。

母亲被她气得笑起来：小祖宗，快来吃吧，等你考上大学，你要买多少我就买多少。说实话，我现在是不敢给你买，你看你，现在花在衣服上的那心思，这样子，还考什么大学！

秋实气鼓鼓地跑出来，前面的刘海却突然好看地往里卷起来，原来，她就是生气时也不忘记用发夹给刘海变点花样。父亲放下碗筷叹口气：秋实，你这是像谁呢？你真叫我担心。

父亲的担心其实是多余的。秋实虽然喜好穿衣，举止略带轻浮，但她的脑筋却特别好用，春华在家时经常回忆，说小时候划拳洗小五尿布时，经常划不过秋实，秋实像是诸葛亮似的，老会猜中别人下一步要出什么拳。在学习上，秋实并不是特别用功，但她猜题目也是一把好手，每次期末，她总会从老师做课堂复习时的语气和眼神中捕捉到某些别人难以意会神传的秘密，然后她就临时抱佛脚地抓住她认为的那些重点狂啃一气，到最后竟然让她在班上总是名列前茅。秋实为此得意非凡，愈加喜爱猜测打赌，任何一件事情，她都会顺手拿过来与身边的每一个人打赌：你猜今晚妈妈做面条还是稀饭？小五，我们赌一张香水书签！小双，你猜，明天到底会不会下雨，这个很难,我们赌帮对方叠一个星期的被子怎么样?爸爸,妈妈今天回来迟了,我来猜,她准是去剪头发了,如果我猜对了,你给我加一块钱零花钱好不好?有的赌听上去莫名其妙,使得对方认为可以就此与秋实碰碰运气,但奇怪的是,大多数时候,都是秋实赢——可能是她注意到了生活里的某些蛛丝马迹,也可能是她确实拥有某种神异的功能。

最令人信服的是秋实与全家人赌春华肚子里孩子的性别。在B超还令人抗拒的情况下(县城里,当时流传着一种可笑的说法,照B超容易导致流产或婴儿失明),婴儿的性别实在是个难以把握、人人关注的谜,因而秋实一说口,这个赌就变得非常具有吸引力了。小五和大双小双们很兴奋,这是她们第一次亲眼看到一个孩子在女人的肚子里从小变大,那个把春华肚子撑得无比巨大的家伙到底是她还是他?好玩,太好玩了,连父亲都笑呵呵地表示愿意跟秋实赌一本英汉大词典。可是这次秋实却不跟妹妹们赌了,也不响应父亲,虽然作为一个高二学生她确实需要那本英汉大词典。她撇下大家,只单独要跟母亲赌。

母亲的神经最近有点紧张,她担心春华会跟自己一样是个女儿肚子,她担心真的生出个女儿之后,春华会失去陈善材的宠爱(也许她想到了自己,想到了生小五时那些没有热气的鸡汤)。母亲心不在焉地应付着秋实,看到大家都笑嘻嘻地在等她应赌,她简直有点生气了,这么大的事,怎么能打赌呢!

秋实看出了母亲的心思,她一语中的的说:妈妈,你知道,我一直都会赢,我赌春华生个大胖小子!

母亲控制住脸上的笑意,但她的口气软了下来:死丫头,那你要我输什么给你?有本事你就真赢!

衣服!每个季节都要帮我添一套新衣服!秋实迫不及待却又深思熟虑地说。一点不过分吧,如果春华生个儿子,我想你本来就会高兴得给我添衣服了！

一个半月之后，春华的儿子哲光出生了。陈善材乐得跑来跟父亲喝酒。父亲站到凳子上，拿下了厨顶上春华工作时买给他的那瓶“洋河大曲”，翁婿两个就着昨晚的剩菜对饮起来。父亲很快就醉了，他口齿不清地说：总算生了个儿子，我这辈子还没抱过带把儿的孩子呢！善材，放在这里，我和你妈给带着，你放心，我有一套最好的育儿方法，一直没机会用上……

小五跑到厨房，把那个满是灰尘的“洋河大曲”盒子收起来，她忽然想到，要是春华生的是个女儿，可能父亲一辈子都不会碰这瓶酒了。小五有点不舒服，她好像突然不太喜欢那个还没见过面的姨侄子哲光了。是他抢走了本来该属于姐妹们的“育儿方法”。

倒是秋实，对哲光喜欢得不行，这次大胜母亲后，她如愿以偿地得到了时新的花花衣裳，加上她本来举止娇美、喜好搭配，整个人看上去，又比当年的春华更胜了一筹。可能是命中注定吧，也可能是此消彼长吧——对外貌修饰的过分倾心不幸导致吉光灵性的遁失：一向在各种大考小考逢凶化吉的秋实在她人生最重要的一场考试中马失前蹄了。第二年的夏季，秋实高考失利，几经周转之后，进了地市级医学院，三年大专。

父亲并没有过分的责骂，但他安慰的方式让人听了很不舒服：没关系，爸爸本来就没指望你们怎么样，女孩子学些医务护理不挺好么，挺好的，你瞧，以后我们家有人生病就不愁啦。

母亲大概是被秋实平常的成绩及她的小聪明所迷惑，因而她对秋实非常失望，秋实大哭一场恢复过来之后，她都还好几天气得吃不下东西。后来，大概是为了转移秋实（更多的是她自己）的注意力，她到银行取了一点钱，出手大方地带着秋实又去添置了一些衣物，父亲几次暗示她不必如此铺张，母亲却振振有词：你懂什么，穷家富路，医学院离家一百多里，好歹也是个市，比这小县城是大多了，别让咱秋实在那儿难堪，再说了，秋实在那儿要认识很多大地方的新同学新老师，你不希望女儿被人家小瞧吧，秋实，记住妈的话，在外面，要洒脱一点，骄傲一点、眼界放高一点……你别笑，你到底有没有听懂妈的意思？

4

在十七岁以前，外人基本上分不出大双和小双，像大多数双胞胎一样，从发式、夹子到衣服鞋子，她们总是被母亲故意打扮得一模一样。家里人对此却无法混淆，因为大双、小双除了外貌、动作相像以外，别的几乎哪儿都不像，同样是喊她们，小双保管会脆脆地应一声，大双则会一声不响地走过来。大双爱静，有时会帮着母亲做点针线活儿，小双性格活泼，相对来说，她是父亲最喜欢的一个孩子，只有她敢在父亲看书的时候去揪他的头发，在他衣服后面粘上一把刚摘下来的苍耳，让父亲上课时惹得全班学生笑成一团。尽管两人性格相反，她们却由衷地喜欢和对方呆在一起，上学、放学结伴而行，生活上互相照应——这可能是从摇篮中就养成的一种习惯，也可能是她们潜意识中对个人性格缺陷上的一种互补和占有的欲望。她们形影不离的状态一直持续到青春期开始之前，这让小五常常感到说不出的孤独，小五想：春华结婚了，秋实有新衣服了，大双小双那么交好，自己怎么办呢？她试图与母亲靠得更近，但令她更加失望的是，母亲的全部心血和乐趣现在全在外孙哲光身上了，哲光那家伙长得很胖，在父亲的调教下，十个半月就会喊人了，她喊秋实“姨”，把长得一模一样的大双小双喊成“双姨”，小五就是“小姨”，哲光的牙齿还没长好，流着口水细声喊着小姨的时候，小五就忍不住跑过去，抱起他。小五想，算了吧，就对哲光好一点吧，以后还不知道会怎么样呢，就像小时候，小双对自己多好呀，放学回来在摇篮边唱儿歌，可现在呢，长到十七岁了，自以为是大人了，一天到晚就只跟大双说悄悄话，有什么事儿一直都说不完呢。

十七岁那年的初夏，小双不知道为什么，谁也不商量谁也不告诉，自个儿跑到理发店用她的零花钱把辫子给剪了，虽说是挺好看的童花头，可是全家人全都大吃一惊，像发生了大不了的事。母亲也把注意力从哲光身上挪开一会儿，连声问为什么？一边又劝说大双：明天也去剪了，我看不惯你们头发不一样……大双却一反常态地拗扭起来，坚决不肯去剪。小双兴奋得有些异常，她不理会母亲的诘问，只是小心却又得意地一个劲儿问大双：这样好吧，这样问题就解决了吧。她们有什么问题？小五听不懂，秋实却自作聪明地用她一贯的诸葛亮腔调说：妈，别问了，我知道，她们是大姑娘了，开始有秘密了。

母亲对秋实的猜测很不满意，她总认为自己的女儿一个个还小着呢，哪会有那么多秘密。许多年以后，每当说起小双，她还会自责得流下眼泪：是啊，还是秋实当时猜得对，小双她是有秘密了，那天，我为什么不问问清楚呢……在当时，母亲叫嚷了两句后就自我安慰着对小双的新发式置之脑后了，她只是抱着她最喜爱的哲光暗自嘀咕着：你双姨现在变成两个了，下次你记住，扎辫子的是大双姨，短头发的是小双姨……

小双剪头发的真正原因直到她五个月后的沉河自尽才陆陆续续地从大双的嘴中给母亲一点点追问出来。母亲没有想到，在她沉湎于外祖母的天伦之乐的时候，她的一对双胞胎正陷入早恋的泥潭。

早恋，这把地下野火在八十年代末的县城中学烧得非常旺盛，那时候，《上海滩》、《血疑》、《陈真》和《射雕英雄传》等电视连续剧在电视台里播得万人空巷，那些台词、那种真情、男女主角的拥抱以及流传广泛的主题歌一下子成了青春期孩子们最刺激的情感启蒙，他们像河蚌一样对严肃而保守的父母辈紧紧封锁着内心无处排遣的激动,但那种幼稚而率真的激情却像蚌肉一样软弱细腻,一个来自后排的眼神、一件新换的有肥皂味的白衬衫、一头刚刚洗过还在滴水的头发,就足以让敏感多情的孩子们身不由己了,他们像中了魔咒似的被卷入隐秘的狂热里,小心翼翼地通过极其隐晦的方式互相传递并增长着彼此的爱慕之心。

当然,那种美好却又危险的早恋并不见得导致死亡。小双的不幸也许是命运与身俱来的馈赠——她与大双让外人无法分清的外貌和举止。她和大双在每天的放学路上都会碰到一个骑着半新"凤凰"自行车的男孩子,那个男孩子她们都认识,比她们高一个年级,是学生会的宣传委,会吹笛子,喜欢打篮球。除了星期五的练球时间,这个男孩子总是在她们俩放学的路上等她们,他并不是每次都会跟她们说话,有时他会给她们带一袋金鱼,有时会是两束狗尾巴草,有时只是远远地跟在两人后面骑一会儿车,故意地摇摇铃铛。每当这个时候,小双大双拉在一起的手会同时出汗,大双更是紧张得不敢说话,小双不甘心,但她也不知道说什么才好,于是她就吹口哨,小双的口哨吹得很好,比男生都好,她吹的是《上海滩》主题歌。

回家之后,无话不谈的小双和大双就会互相交换她们得来的关于这个"笛子"(这是她们私下里给他取的绰号,以防止被别人发现她们的小秘密)的点滴情况:比如,笛子的爸爸是农业合作社的副社长……怪不得,他家里会给他买凤凰车……他有个姐姐,嫁到南京去了……南京,那是多大的城呀……笛子的数学最好,每次考试,附加题都拿满分……但我听说他挺粗心,简单的小题目经常丢分……他篮球打得好吗……我看过,可惜他是后卫,而不是投篮的……大双小双大大方方地互相启发着讨论着关于笛子的一切,在她们的嘴中,笛子像一只青涩诱人的禁果,两个人通过共享来分担其中的甜蜜和风险。无数个夜晚,两个过分直率的少女就在睡前的短暂时间里通过谈论笛子来为即将开始的寂寞长夜催眠；当梦境降临，笛子就分身成一模一样的两个人（就像另外一对孪生兄弟），分别出现在大双小双的梦中，两个笛子，两个梦，那真像是天堂一样完美无缺。

这种混沌而纯真的“分享”并没有延续太长的时间，因为笛子很快就要高考了，他一星期只能在她们的路上出现一次了，大双和小双并没有向对方隐瞒彼此的失落，她们很快达成了一个一拍即合的心愿：让笛子好好高考，等到考完了，再重新联系。但事情发展到这里碰到了一些细节上的难题，由谁来向笛子说这句话呢？大双说：你说吧，我怕我会太紧张。小双也就义不容辞地点点头，但很快她又犹豫起来：不行，那不好！不如我们一人说一句怎么样？我说：祝你高考成功！你说：考完了再联系！——多少年以后，如果小双还活着，她一定会觉得可笑，为什么会提出那么笨拙呆板的办法，但在十七岁的那一天，她们一致觉得这个方法多么天经地义呀，没有任何偏差，对谁都那么公平，就是对笛子也是吧，他不是在与一对双胞胎交往么？

没想到的是，就在她们满脸通红地说完了那听似简单却包含千万句潜台词的两句话以后，笛子却似笑非笑地问了一句：我跟你们当中的谁联系呀？我分不清你们两个，你们什么都一样……说着他摇了摇铃铛，铃铛清脆，一下子响到她们心尖尖上。小双的脸突然由红色变成了白的，她声音稍稍带点颤抖地说：我们明天就会不一样了……

小双当天放学就去了理发店。大双知道小双会想出一个简单的主意，当她看到小双甩着童花头站在屋子中间，大双就明白了小双的意思，母亲、秋实、小五们在周围聒噪着，可是她们不在意，她们对视着，像世界上最亲密的姐妹那样，这次的发型之变令她们更加互相体恤，互相鼓励，互相为对方可能面临的失败和成功而伤心或激动着,她们的心思在对方心里像玻璃一样透明。

第二天,笛子却没来,她们几乎天天在等,她们的放学之路突然那么漫长,她们手拉着手,却总觉得空空荡荡。五月,六月,笛子消失在那些为高考而夜不能寐、心无旁骛的男孩子们中间了。

然后就是悠长而憋闷的暑假,小双的最后一个暑假。大双小双都是苦夏的体质,那个暑假,她们更加苗条修长了,简直令每一个见到她们的人都为之心中一动。只有哲光,在那个暑假,不仅长得更胖,而且学会了走路和学跳迪斯科,后者是秋实教他的,秋实在医学院生活得非常愉快,那种地市级大专院校的气氛很适合秋实,那里的孩子大多数来自农村,也有一小部分来自县城、市区,甚至还有几个来自省会,秋实在那里,容貌出众,性格活跃,又足够聪明,很快成了校里的“四大校花”之一,从母亲那儿学来的一口普通话又使得她成了校广播站的播音员……这是她考上医学院的第一个暑假,她甩着披肩长发换下录音机里大双小双的英语带子,插进她带回来的一盘翻录磁带,很快,小小的房子里就响起了节奏快得令人心悸的迪斯科曲子了,秋实随着节拍扭起屁股和腰肢,家里每个人都看得有点不好意思,小五觉得那些动作很好看,同时又有点不知羞耻,尽管秋实一再鼓动,但她还是死活不敢自己也扭两下,只有哲光那家伙,抬起胖乎乎的腿学起他“姨”的动作,秋实大为高兴,一有空就带哲光玩,在她的调教下,哲光学得很有点样子,常常逗得全家人笑得肚子痛,笑得最开心的是陈善材,八月底,他仕途初现吉光,被提拔成了财务科的副科长,而正科长,已经57了。

然后就到了九月,大双小双又开始手拉手上学了,这学期,她们升高三了,她们坐在从前笛子坐过的教室中,但从第一天上学起,她们就开始绝望了:笛子已经离开县中了,已经不可能出现在她们面前了,一切都结束了吧……

然而,开学后的第五天,两人又重新听到了自行车的铃铛声,她们犹豫着不敢回头，都认为是自己一个人出现了某种幻觉。

不是幻觉！因为那辆半新的自行车现在已经绕到了她们面前，并且像从前那样斜着停下来。不过四个多月没见，她们发现，笛子好像长了四岁似的，他的笑容不再像一个高中生那样羞涩了，不，他现在看上去简直完全像一个大学生了，他黑了一点，高了一点，神情很放松，衬衫的第一个扣子没有系，像很多年轻男人那样。大双和小双被震慑了，她们半张着嘴，谁都说不出半个字，怕露出一丝傻气和怯弱。

我考到了南京大学，信息物理系。到九月十五号才报到。我跟着你们四天了，你们谁都没发现。笛子露出牙齿有点得意地笑起来，这一笑，她们高兴地看到，他的孩子气又回来了一点。

祝贺你呀。小双终于先说道。小双说话的时候，她夹在耳后的短发滑出来，几乎遮住了她半个脸。小双习惯性地甩甩头，像个男孩子那样潇洒。

大双在边上微微地笑起来，她想，是不是该跟上次一样，自己接着说：多联系呀。不行，那听上去简直太厚脸皮了。大双的脸在不经意中红起来，她动了动嘴唇，最后还是没出声。

希望你们明年高考也顺利，喏，我把我的复习资料全给你们带来了……到了南京我会跟你们联系的。笛子像猜中了姑娘们说不出来的愿望，他一边说着，一边抬起长腿跨上自行车走了。

小双松了一口气，虽然她知道自己跟身边的大双一样感到一阵甜蜜的惆怅。她不由自主又吹起口哨来，吹得比任何时候都要悠扬清脆。已经骑出去很远的笛子忽然回过头，小双吃惊地放平舌头，哨声像掉了针的唱片，嘎然而止。

这一天晚上，陈善材陪着春华回娘家，主要是看看自己的儿子。陈善材仕途得意，甚至有传言说要调他到县委办公室当主任，但他还是很客气，他一客气，父亲母亲就更加客气了，连带着的，母亲现在连厨房都不让春华进，春华像是个真正的客人，坐在客厅里无所事事地逗着哲光玩。在厨房打下手的是小五和大双。小五觉得，在厨房里，拣菜的时候可以听见陈善材讲一些政府里的内部消息，很有意思。陈善材今天说起了西藏，他说，团省委最近在全省招募自愿进藏的进步青年，团县委也有五个名额，他这几天还在考虑呢，要不要报名？

为什么？你没事报名去干什么？小双用她一贯活泼的声音问。陈善材好像是笑了两声没有回答，倒是父亲，用猜测的语气问道：是不是去了以后再回来就更加……好了？陈善材又笑了两声还是没说话，春华却忧心忡忡地说：爸爸，你还问，他这两天就动这个心思呢，要我说呢，要想有大发展又不见得非去西藏，去了西藏的就一定让你当省长？何苦呢，绕那么一个大圈子。万一有个什么事，你让我和哲光怎么办……陈善材再次笑出声来：春华，我在陪爸随便聊聊天儿，你当什么真呢……陈善材真是会笑，即使在厨房里，小五都能感觉到，他每次笑的深浅和含意都不一样。话题后来就换开去了。没人再提起这事。

九月份快到结束了，小县城在九月份就进入了秋季，树叶开始一片一片地往下掉。笛子的明信片也像树叶一样从南京飘过来，笛子很滑稽，他在一张明信片上同时写上了两个收件人，左边也只有寥寥数语。姑娘们轮流看着，谁都找不到心中想要的一点点暗示或记号。又过了几天，一个小小的纸盒包裹到了，从日戳上看，这个包裹是与那张明信片同时寄出来的。

她们把包裹原封不动藏在书包里带回家，若无其事地帮母亲准备晚饭，逗哲光玩，然后抹干净桌子做作业。她们默契地尽量推迟打开包裹的时间，这个推迟和等待的过程是多么美妙呀，任何具有耐心和想象力的人都曾经体验过。她们在写作业的间隙停下来猜测：

里面会是什么？诗集？风铃？磁带？彩绘不倒翁？南京的雨花石？她们几乎想到了每一样当时最时新又不俗气的小礼品。

晚上，做完了所有的功课，家里每个人都睡了。小五现在睡在原来春华、秋实的那张床上。小五白天是玩累了，她打起了小小的呼噜。大双小双这才从被窝里爬起来。没有开灯，她们借着窗外的月色悉悉索索地打开了那个小小的包裹。在一大堆碎碎的白色包装纸之中，她们找到了一只大大的红色蝴蝶形发夹，黄底子上撒着发亮的红圆点点，比她们在县第一百货看到的最好看的那只还要漂亮！月亮照在上面，那只蝴蝶发夹像宝石一样发出瑰魅的光芒，简直比世上最昂贵的宝石还要好看！小双拿在手上左看右看，爱不释手，简直连嘴唇都要碰上去了。

可是，为什么是一只呢？大双心里面忽然想到，她嘴唇动了动，没说出来。大双又想，没关系的，我们可以轮流戴呀，如果母亲问起，就说我们用自己攒下来的零花钱买的……可是，等一等，小双是短头发，她怎么戴呢……

她们放好包裹，重新躺下来。秋天的月亮在深夜里看起来让人感到寒冷，大双感到小双像发抖似的往被窝里缩了缩。大双快要睡着的时候，忽然听到小双细声细气地说：你说《上海滩》的结尾里，为什么是文哥先出来了呢？真让人难过呀……不过，总得要有一个出来不是吗？反正冯程程只有一个……

次日，第二节课的时候，县中高三（2）班的老师忽然发现，课堂上少了一个人，而同学们都说，小双第一节课还举手发言了呢。几个小时后，陌生的人们在护城河发现了小双。那个时候，正趴在县一小课桌上午休的小五突然从梦中惊醒，她发现自己做了一个跟几年以前一模一样的噩梦，梦见一只巨大的发夹，发夹飘在河上，她在后面追，突然，那发夹变成小双漂在了河上，一动不动，像睡着了一样……

那只蝴蝶发夹，大双坚持着要亲手夹在小双湿漉漉的短发上，衬得小双栩栩如生。

有两个月，大双根本连门都没法出，家里人在绝望和哀愁中尽量打起精神去试图劝慰她：小双并不是因为她的存在才选择了死亡的，小双的死跟什么笛子啊、包裹啊、发夹啊没有任何关系，她可能是中邪了，她可能是走路失足了，她可能是碰到坏人了，她可能是在梦游了，她可能以为那条河很浅。胡乱讲出的推测听上去可笑极了愚蠢极了，跟那么活泼爱闹的小双没有一点关系。大双死劲堵住自己的耳朵像要堵住每一张因为悲痛而口不择词的嘴，她说：我真的没有想要那个发夹，你们都知道，小双也知道，我自己更知道——我根本比不上小双，我笑的时候没有声音，我不会吹口哨，我不敢主动说第一句话，我没勇气去把辫子剪掉……你们想，笛子怎么会选择我呢，他可能只是随便寄了只发夹，可能他实际上买的是两只，而他忘记放进包裹了，或者，你们去问问，他一定替小双另外买了个什么礼物……有时候，大双会在房里转来转去，抚摸每一样东西，像在擦拭并不存在的灰尘或寻找无法感知的印记，她喃喃自语：十七年了，我是她的影子，我是她的一半，这房间里的每一样东西，我怎么能一个人用呢……父亲劝她去上学，她像受了惊一样地低声叫起来：那么多年了，老师、同学、路上那些小店铺里的老板，他们总是看见我们两个，他们会不习惯的！沿街每一块可以照见人影的玻璃，它们一直照到的是两个影子，我怎么能一个人走在上学路上呢……

那一年，大双没有参加高考，她根本没法看书。而笛子送过来的那些复习资料，也被大双扔进了垃圾筒，小五看见了（母亲暗地里让小五一直看着大双，怕她出事），却流着眼泪去悄悄捡回来保存好了，小五想：小双肯定舍不得把笛子的东西给扔了。

5

对大多数人的漫长人生来说,大学的校园生活都是极其纯真、宝贵、富有童话色彩的一种回忆,但大多数人在当时对此并没有感知,他们在书本、球场、食堂和宿舍之中懵懵懂懂地过去了。但秋实可能很早就意识到了医学院的这三年在整个人生中的特殊意义;也可能是她在医学院学了一点关于身体的病理病因,看了太多散发福尔马林药水味的解剖尸体,她对校园生活一直相当珍惜并细心体味。但她珍惜和体味的方式是挥霍、浪费和胡闹。没有人理解,所有的人几乎都看不惯,父亲甚至打过她。但她总是一昂头说:生命这么短,生活这么枯燥,我要多活点花样。

大专二年级的上学期,她开始谈她的第一个男朋友,是校广播站的男播音员,秋实把这段恋爱在家信里对母亲做过只言片语的介绍,从她当时的遣词和语气来看,她是认真的。但三个月后,不知道为什么,两人也分了手。母亲对此没有发表意见,当时已是八十年代末了,自由恋爱的风气即使在最落后的乡村也有了大批大批的实践者,更何况秋实是在一个活跃先进的大学?母亲的默许也许还有其他功利的因素,但真正的事实是,母亲已经意识到,即使她表示了哪怕是最强烈的反对,秋实只会我行我素,没有人可以左右秋实的意志和方向。

第一任男朋友,对秋实来说,就像是一个新领地的开辟,是某种界限的打破,这之后,她就不断地打破自己吹男朋友的速度。两个月,三个礼拜,或者这个周末接吻拥抱而下周一就形同路人。这使得秋实在学校里慢慢变得名声暧昧,但她又那么漂亮、主动,跳全校最好的迪斯科,一些出色而虚荣的男生们似乎都以能与她恋爱为荣、为校园必修课。事情在开始也许还具有一些玩闹和天真的色彩,但渐渐的,出现了糟糕的迹象。有一次,有两个男生在食堂里因为秋实而打了一架,全校的学生几乎都在围观,一边敲盘子一边火上浇油,两个男生被众人挑得欲罢不能,下手很重,最后,其中一个脸朝下磕在水泥柱上,鼻子断了,脸颊上拉出两寸长的口子,影响很恶劣。学校抓不到秋实的把柄,只好给两个男生一人一个小小的警告处分,断鼻男生的家长感到很不公,千里迢迢地赶到学校,追根溯源地问出事情的原委,并且义正辞严地打了个长途电话到爸爸所在的县一小,电话里,除了追究和责问父亲对秋实的管教无方、贻害他人外,还用一种几乎是幸灾乐祸的口气说:我可提醒你哟,你家千金现在已经开始接触校外的男人了,那可是要出大事的……

县一小谁不认识张老师的几个女儿,这下好了,秋实的故事像星状辐射线那样以最快的速度在县城的一些熟人间传播开来。第几个?是老二。怎么了?事搞大了,男方家长都找到张老师学校了。唉呀呀,真丢死人了。人们简洁隐秘地交头接耳。

这时候,父亲还没有从小双的打击中恢复过来。事实上,小双的死对他的打击是最大的——由于他平常经常故意或无意地流露出他对女儿们的失望和漫不经心,这使得大家在他面前不免显得有些嗫嚅,尤其是小五,跟他几乎没有话谈——只有小双娇俏活泼无所顾忌的性格给了他一些做父亲的快乐。小双的死使父亲在知天之命正式进入了老年之境,他的头发几乎全白了,眼睛老花得厉害,说话时常常中途停下,像一个迷路的盲人——因为他忘了下一句他本来要讲什么。学校里不再让父亲教五六年级的语文了,他被放到资料室。

许多人生怕秋实的事会给他雪上加霜,尽管背后津津乐道,但他们很注意地从来不在父亲面前谈起秋实。事实上,父亲表现得要比人们想象中的要坚强得多——一株已经被严霜袭击过了的枯草对第二次霜冻的反应通常是不明显的,这可以理解为生命力的坚韧、适应力的加强,也可以理解为某种麻木、冷漠、或者逃避,因为，他曾多次宣称，几个女儿中，他最不喜欢的就是秋实，仅仅因为她太喜欢穿衣打扮。总之，父亲的日子从表面上看过得跟从前一样，除了更老。

与之相比，母亲的态度要积极一点，她写了信去骂秋实，并与秋实的系主任进行了与事无补的沟通。办完这两件事，母亲就安静下来，觉得她的义务尽完了。得承认，小双的死在一定程度上改变了母亲的生活态度。在悲凉和悔恨之中，她变得宽容和平静了，同时更加勤劳。她几乎一刻不闲，总是把家里打扫得一尘不染，她在干活的时候，不再像从前那样对父亲埋头读书唠叨个没完，或者对小五穿脏的衣服发出一个母亲通常的抱怨，现在，她一声不响地拖地，把老房子水泥地上的漆都拖得失去了颜色，她好脾气地洗全家的脏衣服，有的衣服，小五只是试了一下，她也不加选择地一起泡进她用了很多年的那只大木盆里，家里买了洗衣机，但除了洗床单，她从来不用。衣服干了，她会毫无必要地叠得方方正正，哪怕那是晚上就要换的内裤。小五实在看不过，会从作业本上抬起头说：妈，你歇歇吧。没事，没事，母亲像被打扰了似的从她专心叠着的衣服上抬起头，反正我没事，闲着反而难过，真的。

只有一样，母亲烧的菜不如从前那么鲜美了，奇怪，也可能是大家的味蕾功能有所退化了，总之，全家人一起坐着，像一幅用色暗淡的写实派油画——戴着老花镜的父亲、围裙从不离身的母亲、表情僵硬只顾吃饭的大双、用眼角悄悄瞟着父亲的小五，厨房的顶上是一只微微发黄的30瓦的灯泡，陈年的旧家具整洁却缺乏光泽，灶上的半锅菜汤冒着若有若无的热气，一块用哲光毛衫改成的抹布摊在桌边，像一双不知世故的眼——晚饭总是吃不香。

哲光被春华接回去了，春华说，一来哲光要上幼儿园了，那幼儿园离父母这里太远；二来怕太吵着父母，累了大半辈子，该歇歇了。还有第三个也是最主要的原因，春华没说，但所有的人都心知肚明，小双的死及秋实的胡闹使得父母失去了原有的敏捷和生气,家里的气氛,秋意太浓,简直接近荒凉,无论如何,是不适合一个三四岁的小孩子的。

第二年快要过春节的时候,家里却突然有了一个好消息——如果不把它看作坏消息的话——大双宣布她快要结婚了。事情来得实在如此突然,大双的态度又那么决绝严肃,让人不敢流露出任何质疑和惊讶。母亲试图笑一下,但最终没有成功,她气息难平地问:好女儿,你要跟谁结婚呀?

过两天姐夫会带他过来。他是本地人,原来在县政府行政科。去年去援藏了。后天回来探亲,我们正式结婚。大双不紧不慢地说。这大概是小双死后她在家里说得最长的一句话。但对一桩终身大事来说,她说得还是太简单了。全家人愣在那里,父亲最先明白过来,他斟字酌句地问:这么说,是你姐夫陈善材介绍你和……他认识的?同时他看了母亲一眼,像是通过这种推理来安慰母亲。

大双没有说话。大家理解为一种默认。

母亲真的放下一点心,同时她把对大双私自订婚的不满转嫁到陈善材身上:这善材,怎么能这样,大双一个姑娘家,脸皮嫩,不懂事,可他怎么不跟我们打个招呼呀,他这事做得人不漂亮了!把我们长辈放在哪里了?我可不领他这个情,我还要找他算帐呢!

大双不理会母亲的间接责骂,她自顾自地接着往下说:我让善材不要说的,怕你们不同意……我跟他通了好几个月的信,互寄了照片,我们彼此很了解很信任……婚后我跟他到西藏去,他在那儿区政府里干行政,工资补贴加在一起挺高,那里东西便宜,我去了不会吃苦的……以后我会经常回来看你们的。大双说到这里声音低下去,这才像是母亲心疼的女儿了。做母亲的心于是软了,鼻子红了,和解、难过、惆怅的眼泪掉下来。

小五看着大双,觉得她突然有点陌生起来。有那么一瞬,小五甚至认为:死去的小双把她性格中的果断大胆留在了大双身上。大双现在不是从前的大双了。

几天后,陈善材果然带了一个身量不高、微微发胖的小伙子拎着四样大礼上门了,尽管去西藏的时间不长,但小伙子的脸上已有了一点当地的酡红,皮肤也很粗,看上去简直比陈善材还要大一些。就是大双,看到他也明显地愣了一下。大双没说话,只是上前接过他手里提过的东西。小五注意到,那人看着大双的眼神叫人觉得很舒服很踏实。

母亲心中不太乐意,她脸朝着陈善材问道:叫什么呢?今年多大啦?母亲的口气不像在问一个即将登门入室的女婿,反而倒在盘问一个带着孩子插班的家长。陈善材这时才显出他的老练来,他语气轻松地说:妈,我这是听大双的吩咐,要给您一个惊喜呐!大双一直要我严格保密,要不然,她就不认我这个姐夫啦……李军是我在机关里多年的好兄弟,别看比我还小两岁,那魄力和前途可是我比都不敢比的,是县机关的重点培养对象,这回援藏,全县他第一个报名,县报还做了他的专访呢……为什么想起来把大双介绍给他呢,一来是我确实欣赏我的这个好兄弟,想替他张罗张罗,二来呢,他正好也符合大双妹子跟我说的一些条件,比如人实在啦,会疼人啦,工作单位远一点啦等等……虽说李军长得不高,可那身体是绝对棒,哎,李军,进藏前那体检的医生还把你当成运动员的吧……

陈善材讲得面面俱到、抑扬顿挫,从工作到前途到年龄到身体到人品几乎一样不拉。也许他在介绍李军时有点夸张,这是介绍人不可避免的通病,更何况父母对李军与大双的事本来就心存不满。但最主要的是,通过这番说辞,陈善材巧妙地对这桩秘密恋爱进行了非常得体的解释,又基本撇清了他在其中的干系:是大双要给家里一个“惊喜”的,是大双要嫁到远点儿的地方去的……果然,母亲的脸色慢慢缓和下来。

李军正式拜见了父母之后,两家人就商定好在县城一个虽不高档但比较实惠的饭店举行了婚礼,熟人亲友们由衷地祝贺因为穿了一身新衣而举止有些生涩的父母,他们都对这桩婚事比较看好:李军稳重,能吃苦,有前途;大双沉静,会做事,有主张。虽然远了点,可是大家心里都明白,这是大双摆脱往事的最好途径。

结婚次日,大双像是无法再在家中呆一秒钟似的,不顾母亲的苦苦挽留,拎着简单的行李就跟李军走了。小五在房间里发现她在匆忙中落下的一些信件,那是前面几个月李军与她联系交往的唯一方式。为什么大双会忘了把这些极富纪念意义的信件随身带走呢,难道她根本不在意这桩婚事?小五不敢细想。虽然她绝对不会去看这些信中的一个字,但她还是找了根细带子把那些信牢牢捆好了。

6

88年毕业之后,秋实被分到了县第二医院,而她往年的师兄师姐们基本都分在县一院。显然,这是她在学校时的名声影响了她的分配。但祸兮福所伏,在大学生屈指可数的二院,秋实在92年就当上了内科的副主任。当然,得承认,她在这四年的表现基本符合大多数人的道德规范——与此同时,这四年,社会的道德约束力也在逐渐放松。人们从报上可以看到,在南方的一些城市,第三者、包二奶、小蜜之类的已成了屡见不鲜的社会新闻,同居试婚、坦胸露乳的时装展示、街头避孕套自动销售机之类甚至已成为一种新的生活方式、消费方式被媒体广为宣传,而一些号称滋阴壮阳的药丸或口服液之类更是堂而皇之地出现在整版广告栏内。但那只是在南方或者是一些大的城市,对省内县城这样不大不小的地方而言,道德的是非标准就显得有点尴尬,太左了吧,年轻人嗤之以鼻、置之不理,太右了吧，中年以上的人又会大叹世风日下。

在左右摇摆的道德夹缝里，秋实找到了她的平衡点。工作以后，说是为了有急诊或值夜班时方便，她在县二院要到了一间单人宿舍，基本不住在家里。这一做法当然招致了一些非议，但很短暂，因为除了一个人住，秋实并没有其他更多的行为。当然，秋实还是像以前那样喜欢买衣服，她甚至有时会坐很远的长途汽车到南京去逛商店，许多同事对此很看不惯，觉得秋实是个花钱的主子是个中看不中用的衣服架子，但秋实在她上班的时间永远只穿工作服，她买的那么多衣服似乎是纯粹为了欣赏或收藏、为了满足她的某种精神需求。人们于是又闭上嘴巴了，只好在心里面暗自嘀咕：不穿，买那么多衣服干什么？

即便如此，秋实在二院门诊部还是相当引人注目。内科的男性病人尽管一个个患病在身，但如果是在排秋实副主任的队，他们就感到这种等待是可以忍受的，虽然这种等待的确较为漫长。因为每一个轮到自己的男病人都想跟秋实多粘乎一会儿，为此他们会过分详细地向秋实描述自己身体的每点不适。我的肚子左上方时常隐隐作痛。只要一吃香焦，我就会偏头疼。我咳了一个多月了，每次咳，胸部都一抽一抽的。我四天才大一次便，而且干得像石头。即使是女病人们也会拖延时间，因为她们有另外的好奇心，她们想看看，秋实是否真的像男人们所说的那么漂亮？她是不是妖里妖气？眼睛会勾人的魂？

秋实戴着老式的白帽子，包住她所有的头发，白大褂一周才洗两次，下摆稍稍有点发黄。只有领口那儿，有时会露出一角丝巾或杏黄的衬衫翻领。她的态度淡淡的，既不过分热情但也称不上冷漠，她不讲县城的方言，还是像在医学院时那样讲一口普通话，这在一定程度上使她和病人间保持了一种难以逾越的距离。对男病人超出正常时间的注视和病情陈述范围以外的聊天，她会尽量礼貌地迅速合上病历,把脸转向门外,用清脆的没有感情的普通话喊道:下一个。

尽管秋实的表现非常得体,但那些原以为有机可趁的男人们还是觉得失望了,他们的病很快好了,不再到二院的内科挂秋实的号了,他们还像狐狸一样酸溜溜地给秋实取了个绰号:秋美人。秋者,冷也。讽刺秋实过分冷漠。

但有一个病人,却像得了严重的慢性病似的几乎每周挂一次秋实的号。病人叫周传德,架势挺大,但风度不行,衣着举止一望而知是乡下长大的粗汉子。秋实根本不拿眼睛好好看他,周传德认为他得了胃病,每周都来开点"胃苏冲剂",开药的时候,周传德会涎着脸皮搭讪几句,做点自我介绍,夸秋实沉着大方等等。秋实就当没听见,周传德倒也识相,药开完了也就走了,下次再来,周而复始,没完没了。

秋实有时会拿眼角瞟瞟周传德厚重粗壮的背影,她想起从前在医学院的那些男生们,他们体态高挺、谈吐不俗,那才是她心目中可能接受的爱人形象。但两年多的恋爱游戏玩下来,秋实很快意识到,外表出色或才气横溢的男人常常用情不专或生性多疑或自私小气,这往往令秋实无法忍受,哪怕只是一秒钟,这是秋实与一个又一个男生闪电恋爱闪电分手的主要原因。工作以后,秋实有点倦了,同时,她认为她的恋爱体验已经足够丰富,下一步,应该考虑结婚的对象——结婚,这与恋爱是两码事,要排除一切感情因素。思前想后,秋实冷静地给自己定下了一个重要标准:有钱,很多钱。

秋实对金钱如此看重的原因也许应该归罪与(还是归功于?)整个时代的趋势。在九十年代中期,人们对金钱的渴望甚至远远超过了对性自由的向往。那句名言在一夜之间传遍大江南北人人引为人生信条:钱不是万能的,但没有钱是万万不能的。第一批富起来的大款们以暴发户的勇气竭尽张扬之能事,刺激着大批还没富起来的人们以更大的热情投身铜臭泛滥的商海大潮。秋实在医学院的最后一年接触到几个校外的男人,他们当中其实并没有真正的有钱人,最多只是初涉商海或者略通门道而已,但他们的做派和观念给了秋实很深的印象。秋实似乎领悟到命运给她的暗示:她适合嫁给一个成功的商人。

那个周传德算得上是什么人呢?从他自说自话的介绍中秋实可以知道,他在县城做的是鳗鱼生意。县城毗临东海,此处的水温、水流、气候都刚巧适合鳗鱼生长的需要,鳗鱼肉质细嫩、鲜美异常,在城里的餐馆里是一道长盛不衰的水产菜,因而价格奇贵,有“软黄金”之称,一些头脑灵活的郊区农民尝试了人工养殖,然后倒卖到大城市的餐馆里,从中赚了不少钱。听周传德的意思,他不做具体的养殖,但全县所有要送到外面的鳗鱼都由他来负责组织运输,收购的价格全县统一,但出手的价格就由他根据季节和供需及各个城市的消费实力自行调节了,一进一出之间,就是周传德的利润之源。周传德看样子是发了不少财,他的手上有一枚戒指,不是那种令人反感的黄金,而是泛着柔和光泽的铂金,是不是铂金呢,秋实也不能确定,她好像在一家杂志上看到过介绍,但她绝对不会去问周传德的,那会让他得意得药都忘了开的。再说了,没准周传德只是在吹牛,什么“鳗鱼大王”,说不定只是个地地道道的渔民,瞧他全身那味儿,人还没到面前,一股子隐隐约约的鱼腥气就扑面而来了。

周传德的求亲之路在秋实这里进入了一个漫长的搁浅期。而这个时候,他的业务又开始了另一个高潮,以前,他的出货范围主要在省内省际的大小城市,但最近,通过一些迹象和关系,他嗅到了南方的市场需求,但是要把新鲜的鳗鱼运到南方,那意味着他将要让鳗鱼坐上飞机,可是航空费?那是多大的成本!这是超出他经验范围的。周传德思考了整整半个月,未知的利润吸引了他,他决定冒险一试,他在作出决定之后就乘最快的火车赶到了上海,并买了当天的航班赶到广州。这次他只带了一小批货。事情出乎意料地顺利，广州的两家酒店甚至另外给了他一笔订金，要求长期供货。周传德再接再厉，在附近的几个城市又逗留了几日，另外谈妥了不下十家的买家。他要确保自己运到广州的每一条活蹦乱跳的鳗鱼都能卖出个好价钱。

周传德踌躇满志地回到了县城，他一算，前后已有一个半月没有去县二院了。次日一大早，他赶去挂秋实的号，走到医院，才发现是星期天。他心有不甘，这趟广州之行似乎给了他更多的底气，他很快找到秋实的宿舍，莽撞地敲了门，一边敲一边报上自己的名字。

你有什么事？秋实的普通话听不出明显的拒绝，可能她星期天一个人在宿舍也很无聊？可能是好久没有露面的周传德产生了意外的吸引力？

我……我胃疼得很厉害……你，你一直帮我看的，最了解我的病情。周传德因为紧张而有点结巴，他最终还是以一个病人的身份说出他的来因。话一出口，他很恼怒，他为什么不能直说：我就是想来看看你呢？

果然，秋实的语气里有了淡淡嘲笑：你真的觉得你的胃有毛病吗？我这里又没有药。

你有药。你就是药……可能吧，就像你认为的那样，我的胃没什么毛病，但真的，我一想你，它就疼了，现在它就在疼……不信你开门看看，我真的疼得受不了了……周传德一边说一边轻轻地极有耐心地敲门。周传德突然感到一阵绝望，他想，她要再不开门，自己还不如疼死算了。

可能是被打动了，可能是被敲得心烦意乱。秋实真的开了门。周传德倒吓了一跳，他的手停在半空，好像一旦停止敲门就不知道干什么才好似的。但是他的另一只手很有主见，因为另一只手一直插在口袋里，在口袋里，有一个小小的盒子，里面是一枚他从广州带回来的铂金钻戒。那是用酒店给他的订金买的，他拿过订金时心里就美起来，订什么鱼呀，我要订的是秋实。

接下来的事情就有点落入俗套了，钻戒华美高贵的光泽战败了那丝若有若无的鱼腥气，更主要的是，周传德确实有一股成就大事的气势，这让秋实感到踏实。现在，因为周传德提供了源源不断的销货渠道，县城里很多效益不好的工人都转而搞起了鳗鱼养殖，他们依靠周传德养活了全家，有的甚至发了点小财。周传德的确像他跟秋实说过的那样，是鳗鱼大王。

95年，县里面第一次评选"十佳企业家"的时候，经县报公开投票评选，周传德排在了第一位。他的放大照片被高高地挂在县委大院里的光荣榜上。这一年国庆，秋实终于把周传德带回家中，这时，他们已经谈了快两年了，家里人却始终没有见过周传德，因为秋实总说：她的考验还没结束、决心还没下好。但母亲听出，秋实是根本不想让家里人提参考意见，等她自己决定好，那谁也是改不了的。

秋实把周传德带回来的时候，他出手阔绰的见面礼让父母皱起了眉头手足无措，不知道该全部收下还是收下其中一部分。陈善材在一边说：收下吧，不过是九牛一毛，爸妈，您二老不知道，周传德现在可是个大人物，我每天走在县委大院里都要参拜他的照片呢！陈善材的口气好像有点酸，因为他那时候还是个较为清廉的小科长。周传德像没听出陈善材的言外之意，随之拿出了给他们一家"不成敬意的小玩意儿"：一根18K的细链子给春华，一辆四轮驱动的无线遥控野战车给哲光，一条正宗的金利来斜条纹领带给善材。全是从广州带过来的。陈善材这下也有点不好意思，他对刚上一年级的哲光说：还不快谢谢姨父、谢谢秋实姨！陈善材的这话一下子让周传德高兴极了，可不，他可不就是哲光的姨父！父母的表情也松动下来，开始他们对周传德的钱有点害怕，但听善材一说，人家还是县政府评出的"十佳企业家"，看来秋实的眼光还是不错的。

这个国庆节的家宴，两位老人吃得挺开心，桌上，他们决定：元旦就给周传德、张秋实把婚事给办了。秋实恰如其分地红了红脸，周传德激动地给未来的岳父岳母连敬三大杯白酒。

晚上，母亲用家里新装不久的电话给大双打了个长途，告诉她秋实的婚事，大双说，她争取回来参加，而且还要带上刚会走路的小家伙。其实，李军的援藏期限早到了，但大双一直赖着不想回来，她的理由是，她在那儿做小学老师，心里面觉得挺好，她要回来了，谁去教那些小藏民呢。话说得简直能登到报纸上，谁劝她都不愿回来。

周传德的人生大喜在他的新婚之夜才真正到来——他因为过分的喜悦而忘乎所以，他不顾时间已过了子夜十二点，打通了岳父家的电话，是睡意朦胧的母亲接的。母亲在嫁第一个女儿春华时，曾哭了整整一夜，小双之后，她才知道，能顺顺利利地嫁女儿，真是件大喜事。秋实结婚那晚，她睡得很早，而且一下子就睡着了。

周传德跟母亲打了个招呼，吱唔了一声说：请爸爸接电话。父亲狐疑而担忧地与母亲对视了一眼，当他刚刚把耳朵贴到听筒上，就听到周传德激动而语无伦次的话：爸，她还是第一次。你家秋实还是个黄花女！我，我没想到……我以为早就……我听人家说，她那时在医学院可疯啦，一个男生为他磕断了鼻子，还有一个男生为他受了处分……我只是喜欢她的长相，她的性格，可没想到，她还会给我这个惊喜……

不知道为什么，父亲在那一刻突然怜惜起秋实来，他想：这个周传德其实还是不懂秋实。不等周传德说完，他就轻轻地挂了电话，母亲连忙问是怎么回事，父亲淡淡地说：他喝醉了。于是母亲接着去睡了。父亲却一直失眠到天亮，他在想：秋实听到周传德打那个电话时是怎么想的呢。

7

如今只剩下小五一人独住在那间充满姐妹们芬芳和回忆的房间。原先象征性地为秋实保留的一张床也随着她的结婚而被一天天堆满了旧衣服和棉花胎什么的。房间显得大而空旷了。

与姐姐们相比,小五的青春期姗姗迟来。尤其是她的意识,好像总是停留在她小时候……走到厨房,她能看见春华在那儿帮母亲洗碗,粗辫子在腰间发出乌黑的光泽;走到镜子前,她看到秋实在里面偷偷试春华的新衣服,细长的身子一会儿扭向左一会儿扭向右,观察不同角度下的效果;走到房间,她听见大双小双缩在被窝里窃窃私语,她们说得太低了,小五怎么听都听不清到底说的是什么……每当幻觉如期而至,小五就会感到一阵慑人的心醉神迷,她觉得自己又重新回到了无知而温暖的童年,她似乎只要一伸出手去,就能碰到姐姐们的衣服、头发、身体……

父母现在是太老了,老得就像小五的爷爷奶奶。春天他们喜欢忙着在院子里种点小花小草,夏天的晚上就坐在黑黑的院子里乘凉,不肯用空调,秋天冬天就坐到隔着阳台的玻璃晒太阳,一边照应竹杆上晒着的好几条被子。冬天里,家里的十几条被子都被他们晒得香喷喷的,母亲说:晒热乎了好,没准,大双会带着小家伙回来过年呢?没准,秋实想回家住两天呢。没准,哲光又想外公外婆了呢,三岁以前,他睡觉都搂着我脖子呢。

小五笑着同意母亲的设想。事实上,她知道,谁都不会回来住。就是秋实偶尔回来瞧瞧,也是一阵风似的,从不留宿——其实她回家还是一个人睡。周传德总是在外面跑,他现在不仅仅做鳗鱼了,他还用他的钱四处找项目投资,要赚更多的钱。他太忙了,忙得来不及吻秋实,县城的这个家仅仅像是他的一个带家具和女人的旅馆。秋实过得到底怎么样?她从来不说,母亲也不会去问。因为自从她上了医学院之后,秋实再也没有跟母亲谈过任何心事。母亲心里很伤心,觉得在秋实面前失去了做母亲的某种资格和权利。但秋实经常会到小五的房里坐坐,这也是她从前睡过的小房间。她关上房门,无声地坐着,悄悄地点上一棵细长的烟,但不抽。烟雾升起来,围绕着她,淹没了她。她像在回忆,或在沉思。她在想什么,想医学院的那些男朋友?她曾经真心爱上过其中的谁吗?小五忽然想起她从前带着哲光跳迪斯科的样子,那是很久以前的事了吧。

九十年代末,高考的竞争越演越烈,一句“知识改变命运”的名言从北京传遍东西南北当然也传到了县城,老师们把这句话用又红又粗的字体高高的挂在教室墙上,他们像农民伺弄庄稼似的起早贪黑给小五们灌输各种考题考型,小五的眼睛近视了,她架起了眼镜,因为缺少运动,她显得有点胖,好几年没听到有人说她漂亮了,不过小五早就不在乎这些东西了,小五想,有什么呢,她什么没见过?她见过姐姐们因为好看而被人夸得垂下眼皮,见过姐姐们因为第二天要穿新衣服而激动得夜里爬起来看钟,见过姐姐们带回来的那些被夹在作业本里的约会小纸条儿……有什么呢,一切都被姐姐们在她面前活灵活现地演绎过了,她在做观众的同时也就体验过了,青春期在她这里,还有什么令人激动的新鲜事儿呢?可能只有一件吧——考上一所名牌大学,像高二的一位老师有次意味深长对她说过的:小五,我认识你爸很早了,你们家姐妹五个,我都教过,说实在的,我最看好你,因为你最没有特点、甚至不引人注意,这对你这个年龄来说,可能就是最好的特点。要是你们家只有一个人能考上北大清华,没别人,只能是你。

在小五高考之前,家里又发生了一件事,不,应该说,是小五发现了一件事。那天,姐夫善材喝醉了又到母亲家来午休。陈善材现在是分管商业的副县长了,权力很大,应酬也多得吓人,几乎长年累月都处在一种醉醺醺的状态，由于父亲家靠县政府近，中午，他要是喝多了，就会到这里来躺一会儿。

这天，陈善材刚躺下一会儿就又趴到床边上吐，他身上的马夹也给吐得满是污迹。父亲母亲两个人翻动着县长女婿发了福的身体，把他那件脏马夹扒了下来。母亲把马夹扔给走来帮忙的小五：去，把兜里的东西掏出来，妈一会儿去洗。

马夹散发出一股难闻的酒肉臭，小五屏住气开始掏里面的东西，笔、名片、发票、打火机什么的。马夹里面还有两个暗袋，其中一个里面，是陈善材的手机，手机进入县城不久，陈善材和周传德就各人都有了一个，这曾经让母亲很是感叹了一阵，为自己的两个女婿感到小小的自豪。在另一个暗袋里，小五掏出了一个奇怪的东西，有两指那么宽，密封得很好，捏上去像是有点儿弹性——小五确信她从来没有见过这玩意儿，在报纸保健版上看到的一些常识使她突然有种暧昧的预感，终于，她从外包装上言简意赅的几句使用方法上知道了：这是一只保险套。

小五马上抬头看了看四周，陈善材打起了呼噜，母亲在厨房放水，父亲可能又到院子里晒太阳去了。小五迅速地把这东西藏起来，别的那些发票名片什么的则全都放在床头柜上，陈善材一醒来就可以看到。

小五想起来有点庆幸，要是让母亲看到了这东西，母亲会怎么办？还好，事情就在她这儿戛然而止吧。她不会去告诉其他任何人，包括春华。以小五了解到的情况，春华在生了哲光之后就采取了措施的，即使没有，这玩意儿也只会放在善材和春华的卧室里呀，有必要这样随身带着么？除非只有一个可能：陈善材另外有个女人。这样的推理让小五感到很恶心。小五想：算了算了，都要高考了，这根本不是自己想的事儿，就当没发生吧。不过出于一种习惯，小五还是把那个让她感到恶心的安全套装在一只旧信封里收了起来。

几天之后,陈善材中午又来了,不过他这次没有喝醉,他提着一个大西瓜。刚刚才进六月,西瓜一定很贵,母亲直心疼。陈善材说要谢谢母亲帮她洗了吐脏的衣服。其实这并不是第一次,以前,陈善材曾把半边床单都吐得带汤挂水,洗一件小小马夹算什么。陈善材一边满口称谢着,一边注意地看父母和小五的表情。小五知道陈善材发现他丢东西了,小五淡着一张脸,扭头进房里继续看书。陈善材坐着跟父母扯了一会儿闲话,他还体已地提起了老话题:爸妈,你们再打电话劝劝大双,别认死理了,李军的援藏期限早就到了,可以回来了,何苦戳在那儿呢?我这里位置都给他留好了,行政下面三产的负责人,很实惠的……不要再拖了,再拖下去,我的工作就不好做了……

陈善材在外面聊了一会儿,就转到小五这里,他翻翻小五的书,停了一会儿,像在考虑如何开口,最后他还是说了:小五,那天你帮妈收拾我的马夹……没看到什么吧?

小五没有抬头,只是哗哗地翻着书,一边说:你可要对我姐好一点儿,要不然,我可不饶你!在一个旁观者听来,小五的回答完全文不对题,但事实上,陈善材心里有数了,他愣了一下,很快装着爽气的样子:那是那是,那还用你说嘛!

小五的隐瞒和暗示并没有挡住陈善材的外遇之心,可能,陈善材觉得自己是在赶时髦吧,那时候,稍稍有点想法的中年人都比赛似的在进行一场又一场的婚外恋,甚至在电视电影里,第三者的形象都要比原配的妻子要可爱体已得多。陈善材在得意之时大概太粗心了,最终让春华发现了他的出轨。春华连夜收拾了衣服驮着哲光就回娘家了。

离高考只有一个月了,父母把小五的房门关好,在客厅里小声地跟春华商量对策。哲光做完作业先睡下了,睡在母亲刚刚收拾出来的一张床上,这张床,说到底,最早是春华睡过的呢。幸好母亲是勤于晒被子的,床铺发出一股淡淡的太阳味。小五无心看书,这样的晚上,多看一晚与少看一晚有什么区别。还不如听听春华他们说话。春华所在的服装厂江河日下,收入低得可怜,没有下岗已是看了陈善材的面子。好在陈善材的收入也够全家花了,春华的心思根本不在单位,她让哲光报名学了钢琴和武术,整天一颗心扑在哲光身上。她是再也没有想到自己的婚姻会出任何问题,她一直像电视里的那些老婆一样素面朝天、不修边幅。

小五听见，春华在外面哭了一会儿,然后强忍着哭声说:离,一定要离,我一个人带着哲光,还怕过不下去。

外面静了一会儿。母亲可能也在哭,她慢慢地说:春华,你不会怪妈吧,想不到,当初我们千挑万挑的人会是这么个白眼狼,想当初,他也不过是财务科的小会计……

父亲压住怒气的声音:现在不要再说以前的事了,快商量个办法,他是个国家干部,上面就没有人管了?春华,你说,只要你下得了决心,我拚出个老命也要把他告下来!

母亲却又缩回来:那怕不行吧,这事不是别的事,谁管?再说,他到这一步也不容易,这么个小地方,他臭了,我们又有什么面子?最好是悄悄地把这事给了结了才好……

哲光翻了个声,说出几句梦话。外面显然也听到了,他们停止讨论,继续思考起来。

过了一会儿,又是春华抽抽咽咽的声音:哲光,钢琴学得还不错,就是一节课要四十块钱,要不是那该死的东西找了熟人,要六十块呢!想到哲光,我又很矛盾,我怕孩子跟着我过条件太差……

你有没有跟陈善材谈过,他要肯改掉,你就给他一个机会,权当是看在哲光面上……母亲的语气软下来。

哲光,最可怜的是哲光……

小五简直想把耳朵捂起来,她知道,听不听下去都一样,最后的结果必定是妥协，向陈善材妥协，以让他改过的名义。小五想起春华结婚的第二天，母亲坐在朝北的阳台一边流泪一边改春华衣服的情景，那时，她是第一次看到母亲哭，她当时还发誓不结婚的呢。有一段时间，小五认为那个誓言太幼稚可笑了，但是今天看来，那个誓言没准是最富有远见的。结婚有什么意义？想想三个姐姐，她们谁有勇气大声地说她们结婚过得很幸福？像春华那样千挑万选也罢，像大双那样随便嫁了也罢，像秋实那样体验丰富了再嫁也罢，全是殊途同归，总会导致彼此的厌倦，要么在厌倦中窒息着苟活，要么在厌倦中背叛逃离……可能还是小双最得天机吧，她对所谓的爱情浅尝辄止，然后就猝然全身而退了，她还从来不知道世上有结婚这种可笑又可怕的方式吧……在哲光均匀无知的呼吸声中，小五重温了她幼时关于永不结婚的誓言。温故而知新。

一个月后的高考中，小五不负众望，考入了上海复旦。父亲非常激动，在小五拿到通知书的那天晚上，开了一瓶新酒，这是周传德初次拜见时送上的一瓶茅台，他陈了好久，一直不舍得喝——也可能父亲一直没等到他认为的喜事。不过父亲还算不上真正的酒鬼，他喝了一口，就嫌味道太冲，然后重新倒了一杯他常喝的简装洋河大曲，他喝得很高兴，母亲给他买了一碟猪头肉，他却一口没尝。

在父亲的酒香中，小五也有点微醺了。小五想，父亲现在应该忘了自己没有个儿子了吧，女儿并不总是绣花枕头……很快，小五从短暂的自我膨胀中清醒过来。因为她突然开始担心起来，她收了那么长时间的那些破烂玩意儿怎么办呢。人为什么总会要离开一个地方呢，而不能一直停在那儿？怪不得父亲以前发火时会拍着桌子骂：早点出去，你们迟早反正要出去！没有一个能留下的……

母亲没动筷子，她努力地笑着：你瞧，一个接一个儿的，小五，现在你也要走了……不过，你走得最让我高兴！我舍得，我心里面不难过，我不会想哭，我还心底里高兴着呢……

爸妈,你们放心,我念完大学就回来,我会一直陪着你们的……

小五,你在逗妈妈开心啊,你哪会回这个县城工作?再说,你将来不嫁人?不给妈带一个小女婿回来?唉哟,这孩子……母亲笑出了眼泪,她以为小五在开玩笑。没有人相信小五心里的决心。

四年以后,小五工作了,她回了南京,因为这样离县城近一点,坐汽车只要四个小时。小五每一次回去,家里人都会因为她的每一点变化而惊叹不已。现在经常有人说小五有气质了有味道了,她的粗眉毛,她不那么大的眼睛,她不那么白的皮肤,都是大都市里最洋气的长相。小五有时会摘掉框镜戴上隐形眼镜,她还把头发染成深栗色的了,她到东方商城、金陵饭店或湖南路买衣服,她关心环保问题,订英文报纸,只看译制片或带原声的碟子,她每年献一次血,她跟几个同性异性合租一套房子,平均两年换一次工作,偶尔谈一点恋爱但决不动真情,没有人听小五讲过她家里的事,她好像没有往事,没有记忆,没有真情……在大街上看到小五,人们会管她这样的叫小白领或伪白领,人们觉得这样的女孩子很难捉摸,没人跟得上她变化的速度……不过,事实上,很快,小五就要过时了,因为又一批更年轻更冷酷更没有心肝的又成长起来……但真正使她意识到这一点的,是笛子的突然出现。

小五其实从来没见过笛子,但当笛子突然出现在小五面前时,小五忽然有了一种痛苦的、令她不适的预感,她觉得头脑里嗡嗡直响,很奇怪,但那是真的——一看见笛子,她就想起了她很小的时候及小双死的那天她做过的那两个一模一样的关于巨大发夹的梦。小五避免直视笛子,但笛子一直走到小五面前。笛子向小五伸出手:张小五,你是新来的吧。

你是谁?小五忘记了她一贯熟稔的社交礼貌,却像一个县城的小姑娘,对突然来到家门口的陌生人发出警惕而好奇的询问。这一瞬间,小五终于意识到,不管她如何变化,往事其实一直就呆在她的旁边,中间可能只隔了一层空气,她都不要回忆,就什么都清晰了。

我……我是你们公司的合作伙伴,我在一份策划文案上,看到你的名字,我就想,你是不是张老师家的小五……你刚刚跳过来?真是太巧了……

你是……

我,你可能不认识我,但我认识你的姐姐……大双和小双。

小五与笛子的第二次见面约在一家小茶馆。小五情绪很不平静,但她有力地克制了这一点。她想,本来,应该是大双或者小双跟笛子坐在这里。小五戴了一个长方形的淡茶色框镜,穿了小一号的复古式鹿皮紧身衣,手上戴了一个纯银镂花的戒指。在小五看来,穿西装扎领带梳小平头的笛子并不是那么帅,举止中庸持重——在人群中根本不会引起特别的注意。也许,他的最富有魅力的时光已经停留在了县中那两个女孩心里。

我本来以为,我再也不会碰见你们张家的姐妹了……

碰到和碰不到有什么区别呢?小五的语气显得不那么友好。

是啊,就像你这样,可能你们家的每一个人都非常恨我。

不会的,最起码小双直到最后一刻她都那么喜欢你,喜欢得她都活不下去了……就是大双,也难说,如果你有勇气追到西藏,没准你会让她找回当年的感觉……你是否觉得有点沾沾自喜,你让我的一个姐姐死了,而让另一个远走西藏?

小五,你别损我了,你到底不是小双大双,你根本不认识我……你知道吗,这么多年了,从县城传来的消息一直像个十字架一样地背在我的身上,我经常会碰到县中出来的校友,他们故作平淡却又不厌其烦地向我描述他们所知道的关于小双的死,他们一边说着,一边暗暗地观察我,他们假装惊叹我的狗屁个人魅力,然而实际上他们却在心里面骂我是个刽子手,你知道吗,我实际上曾经是他们所有人的情敌,因为大双小双几乎吸引住了我们那几届所有的高中男生……可是实际上,小五,你替我想想,我做了什么?我做了每个人在那种情况下可能做的事情,我只是寄了个发夹,适合于任何女孩子的发夹,那个发夹很贵,我只能买一个。发夹上又没有写字,跟长发短发有什么必然的关系吗?短发很快就会变长,而只要一把剪刀,长发会在瞬间变成短发,发夹能说明什么呢。我怎么知道她们会那么在乎我?而她们联想会那么丰富,小双的神经又是那么脆弱,会钻牛角尖……

你干什么?你找我来就是为了推卸你的责任?你的意思我懂,你最无辜你最纯洁,是我的两个姐姐自作多情还争风吃醋白白找死!小五把泪生生地逼回去,同时愤怒地想,小双,你怎么会因为这个家伙去死!

不是,小五,也许我刚才太激动了!你别生气,我只是在向你倾诉,你知道,我一直活在小双之死的阴影下,她让我笑得没有声音,让我吃得没有味道,我不敢看到任何一个城市的护城河,我不敢在白天回到县城,怕在街上碰到县中的同学……最可怕的,她让我不敢与别人接吻或上床,甚至只要我与一个女孩接触多了,我就在想:我这样多对不起小双哪,她都为我死了……小五,我活得简直一点趣味都没有,我一直想要找一个人这么说一下,替我自己辩解一下……你不知道,小五,这个人很难找,因为所有了解这段往事的人对我都带有一定的偏见,当然,你也是,你对我看来不仅仅是偏见,还有仇恨,可是你公正地说说看,我到底做错了什么?

小五低着头喝茶,这茶太浓了,像酒一样的烧嗓子。小五想,我还是替小双问一句话吧:那你说实话,你当初喜欢她们当中的哪一个,长发的,还是短发的?

这问题有很多人问过我,你要听假话还是实话?

分别说说吧。

我一般跟那些人说假话，我说，我其实喜欢的是小双，我寄那只发夹是希望她还是把头发留长，因为我喜欢她长发的样子。很多人听到这个结果都唏嘘不止，沉浸到那个时代的纯洁和幼稚中去，这让他们在无意中削弱了对我的遣责，他们会反过来劝慰我……

那么你的意思是，实际上你喜欢的是大双……

也不完全对。我的实话没有人会相信。最真实的情况是，我喜欢她们两个，不，准确的说——在我的眼里，她们是合二为一的，我没法把她们分开——我这话可能太荒诞了，没人会信的，说了，他们准会骂我无耻、在信口胡诌以逃避责任……实际上，我知道，要真正分清她们两个并不是很难，可是你知道吗，我觉得她们只有站在一起才是完整的、完美的。我让自己偷懒，完全不去寻找她们的差别，我对自己说：我根本分不清她们两个……不错，她们当中有一个剪了头发，可是，对我而言，头发根本就不是标志，我从来没有想过要把她们区分开……再说，剪过头发之后，我实际上只见了一次。当然在那一次，我的确注意到，短头发的话要多一些，动作很潇洒，有点像男孩子；而长头发的那个，很羞怯，她从头到尾没有跟我说话，但是她的脸在最后却红了起来，那种红，看得我真想用手去轻轻拂 拂……我连忙骑上自行车走了，这时我听到清脆的口哨声，我知道她们两人当中有一个会吹口哨，以前，我从来不敢回头去看，那天，我想我都要上大学了，都要离开县城了，还是看一看吧，于是我回过头……可是口哨却突然停了，像一只蓦地飞走的小鸟。我在一瞬中把视线掠过她们的嘴唇，可是没有任何迹象……到底是谁吹得一口那么好的口哨呢，我喜欢那口哨……我后来再也没听过女孩子吹那么好听的《上海滩》了……

小五听得泪眼婆娑。没有意义了，何苦再问下去。那些往事，尽管在当时曾像开水一样的沸腾。可是现在，全没了，像水一样地蒸发啦。啦啦啦。

小五决定还是离开这家公司,她不能忍受经常会碰到笛子的生活,那让她与往事靠得太近,简直无法呼吸。经过那次发泄一般的交谈,笛子现在好像逐渐解除了心里的包袱,有一次,小五甚至看到他搂着一个女孩走在中山东路的林荫大道上。

在跳槽之前,小五又回了趟县城,看看父母,父亲开始掉牙齿了,而母亲的头发全白了,走路时喜欢扶着东西。他们高兴地围着小五,像两个小孩围着刚刚下班的大人,他们认真地听小五随便说出的每一句话,一边听着一边点头。母亲最高兴,特地烧了一盘糖醋鱼,一个劲儿地往小五面前推:这是你最爱吃的,我好几年没烧了,多吃点儿多吃点儿……小五尝了一口,醋放多了,酸得她没法嚼,可是小五故意吃了很多,好像她真的很爱吃。实际上,母亲记错了,最爱吃糖醋鱼的是大双小双,那时母亲总是一次烧两条,而她们却总是谦让着,让对方吃一条大些的……

在县城的最后一天,小五一个人悄悄地走到郊外的林子里,她要把那些玩意儿挖个洞给埋掉:春华买给父亲的精装洋河酒盒子,春华与陈善材第一次相亲时穿的那件带金丝线的两用衫,被秋实撕碎后又仔细拚好的医学院录取通知书,秋实翻录的迪斯科磁带、周传德可笑的旧病历、大双小双用过的各种扎头绳儿、笛子的复习资料、笛子寄发夹时所用的那个小小包裹盒儿、李军当年写给大双的一扎信、善材的安全套、哲光小时候穿过的一双虎头鞋……真是一堆没用的破烂呀,散发出的陈腐之气让小五直打喷嚏……对着挖好的深洞,对着即将埋入深洞的那堆破烂,小五突然张开嘴巴,大喊起来:姐姐——

光秃秃的树林里刮起一阵冷风,灌了小五一嘴,她像个老人似的猛烈咳嗽起来。

细细红线

1

不同的年龄阶段，人们对世界与生活的实用哲学往往大相径庭。同一事情的两个方面，恰如一墙之隔，脚一伸，想法就变了。

譬如，有一个关于婚姻取舍的说法，在她的学生时代非常流行：找一个爱你的人，比找一个你爱的人，会更加幸福——似乎很精明吧，学生气的利己主义，宿舍里的夜谈中，得到大多数女生的赞成票。

不知别的女生怎样，有否真的践行，反正毕业后不久，个个都有婚讯传来。她也有喜讯传出去。并且，她是很当真的，按照“被爱”大于“爱”的原则。果然，婚姻安稳，钢筋水泥浇铸的一般，简直结实极了。

但不久，她终于知道，结实并不表示好，甚至可以说是不好、是彻底的荒芜。

可现实情况已是这样。她想：就算知错，也不能改、不必改了——生活本身,即是一出大悲剧,各人程度不同而已。

不过,出于女性的自欺,她还是给了自己一个小小的自由:内心里,像房间一样,总空着一间。如果,一个假设:将来能够碰到那样一个人,就要请他进去——她这人,一向讲究规矩,但绝不胆怯:忠于内心,难道不是最重要的吗。

这样,又过了好几年,也有了孩子,她已不十分年轻了。她与丈夫,兄妹般的,骨肉相连,好像比爱情还要高上一筹。可是她知道,那房间,一直还是空的。

当然,这些年,国道世风变得很多。跟她的少女时期大不同了。一切那么宽松,四面竖起人性、享乐等各样的幌子。包括她,也常常听到那些幌子在风里飒飒有声。风动,幌动,心也在动。世界上似乎已没有什么东西能够静了。

故而,对自己的那间"空房子",她并没有十分的自责,反是怀着一种镇定的、若有若无的心态,一边过着日子一边等。

2

却来说他。他跟她,本来无涉,如同南京与杭州,北京与西安,各是各的城,各过各的活。可现代是什么社会啊,总会超越距离、超越常情,没有什么是不能连起来并发生关系的。

开始是因为他的声音。

说起他的音质,其好,令人绝望,但凡听过,直抵五脏六肺,如被狠狠打击,几至灵魂出窍,怎么也忘不掉,怎么都想占有——总有人不假思索地说他有一条"性感"的声带。"性感"一词,俗气了,但某种程度上,还是准确的。

刚入行时,他做译制片的配音,那些性格独特、身世曲折的绅士主人公,使他的音质发挥到第一个高峰,不同的角色似乎赋予了他更多的个性:神秘、智慧、品位不凡,乃至让观众产生错觉、移情别恋。某些职业,往往就会占到这个便宜:他不一定具有的品质,旁人偏偏都会想象他有。他的第一批崇拜者就此产生。

不过译制片么,从选片到进口许可,到翻译与配音录制,及至后期合成,各环节的操作,都带着追求艺术性完美的神经质,而这种软磨硬泡的追求,是什么结果呢?无疑,其节拍大大慢于需求,何况还有电光火石的替代产品,很快,译制片便濒死于电子与互联网的星空下了:人们宁可在第一时间盯着粗糙的字幕看盗版碟——再好听的配音,未及上市便要下市。译制片就此式微了,成为上世纪渐远的背影之一。

他于是到了电台,专门播报时事要闻,浑厚的声线每逢整点便在城市上空响起,在无数的公寓楼天花板下、在无数奔跑着的车载电台里;同时,他有了个人节目时段,关于汽车时尚与保养,很多人追着听,来信、网络留言,收听排名常年高榜不下。后来,他告诉她:有许多主妇,家境普通乃至偏下,并没有可能购车,对汽车也无特别爱好,但仍然一边拣菜一边听——只为他的声音。总之,他的第二批追随者相当壮大,从小众化的译制片爱好者进入了更广泛的市民阶层。

慢慢地,随着传媒功用的商业化,他的独特声音成了广告代理商的热门人选。房地产、公益、旅游、家电、饮料、通讯……就这么奇怪,他那条嗓子,不论说什么,都恰如其分,或宏大庄严,或温软亲近,男人认同其权威,女人信赖其眼光。他的影响更加大起来,乃至成了赫赫的名人了。当然,他的音质定位,也从最初的唯美文艺被覆盖上不可避免的物质化——但没有关系的,嘿,这个时代,物质成功永远正确。

所以,她留意上他的声音,并不奇怪,甚至,仅凭他流动于电波中的音频,竟莫名其妙将他引为同道——她一向自认为对嗓音有特殊的辨别能力,就好比有人会看笔迹、看面相似的,从声音往里听,听到最里面,也是有善恶之别、上下之分的,足以成为其人格的一个佐证——这种鬼话,当然经不得推敲,但是,唉,再理性的女人,也会允许自己在某些事情上不讲道理。

不过,在真正见到他本人之前,她对他并无特别的惦记,毕竟,世界上有异禀的人多了去。

3

回过来,继续说她。

她在市立图书馆上班。那场所,再高尚不过,人人都说适合她。包括她自己,爱书爱了那么多年,敬畏相交,痴起来恨不能死在故纸堆里。可真正长年累月坐进去了呢——自日至夜,从白到黑,那无边无际的书与纸,层层压顶,像北方的大雪那样封住了她。一个人,四周有了这许多书,再与世俗混迹、与外界勾搭,就似乎是种亵渎了,书境转为书禁,乃至成了一种混杂着荣耀与讽刺的严厉约束,她竟动弹不得了……

还有,那许多借书与还书的人,用耳语般的声音说话,掩着嘴咳嗽,猫着腰捂着手机一路小跑,那刻意表现出的规矩与素质;包括绿色塑胶地毯,可怕地吸走了所有的声音,脚步的迟疑、钢笔的掉落、桌椅的移动,皆变成深不可测的无声无息。还有,紧闭的窗户,纹丝不动的帘子,大白天也开着一排排的灯,书架如同参天的迷宫,高耸密集,令人窒息——书啊,究竟是不朽的思想遗产还是人类精神的虚弱之所……

没有人相信,这里越是端庄森严,她就越是要发狂或爆炸。

真的!她其实更喜欢粗俗一些的生活!

她希望接触到热乎乎乃至脏兮兮的人与事,她但愿她能够用吃力流汗的体力去换取思维的空白，在大自然的烈日与雨水中奔走，或在琐碎的市声里操劳。真正的生活，应当有阻力的，有不堪与疲倦的构成部分……

所以，就工作而言，跟婚姻一样，她也感到自己的心境变了。好在，这个与他人无涉，亡羊补牢，倒是可以悄悄地变通。

4

瞒过所有的人，大概半年前吧，按照自己的需要，她找到一份兼职。

最初，在她想来，兼职的最佳理想，是纯粹的四肢运动，最好能接近野地或牲口，比如，到农场挤奶牛、在山坡上采茶、替农家掰玉米棒子……但显然这太理想主义了。后来，她想通了，就像那些急于找工作的人一样，不可苛求，碰到什么就是什么吧。

那是个花粉浓烈的春日正午，鼻腔粘膜敏感的路人一边骑车一边打喷嚏。她从单位车棚里找出落满了灰的自行车。自家有车，她五年多不骑车了。推到修车摊，打足气，整一整，还是好的。踏上车，春风它吻上她的脸。随便地找了条小巷子就往前骑，逢弯就拐，直到骑到不熟悉的地方，看到一家全无个性的路边小餐馆，玻璃上贴着张白纸，歪歪斜斜地写着：招勤杂工。

她走进去——里面几无装饰，生意却是不错。但一望而知，都是些温饱之需的顾客，他们急切而快活地吃喝，有人支两瓶啤酒，有人自带一包鸭头。

她看看自己，正好穿得平常。问了端盘子的小姑娘，拐弯抹角走上一条又窄又陡的楼梯。那所谓的老板间，堆满粉丝与面粉袋。“我想中午在你们厨房做两个小时左右杂工……工钱随便。”她说出默念多遍的话。

小老板是个红脸膛的东北汉子，狐疑地上下打量她。她略有些心虚，但还算急智，临时编了个借口：经济上突遭变故的单亲之家。北方人到底心思简单，加上提到孩子，也就信了："正好中午是最忙！工钱不会高，饭菜管你饱，还可以给你孩子带一份儿。"

就这样，怀着不可告人的喜悦，她隐秘地开始了在小餐馆的帮工。每天中午，换上宽松的便装——跟同事说是健身，赶过去，一边骑车一边给自己变脸，等支好车子，她就成了另一个人。

狭小油腻的厨房里，肥胖的厨师大师傅对她支来使去，一个江西女人则总是给她派脏活，毫不客气地享用这新得的权力。而负责端盘子的两个小姑娘，只要在外面受了食客的气，一到里面，也必要借故冲她撒气。总之，先来后到，她该着是最低小的。

有时外面人多了，她也会被叫了去换盘子倒茶、收拾残菜剩羹，以她的手脚，总不免泼泼洒洒，常招来抱怨；也有嫌她蠢笨的，粗话连篇，无法复述。她脸色发红，低头不语——记忆里，好像从未有人这样一直骂到脸上。

可是啊，多奇妙，这滋味只她自己知道！每次被他们没由来或有由来地粗暴喝斥，她竟都感到一丝异常的舒坦，似是结了很久的疤，现在正被人用鞭子轻轻抽打，疼虽疼，亦解痒、解苦。

5

她注意隐藏与他们的不同。可是又想，除了肚子里有几本书，脑子里有些胡思乱想，又有什么不同？不要把自己看得怎么样了吧。这一想便更加放松，只管好好沉浸于小餐馆每日中午的短暂时光。

韭菜的根总是水迹斑斑，带着不知哪里田地的泥疙瘩。青鱼从案板上一直跳到瓷砖地上，一下子昏死过去。猪蹄在大锅里沸腾，飘浮起一层立体感的灰色血腻。生姜一层层码在北窗台，像是居心设置的小型假山。撤下的碗盘筷子，浸入水池，立刻涌出五颜六色的漂浮物，带着坦荡的狰狞美——她用手直接深入那些腥脏与油污，一边带着快活的嘲弄，回忆这双手长期以来的养尊处优……

她常因此忍俊不禁，想不通自己为什么如此的……贱。到底是什么样的需要，驱使她站在这个跟她毫无关系的餐馆里呢。

当她从小餐馆重新回到图书馆，回到电脑前，答案似乎便自动浮现了：中午两小时的体力放逐，使她神奇地获得了某种超脱感，周遭的繁冗与刻板，皆变得可以忍耐甚至有几分可爱。她对所有人的态度更为和善了，闲时，接着翻看几本艰涩的业内期刊，白天余下的时间简直成了蜜糖，飞快过去。当晚的睡眠分外香甜，神经衰弱暂告隐退。

6

图书馆每周有一次面向社会大众的“公益讲堂”，请来本市各个领域的名人坐镇开讲。这一天，同事们在商讨中提到他的名字。好呀好呀。有人附和，她也附和，出于无心有心之间。这个时候，她完全不知道她与他将要发生的交叉重叠。

她并不主要参与这个讲堂的工作，故具体的斟酌与最后的定夺她也不清楚。一周之后，在读者中心的预告版上，看到他的名字，他要讲的主题是：便利的汽车与不便利的环保。题目拗口。

负责此事的一名同事请她到时帮忙收集听众提问。

好的。她说。我正好挺喜欢他的声音呢。

他来了。人群略有一阵骚动，名人嘛。她一望可知，听众（也可谓观众）里，有的或许是真想听听汽车与环保，有的则只对他本人感兴趣（包括有各个年龄层次的女人）。另外有一些闲人，只要是免费活动,他们总乐此不疲、愿意花上大把时间。此外是一些组织来的学生以及一小撮媒体人。这通常就是所谓公益讲座的主要构成。

他富有经验地调整了一下话筒,然后抬头四望。他没有及时开口问好,嘴唇紧闭着,好似一时卡壳。全场寂静,人们张着嘴,一段令人绝望的空白,常识与神经皆受到煎熬。

她感到他是有意为之,他以此来控制众人。她就在这个时刻好好瞧了瞧他。他可能比她大上十岁,中等的体态与相貌。衣饰极为简单。头发剪得极短。他以平淡的外表来掩护他不想暴露出来的东西:显然,他十分自负。

但很奇怪,就是这么看了几眼,有如神谕耳语,她突然间涌起潮水拍打般的激动之情:如果有个人,正像他这样,拥有他这样的嗓子,这样不可一世,却乔装平常于人间,她是愿意的,让他进入她的“空房子”……

最终,在漫长空白的最危险边缘,他几乎是挑逗般地开口了,一下子使人们忘了他此前超出分寸的沉默。无与伦比的音质,张弛有度的节奏,严肃而富有弹性的观点,略带戏谑的高潮。人们数次鼓掌,女听众们打破同性间的戒备与妒忌,她们交头接耳,会心微笑。

接着是自由提问的时段。一张张纸条,焦渴的小手那样,在人头与手臂间、摇动着发出呼唤。她伸手过去,像农妇摘取雪白的棉花(突然涌上这毫不相干的意象)。递出纸条的中年女人们,脸庞悄然发红,却又装得无所谓。只有女学生们咕咕乱笑,放肆谈论对他的倾慕。

一轮又一轮地,她替他送去好几批纸条,动作里有一点那种场合下常见的殷勤与僵硬。他对她短暂地注目并点头示谢,社交性的礼仪。

面带经得起推敲的含蓄微笑,他逐一翻看那些问题,一一翻过去,直到碰到与汽车或环保有关的,才抽出来作答。

没有得到回答的提问者们并不介意,她们只要他看到那些纸条、明白她们的心意所在,就够了。这是公众人士与追随者之间的规则,大家都随波逐流地安心游戏。

她也是懂的,却还是觉得,他、听众们,以及自己的表现,这一切,全都是极为轻佻的!可这并不妨碍她对他的向往——要知道,几乎所有的人,从表面上看,都是面目模糊的,或者太强调个性,或者故意埋没个性,或者本无个性却装得有个性,等等。真正的个体风貌,必要往近处走了才能感知。而他,是可以期待的。

7

演讲过后,按照约定俗成的程序,图书馆为他设了招待餐,一个馆长、两个部门主任,以及具体组织和帮忙的职员,正好一桌,像模像样的格局。

他有时倾听,有时随意谈笑,基本上与每个人都有寒暄与对话,对各种赞誉之辞得体应付。但她感到,他仍在延续着他的表演状态,他所随口说出的,都是早就备好的一套台词,用以应付各种与此类似的场合,他在按照社会化的需要扮演自己。他越是得体,其实越是在蔑视——说实在的,她喜欢这种表里不一。

不知怎的,话题扯到通信,有人提到手机的各种套餐,以及话费积分兑换奖品之类,他倒想起来:对了,我手机里,大约有许多积分吧,从来没有管过,可能都过期了……他的表情像个老百姓那样耽惜着,但他话音尾部的降调暴露了他,他其实只是为了说点什么,为了泯然于这个话题。

却有人马上信了,并转向她:对了,你不是有个同学在移动吗,看能不能把过期的积分找回来……

她点头答应代为办理。他欠个身子提前谢了,并称改天约她。

第二次可能性的见面就这么定了下来。她舀了一勺甜汤,却没吃出任何味道。她想起她度过的无数天,吃过的许多饭,全无意义的日子们与饭食们。一阵苦涩与激动。

8

时间长了,她与小餐馆的人,有了若有若无的散淡情谊。

红脸东北汉子经常不在,若在,总会问她小孩的成绩,叫她一定给小孩吃好,说身体好比学习好更重要。他经常说这句同样的话,次次都发自肺腑,好像是他从多年人生中体悟出来的道理。

他给她的工钱很低,毕竟只是这样一个简陋的小店面。但只要生意稍好,超出他的小期望值,他便会高兴地从收银台里抽出一些十块二十块的票子,给几个人即兴派上两三张,大家一片欢声笑语,更加卖力。

她捏着这一两张纸钞,三十或是四十,觉得实在可爱,简直想放到嘴边亲吻,如此以劳获酬、立竿见影,叫人舒坦而得意。当天,她即会用这钱,替自己买一本时装杂志;或是交给钟点工买两斤肋排,红烧了一家人吃。由此获得的小快乐实在是大,大到妙不可言。想想这些年上班,收入是打进卡,消费是刷出卡,劳动生产与自我犒劳,似已失去因果关系,亦失去诸多乐趣。

厨房的大师傅是个有脾气的人,常常会因为某些时事动向而大发牢骚:妈的个巴子,豆油涨价了,面粉涨价了,煤气涨价了,牛奶也涨价了……妈的,人肉涨不涨价啊,要是涨,我就把我挂出去卖了。

这大师傅一开始嫌她动作慢,总要发火。后来他骂得烦了,索性由她,再说,慢虽慢,她切的菜或肉那样整齐,总让人赏心悦目;热菜出锅,她精心挑选相配的碗盘递去;有时,还依据她吃大餐的印象、依样画瓢地替凉菜加上小小的花式点缀——在这种小馆子，纯粹是多余的美学主张，但无疑，这替大师傅的手艺加了分。他取下嘴角含着的劣质烟，放声大笑：妈的个巴子，你这样一弄，老子倒像个五星大厨了！

现在她知道了，江西女人跟大胖厨师之间，是有那种露水关系的，晚上，他们两个便住在这里一起看店。所以江西女人才会对她有些不待见，但慢慢地，见她从不生事，也便放松了，反时常夸她的肤色与腰身，以示其好。

外面端菜的两个小姑娘，身形结实，带着鲁莽的生机，一直不跟她多说话，她们的粉红脸蛋上，有种恃年轻而生的骄傲……后来碰上中秋节，因为要往老家汇钱，她正好可顺路替她们到邮局办理，她们便一下子与她交好起来——这简直令她暗生感慨，人与人的远近啊，谁能说得清。

但就算这样，一旦客人多了、忙起来，或者碰到令人犯怵的累活儿脏活儿，几个人却又绝不会饶了她。她们从各自的角度大声推诿着，总能找出理由让她去做活，谁叫她是零工，该着把两个小时做满的……

她面上假装也在争、也在躲，也赌气，活灵活现的——她可不能让她们知道，其实，脏乱差重，她喜欢的；被支使被责骂，也是喜欢的，并且愈凶愈好，骂脏话都行……

离开餐馆前，她取下包头巾，脱掉外套，仔细地洗手，并涂抹一些江西女人慷慨提供的百雀灵。即便如此，还是在指甲四周留下了细小的裂口。晚上脱毛衣时，指尖常会勾起毛线。

9

生活中其他的时间，她仍然一如既往。钟点工搞卫生时，她在跑步机上消耗六百卡路里；周末到购物中心，为两种系列的香水而犹豫不决；与朋友慢条斯理地通电话，推荐更为科学的养身之道；睡前，撕掉脸上的面膜，与丈夫谈论小家庭欣欣向荣的财政状况，讨论替孩子找个口语外教……

——若无杂念，生活堪称完美。她自问：一个人，倘若酒足饭饱、家庭和睦、子女健康，是否此生便算功德圆满？

可她为什么会觉得不对？更为矛盾的是：一方面，她那么强烈地、发了疯地渴望反叛、渴望逃遁，可面上却又为何如此波澜不惊、安于日常？两者的程度似以一个严格的逻辑比例，在相互牵掣、反作用力于对方——她内心有多么动荡，日常的外在就有多么乖顺！

这些，跟丈夫说不通，这跟“爱”或“被爱”没有关系，他不是那种可以讨论虚词、虚妄、虚空的人。人群中，二分法永远有效，对有的人，你可以描述至为荒唐的梦境，对另一些人，则最好说说周末的羊肉与汤。自然，这当中，并无高下之分，只不过是对左右脑的不同使用而已。况且，她不想扰乱丈夫，就让他一直沉浸在他社会化的价值体系里好了……

包括她在餐馆的事，想想看吧，怎么能说得清内心的来龙去脉，就算从大街上抓一百个人来问，有九十九人恐怕都无法理解——她的生活多么光滑，充满天伦之乐，没有任何理由做不合常情的事。

10

第二次见面，他约了一个很难找的茶馆。坐下来后，他解释：我不喜欢跟人在大街上谈事情。又说：太热门的茶馆，很容易碰到熟人。他可能没有意识到,他的行动带着令人不喜的名人作派,一切以“我”字开头。不过,这可以理解……他一坐下来,就掏出烟,用一种懒洋洋的手势:“烟使我的嗓子老了一些、滞了一些,倒正正好。”

接下来一直是东扯西扯,茶都喝得淡了,一直没有提手机过期积分的事。突然地,他问她的乳名。

“红儿”,她老实作答。她的家乡,孩子的乳名常常带有儿化音的结尾,比如芳儿、天儿等等。

“红儿”。他若有所思地念叨,像在熟悉一个暗号。“红儿”,又念了一遍。用他那与众不同的声音,带着她从未有感受过的情绪。

“你知道吗?”他说。“我们总是在被别人呼唤。不同的人、不同的交往背景中,出于不同的目的,用不同的称呼,伴随着不同的手势或眼神……我们的生活因此会像甘蔗一样,被分成一段一段的,我们好似在不断地被陌生化,在不同的时间地点中,你呈现出不同的形象:明亮的、软弱的、放荡的、笨拙的。无数个你在不停地消失与死去,新生的你则成群结队地在后面挤着等着……”他带着一种愤怒似的、磁石般的发音,使一切都成了台词。

这让她感到一阵恍惚。她垂着眼皮,想起她在餐馆里,她自称姓言午许,他们于是称她作小许。在单位,人们在她真正的姓后加一个“科”,因她是所谓的“科员”。以及那些借书者随手拈来的各种称呼。童年时奶奶如何唤她。大学里的绰号。在旅行中。在超市。在亲戚之间。婚前与婚后。诸如此类。她曾经被多少次赋予与她无关的名号啊,细想想,真令人悲从中来:一切的称谓,都是在把人与自己一层层分离……

“是的,我将要用乳名来喊你。”他这样说,像宣布一条法令。

这话只说了前一半,他突兀地另改了调子:“我跟你之间,什么都可以,但绝对不谈恋爱,什么你爱我、我爱你之类的。我不喜欢那些。”

她十分惊愕。

他完全居高临下："你以为我看不出来。你根本没藏住、没掖好。我一看到你就知道了。许多女人都像你这样，这种爱慕的眼神……"他带着推卸责任般的表情，一下子把事情给捅开来。"这么些年，跟女人打交道，我学到了很多……所以，我知道你现在的想法！很清楚！"

这是什么局面？她一时愣住了，多新鲜！她好似匍匐在地、仰其鼻息，他根本不顾忌她的颜面或感受。可是，多奇怪啊，她一点不介意，反在心中轻声欢呼！真的，她不在意这个，她要的可能正是这个！

只是面上有些臊，但她强迫自己镇定，好像早已知道这是一桩不可能盈利的感情账。"既然这样……那么就按你所说的，不搞恋爱。倘若有一天我当真了，就等于是破了规矩，你就要离开。是这个意思吗？"

他耸动着肩膀哈哈大笑，为她的快速领悟，以及玄妙的约定："是的，反正，两个人当中，只要有人当真，就分开。"

11

当晚，她久不相扰的失眠症再次发作。

其实本来，她对他，并非一定要如何如何，可这下子，她给激灵起来了，她发现自己十分喜欢这样——被瞧不上！被忽视！被简单否定！好像全无意志与思想、卑贱地低下头！嘿，这跟她每天中午到小餐馆做帮工，是否有异曲同工之效？人人皆欲求甜，她偏要求苦，且以苦为真味、为至味。

她想起她看过的许多电影，常常会因感动而陷入假想的情境，在假设中，她都把自己扮成其中被侮辱被损害的那一方，她反复流连于那些揪人心弦的场景，想象着自己正被凄惨地抛弃、被当作一个没有灵魂的下等人……而今，这算是一种精神自虐的沉渣泛起吗——她压根不要心心相印的甜美爱情（或许，那本来就不存在！），她宁可扮着一个可怜巴巴的追求者，从而在根本上推翻她在学生时期所尊崇的爱情实用主义；还有，她是否厌倦了预设般的智性身份，正好想借此来抛掉所有的知书达理……一整个晚上，她辗转反侧，激动得不能自已。

次日中午，江西女人发现她昏昏沉沉，反应迟钝，便不要她洗盘子刷锅，也不要她切肉杀鱼，但也不能让她白闲着，塞给她一大盆煮熟的鹌鹑蛋，让她慢慢剥，黑白小花的蛋壳一团团粘在手上，带着一股鸟屎味似的，让她恶心不已，偏头疼越发难以忍耐。

大师傅一边喷着烈火颠菜，一边放声嘲笑："失眠？我最瞧不起这个病，就好比有人说他食欲不好。妈的个巴子，我从小长到大，从来就是吃不够、睡不够！这样，我匀一点觉给你睡好了？"一边说着，他为自己的幽默而点头自许不已。

江西女人则咕咕囔囔地，"你要老这样，老板会赶你走的……"她翻着眼睛回想："我家有上人曾经做过野郎中的，我记得有些治失眠的土方子。芹菜根煎汤、蚕蛹泡米酒，对了，还有桑树果子，泡茶喝，一吃就好，保管你能把脸都睡肿！"

这方子让她无端地觉得好笑，头疼倒淡下去一些。她嘲笑自己，并且感到羞耻，想想看，跟他们堂皇而没心没肺的快活相比，自己简直就是个不折不扣的变态啊，到底想要干什么！

12

有了那样的约定，他好像就此放了心，把她当作自己人，谈话全无禁忌。他谈起他从前的女人。由于爱慕者众多，他的韵事因此变化多端。

他说，起初没经验，总是从情感戏入手，可弄到最后，就脱不了身：闹离婚的，电话打到太太那里的，丈夫找到单位的，寄带血的信威胁要自杀的。唉，女人都是那样，总以为交换了肉体便有权占领我的全部领地……

她饶有兴趣地听，有时半眯起眼睛，简直昏然入睡，如同听子夜电台。听听，就算是讲这些事情，他的声音还是那么好啊，好像在讲人间千古与道德文章。许多东西都是这样，有一白掩百丑——她只取其白，一叶遮目。

“红儿，你可不能像她们那样不懂事。别要我交心，你也别跟我交心。总之，精神上，我们一定要是淡水之交——这不是我的正当防卫，而是对你的保护。因为我，早已是无心之人……”他歪起嘴角笑了一下，表示对自己的不屑，举起半根烟接着抽。烟，常常像他说不下去的另半句话，升起来，又散了去。

她没应声。唉，他太不了解她；并且，将永远都不会了解她了！

“你想不通？”他瞧瞧她。“以为我太自私了？怕惹麻烦？对，我不否认。但是，你是不知道你自己的。女人，一旦陷进去，全世界的手都拉不回来。我是真为你好，得让你随时丢得下我，像抛掉一包垃圾。真的。”

他拉起她的手，低头放到嘴边轻轻亲了一下，那姿势，像在悼念一朵永不会开放的小花儿。

这天分手后，她坐地铁回去，直到下车，才发现迷糊中坐反了方向。索性来来回回坐了好几趟。她回忆他提到的那些旧事，他曾经那样多情，对待她们像公主，他倾听她们的白日梦，娇宠她们所有的坏毛病……曾经啊，他是会“爱”的、是最会“爱”的。可而今他否定并唾弃了这一切，他说一切与精神有关的皆是愚蠢、是无用功、是反作用力！他刻意而固执地不动心肝，视情感如粪土……她若稍有理智，就该退避三舍啊。可是不，她偏要拗着干，要奋不顾身地逆流而上，在狭窄的树林中穿行，忍受枝条的抽打与切割……

她得接受这样一个事实：就算与他交往再多，她与他之间，真正的沟通与倾吐也永不会发生。她的热忱、对情感的最高期许，正是他决意要逃避的，就算这正是她最好的部分。

买椟还珠。古人早知道，世上会有这样的买卖。

这是悲哀处，也是蛊惑人心处。她需要这样的颠覆！她正好想要看看，抽离掉智性，她可以保持多长时间……她能不能活成一个轻浮但结实的肉身？

黑洞洞的隧道里，地铁摇摇晃晃，光线忽强忽弱。她好像看到十几年前的自己。她对那个衣着过时、脸蛋圆圆的女生挥挥手：你好！终于打开了“空房子”！这样好吗？你高兴吗？

13

有一个中午，因为外间太忙，她被喊了出去端盘子。忙了一阵，忽然发现有人总盯着她，不想碰上的事情终于碰上了——一个图书公司的业务部主任，算是工作关系的熟人。见她回头，那人眼睛明显一亮，复又张大嘴巴，十分困惑。

这一幕她曾设想过若干次，但每次均从侥幸的角度加以否定，她过滤过自己认识的那些人，他们皆属于有阶层感、讲究体面的人物，到这种路边小店的概率极低。但还是有了万一，那熟人带着个膀大腰圆的同伴，或许是个水暖装潢工或乡下亲戚，显然，这是随便敷衍的一餐……关键是，那人认出了她，他会妄加推测并加以散播吗？想到最坏的结果——图书馆里，人人皆知，原来她是在撒谎，每天中午，她可疑地置身于一个简陋的餐馆刷盘子……想到这闹剧般的可能性,她略有慌张,急忙避到里面,再不肯出去。

惶急之下,她实话实说:“外面有个人,我不想让他认出我……”这话说得没头没脑、也经不得推敲,大师傅却如得了命令,跨步到过道,那好奇的熟人果真已径直追寻至厨房,嘴中嘟囔着四处张望,带着即将发现奇闻的兴奋。

大师傅铁塔一般:“厨房重地,顾客免进。”

“哦,我有一个朋友,可能……”那人越过大师傅向里伸头。

大师傅没有耐心,突然架起他,往外就推……那人嘴里唉哟着叫唤起来,他的同伴,本便孔武,闻声冲过来——她都没来得及看清是怎么回事,架就打上了。拳头打在肉与骨上,发出闷闷的“嘣嘣”声,一些食客,趁机匆匆扒上几口便开溜……

等到收拾完残局,发现碎了好些个碗碟,有五份快餐与三个小炒没有付帐……东北老板不肯要她赔的钱:“这是干什么!你是我们店的人!”大师傅也拍打着胸膛快活地嘎嘎大笑:“妈个巴子,好久没有打架了。痛快!今晚可以多喝半碗酒!”

的确,这通架一打,她感到,她与他们,好像又更加亲近了,动物般的,以生存为第一要务的交际法则,相互的体温与味道,如同水汽,升到窗户上,团团白雾形成天然的屏障,与整个外面的世界,远远地隔开来。

类似的小小的同甘共苦,还有许多:卫生局来查健康证,派出所来查暂住证,街道来查计生证……她是十足的“三无人员”,常常会遇到麻烦,逢上此时,他们都会变着法子替她开通,包括外间端盘子的小姑娘,也会特意媚笑起来,围着检查人员求情,编造出各种天才般的谎话与托辞。每次众人通力合作蒙混过关之后,大家都会感到莫大的成就,好像他们正是一个看不见战壕里的亲密战友,有着同进同退的无上情谊……

在单位开会或是晚上失眠,她常会放任自己走神——追溯到小餐馆热气腾腾的一幕又一幕，那里面，有种以局部利益为根基的紧凑感，喜剧般的，饱浸着写意式的朴素生存哲学，如同草根，总让她在咀嚼中回味到一种生涩的甘甜。

14

他们的约会全无规律。

他坚持不告诉她他的手机：你们女人，最喜欢发短信……我讨厌那个。看看四周围，男男女女们个个都在发暧昧短信，你要跟他们一样吗？

这样，他们的联系永远取决于他。有时，两个星期杳无音讯，有时，隔天一个电话。他偶尔还喜欢用公用电话，听凭他令人沉湎的声音飘浮在嘈杂的市声上，如大海深处涌现的珍珠——很难不把这种心血来潮的通话，理解为一种真诚的惦念。

大部分的时间，跟从前一样，她还是通过电台的时政新闻，通过他的汽车节目，通过各种音效精美的广告，确认他与她在同一空间的存在。

她在厨房洗、切、烧，有油烟与焦香，他于氤氲中浮动；或是在人群中，耳膜被耳机塞得涨痛，可是，真如入无人之境、如行空旷之地啊，在他的声音里，她展开无边无际的精神漫游，体会到羽毛那样不可捉摸的幸福感……大概，她所要的，就只是他的这一部分、与她相连的一小部分。

15

不久，他带她到旅馆。他很轻巧地开了这个头，好像这根本不是一件需要商榷的事情。出于信赖？懒惰？或是轻视？不知道，她并不以为忤。

没有任何过渡或婉转的措词，他带头脱了他的衣服，毫无羞意，大方地光着他略微发胖的身子走来走去，除了手上一枝烟。

花了一些时间，他跟她谈了许多关于身体的趣事或诀窍，带着钻研般的热情。他在等她习惯赤裸，同时输出一个观念：肉体至高无上，应当直接抵达，无需以精神为导线来曲径通幽。直线，即是最正确的方式。

她听得懂，也以为然。只是，他那驾轻就熟的表现使她无法抑制这个念头：于他，这是非常熟稔的场景，跟许多的女人，都是这样开门见山……这想法有些令她发冷，同时，有奇异的舒畅。她认为自己就应当被这样对待，成为许多个当中的又一个。为什么会这样。

她仔细拉好窗帘，又坚持关了所有的灯。除了卫生间门缝里的一点光亮，在几乎半黑的光线下，她尽量自然地也脱了，与他一样了无遮挡。

他四周瞧瞧，对突然暗下的光线似乎觉得有趣，宽容地低声笑了，然后温存而沉默地罩上来。

他不知道，她想要掩饰的其实不是躯体，而是突然涌上的热泪。她不明白自己何以如此被伤感所袭。想想吧，她之所以要寻求他，本是为了性情之需、寂寞之需，可而今却被架空、被抽离，仅剩下了床笫，这是一种超脱吗、是一种解放吗，不知道。

重新半躺在床上，他把双手枕在脑后，眼里的表情只有天花板才能看见。他独白似的自言自语。

“你别觉得委屈。其实都一样，从本质上讲，没有人能被别人真正爱过。比如我，她们所爱的，从来就不是我本人。

“我知道的，她们发了疯的喜欢我的声音，其实，就是在跟我的声带恋爱！

“她们喜欢我是个新闻主播，好像我代表政治正确，代表每时每秒的突发事件，哈哈，真的，她们就服这个，跟新闻睡觉、跟时代睡觉，那是上进的、主流的！

“有女孩子不停地跟我谈汽车，越顶级的品牌越昂贵的车系她就越兴奋，她让我‘发动’起来，让我‘飚’起来……多么性感的表达，可是，红儿，你想想，那跟我有什么关系？

“当然，有女人喜欢我的派头，走到哪里都会有人恭维、献殷勤，她会在身边假装不安地扭扭腰肢；还有的，对我在录音棚里每分钟五千块的进帐感到刺激；有的，中意我的年纪与经历，她们全无头脑，希望我可以成为她的人生导师……

“啊呸，多么可悲！有谁真正喜欢过我本人吗？有谁真正在意过我的心肠与心肝吗！啊不，就算有人在意，也没用，因为那是无法表达、无法输出的！情感永远都是有障碍的、抵达不了的，只有肉体，就像咱们现在这样，暂时获得浅薄的饱足……

“包括你吧，红儿！别以为你比她们高明！才不是，你也是从你的需求出发，认为我大概是个什么样的人，这当中，或多或少地有一部分符合你的理想，这样，你以为就是所谓爱了！可怜啊，一切都是误会，是施爱者的假想与附丽，跟被爱者本人没有任何关系！所以，红儿，别以为我是在诳你，爱情啊，它的真名儿其实叫误会……既然如此，不如一切从简……”

这次，她是真的给他说得黯然了。他并没有说错？！

“哈，也别发呆。你也说说话，说点好玩的？”他恢复常态，浮出冷冰冰的深海，用一种快活的语调把她拽回来。

“这个……”她勉强振作，在脑子里四处搜括。“要么，我就跟你说说窗帘吧。”

“小时候，我一直住平房，我的床与书桌都在北窗的下面。每天晚上，我拉上窗帘，在里面做功课。有一次，偶一抬头，突然发现，窗帘没拉严，那缝里，有双戴眼镜的眼睛在瞪着我……从那以后，我就对窗帘特别注意,最好是窗户大开着,一直把外面看得清清楚楚,而对拉好的窗帘,总不放心,似乎,随时会被人拨出一道缝来,直直地盯着我……所以,你知道吗,每到一个新地方,如果有窗帘,我总会特别注意……”

她转过头。突然发现,他睡着了,或者“演”成睡着了。她于是也静静地躺到一边。她知道,不是自己的表达太枯燥,他是故意的,他顽固地排斥任何贴近心性的交流,并寻找一切机会来强调这一点。

16

偶尔也有破绽,非常小。有时,他会随口发问,像男女间通常会关心的那样,问:有没有想我啊?喜欢跟我在一起吗?类似的。

回答之前,以最短的时间,她进行理智的取舍,最后说:还行。这是一个压缩和变形后的回答,但在某种程度上也是真实的,她怎么能由着自己去想呢,那不就犯忌了吗。

但他不太满意,用浓重的鼻音“哼”了一声,像在配饰一个没有台词的小角色。他可能陷入了从前的经验,本以为会听到一串繁复的热烈表白。对于情感,他像那些减肥的人,欲取清汤白水,可一张嘴,还是希望赤浓粘稠。

很快,却又意识到什么,想要挽回立场似的,他补救般地念了一句聂鲁达:没有什么东西可以把我系住/我喜欢海员式的爱情/接个热吻就匆匆离去……

这让她感到一阵心酸,怜悯他如此遮遮掩掩。于是,当他再次问起“想不想”的问题,她说了个小小的故事。

有个没钱的孩子,站在路边香喷喷的烤山芋摊子前,那烤山芋的老头问:孩子,想吃吗?孩子抽抽鼻子:想不吃。

他懂了，低下头啪地点烟，一边用他钻石般的嗓门“哈”地笑了一下：好。这个好。

他一口接一口地迅速把烟喷出来，烟雾团团升起，把他们隔开。

后来她检点过，从开始到结束，真正吐露衷情的，也就是这一次，借小孩子的“想不吃”，说出她的想，想不想。

17

或许是出名之故，他有许多固定的习惯，谈话，点菜，发式，衣着，莫不精心地保持一种格调，又刻意不让别人觉察这一点。比如吃饭喝茶，必要包间，且喜点固定菜式。一圈人约出来喝茶，他得先搞清楚，有无小报记者或同行冤家。他排斥所有的公共交通，出租车也尽量不坐，这城里的地铁建了几年，他仅坐过一次，还是试运行那天的嘉宾。与陌生人寒暄，三两句即告剧终。若进入某种哄闹的场合，就算是室内，墨镜也不会取下。被人拉着合影，他站在那里，不笑，且不愿与人勾肩搭背。有人索取签名，他会用一个备好的玩笑化解。

——他一边细数这些毛病，一边自我抨击，“我算什么鸟，这么装腔作势！可是我若不装，别人又认为那不是我，我就应该装！唉，表里与衷心，就是这样背道而驰。说实话，我瞧不起许多人，可又觉得我自己还不如他们。”他似笑非笑，嘲笑自己是块机芯坏了的名表，除了时间不准，哪儿都好。但没人相信他时间不准，只因他是名表。

“个个说我功成名就，笑脸像向日葵那样张开。可我透不过气，你明白吗？我被我自己的乏味、虚伪给十面埋伏了！怎么办啊，我难道就要这样一直闷到死吗？

“哦，得了，别那样看着我，好像你真的理解似的！你怎么可能明白我的感受！”他焦躁起来，把脸扭到一边，猝然结束暴雨般的小型演讲。他来自鼻腔与胸腔的共鸣音，仍在空气中微微抖动。

有一天，他忽然注意到她手指上的裂口与毛糙，这跟她整个人，明显是不对的。他另眼相看似的，翻来覆去地捧着看，兴奋地连声追问：怎么回事怎么回事？

她在内心轻声喟叹：终于来了！她在等，同时也在担心和犹豫——当他问起，是否值得跟他诉说她古怪的秘密爱好。他有可能是大街上那九十九个人之后的最后一个人吗？

她慢吞吞地，甚至可以说是平淡无奇地，从图书馆开始，纸与书的大雪尘封，类似于活埋或囚禁的处境，那油光水滑的平静生活……他点头，毫不惊奇，一连串地“嗯嗯”，似乎他与她本便是狱友，感同身受，他甚至比她更熟悉这无法责难的庸常，他更急于想听后面……

于是，简陋的小餐馆出场了。她头一次得以如此毫无保留地放肆诠释她狂热而古怪的爱好。

他眼睛闪闪发亮，追问起她一带而过的那些细节：怎样对一片冰冻的猪后臀大卸八块，泔水桶里的漂浮物与沉淀物，那些嗡嗡嗡永远赶不走也从没人费心驱赶的苍蝇，那因为不够新鲜而不得不撒入大量调料做成的所谓秘制鱼肉……在他富有鼓动性的启发下，她想起了更多：啊对了，还有那些顾客们，点菜时，他们为两块的差价而犹豫不定；若菜量有余，他们要求打包，可等到走时，谁也不愿意主动拎起那些餐盒，一番不为人知的小小博弈后，最后离开的人不得不装出一个最无谓的洒脱姿势拎起。还有，付帐时，外地口音的人会小心翼翼地讨价还价，然后为省掉一个零头而大感愉悦。

……好极了，讲，接着讲……他如痴如醉，甘之如饴，笑嘻嘻的，紧紧盯着她，好像头一次发现她的巨大特质！她的所见愈是污糟、人性愈是卑微，他便愈是痛快。

18

此后相当长一段时间，小餐馆成了她可以对他讲述的唯一话题。

但很快，她捉襟见肘了：其实，并没有什么太多的复杂体验，不过是一点厨房活儿，她的初衷仅仅是想让自己的头脑空白两个小时而已……可他那饥渴的样子令她若有所动，出于某种要讨好他的迫切，她发现自己开始添油加醋、胡编乱造，甚至把小餐馆里的伙伴们也拉入了加工对象。

她把大胖师傅说成一个爱占小便宜的家伙，每炒一个菜，就要偷一勺油放进他藏在柜子里的小桶。江西女人成了一个伪装的关节炎患者，以借故偷懒。而两个端盘子的小姑娘，则整天花枝招展、幻想着在顾客里发现她们的意中人……她即兴拚凑各种离奇的勾心斗角的小情节。

每天中午在小餐馆的两小时，现在变得肩负使命了，她一边如往日般机械做活，一边居心观察，寻找可以扭曲的场景。她感到一种卑劣的动机，带着原罪般的恶……山穷水尽之时，她甚至把红脸膛的东北汉子也拉了进来，迎着他期待的目光，她低声地编造了红脸汉子的戏份——有一次，你知道吗？多可怕，他建议我做他的“江西女人”，你明白吗？就像江西女人与大师傅那样，苟合，什么都不管，婚姻、孩子、有无好感，反正，动物那样，在他的一个小窝里干那事儿，他说，他可以涨我的工钱……

“哦！太带劲儿了！”他肯定听出来这里面的荒唐，可他情愿相信，并兴奋起来，一把掀翻她，带着从未有过的快意。

这段时间，她矛盾地愉快着。一方面，她知道自己在无耻地利用小餐馆，可同时，像一个长期埋伏后的进攻——带着自信而隐蔽的摸索,她小心翼翼地向他的内心靠近。

她这样替他想:一个透明橱窗后的公众人物,一个物质充裕者,永远那么光亮、冠冕堂皇,可是,作为一种平衡,他一定比所有的人都需要阴暗与龌龊,就好比人人都有一个下水道,她只是在帮他释放一切被压抑着的“恶”……她希望,通过“开放”自己的小餐馆,她可以一点点剥开真正的他,她绝不相信,他的核子里真像他表现出的那样心不在焉……

不过,他时刻警惕着,如同哨兵守卫一个密封的宝藏,一旦发现她的贴近与体恤,便如同泥鳅,用一些似是而非的往事来自我解构,不停地发出警告,以打消她的念头。

他提到,出名后,四周突然冒出来的许多人。

——根本不认识的同乡,如同一个山芋跟另一块山芋,只因来自同一个省份的同一个县城,身上沾有相似的泥土,突然便寻了来,欲把手言欢。从没印象的初中同学,长途电话里活泼地与他共同回忆校园往事。一封怯生生的邮件,来自异国的暗恋者,诉说其如何一点一滴地辗转关注他的行踪。还有,各级或大或小的官员们,他们总要请他吃饭,漫长的饭局,对电影或配音艺术多情但远离常识的讨论……同时,他们还会亲昵地提到他的声音,不住地夸奖,用同一类俗气透顶的形容词打比方!然后,当他开口,他们紧紧盯着他的嘴唇与喉结,像看着一只动物,考虑先吃他的哪一部分……

“一切的贴近,不管是以什么名义,爱慕、尊敬、艺术或乡愁,去他妈的,我都烦透了。他们跨界了你明白吗?人与人之间,有很多道你看不见的红线,那便是疆界,神圣的疆界,一旦踏过,就等于是把线给踩断了。一切都结束了。”他的眼神突然变得像冰块,几乎是冷酷地看着她。

她违背意愿地点头,想象中伸出去的脚又缩了回来。难道永远这样，她与他，像两个恰巧在同一个屋檐下躲雨的旅客吗。

19

她决定离开餐馆。的确，不能够再干下去了：对那间光照不足、油污浓重的厨房，她先后有两次背叛：最初是自我身份的隐瞒；继而是为取悦于他而进行的走私贩卖。对前一个，她大致已获得了自我假释，但对后者，则无法进一步伪饰——现在，她成了他安放在粗俗生活里一个线人或间谍，她贴近这些无辜的人们，带着攫取般的贪心，盗取他们并不存在的粗鄙……

决定走的那一个中午。她用目光反复抚摸那个狭小的空间，堆放得乱七八糟的蔬菜，层叠着的待用碗碟，以及墙上山水画般的油斑迹，案板上她最为熟悉的小裂缝。她感到一种诀别般的窒息，好像在跟另一个可能的命运道别——

这个世上，有多少个像这样的小角落，不为人知，却跟一群人的终身或绝大部分时光紧紧捆在一起，如果硬币以另一个角度抛下，也许，这里本该就是她真实的生活……想想命运的本质吧，处处充满潜流与刀锋。

带着一种复杂的感触，她去跟东北汉子请辞。

为了第一个谎言，她得再编第二个谎言。她期期艾艾地为难，后者却打断她：不用说了，我来猜，准是找到个男人是不是?这就对了，哪能一个人带着孩子……其实，我就知道，你干不长。

她默认了这个相当合理的说法。大师傅却以为她嫌工钱低，“我可以帮你去要求加一点儿。的确，你拿得太少了……”老板在一边说破她的“喜事”，大师傅马上露出不以为然的表情，江西女人却由衷地高兴了，笑嘻嘻上来摇她的手。

他们一起放下生意，送她到门口，红脸膛东北汉子想了一想，匆匆地补了一句：万一，有什么变化，你再来就是了，这里，随时可以……

唉，漫不经心的谎言却换来这么诚恳的回音，如同，在他那里，热切却被当作累赘。物理的能量守恒定律，同样适用于情义——人们在此处欠下，终要在彼处偿还，正负之后，仍是个零。

蹬上自行车，离开小餐馆。她忽然感到一阵难言的痛楚。也许，在她的背影之后，他们都暗中松了一口气，像拔去一枚不合时宜的钉子——他们早就识破了她的乔装打扮吧，一个格格不入的人，想要进入他们的内部……可是，她真心爱过这个小餐馆，她与那个情境，曾经是契合的，甚至可以说，这里，正是她混沌肉身的庇护之所……

20

"没关系。好地方多的是。"他把她从伤感中拖出来，提出一个又一个替代之所，让她深入现场，像在策划别致的行为艺术。她的大脑，如同失重的星球，暂时停止自转，对他的提议从善如流——

早起的批发鱼市，在冰冷的空气中与穿着劣质皮衣的男人们挤来挤去。黑色橡胶水管交叉缠绕，地面上一阵阵漫过水流，鱼鳞闪闪发亮。三轮摩托与小货车，停在马路牙子边，喷出一股股浑浊的尾气，覆盖掉整个鱼肚白的清晨。

然后是高峰期的公交车。她摇摇晃晃，在急刹或突然加速中东倒西歪，与求职未遂的毕业生、赶往工地的油漆工、拖着批发货物的小摊主们挤得前胸贴后背，闻着头油味、口香糖味、皮膏药味、机油味，听他们给家人或客户打手机，或相互谈话，唠叨生活的难处与智慧，嘴角边浮现疲惫而世故的笑容……

有一次,他甚至提议她到废品收购站,她不得不举着一份报纸,站在一棵不停飘落毛絮的法国梧桐下,窥视收购站的光顾者们:躬着腰的老女人提着四五只塑料油瓶,花很长时间跟收货人讨价还价。骑三轮车的送来一大捆锈迹斑斑的防盗窗,粗暴地砸到磅秤上,发出刺耳的声音。拎着旧电扇的秃头男子突然大吵,他找到一个插头:看,还能转的呀,你怎么能当废铁算……

每一个观察周期,都成为她与他下一次见面的兴奋剂,她事无巨细地加以转述,带着对惨淡世态的浮光掠影。他生吞活剥地聆听、追问,有时嘲弄,有时鄙视,有时失笑,最终,他深长地叹息:唉,跟我们一样,都在苟延,都在偷生啊。

一边说着,他往红茶里添奶。让服务生送一盘水果。有时他剥瓜子,带着老年人般的耐心,剥出一小堆来,往她面前一推:你吃。

她弄不懂他真正的所要。但是,她能感到,她与他之间,深藏的歧义正在这讲述与倾听中逐渐显现——

在她,对每一处的人群,皆存有感同身受的急迫,她可以听见那些小小的心脏,在他们的怀中,正"嘣嘣嘣"地,热烈而麻木地跳动,他们是她的亲人,是她的前身后世,是她寄居人世的另一具皮囊……世界像杂货柜,她正逐一拉开那些抽屉,就算仅仅瞥得一眼,单一的生命即已呈现诡异的色调,并附着不可言的禅意。

而他,基调就是拒绝,带着一股焦灼般的,好像所有那些庸碌贫贱的生活都冒犯了他。每个地方,他只让她去三两次,然后,他就开始思虑下一个去处。"哦,行了,仅此而已,差不多了,咱们换一个。"他不停地寻找与求证,徒劳无功地,他往地面贴近,总找不到最舒适的姿势——表面的快活与嬉笑里,含着一种欲求而不得的痛楚:他喜欢强化他与另一种生活方式的巨大落差,可是又不能接受这参照后的审美失衡乃至道义审判。

他们的眼神偶尔交织，她头一次发现，他是比自己弱的、无助的。这令她感到迷惑，并失落起来，因为，她很难去仰慕这样的他……

21

更难以捉摸的是，他似乎开始了某种古怪的实践，或曰戏仿——对粗俗与粗鄙。

最近的一次约会，他选择了一个人来人往的车站小旅店，门前用大红的牌子书写着“钟点房两小时四十块”。没有大堂与服务中心，只有一个传达室般的小门房，沿墙挂着一串钥匙，里面坐着一个卷发女人，她硬着头皮报了房号。“哦，有人在等你。”卷发女人冲她使了个眼色，亲狎得令她无地自容。

她红着脸敲门进去，他得意地哈哈大笑，一边给她看他的外套，一件十五年前流行过的双排扣西装：“瞧，我们现在不再是我们！”

这寒伧的路边旅店，清洁程度可疑，房间散发着霉烂与便垢的味道，床单发黄并且有被烟头烫出来的洞，墙的下半部布满鞋印。

她走上去拉窗帘，却发现滑轨是坏的，帘子在快要闭拢处卡住，似乎恰好留下窥视的缝隙——这正是她最不能接受的比例。

并且，还不隔音，能听到有人在走廊大声吐痰，有女子用西安话询问一个男人的病情，左边或是右边的房间，电视在不停地换台。

他让她脱衣服，她为难地不动。

“最劣等的情欲就是最好的情欲，你不知道吗?这是我今天突然冒出来的灵感，不能光让你去间接地体验。从现在开始，咱们一起，想尽一切办法，逃离我们现在的生活，做不是我们的那个人，你看怎样?”

他自得地笑，一边脱掉暗提花的浅灰羊绒衫，又把那镶有钻石的法兰穆勒取下。她想起他的那个比喻，唉，人人都在千方百计给自己堕落的理由啊，他或许真的是一块时间不准的名表，连自己都不能面对了，他只想成为另外一个他——这让她再次涌上一股巨大的失望，他是如此地松懈与失控……

"来吧，红儿，忘了一切，去他妈的新款概念车，去他妈的整点国际动态，去他妈的经典楼盘，去他妈的"钻石恒久远、一颗永流传"，去他妈的一切……"像是要大声告诉车站旅馆外每一个可能听见的陌生人，他作践着他嗓子，放弃吐纳技巧，喊出破裂的嘶哑，任凭玉石坠落地面。

她躺下，紧紧闭上眼睛，在因为陌生与肮脏而显得更加刺激的肉欲里激烈地颤抖……但与此同时，她却感到，另一个自己，正慢慢站起来，站到床沿一米开外，无比怜悯地注视着这一幕。肉体的交好契合，带着讽刺的反向力，增加了她的虚无感，增加了她与他的疏离感——她与他，在相互交叉的最初，曾经可能葆有的明亮与光明，彻底消失了，现在，他们正把人性中最炽烈最危险的那部分，狠狠地掏出来，爆发出恶之花的绚烂。

22

此一阶段，他的事业反倒愈加顺利。二月份，他被推荐成为政协委员。五四青年节，他当选市"十佳杰青"。六月份，他被列入省政府"五个一批"重点人才库，明年上半年到法国做艺术交流。

饮品公司邀请他做代言人，他身穿晨衣、手持果汁的形象出现在超市宣传吊旗与易拉宝招牌画上，还有公交车车身，他被放大了的笑容日夜奔跑在大街小巷。为此，他得到一笔相当好看的代言费。

市里的招商引资高层峰会，一场声势浩大的公益募捐，一个香港歌星的体育馆演唱，他皆被请去主持……他的声音，在不同的场合，被无线话筒及环绕音响放大。

“看，我多像个声音交际花！”他在电话里这样跟她说。

与此同时，他“戏仿粗俗”的爱好更加变本加厉。只因他不大方便出门，有许多事情便请她代劳。

他让她替他买劣质烟，“红梅。飞马。秦淮。黄果树。”他一口气报出一串名字，都在五块钱左右一包，并得意地说明理由：“我倒要看看，能呛到什么程度，娘的，真能把我的金嗓子给倒了，那才好！那将是最伟大的悲喜剧。”

有时，他故意模仿街头男人们的痞气，尽可能地作践他漂亮的音色，骂脏话，说方言，配以极为庸俗的内容：昨晚牌局的输赢；狗儿子的大便问题；喝醉酒后的呓语等等。偶尔癫狂起来，还冒着被人认出的危险，在公共场合胡闹：挑剔某道菜式的味道以图讲价，故意打掉杯子然后悄悄藏起，结帐时假装不会刷卡……他惟妙惟肖地把自己扮成另一个方向的人：土气、粗鲁、局促、无赖。甚至，他故意强调他与她的背德关系，挑衅般地拽着她，对旅馆前台说：没有身份证，没有结婚证，反正，有钱不就行了嘛……

每次表演结束，他抖着肩大笑，享受得逞后的快意，由此，他似乎获得一些反常的乐趣。可她笑不出来，她若有所思地盯着他，像个母亲那样忧心。她知道这一切都不是他，但愿这是最后一次、但愿他已走到最低处，此后，他会重新上升……

注意到她的眼神，他一阵敌意的缄默，静一会儿，他重新点上烟，打火机清脆地一响。“得了，别多想。只是很烦闷，想找点乐子。”他喃喃自语。“并且，要当心啊，红儿！不要试图干涉或评价我的任何想法。我跟你说过，人与人之间，不能跨过界。”最后一句话为他找到了底气，他眯着眼，掉开头去喷出烟雾，再次把她远远推开。

23

他们双双乔装、刺探世态的狂欢仍在进行,搜寻各种寒酸的地点与嘈杂的场景……初衷与现实,完全成了善与恶的混乱交织。她发现自己已萌发倦怠,却又在勉力等待。她想,事情总会以其自己的方式拐弯或停止。

果然,到这家关怀医院。

看到报上招募志愿护工,她先去了。关怀医院,就是这种——里面的病人,都是自别处转来,在这里等着,半拉着死神的手,走完人生的最后几步……医院地点偏僻,四周有着褐红色围墙,三排造型简单的老式楼房,Z形楼梯集中在楼房最顶头。整个院子弥漫着一种寒凉而坦荡的气氛,带有奇怪的怡然自得,草木郁郁,人物两忘,让人不禁要摒住呼吸。

她与另外几个护工负责照顾其中一部分完全不能自理者的午餐,替他们系上围脖,边哄边劝,往嘴里塞一些细碎得看不出原料的食物。汤与饭粒,常常撒得满地都是,但每个喂食者都富有耐心、保持着机械的动作,用勺子在那些失去弹性的唇边刮来刮去。

午饭后,她在楼道间四处“观察”。触目皆是老花镜、假牙、拐杖、轮椅、助听器、成人尿布,以及颈下的层层皮囊……她为他描述了那里的情形,那听天由命的慢悠悠的节奏,带有童贞般的弱小与美。

他注意地听,没有似往常那样冷嘲热讽,相反:“替我报个名。我要去给他们读书。”

一段有些匪夷所思的场景就这样拉开了。

对于读什么,他并不特别在意。或许老人们更不在意——这个时候,听什么都只是个听罢了。他们为他准备的常常是《新华日报》、《故事会》或《家庭医生》。

接过来，他大略翻一翻，用训练有素的眼光快速浏览一遍，然后就在老人床前的凳子上坐下，在氧气瓶与呼吸机的一侧坐下。捧起杂志，他的身子忽然端正起来，下巴以一个讲究的角度抬起，短暂的呼吸吐纳过后，字正腔圆的音质带着簧片般的振幅一波波推开，好像他前面坐了一礼堂的听众、好像他在诵读普希金的《致大海》。

“……耳鼻喉科专家介绍说，人们常常喜欢用手指甲、发卡挖耳匙甚至铁签掏耳朵，稍不小心就容易刺破外耳道皮肤，导致外耳道发炎、肿胀以及剧痛。即使掏耳时十分小心，但如果形成习惯，频繁掏耳，也会引起肉眼难以看见的隐性破损导致感染……

“美国航天局艾姆斯太空探索中心的研究人员通过斯皮策太空望远镜惊奇地发现太空中竟然存在大量的纳米级钻石，虽然平均每颗只有十亿万分之一米那么大，相当于一粒沙子的二万五千分之一，但研究人员认为，这些小钻石能为地球发展演变过程提供重要线索……”

听他读报读杂志的老人，常常面带毫不相干的浅笑，也有的会神情严厉，如同听政治文件，更多的会在中途朦胧着睡去，嘴角挂着浑浊的涎水。走廊上有护士走来走去，家属推着轮椅慢慢走过。从没有人因他的声音停下脚步——似乎，他的朗读声只是水流冲击吸痰器，病床拖挪着从地板上拉过，一个药瓶滚到角落……这里，在这个以衰老和死亡作为主题词的世界尽头与冷酷仙境，他的嗓音仅仅是无谓的音源之一，失去其任何的特质与价值。

显然，这带给他极强的乐趣——众人越是无动于衷，与他在社会上的荣耀之反差越是强烈，他便越是满心欢喜！再接再厉地，将就着行文恶劣的读本，他亮出音质中最华贵那一部分，带着炫技的喜悦与沉醉，用高度专业的方式……他常在朗读后的短暂休息中跟她交流，说他刚才如何处理起承转合，如何停顿与加速，如何变声与转调。紧接着，他哈哈大笑着全盘否定——

“这就对了。再好的声音，算个狗屁啊。看看他们，看他们那样……在这里，我终于成了个‘大零蛋’！对，这正是我要找的地方！这里，我，终于是个我！我找到我自己了！”他愉快地重复着，语汇贫乏，露出没有智力成分的笑。

她转过脸去，不想看他的表情……

24

他们服务的老人接二连三地次递离开——旧床单撤走，换上新洗过的，很快又会被另一个气息微弱的躯体所覆盖。也许就在昨天中午，她替那人喂过碎菜叶，他念过一段《知音》杂志。他们与他有过即兴但深入的交谈，了解到那老人的点滴身世，他甚至说起过他的家乡与童年。他们看过那老人布满褐色斑点的手，颤微微地端起他掉了瓷、印有从前他所在单位名称的旧茶杯……

第一次碰到似乎依然温热的新死，死者纵然与他们无亲无故——但恰因为这个“无亲无故”，却更带有广袤的残酷，她与他皆手心发凉、脸皮发紧，连对视的勇气都没有。他们似乎感到一种唐突与冒犯，深感自己不该闯入此地，不该看到这生与死的迅疾转换——这是个大秘密啊，他们怎么能就这样以游戏的形式轻佻触摸？

正是那头一个有老人新死的中午，他读得糟透了，音质喑哑，数次卡壳，结尾时草草终了……但没有人注意，跟他读得完美无瑕时一样，老人们依旧或睡或醒，走廊外面的人或行或立，皆毫不在意。

两个小时勉强结束，他颓然搁下杂志，先自往医院外走去。等她赶上，发现他正倚着一截围墙呆立，如同失去武装的士兵，沮丧、脆弱,跟以往任何时候相比,皆判若两人。

她突然感到,此一刻的他是真实的,也是最可贴近的…… 山穷水尽、生际荒凉处,她终于抵达他了?

她激动万分,伸出手欲要触碰,以传达体恤与亲爱。他即刻觉察了,忽然间非常羞恼,几乎是仇恨地盯了她一眼,转身便走。

容不得他们对当天的情形进一步探究或自我粉饰,初次的惊悸已经过去——死亡实在是平常,几乎天天碰到,甚或一日数次,好比家常便饭……那些依然活着的,会轻声地谈起刚过世的病友,好像提起一个到外地出差的同事:是昨晚后半夜的事。最后还叫了两声呢,河南方言,没听懂……

慢慢地,如同入乡随俗,他与她似也变得木然了,看人来人往,少了这位又多了那位。这里的风景常年如此。她只管替能吃的喂,他只管替能听的念。两小时后离开关怀医院,走在寂然无声的围墙与大树下,他们会毫不相干地谈起别的。

可是,她知道的——不一样的,已经有什么东西滞在他们之间了,那是对宿命的彻底屈服、以及随之而来的巨大羞赧与自我否定:他与她,竟然还能继续这样的在世间轻浮——这种感觉,一人可当,但两人相对,却会形成不可消除的间离与敌意……她现在相信他曾说过的了:人与人之间,有一些细细红线,的确永远无法逾越。

但是,如一幕无法降下帏幕的剧目,她与他之间,已进入了这样的胶着状态,出于惰性,他们还会继续这样下去,并形成另一种意义上的貌合神离。

可是她知道,那个“最后”,很快就会来的。

奇怪,对这一结果的理智推断,她竟无丝毫痛苦:自发觉他的破绽,他那独特的不可一世的魅力也同时消失了——此前,她享受着自己对他“臣服”般的仰慕之情,因这正符合她古怪的心理需要;

可一旦已可以平视甚至是审视，“爱”即刻遁于无形、消失不见了。多么可怜的情感啊，芦苇一样纤细，来得没道理，去得太酷烈，眼睁睁看着，毫无办法。

唯一存有好奇的是，她想看看，将由谁、以怎样的方式来承担打破僵局的使命。

25

这个周五的中午，作为又一个娱乐性质的戏仿，他突然提出：要到她做过事的那家小餐馆吃饭。她猝不及防，下意识地拒绝。

“有什么的！你放心，我绝不开口，不暴露嗓子……那种小旮旯地方，不会有人认出我。就当是对你某一段虚拟生活的重温好了……”他仍旧用那种无谓的调侃语调，眨眨眼睛，好像他已经完全飞过了关怀医院的低洼地带，又恢复成高高在上的抛物线。

她注视他嘴角的弧线与脖子里的喉结，细心聆听他近在耳边的声音……依了他吧，就好像自己对他还是那样敬慕吧。这样的机会，不会再多了。

再说，她真的常常想起那家小餐馆呢。小老板不是说过：她随时可以再回去的……

大胖师傅与江西女人都在，知道她来了，都从里面出来，大声招呼，但那大声里明显有着相隔太久的生分。端盘子的姑娘，换了一个，留下的这个，却有些忘了，只管盯着她的衣服看——一条OASIS裙，他要求她这样穿，他说：你要还原。你有这个义务，否则你对不起他们。

她在心里反对：还原什么？难道一个人的本真，跟经济状况、跟身份职业或身上的行头有着必然的逻辑关系吗？

东北汉子虽在，脸膛却不红了，瘦了很多。江西女人解释：唉，大病过一场，住院开刀，把好不容易赚下的一点钱都花光了。她敏感地听出，江西女人的语气里，有种只属于小餐馆的清贫性质的矜持，不愿跟她说得太多——她已经不是他们的自己人了。

小老板见了她、特别是她身边的他，热情倒是喷薄："唉！见到你，倒想到我从前的好日子了。来，坐！菜你们自己搞，酒我请！拿两瓶小二，我正好也想喝！"

她感觉到身旁的他，身子略有些僵硬，是啊，在他的"交际史"上，这是头一次吧，在这么寒伧的小店，与这么不相干的人，喝高度的小酒……但他还是点点头，同时指指自己的嗓子，张了张嘴。

呃？东北汉子误会了，他愣了一下，显然十分惊讶，马上又悄声安慰她：我看听力还凑合？没事，只要能赚钱就成，瞧瞧，你现在都能穿上这么好的衣服……

没等她点菜，大师傅已炒了送上来，多亲切啊，地三鲜、醋花生、溜白菜、咸肉蒸百叶——盘子一角缀了几枚胡萝卜，这正是她当初帮工时的创意呢。

他的"哑"令东北汉子有些为难，大约，在他想来，在一个不能说话的人面前，说太多话也是不妥当的。他们于是便默默地喝酒，不停地举杯，好脾气地亮杯底——菜才动了几筷，两瓶小二竟然都见底了，东北老板又招手要了两瓶。

她侧头看他，脸是红的，但也是笑的，好像这装聋作哑令他十分快活，他就着自己的恶作剧便足以一醉方休了。

见他们你来我往地喝得顺畅，她忽感到一阵手痒，便溜到厨房去，她甚至激动起来，她盼望着，再次的与烂白菜、与冻猪肉、与有裂纹的案板混为一体，她会像从前那样，获得一片空荡荡的宁静……

江西女人却无论如何不肯她动手，动作激烈，简直像是赌气，让她感觉到:既是迈出了这个厨房,她就再也没权进入。正愣着,江西女人却又附耳过来:“……不过,你那个男人,对你怎么样?我怎么觉得他有些怪里怪气……”

正在炸丸子的大师傅喝住江西女人:“你乱说什么……小许你快出去,这里油烟大,看把衣服弄脏了。”

她只得退到一边,几乎是热泪盈眶地看着那依然眼熟的案板与碗盘、那些调料罐与塑料框——她所心疼的,不仅仅是这个她再也无法亲近的厨房,还有其他,她得到与失去的一切……时光从来都是永往直前的,不管过去的是好日子还是坏时光,简陋的情谊或是华丽的纠葛,都注定是要彻底失去的。与他的交往,在某种程度上,使她的幻梦得以写实,但与此同时,她的“空房子”也从此幻灭了……

重新到外边,却发现他大约是醉了,醉得开口说上话了!小老板正惊得瞠目而视。

酒精似乎给他的嗓子添加了前所未有的润泽,赋与了饱满而深沉的情感,他站起来了,游吟诗人般地,半抬着头,缓慢而若有所思地,边回想边背诵着某一段诗篇,旁若无人、怡然自得。

为了来到你所不知道的地方
你必须用一种无知的方法去走
为了爱上你所不知道的爱人
你必须用一种不爱的方式去爱
为了成为你还不是的人
你必须沿着 你还不是的那个人所走的道路
你所不知道的 是你唯一知道的东西
你所拥有的 正是你不拥有的
你在的地方 正是你不在的地方

顾客不算多,只在一边捂着嘴暗暗发笑,也有人被他夺人心魄的音质所震动,眼中突然涌现无名的迫切。

东北小老板也已喝多,站不起来了,他正用脚后跟撑着,把椅子往后推,以尽量地离开桌子、离开对面开口朗诵的人,好像这样才可以确信眼前的一幕并非幻觉……

江西女人正端了一锅鱼头汤出来,大师傅则搭着块大毛巾笑嘻嘻地尾随其后,猛然见到这样入了戏般的他,不禁张大嘴,吃惊、伤心、不解。

她知道,他所念的,是艾略特的诗;也知道,这是念给她听的。在这不合时宜的处所,面对毫不知情的人们,她无地自容,同时又感到欣与悲的混杂,像金线与银线的交织,此种心境,殊为珍贵,不可描述。

她不想解释或阻止这一切,只与大家一起,仰着头听着,一边等待结局这样到来。他的声音从未这样直抵心肺,这一刻,多么好!

重复背了两遍,小小的华彩之后,他冲某个方向洒脱地挥挥手,有人拍了拍巴掌,有人继续吃喝。

他重新坐下,闭眼静了两秒……最终转向她,非常的自如,面带不可捉摸的笑意,用声音温和地抚摸过来:“对不起,我想,我是当真了。而你知道,我们当初说好的……”

瞧,他多么聪明,多么会挑时候,又是多么会说话!还有比这更好的拒绝吗。像是醉后的心声,抑或是清醒的遁词——要不是他提起,她差点儿都要忘了,当初说好的,如果有人动心了,一切就该就此嘎然而止。

顾不上四处的目光,她一边含笑点头,以示欣然同意,一边紧紧地盯着他的眼,无比专注,像看入一片辽阔葱郁的森林,并穿越人世间宿命的隔阂。

墙上的父亲

一

1

父亲眉清目秀，三七分的头发梳得锃亮，脖子里是半长的藏青围巾，前面一搭，后面一搭，相当文艺了。他就那么文艺地挂在墙上，在“香雪海”冰箱的上方，在冰箱顶一瓶白蓝相间的塑料花上方，从十六年前起，一直挂到现在——“香雪海”的各项功能基本失灵，只有噪音如常；那塑料花亦掉色了，白花发了黄，蓝花发了白。但屋子的这一角，风景从未变过，好似随时准备上演同一幕旧戏。

母亲有时会抬眼望望，用几乎有些嫉妒的语气，叹口气：瞧瞧，他倒好，万事不烦……

这话像个瓶盖子，一拧，旧日子陈醋一般，飘散开来。接下来的一个时辰，母亲总会老生常谈，说起父亲去世后的这些年，她怎样的含辛茹苦——如同技艺高超的剪辑师，她即兴式地截取各个黯淡的生活片段，那些拮据与自怜，被指指戳戳，被侵害被鄙视……对往事的追忆，如同差学生的功课，几乎每隔上一段时间，都要温故而不知新。

通常的，王蔷与王薇姐妹两个总木着脸，并不搭腔。好在母亲并不需要呼应，她其实也只是说说、打发时间而已——那些曾经渗出血丝的日子，似乎是别人的。

王薇一边听，一边侧着头吃瓜子，黑壳子在她雪白的齿间进进出出，一枚刚刚进嘴，另一枚已被双指拈起候在嘴边，如同精心设计过的流水线，这分秒必争、有条不紊的忙碌里，有种化繁为简、诸事不管的超然物外。

王薇爱吃。这爱好由来已久，或许从父亲去世时就开始了，那几年，家里确乎惨淡，伙食比较粗陋，她反倒对“吃”一事兴趣异常，有股子“抢”的劲头，就算是稀饭搭咸菜，她嘴里手里忙着，两只眼睛同时还在小菜碟子和别人碗里转来转去，生怕给漏了什么好东西……家里没有零食，她馋起来，照样四处翻箱倒柜，恨不能掘地三尺。二年级那年，有一次，不意竟真给她发现半瓶红酒，不知谁留下的，也不知放了多久，她尝了一口，甜津津的嘛，就偷偷喝起来，等晚上母亲发现，她已小脸微红，快活而迟钝，笑嘻嘻地听任母亲骂她。

除了吃，对别的，诸如事业、富贵、男女，王薇一概视若无物，放置一边。像是刻意地，在心智发展上顾此失彼，让自己停在傻乎乎的童年期，简单自在……

每每看到这样投入享用零食的王薇，王蔷总会感到一阵走投无路的气馁，瞧瞧吧，从墙上恬然自得的父亲开始，到母亲对往事有口无心的温习，到专心剥食瓜子的妹妹，这一切的零碎，都像小溪流似的汇成一条波涛汹涌的大河，裹挟着她顺流而下，决定她对婚姻一事的高度功利：得结婚，得带一个腰缠万贯、顶天立地的男人进入这个家庭,改变一切……

2

是啊,从可以谈恋爱的时期就开始了,没有任何少女会像王蔷这么理智冷静。她表现出一种老练的世故:婚姻的本质,就是一桩精心算计的事务(不必说交易,那多难听!),得“划算”、“超值”,像在汪洋中搭乘一去不返的舟楫,尽可能装上母亲、妹妹,以及更多的东西……

母亲从未正式跟她这么要求过,可能是因为根本不必多废口舌:情况是明摆着的,这么个妇孺老弱之家,像一盘残棋,除了通过女儿的婚事来起死回生,还能指望什么?妹妹王薇,哈,看她那样子,说不定最终会嫁给一个做蛋糕的……作为长女,难道不是责无旁贷?这是一种家族义务,伟大的、铁肩担道义的……

“嫁个有钱人”,跟“当个发明家”、“做个明星”一样,听上去很是朗朗上口吧,可真正做起来,多么曲折而令人烦恼啊。有钱人从不把他们的家产写在脸上,而没钱人却又往往弄得挥洒自如——去伪存真,这当中会有漫长而困难的求证过程;同时,还存在另外一个问题:有钱与没钱,这概念是相对的、发展着的,在与“这一个”交往的同时,谁会知道,“下一个”会不会更加有钱?或者,“再下一个”的发展潜力会更大……

挑挑拣拣、取取舍舍之中,王蔷的婚事就这样吊在半空中,一直吊到她二十八岁了,还像破塑料袋似的飘来飘去。有时候,她非常自信,轻易而冷酷地就结束了“这一个”,好像后面还有无数条肥硕的大鱼正向她游过来呢。母亲注意到她的不切实际,会粗暴地发起火,用一连串信手拈来的词句竭力贬低自己的女儿:个子都不足一米六,耳朵上有个大痣……你以为你是个大美人儿?屁!指望谁真能看上你、像对待天仙一样地追求你,早点醒醒吧!大路上随便拉一个来都比你好看一百倍!

而另一些时候,被一个列入“重点对象”的家伙给回绝了之后,王蔷会意志消沉,陷入检讨与自责,认为自己在策略与步骤上有所失误,以至白白失去机会。她生出自卑,算了,随便嫁一个算了,谁都会比她有钱的……她谦卑地赶赴所有的约会,像收拾烂苹果一样给自己涂指抹粉,连对方的收入都懒得打听,似乎人家能约自己出来已应当感激不尽……每当此时,母亲又会眼泪汪汪,拉着快要出门的王蔷,用一种敝帚自珍的眼光,几乎是深情地重新打量女儿,恳求她千万不要“放弃”:随便嫁,还不如不嫁。你就呆在家里好了,咱们三个就这样,捆在一起,烂泥巴地也好、水泥地也好……

3

母亲今天又讲到“豆腐汤”,她一向认为这很经典。

“每次买豆腐,站在摊子边,我都恨不能眼睛里生出根尺子生出杆秤,好找到一块最大最厚的豆腐……我烧的菜叶豆腐汤最香,为什么,里面放了鲜贝壳!那菜场里卖鲜贝的,总有不够新鲜的要扔掉对不对?嘿,我就远远地看准,趁人不注意,用塑料袋包了就走,回家收拾收拾,把肉扔掉,光煮那壳,鲜死了!味精都能省下来……”母亲得意于这种节俭与精明,嘴角的皱纹聚拢起来。“……对了,还有王薇‘搞’的生姜……生姜末一放,咱们的豆腐汤就成大菜了。不过王薇哪,现在可不能再‘搞’啦,咱们都撑到这一步了,再也犯不着了,对不对?”她亲昵地看看王薇,眼睛那么挤了挤,好似苦尽甘来,而今金光大道。

其实,她们三个,跟从前难道有什么本质的区别?仍是L形公寓里十九平米的小单室套,仍是污水横流的集体厨房,仍是楼道顶头臭不可闻的公用厕所，仍是节俭度日，仍是苦涩年华，走在这繁华世道最边边的羊肠小径上。

母亲每说到“搞”，正在吞咽瓜子的王薇就要扭一下身子，好像哪里痒似的。事实上，王蔷知道：就是到现在，王薇还是喜欢“搞”。

自然还是因了“吃”，就在父亲去世后不久，王薇无师自通，学会了“搞”。接下来的整个小学阶段，每跟母亲去一趟菜场，她裤口袋里总会多出些什么，手在里面紧紧攥着：胡萝卜，鸡蛋，土豆，包括母亲烧汤所需的生姜。

母亲打骂过，但有点虎头蛇尾，有时，打到一半，她会突然软下来，捧着王薇红肿的手大哭，一边对着墙上的父亲含糊地申诉她的各种难处：家用的短缺，学费太贵，节日的凄清，重体力活的难处，孩子“不懂事、不学好”……你这个没良心的，为什么就不闻不问，就挂在墙上那么袖手旁观……

高中之后，王薇算是明白是非了，大部分情况下，她可以像个正派人那样目不斜视地购物。但很难说的，冷不丁的，不知什么触动她的灵感，她突然就会失去控制，又“搞”起来了。所幸，真正值钱的大东西她从没兴趣，她就喜欢趁便趁乱，在大卖场或超市里“搞”点吃食：一块五的面包圈，贴着降价标签的葡萄干等等。有一次，正是桃子上市，个子高挑的她在一群妇女中挤来挤去，几乎是众目睽睽之下，顾不上桃子外面令人皮痒的茸毛，她往外套袖管里连塞三个夹带了出来。

从这令人讶异、简直说不出口的小罪恶里，她获得了莫大的快乐。回到家，总是压低嗓门、喜滋滋地对姐姐夸耀，眉飞色舞地描述其情其景，并欢快地立即开始享用，好像那是人间至味……

4

“不过，说到汤，记得我们有一次吃排骨汤的馋相吗？”母亲忽然用有点尖的嗓门笑起来，一边用期待的目光在姐妹两个脸上扫来扫去。

“对对对，我记得。”王薇有本事一边吃瓜子一边口齿伶俐。“太久没有吃肉了，我第一口就咬着腮帮子了，姐姐你也是，连手都来不及洗。为了怕吃相给别人看到，妈妈特地拉下所有的窗帘，大白天，屋子里暗乎乎的，我们连灯也懒得开……做贼一样，急慌慌往嘴里送就是！”王薇大笑起来，没有嚼碎的瓜子在她舌头上跳动，真快活极了。

“还说呢，全怪你，五时等不得六时，害得骨头没有熬烂，总啃不干净，只好把家里能用的家伙都拿出来，桌子上又是刀又是钳的，哈哈，要是真有人看到，哪里以为我们是在吃骨头，倒像是在盘弄一堆凶器！”王蔷也加入了欢快的回忆，脸上露出忘怀一切的笑容。

“还有呢，到最后，我们竟用上了锤子！”母亲生怕给人给抢了似的，她忍住快要爆发的大笑呛咳着补充这最后的高潮。“我们决心把每个大骨头砸开，吸里面的骨髓，决不白白扔掉！因为怕楼道里人家听到，我们用毛巾包住锤子，却一下子把骨头砸飞到床上……”

多么了不起的笑料啊，她们一起为之乐不可支，捂着肚子笑得前仰后合——吃肉骨头汤的事不是头一次这么谈起了，也不会是最后一次提起。这是她们独特的娱乐与消遣，不足为外人道的家庭游戏。

——有些往事就是这样，一个人时只会自斟自饮，成了苦酒；而一旦变成集体回忆，事情就滑稽起来、就会笑场。哈哈哈！她们相互取笑，毫无良心地添油加醋，并在上气不接下气的笑闹中迅速而愉快地失去对自己和他人的同情。

二

1

没有父亲的家庭，是被悬空了的，也更加纯粹和散漫。她们的衣服到处乱放，内衣随手搭在椅背上，夜间小解就在床头的痰盂解决。至于家中其他方面的消亡，一时难以说清，有哪些本该属于她们的东西，均成了陪葬品一并入土。有一个倒是确定的——母亲的端庄与柔弱，如同不合时宜的富贵病，即刻不治而愈。她泼辣地用牙齿含着铁钉，在冰箱上面找了块空墙，用锤子往里敲打，用以悬挂父亲的遗像。

十二岁的王蔷和八岁的王薇仰着头在下面看，看得脖子都酸了。觉得那墙真厚啊，母亲动作笨拙，力气用得不在地方，好像总也钉不进去。可等母亲真正钉好挂上，她们又觉得那墙是太单薄了，真的能那么一直把父亲挂下去吗？

母亲从椅子上跳下来，好像她本人也被什么敲过了一样，转眼之间，就粗了一圈。第二天，她就开始抛头了、露面了，用她的方式披荆斩棘，蜿蜒前进，争取她们利益的最大化——

她带着两个孩子坐到父亲厂里的工会办会室，什么也不说，只没声息地低头垂泪。依然浓密乌黑的发根处露出一小截雪白的脖子，叠得齐整的手绢在指头间绕来绕去。类似的场面工会主席见得多了，但母亲这种“无声处听惊雷”的法子，包括她脖子里的白、手绢的那种洁净端正，却见得不多。他坐近些，说着公家的话，抬起私人的手，抚过母亲背部的弧线：节哀顺变……这样，我替你争取争取，这两个孩子，十六岁之前，每学期补助两百块学费好吧？最多这个样子了，毕竟，他不是因工死亡……

瞧工会主席说得多么婉转，回避了父亲的死因。是啊，父亲的死因，人们假装不提，但事情就在那里呆着，像巨大的不会吃人的兽，无声无息地蹲着，谁都一清二楚。

表面上，他死于一次车祸，深夜时分，匆匆走在光照不足的街头，与一辆汽车交叉而触……事后，人们在他的口袋里发现了两张蓝色电影票根：最后一场夜场电影，刘晓庆主演的《神秘的大佛》。那么，另一个同行者是谁？有博闻强记的目击者、另一个夜场电影爱好者，以耳语的方式传道解惑：我好像见过他，跟一个长辫子的女的……

道听途说胜过法庭取证，不管有无其事，父亲对母亲可能存在的背叛在死后得以发掘和传播，这事件新鲜得像刚采摘下来的麝香，一暴露到空气中就散发出强烈的味道，人们闻得直打喷嚏：妈的，原来那家伙是在外面搞腐化，被撞死活该，还知识分子呢……也有些人喜欢那样谈论，带着了不起的悲悯：志不同道不合，难怪呀，听说他老婆很俗气的，没什么文化。嗨，也是场苦情戏！

母亲举止迟钝、沉默寡言，她可能被懵住了，各种事情均超出了她的理解：他真的有那种事情？到了什么程度？这场交通事故，是他主动？还是汽车主动？

但母亲不会去追究的：两个孩子，照旧得往下过的日子，带着凄凉气息的小房子，这些都够母亲对付的了……但无论如何，父亲生前的一切情状就此都有了顺理成章的解释——他郁郁寡欢，总欲言又止，没有理由地迟迟夜归，神情复杂地远远瞧着两个女儿，或者突如其来地争抢着做些家务……

是宽宥还是痛恨，不重要，亦没意义。他的死亡像一个蹩脚的急刹车，右脚高高提起、狠狠踩下，却忘了同时控制离合器，好了，就此熄火，还翻了车，母亲、王蔷、王薇，整个家，全都被掀下来，一片狼藉。

这年,八岁的王薇还不懂事;但大上四岁的王蔷懂了,也装着不懂。每个懂事的人都明白:不谙世事,那才最好呢。

2

在其后那么一两年里,三十七八岁的母亲似乎有了“人”的,用邻居们通俗的闲言碎语,叫有了“相好”。但到底是谁,说不好。他们是三个人,在不同的时段以不同的方式在家中露面。

其中一个,个子矮小,心灵手巧,是个电工,但凡家里装个插头,安装微风吊扇,收录机不转了,诸如此类,他便应需而到,背着工具包,爬上爬下。他揩公家的油,带来灯泡、电池、多用插头。他用电线缠出衣服架子,用废塑料板做成防潮垫,什么都不要花钱,收拾得十分漂亮。母亲略略翘起兰花指,送来擦汗的毛巾,毛巾用肥皂打过,味道好闻极了。接着母亲又亲手端来热茶,很烫,在母亲的注视下,他一小口一小口全部喝光。他偶尔会低声地跟母亲提到他自己的家,略有抱怨,大意是:乱得像个鸡窝,女人从不晓得收拾。而在这里,一切都这么,高雅……是的,王蔷记得很清楚,那个矮小的男人,迟疑了一下,真诚地说出“高雅”这个高雅的词。

还有一个老而胖的,可能要比母亲大上很多。他喜欢在天黑之后出现,散步似的,手里总拎着东西:盐水板鸭,东北木耳,或一箱罐头莲藕汁。迎入客厅,他沉重的身躯陷在弹簧失灵的沙发里,额角微微出汗,母亲真诚而夸张地搓手:唉呀,怎么还带这许多东西!他阔气地摆摆手,表示不值一提:都是单位发的,单位发的……

这两个人里面,修理工倒是实用的——一个家里,总有着各样意想不到与电、铁、工具有关的各种故障,虽小,但突如其来,足以把日子弄得毛毛拉拉、百般不顺,每当此时,他超人般降临,不声不响地妙手回春,真恰如雪中送炭。而那老而胖的,送来的东西,勉强只能算是锦上添花,并且那“花”实在不怎么样——板鸭咸得惊人,吃一次总要喝许多水;莲藕汁味道古怪;木耳快要过期。

母亲对此感喟不已:他这是拿我们当什么呢……王薇却一个劲儿地替他说情,语气里带着与年龄不相称的世故:人家肯定是瞒着老婆送的,能拿出来、能扛到这里,就不错了。总比什么都没有的好。一边说着,她“吱吱”吮着莲藕汁。反正没人爱喝,现在,她把这些罐头统统堆在姐妹俩合睡的床下,像酒鬼那样,有事没事就摸出一听来在嘴边叨着。

还有第三个人——相对而言,王蔷稍稍中意这位:他身量高大,举止矫健,背影上乍一看,像极了个什么运动员,他大笑时嗓门响亮,好像每一块肌肉都在快活地发抖。他中意自己的男人味,总有意无意从敞开的领口、裸露的下肢来展现他浓厚的体毛。王蔷以为自己会嫌恶心,可是奇怪,她反会抓住一切的机会偷看那些弯曲黑亮的毛发,一闪而过的画面刺激极了……这是王蔷少女时代最色情的秘密。

她曾竭力回忆,在故去父亲的身上,有无相似的体征,但很难求证,父亲文雅、冷淡,似乎连胡子都很少……渺茫的回忆中,王蔷忽然意识到,关于父亲的记忆,没有性别,没有亲昵或撒娇,全然空荡荡,如同寸草不生的盐碱地……

这个强壮多毛的男人总号称他认识市教育局的什么李局长,将来王蔷王薇的升学,“不用烦,包在我身上……”但在他与母亲来往的两年里,王蔷已经升了初中,而王薇才上四年级。总之,这家伙除了给她们的客厅增加一些男性荷尔蒙之外,从没有帮上个什么真正的忙。有一次屋顶上掉下只蜘蛛,他竟然吓得原地直跳。母亲对他的态度忽冷忽热,高兴时也会放松地调侃两句,毕竟,他生得有点样子,又会说好听话儿逗人开心——女人总会需要些不实用的赏心悦目与花言巧语。

3

自然，众人对母亲与男人们的关系说三道四，一切想当然尔，母亲被定位成一个标准的风流寡妇。他们抓住一切机会相互传播各人所“搜集”到的故事与片断……这种闲话一般都是在L形公寓的公用厨房里说，母亲若在，大家都撅着嘴专心捡菜或炒菜，母亲一走，话语便如鲜花怒放。

母亲深知这其中的玄妙，每当快要走到厨房门口，她会咳嗽或加重脚步……但王蔷姐妹并无经验，经常地，众人在厨房里谈得正热闹，王蔷或王薇，恰巧出现在门口，来煮鸡蛋或烧壶水——这个时候，尴尬的反倒是她们，好像不该在这错误的时间出现在错误的地点，甚至，她们感到，作为女儿，也因母亲而被“连坐”了，她们得面对一些很难对付的眼神与双关语，好像只要母亲如此那般，女儿必定也是有破绽的，不端的……

背地里，出于一种类似报复的情绪，母亲用一种活泼的心态，替那些邻居们取了活灵活现的绰号：个子矮小的叫“地刷子”，皮笑肉不笑的叫做“笑面虎”，胖得走样的叫做“坛子肉”等等。然后，回到家中，关上门来，她会大声地用绰号嘲弄邻居们：“地刷子”吃过生蒜后的浓烈口臭、“笑面虎”又一次烧通了锅底、“坛子肉”的孩子偷吃猪油渣等等——她妙语连珠，刻薄而幽默，似乎藉此可以获得精神上的胜利。

唉，活着不就是如此，要么你对别人说三道四，要么别人对你说三道四。

另一些时候，母亲则傲然地在饭桌上举着筷子替自己辩护，还出口成章:门前是非多,心中日月明。你们不要害怕那些鬼话。我到底做没做什么,你们也是亲眼瞧见的。他们一个个都是有老婆的,不可能怎样的!真正没老婆的,哪个又敢跟我来往,还不怕我讹上赖上……

大前提铺垫过之后,她的声量又略低下来,脸对着长女王蔷,她总认为王蔷是有心计的、也是懂得她的:你想想,他们外人能明白什么……相好不相好的,难道一定得有那种事?嘁,其实就是个雾里看花,水中弄月……我不过是借机让他们帮点忙,有许多事情,总是需要男人的……

直到真正成年,懂得与异性之间的虚虚实实,王蔷才算是明白,母亲讲的那个意思,可以用一个恶俗的词来概括:暧昧。母亲熟练地利用了她的容貌与身份,掌握了男女交往的小诀窍,似擒又似纵,由此获得了一些有助于生活的便利,甚至包括视觉与心理上的需求。她忍背恶名,是想稍稍轻巧一点地自力更生,是为了给两个女儿谋得一些可能的好处……但是,谁知道呢,事实可能正相反,母亲给女儿们所带来的,除了可疑的名声,还有对劣质情感的粗浅感知,她们以为,人与人的关系,天生就是相互利用的,就是“恶”的,就是“靠不住”的……

4

那些“靠不住”的男人们——他们想不到,这个俏寡妇,还真的不跟人家“来真的”呢!嘁,那可就太没劲儿了!不过两三年,曾经以不同方式热衷为母亲效劳的男人们就像冬天的鸟儿那样,扑愣一下子,一个个全飞得没影没踪了。有时候,除了收水电费的,她们家的门,长年没有人敲响,更不要说男人。

况且,母亲开始往四十岁上走了。唉,就算是国色天香、养尊处优，哪个女人还能经得住四十年的马车往前拉呀。没说的，就连王蔷也看得出，母亲不再那么中看了，她颊上长出黄褐斑，腰身与后背慢慢变得宽阔；一双手伸出来，关节突出；因为胃不好，经常会粗鲁地大声排气……不知是否因为远离异性及容貌消退的缘故，母亲的性格也在那几年开始变了样子，心事重重，怨气冲天，她有些放纵自己的脾气。

碰巧那一时期物价开始发狂，出去无论买什么，价钱总是士别三日刮目相看。开源太难，不如节流，母亲绞尽脑汁，想出了不少节省支出的小办法。

L形公寓在厂区附近，每天早上，母亲在家里用两个大饭盒装好米，专门送到工厂的食堂里去蒸，中午，她再骑自行车去拿，一回家就捂进被窝里。相当长的一段时间，可能有五六年，她们的主食总是铝饭盒里半冷不热、松松垮垮的蒸饭……有时王薇抱怨说不够粘软，母亲会暴躁地举起筷子就扔：我辛辛苦苦每天跟食堂的人陪笑脸，你这小东西倒挑三拣四！

而晚饭后，母亲则身先士卒，领着王蔷王薇进行二十几分钟的长途步行，在厂区里弯弯曲曲地走，一直走到最西南角的锅炉房去灌热水，回家吃喝用、洗澡用。一共五个暖瓶，三个人分着拎，有时，还加上一个大水壶——迎面而来的人们一望而知，她们三个是到厂里去“占便宜”的，那些不算恶也不算善的目光有意无意地扫过——王蔷发现自己很快练就了一个本领，她可以与人们迎面而过，却能够目不交接，且不显得无礼，似乎只是目力不济……

不能怪陌生人侧目而行，毕竟，这种事，总有种“讨生活”的卑下感……母亲因此十分恼怒，打水的路上，她要么旁若无人唠叨不止，要么一言不发眉头紧皱，形成很深的“川”字。若有人盯着瞧她们三个，走出很远之后，她会吐一大口唾沫——她生气那目光。偶尔，被开水烫了一下什么的，她则抓住机会大发脾气……一直骂到家中，还气息难平地站到父亲像下，把烫红处举得老高。

但到了每个月的月头，收煤气费收电费收水费的单子一张张贴在公共厨房各家的灶台上，她会悄悄地拿起别人家的进行横向比较，又翻着眼睛回忆自家上个月的度数，这么着横比竖比，最终把目光落在那令人喜悦的小数目上，一切的忍辱负重、细小不舍也就都值当了。这天，她总喜滋滋地在晚饭桌上向女儿们豪放地宣布：好吧，明天早上，我来做个蛋炒饭给你们……

有一个夏夜，就只王蔷与母亲去打水，婆娑的树影下，母女两个慢慢地走。母亲仍跟往常一样，心情恶劣地低头不语。

那晚，王蔷穿了件草绿色的连衣裙，领口镶着白滚边，略有些宽大，但身形轮廓是完全出来了。迎面有个穿白色短袖衫的男青年，歪歪扭扭地骑着自行车，一直地盯着王蔷看，明显的，这个“看”与暖瓶或水壶没有任何关系……这可真糟，王蔷感到，自己一向以来练就的那套“视而不见”的本领失灵了，好似浑身都被罩上一层不透气的玻璃纸，四肢僵硬，手里的两只暖瓶都不知怎么摆动才好……短而又长的几秒钟过后，那自行车终于是慢吞吞地过去了。

一边的母亲终于有所觉察，她迅疾地回过头去，恰巧那男青年又恋恋不舍地回头张望王蔷的背影，并轻俏地吹了一声长长的口哨。

王蔷以为母亲一定会跟其他时候一样，正好借个小事情而勃然大怒。未料到，母亲“啧”了一声，倒放下暖瓶，又让王蔷也放下来。她把王蔷拉到树影之外，就着厂区昏黄的路灯，前后绕了一圈打量女儿，像是头一次发现：这丫头长大了，惹人注意了。

母亲短促地笑了一下，如同梦中惊觉，说不上是苦还是甜，接着自言自语：好了，重点要转移了，得开始忙你的大事情……

三

1

成年后,王蔷常常会想起父亲的夜场电影。

他与那个长辫子的女人,在黑暗中默默端坐,眼睛盯着屏幕,无声无息的约会,伴随着字正腔圆的对白,或是表现激烈战争的枪声。他与她之间,是否已心心相印?这份情感,对他生活而言,是聊作排遣还是救命稻草?或者,只是电影院里那遗世独立的美好气息让他欢喜,像是坠落,又像是飘升,恨不能永远如此下去……当电影散场,分手作别,巨大的空虚来袭,他无法接受可怕的现实:重新回到那个平淡无奇、吃喝拉撒的家,拥挤的单室套,缺乏趣味的妻子,两个有些粗笨的女儿……

王蔷感到,父亲身边,总有他自个儿的空气、自个儿的吐纳,玻璃罩子一样,他与家里人隔绝开来……他喜欢在晚饭后独自长途散步。他不肯与全家人用同一条洗脸毛巾。他的衣服总扣得严严实实,像他长年抿着的嘴唇。很多夜晚,他失眠,烟头在夜里半明半灭,在打开的书页里弹落烟灰。

王蔷不记得父亲曾对母亲示意过爱恋与关心,或是对两姐妹有过任何亲昵的动作或语言。他与她们之间,是方正的、微寒的。她记得,饭桌上,妹妹夹起一块猪油渣,不小心掉到桌上,她捡起来放到嘴里重新吃,但嚼不烂,再次吐到桌面,父亲瞥了一眼那烂糟糟的油渣,突然放下碗筷,离桌而去;王蔷的功课不算太好,难得有一次,她考了满分,放学回来高高兴兴地把试卷炫耀给父亲看,后者似乎被惊扰,他的脸从恍惚与沉思中抬起,对那试卷不作任何评价……难道这不是最明显的迹象吗:父亲从没喜欢过她们姐妹两个!或许,他早就想一走了之,但在道义上,女儿们在天平的另一边使他动弹不得……怎么办呢，还不如逃到黑乎乎的电影院里，还不如逃到车轮下面，还不如变成照片挂在墙上。

每每想到这一点，王蔷就会感到一阵阵口干舌燥，强烈的自卑与冤屈，为什么呀，她或者王薇，她们错在哪里……在大街上，所看见的任何一对父女都令她触景生情，她理所当然地迁怒于他们。他们亲亲热热，他们打打闹闹，就算那女儿是个丑八怪，长得一副蠢样，那做父亲也是疼爱极了，娇宠极了，啊呸！这可真恶心死人了！

有那么一阵儿，王蔷与妹妹经常背着母亲聊天——她们感到自己长大了，可以“谈谈”了——有些话题从不触及，比如父亲的死以及其背后隐隐影影的小故事，母亲与男人们的关系等。谈那些做什么，还不如谈点别的，相互纵容各种奇谈怪论。

王薇没别的，还是个吃。缘自电视、翻译小说、饭店招牌、食品店橱窗，一切她从未吃过的，曾经吃过的，将来肯定要大吃特吃的、今生恐怕很难吃到的……等等。耐心地等妹妹说完一大段“吃”，王蔷才慢慢开口：你注意到没有？隔壁方甜的爸爸腿上有很多毛……

王薇略显诧异，但她乖巧地垂下眼皮，只留下一双耳朵。不需要她回答，王蔷很快声色俱厉地谈起方甜与她的爸爸。“你知道天底下我最讨厌谁？没别人，就是方甜！”

方甜是她们邻居家的小孩，也是王蔷的同学。L形小楼里，方甜家住在较长的那一边，与L形较短这一边的公共厕所正好形成一个夹角，几乎近在咫尺——王蔷站在公用厕所窗沿上，正好可以够着排风窗，从扇页子的空隙里，方甜家所有的风光尽收眼底。夏天，公共厕所就是她们洗澡之处，拎一大桶热水，站在蹲坑附近，眼睛尽力避开便池中的污物，匆匆泼洒一番……轮到王蔷进去洗澡，她总借故用很长的时间呆在公共厕所里，爬到窗台上，长时间地往方甜家窥看……肥皂与粪便的混杂气味，刺鼻而挑逗，如同最好的调情剂，湿漉漉的所见所得……

“你不知道，她真够不要脸的，都那么大了，还整天吊在爸爸脖子上撒娇，在胡子上蹭痒痒……哼，以为别人不知道呢，我从厕所里看得一清二楚，连短裤头都是爸爸帮她洗……你不知道，她还给爸爸一块一块地喂苹果，那表情，太恐怖了，她怎么能那样！爱上自己的爸爸！”王蔷说着，愈加气愤，像小牛那样“呼哧呼哧”的。

王薇舔着嘴唇安静地等，她还有好多没说呢。大三元的萨其玛，夫子庙的炸臭豆干，马祥兴的美人肝，桂花鸭的酥烧饼……

是啊，那些年，她们姐妹间所谓的聊天，就是这样，各人说各人的，两条永不交叉的河岸，中间是污浊的河水。而她们短暂的童年、随之而来的少女期，就那样弯弯曲曲地流过去了。

而今回想起来，王蔷认为，母亲对她们的成长，是疏于管教的，她的注意力总集中家用上，集中在物质上，她粗枝大叶拉拉扯扯地拖着女儿们往前走，只要能往前，就是好的，就算有些破绽明显的成长症结，她也是听之任之，直至成年，那些幽暗的伏笔，以曲折而隐晦的方式演变成别的果实……

即便如此，母亲仍然是可以理解的。困窘的生活似乎都给了她足够的理由，在贫困中向低处坠落。还有什么好说的呢。

2

王蔷的皮夹里，有一张与墙上父亲同样的照片，是缩小了的一寸小照。逝去亲人的照片夹在身份证、的士发票、零钱与银行卡之间，有些戏剧化。王蔷是故意这样放的，总有一些朋友，不管同性或异性，关系交好到一定程度，会注意到她皮夹里的照片——带着神秘的旧气息。

话题会就此展开，王蔷闪闪烁烁、欲扬先抑地跟对方谈起父亲的事情：气质抑郁，夜场电影、不知名的长辫女人、街头死亡。哦？哦！对方的惊讶与感叹从不会让她失望，并且，父亲的悲剧与玄虚开始转移到她身上，她好像就此获得了某种特别的气质，与家世有关，与成长有关等等……王蔷相信，在对方的眼中，她会被另眼相看，她的一举一动会显得异乎寻常。

很难说这算不算一种对虚荣的追求。王蔷认为，一个人，为了取得与众不同的特质、为了在人群中“出挑”，任何手段都可以谅解，况且她并没有撒谎。她没有父亲，只有父亲的故事。

老温，也是那些听众中的一个，同样，在一开始，他被父亲的故事所吸引。他突然怜悯起来，眼眶里几乎含上了泪，他那么自然地一把揽过王蔷：太可怜了，那么早就没了爸爸……

老温的手厚厚的，热乎乎的，王蔷差点就没哭出声来——对于她的故事，最初的惊讶与好奇之后，大多数人并不愿意明确地表示同情，他们或许以为那不够礼貌，可是天知道啊，王蔷需要同情，需要怜惜，需要发自肺腑、长辈般的拥抱抚摸，所有的都要！瞧，就像老温这样，多贴心贴肺啊。

“你真的很可怜我吧？你会一直这样可怜我吗？”王蔷装模作样伏在老温怀里，趁机嗅他的汗味，年长男人的汗味，一阵心醉神迷，这是谁也设计不出的香水。巨人的感动，几乎在瞬间就酿成了倾慕之心。

“是的，你太可怜了。没有父亲的孩子，其实比没有母亲还可怜。”老温好似想到了什么似的，他拍拍王蔷后背。隔着衣服，没有性的暗示。王蔷受用之极，胜却人间无数。

他们的关系好像就是这样开始的。以父亲的小照为起点，在爱情的幌子下，定下某种基调：失怙者与年长者、渴求者与施与者。

老温其人，因为是“成功人士”，早在王蔷的留意范围，皮夹子里的照片，不过是计划中的例行程序而已。他年纪倒确实是大点儿，都四十四了……可是有人肯相信吗？巧了，王蔷还真的中意他的这把年纪。

从她进入青春期开始——那个打开水的晚上，被骑自行车的陌生青年吹口哨——王蔷突然就发现：自己喜欢老一些、最好老上很多的男人：他们有慢吞吞的性子，他们懂得容让与骄纵，温情大于肉欲。就算老温是离过婚的，可那算什么，反正孩子不跟他。她喜欢跟老温呆在一块儿——毫无诗意，迟钝，平静，有种各取所需的满足。

两个人在一起时，王蔷不喊他老温，而喊“老爹”，不知为什么，王蔷就是想这样喊——老温接受了，眼角的皱纹像河流那样，流淌得更欢。王蔷多么热爱那些皱纹，那是老温最性感的部位，还有他鬓角的些许白毫，脖子后堆积而成的槽头肉，腹部以脂肪为原料的浑圆山丘——拥抱时，山丘柔软而结实地靠上来，让她产生难以解释的满足感。

母亲对老温的取舍标准，从一开始就是物质主义的。她跟王蔷推心置腹，带着朴素而自信的哲学：爱情是个什么东西？跟块豆腐似的，放个一两天就会变质……再说，我们这样的人家，别的不好图，只一条，经济上要牢靠……

是啊，我们这样的人家。王蔷还真是心领神会呢，母亲说得对极了，我们这样的人家，就得远离浪漫，远离纯洁。任何与爱情有关的念头都是天真的罪行。

母亲经常拐弯抹角地打听老温的“有钱”程度，这话题她百谈不厌，像谈论第二天的食物。每次王蔷与老温约会回来，即便已近零点。她都会坐在床上等着,以便连夜盘问细节:在什么馆子,点了什么菜肴,老温如何掏钱,是否讨价还价……诸如此类,然后,在剩下的小半宿里,她都在默默推敲,以她的逻辑加以推理,得出些相互矛盾的结论:要我看,他还是小家子气,并不是真的有钱……不错,倒还是个气派人呢……

王蔷替母亲感到劳累,索性问老温要了他公司的简介,送到母亲面前。老温的公司是做轴承与轮滑的,就算简介也是诘屈聱牙——母亲看得吃力,却又若有所得,好像看到真金白银:好,好。这下放心了,做实业的,准靠得住……

对老温的岁数,母亲总也装着视而不见。她称他为“小温”,甚至找机会夸“小温”年轻,她端详老温与王蔷的合影:我看,他穿上横条T恤,真像二十出头!一边说着,一边留意王蔷的神情,迫切地寻找认同。同时,为了获得更多的心安理得,母亲还想到其他的角度,她根本没见过老温,却用一些不着边际的陈词滥调夸奖“小温”的人品或事业心什么的……

这让王蔷感到沮丧,削弱了她对这婚事的满意程度。她感到,对自己的终身托付,母亲太过实用了。实用没有错,但母亲应该真诚点儿。

有时王蔷想跟王薇抱怨两句,毕竟,好比是一百步与五十步,王蔷前面怎么走,王薇后面也得一个脚印一个脚印跟上……不过,王薇显得没心没肺,她完全袖手旁观,只顾自在“吃”上徘徊不前。

发胖的问题很快成为一个困扰。好在肥胖是全民公敌,她不会因此与众不同。强劲的资讯之下,她熟谙各种减肥之道,对种种食物的卡路里含量了如指掌。心情好时,她装模作样,缁铢必较地计算热量摄取;反之,则在半夜起床,偷偷摸摸地在冰箱与碗橱间翻弄,无声地大口吞食,冷冰冰的肴肉、薯片或方便面,配以果汁,吃得匆忙而香甜……若王蔷半夜醒来,正好撞上,她会特别的羞惭,包着满口的东西含糊地解释:不知怎么搞的,突然就饿了,正好……

王蔷坐到餐桌的另一半,不看王薇大吃的模样。母亲的鼾声近在咫尺,听上去像是无限幸福。关于婚姻一事,她止住到了嘴边的倾诉欲,她忽然想到,王薇未必就是真的无忧无虑,她怎么会想不到那该死的终身大事呢——就像是家里的第二道数学题,明摆着的,总会要进入计算与推理的阶段……唉,每个人的前程啊,总像连绵不绝的山头那样横在面前。

3

有一天,或许是感觉时机已足够成熟,并且,出于一种仪式上的需要,老温提出:请你们全家一起吃饭吧。老温还没见过母亲与妹妹。

哦不,她们不喜欢出来吃饭……我妹妹,她还在减肥……

王蔷略有慌乱——她突然意识到,事实上,她从未跟老温详细提过,她与母亲,以及妹妹,到底是怎样的人、过着怎样的生活……不是不想说,是完全不必说:老温不可能理解万分之一二。

唉呀,我是真心诚意,不管怎么着,丈母娘看女婿……老温说了一半,想到什么,停住了,他摸摸自己的肚子,那是四十四岁的肚子。对,咱们找个好饭店……他喃喃自语。

饭店还真是好,甚至太好了,到处亮闪闪的,软绵绵的地毯让母亲差点绊倒。一踏进去,王蔷就后悔了。她不敢看母亲,母亲的那身廉价衣服,在这里,照在亮闪闪的镜子里……

为了这趟饭局,母亲十分辛苦,几乎有一个星期都在为之劳神烦忧。"唉呀,很多年没有被人请过饭,总是看到别人在大饭店里吃吃喝喝，这回，可终于轮到我了！倒看看这小温怎么个招待法子。”初闻消息，母亲好像满不在乎似的哈哈大笑。

想想吧，有十几年了，母亲总在吃家常饭，总在吃自己做的饭。上天啊，保佑我吧，让我与老温顺利结婚，然后我要经常带母亲出去花天酒地，就从这次开始吧，让她漂漂亮亮、舒舒服服地……“您要不要把头发做一下？老温可是挑了个高级地方！”王蔷激动起来，想起母亲曾经有过的风采。

“花那冤枉钱干什么？平常样子最好。”母亲继续大大咧咧的。但王蔷听出，她分明是上心了。

当天夜里，王蔷被一阵细碎声惊醒——对面的大床上，母亲翻身起来了，她摸出面小镜子，把脑袋转来转去的反复照。照了一会儿，她停下来，瞅瞅王蔷王薇这边，慢慢、慢慢地起了身，也不开灯，只就着外面一点散光，从衣柜里掏出一大团衣服，在床上一件件摊开，又从另一个角落里，翻出几条丝巾，比比划划……昏暗的夜色中，她发了胖的身子显得拖泥带水、极不自信。

王蔷看得憋屈，她呼地坐起，把大灯打开，刺目的光一下照到白白的墙上，白白的父亲上。

母亲吓了一跳，接着恼羞成怒。“还不是为了你！好不容易看好这个温什么，万一人家嫌弃我们，前面你不都白忙了！”

索性，赌气般地，母亲连夜试起衣服。不厌其烦地一件件脱下穿上，穿上脱下，镜子里的女人，总软塌塌的完全没有样子——年纪大的人，得靠好衣服才能撑得起。

第二天，好像是被王蔷逼得没办法，母亲带着愠怒而顺水推舟的表情去做了头发，又连着走了三家大商场，费了无数的口舌与时辰，最终以母亲能够接受的一个价格买了身套装。这么一收拾，瞧！格格正正，有模有样。母亲也高兴起来，一路上都在悄悄地对着橱窗照自己。

可临了到吃饭的那一天，出发前几分钟，不知为了何故，母亲的心情又恶劣起来，她大发脾气，受到污辱般的：凭什么呀，又做头又买衣服的，去见他倒像见个皇上似的。我女儿贱还是我贱？

她粗暴地扯下身上合体的套装，随便从橱子里拿了件衣服一换，就出去了，走得飞快，王蔷和王薇在后面几乎要小跑才能跟上。

终于落座，王蔷才敢看母亲。母亲的上衣是咖啡色，旧式大西装领，高高的垫肩，两道深深的折痕从肩膀开始一直延伸到下摆，涤棉的表面，起了一层碍眼的小毛球。光鲜的领班与服务员们走来走去，金色的椅套，绣花的餐巾，仿银的餐具，这么富丽啊，谁都会把衰老的、衣着过时的母亲看成个乡下人的。王蔷心酸得几乎要掉下泪来。

母亲不抬眼皮，故意专心地折弄着手里的一块餐纸，但王蔷一眼看出：母亲紧张了，她的背挺得太直。

或许不仅是紧张，除了这可怕的太高级的饭店，她一定还被老温的样子给吓住了：腰那么粗，头是秃的，下巴是双的，皱纹一层层，神情镇定和蔼——他就是个“老温”，跟“小温”搭不上边儿。

母亲慌里慌张地瞧了一眼王蔷，惊、疚、悔，什么都有，好像这婚事全是她撺掇出来似的。王蔷更加难受：唉，母亲怎么才能相信，这事儿并没委屈着自己……

老温浑然不知，或是装作不知，只捧着菜单在研究，王薇迅速凑将过去，印在菜单上的照片色泽诱人，王薇早看得心醉神迷，恨不能手舞足蹈，老温客气地让她点菜，她果真受之不却，一口气报出一长串儿菜名……

总算度过了最初的适应期。母亲不知经过了怎样的考量，神情忽然又倨傲起来。她半抬着下巴吃菜，对老温的招呼有些爱搭不理，再好吃的菜也只用筷子挑着尝上一点点，那神情似乎是说：不就这些玩意么,早吃过了,没什么的……

好在王薇热乎,吃得左右开弓、啧啧称赞,根本不理会王蔷几次示意的眼光,逢到服务员撤盘子换菜,她总要唤住人家,把最后剩下的边角一扫而光,嘴里发自内心地感叹着:“这一小盅羹,可是要六十五呢!”或者“这条鱼,一百零八一斤,就是鱼鳞也值得尝尝。”……

王薇无意中透露的价格震撼了母亲,她立刻警觉起来,眼光在桌子上扫来扫去,似在暗中算计这餐饭的总额。大略一算,母亲肃然起敬似的,下巴不再端着了,她神情专注地一小口一小口品咂“佛跳墙”;又暗中瞟着老温,学习如何加上红醋、嫩豆芽儿等等,笨拙地用热鲍鱼汁拌泰米饭,却又不小心被热蜡给烫了一下,三两名服务生围上来,又是道歉又是送冰块又是换餐具,殷勤得过了分,王蔷疑心她们是故意的,是想看母亲的局促模样……

鱼翅羹上来的时候,王薇的兴奋达到了当晚的最高潮,她捂着嘴巴,里面发出“咕咕”的期待声,像那些好色的粗野男人看到活生生的大明星。是啊,在她长期以来对于昂贵美食的单相思里,鱼翅一直是个重头戏……她用筷子挑起来,半闭上眼睛往嘴里送,滑溜溜的鱼翅,慢镜头般,在她的唇边一点点变短、变小……

母亲在一边疑惑地看着,停箸不前,她准以为那只是粉丝,她准想起了什么往事。啊,王蔷知道,可怜的母亲想起的是什么……

那几年,有一阵子,家里总吃粉丝。粉丝汤,咸菜炖粉丝,豆瓣粉丝。大概是母亲经过算计,认为粉丝既可口又便宜——她在菜场攀认了一个卖粉丝的老乡,那人把碎粉丝以极低的价钱给她。有一天,母亲来了灵感,奢侈的灵感,她买回几两肥肉,熬了熬,生出许多油水。再把熬过的肉切成很碎的丁丁,与粉丝一起红烧,可以想见,那多么喷喷香啊……母亲在公用厨房里忙活的时候,王薇就按捺不住了,她像只小猫似的,不停地在通往厨房的狭窄走廊里绕来绕去,没想到,倒一下子碰在刚出厨房门的母亲身上,后者手上正端着刚出锅的红烧粉丝呢!啪!没得说的,掉地上了,碗碎了,一大碗像肉那样香的粉丝全掉地了!

太丧气了,太残酷了!母亲几乎要哭,刚准备大声喊骂点什么,谁也想不到,顾不上公共走廊里随时可能会出现的邻居,王薇一下子趴到湿乎乎的地面上,以最快的速度用双手掬起一把最上面的粉丝,命令母亲:快去拿碗,这些还可以吃!

谁都依然记得,那地面多么可疑,那粉丝又多么滑溜,不断从王薇的指缝中往下掉落,有一个邻居似乎已经进入现场,被这惊人一幕所骇,又退了回去……

老温给母亲敬酒,老温跟王薇寒暄,老温向母亲解释他的专业……一切都在小心而完整地进行着。王蔷盯着老温,觉得陌生而抽象——这不是老温,而是来自外界的一个代表。这些年,整个世界,一直只有她们三个;老温,是父亲之后,第一个进入她们生活的男人。他是令人瞩目的,他是意义重大的,这隆重而不可再现的时刻……看看吧,他在沉着地笑,他很放松,他很礼貌,对母亲对妹妹都那么恰如其分,但是谁都清楚,他只是一个局外人,他永远不知道这三个女人,曾经怎样的捏成一团,在泥里打滚,在冰冷的世界尽头挤暖,在他与她们之间,有着巨大的、阶级般的鸿沟,但这一切,不是老温的错……

就好比此刻,老温他打死也不会想到,这饭店的蓝色条纹窗帘,让王蔷联想到了什么?哈,一块抹布,一块蓝白条纹抹布。

有一个春节,大概是父亲挂在墙上的第二个春节。除了些好吃的,她们没有添置任何东西。不,不是添不起,只是不想添而已。她们习惯于压缩所有的支出,这已不单单是物质上的窘迫,更是一种心理定势，在没有父亲的屋檐下，就得紧紧贴着地面……

但无论如何，这是个春节，家中总少些气象。除夕之夜，母亲突然急中生智，带着一种活泼和灵感似的，她给家里新换了块抹布。此前的抹布，都是从洗脸毛巾、洗脚毛巾一步步淘汰下来的，等用得看不出原来的颜色与质地，才宣告使命结束。而这回，简直就是平步青云嘛，一下子就新换了块蓝条纹的抹布——果真的，让人不相信吧，就是这块抹布，使得家里气象一新，每个人做家务活儿时都感到一种清洁与新鲜的手感，劳动都变得喜气洋洋的了。接下来的那整个正月，她们经常自然而然、乐此不疲地谈论那块抹布，她们太喜欢这样了，太深知其味了——只有廉价的、不起眼的快乐才是真正的快乐，任何享乐一旦花了大价钱，立刻毫无价值、令人沮丧。

漫长而可怕的晚餐终于收场。老温用车送她们回家。老温的车算不上特别高级，但特意收拾得闪闪发亮，他彬彬有礼地打开后门，对母亲伸出一只手……小汽车！母亲还从没坐过呢！她怔了一下，骇得几乎要往后让，短短两秒钟，随即又面呈矜持之色，似乎司空见惯。

——母亲一定是想到了她经常对女儿们说的话，一个真正有能耐的人，就应当是能吃得最苦的苦，也能享得最好的福。母亲掩饰住动作里的僵硬，坐到车子后座，在那高级温柔的颠簸中，竟然很快睡去，嘴巴半张着，疲惫而满意地睡着了。

王薇吃得太多，她在前座上不安分地扭动，摸摸这摸摸那，把不同的CD在音箱里换来换去，每支曲子，刚刚唱到一半，就被她停下……车子开到一半，王薇突然控制不住地开始打嗝，各种汤菜海鲜及点心的气味在车子里弥漫着，令人窒息。老温摇下车窗，冷风一吹，他猛地打了个很响亮的喷嚏——母亲被惊醒了，她张惶地四处看看，似乎不知身在何处，随即又含着一泡刚刚涌上来的薄泪继续睡去了。

四

1

接到超市电话，王蔷眉心一跳，知道王薇终于给撞上了。

众目之下，被保安厉声喝住，推推搡搡带到仓库，上下里外搜身，通知单位领人，小报记者舞文弄墨"妙龄女郎伸手被捉"……想到那些可能出现的细节，王蔷惊惧万分，恨不能即刻见到王薇，却还是撑着上下收拾整齐——母亲一直跟她们说，家里呆着，破衣烂衫皆可，出门办事，架子一定要搭好。多少势利之人，都是看行头说话行事的。

赶到那里，却见王薇倚在保安室的一面柜子上，眼睛望着半空，可以说得上是神态悠闲。旁边两个保安，倒也温和，只在一边抽烟说笑。看起来王薇倒没有吃什么苦头，可能也是因为她穿得周正，又是个大姑娘。

王蔷暗中松一口气，连忙掏钱包："对不起对不起。我们错了，罚多少钱?我来交钱……"

那两个保安神色古怪，分明是疑心王薇脑子有问题："这个帐，难算!就算罚十倍二十倍，也没几个钱。倒害得我们盯了大半天，以为抓了条大鱼呢。看看，她拿的是什么?单价五毛钱。"保安举起三根棒棒糖，红黄蓝各一。

颜色各不相同!这王薇，倒是挑得精心!

王蔷气得脸色通红，又不好发作，只一味陪笑："大哥，她真是瞎胡闹……这样，罚多少倍咱们不算，先交上两百，多了少了的，两位大哥担待着……"

王蔷掏钱，突然瞥见钱夹里父亲的小照片，不知为何，这让她心里一动，若有所思，但到底那是什么，却一倏而过，抓不着了。

事情解决了，她拖着王薇出来，一路上脸都臊着。王薇倒是自如，甚至可以说有点按捺不住。等到走出超市一百米左右，她突然一笑，从领口伸手到胸罩里："哈哈，这里还有一个，我就知道他们不敢搜这里。蓝莓口味，正好是我最喜欢的。"她手里多出一根紫色的棒棒糖，撕了皮就开始吃，长长的舌头慢慢地一圈一圈地舔上去，不知多甜蜜的样子，王蔷气得手抖，一把扯过来扔到地上："王薇，你装疯卖傻啊？一点数都没有？这事儿就这么好玩？"

王薇倒被吓了一跳，手仍然停在嘴边，舌头在空荡荡的嘴里绕了一圈："怎么了怎么了？大不了我还你现钱就是，发这么大火干什么？你倒说说，有什么严重的后果没有？不就图个好玩嘛！你真是的，对生活有点幽默感好不好……"

"不对，你这是有病了！你得跟我去看医生！"王蔷脑子里"叮"的一声，刚才掏皮夹时滑过的念头又冒出来了。没错，王薇这肯定是某种病相，从父亲去世后就开始了，再不治，真说不准将来会不会出什么大事情，她还怎么谈婚论嫁……

王薇瞪圆了眼睛："这么说，你跟那保安想的一样，认为我有神经病？哼，看医生，多好的主意！"

王蔷不应她，只在脑子里扫瞄，有什么可靠且嘴紧的熟人可以拜托……

两个人最终都不说话了，默默走了一程，四周灯红酒绿、夜色初上，人影一群群闪过，整个世界都跟她们的烦恼毫不相干……拐到家门口的巷子，王薇突然小声说："今天的事，不要跟妈妈说……看医生的事，听你的好了。"

唉，原来王薇还是有心肝的。王蔷看看妹妹，夜色中，她的侧脸似乎变小了,模模糊糊,头发粘在额上,神情还是那种令人生气的满不在乎……亲妹妹,好妹妹,求求你,不要这样了,你这到底是怎么了……

2

六年前,头一个追求王薇的小伙子,极其内向,口齿笨拙,只晓得每周带王薇到肯德基吃一次套餐,竟然一下子歪打正着,才在读大专一年级的王薇二话不说,做起了他女朋友。

其时,肯德基进入南京没几年,打外面儿看显得特别高级,其价格也远远超出母亲对一顿饭的预算。而那一年,她们也算是花钱的“大年”:为着王薇的自费大专,母亲好不容易存下的一点积攒全被掏空;王蔷虽说已有工资,但母亲严格要求她每月得存上绝大部分收入,好像将来必有大灾大难……其实,就算没有这些因素,她们也并非就是吃不起的。可生活不是用来随心所欲的不是吗,其本质就是节俭、克制、过一种低于能力的生活……每次全家走过快餐店,母亲总步子加快,目不斜视,一边对女儿们冠冕堂皇:报上说了,全是激素,洋垃圾。

可那些个广告、那些个香味,把王薇给招得呀,只要一有闲空儿,她就翻来倒去地对王蔷大谈肯德基,似乎那是人间至味,她若能求得,就算一死也值。通过广告,她把每一种汉堡、鸡腿与饮料的品种都弄得一清二楚,反复模拟着,今天点哪几样,明天点哪几样……

突然有一天,王薇闭口不谈了……此后不久,在离家不远的小巷子里,夜晚的树荫下,王蔷看到了与小伙子搂搂抱抱的王薇。她吓得往后直退,躲到一处更为浓密的树荫——

这算是早恋吧?要不要向母亲汇报?万一出事情怎么办?王蔷尚在为她偶然发现的秘密而颇费踌躇,王薇倒大方极了,一天,她抱回一大袋鸡翅鸡腿,往母亲和王蔷面前一丢:“快尝尝,这洋垃圾就得趁热吃。我让男朋友买的,专门带回来给你们尝尝。”她脸上带着一种自豪劲儿,好像这是她头一回替家里挣回来什么似的。是啊,母亲总舍不得吃、母亲从来没尝过,她可不就是挣回来孝顺母亲的!

“男朋友”!母亲被王薇轻巧吐出的这个词吓住了,她呆在那里,头在王蔷王薇间转来转去,有些迟钝似的,她显然想不过来:本以为王蔷那里才是主战场,什么时候,王薇这里也开始出现险情了。

屋子太小了,炸鸡腿的味儿一阵一阵的,浪荡地从纸包装里钻出来,又钻到每个人的鼻子里。王薇再次催促:“快吃呀,要杀要剐,吃完再找我算帐不是一样!”

好像是被王薇所说服,是啊,总不能让好吃的白白浪费。母亲垂着眼皮,第一个动手,解开包装,小心翼翼拿出一块,用手在下面接着,嘴巴张得不大,但咬得很深,咀嚼得极为缓慢,显得文雅极了。这动作王蔷很熟悉,好几年前,那老胖男人还与母亲来往时,有一次带来六个金陵饭店外卖的“大肉包子”,金陵饭店,不得了,五星级哪,当时,她吃包子的情形好像也是这样的……这文雅法子,不过是为了让好吃的东西在嘴里尽可能多呆一会儿罢了!

母亲对王蔷呶呶嘴,示意她也吃。接着朝向王薇,大肚量地、公平地夸了两句:“确实,味道不错……但是,你倒说说看,除了这几只鸡腿,别的他有什么?瞧你这点志气!”

“是啊,我正好也想断了……”王薇不好意思地扭扭身子,好像认真考虑母亲的意见似的。王蔷在心中叹息,唉,天晓得,也许她肯德基吃得腻了,另外又看上个别的什么……

吃完了鸡腿,尽管她们四周依然弥漫着那令人心软的鸡腿香味,母亲却脸色一正,让王薇坐坐好,打算开题作长篇大论——唉,母亲一定疲惫极了,生活里一件事接着一件事,她总像个毅力坚强、手中无兵的最小将领,不知是屡败屡战,还是屡战屡败。

王蔷至今记得母亲的那次教诲，她一下子抓住问题的要害，一箭双雕，对王蔷王薇都明确提出：你们要想想清楚，将来打算过好日子还是孬日子。这么些年，难道还没有穷怕？还不想翻身？我是没有办法了，你们可不能糟塌了眼前的机会。将来的恋爱，不要闹，不要玩，就是要奔着好日子去的。你，王蔷，别被小情小调的弄傻；你，王薇，要当心小恩小惠……

王蔷是记牢了母亲的话，贯彻之执行之了，什么小情小调，她早就超越了那些……但王薇不行，她的第二个、第三个男朋友，都还是跟吃有关，要么是因为对吃的共同爱好，要么是对方有四处吃好东西的便利，绝不是母亲所说的心存高远。她总让王蔷帮她瞒着母亲，并且振振有词：反正不可能谈第一个就结婚的，这样吃吃玩玩多好！我觉得这跟母亲的道理也不矛盾啊，不能浪费每一次机会……

3

虽然答应来了，但真正坐到熟人医生K的诊所，王薇明显有所戒备，神情嘲弄，总说半句吞半句。其实在路上，她就这样气过王蔷：别以为我没文化，什么童年阴影，什么恋母轼父、乱伦暗示，不就是那一套，谁不知道！

为了不至冷场，王蔷不得不滔滔不绝，K随便牵起个话题，她就纠缠住发挥一番，恨不能说得掏心剖腹，好带动王薇也吐出一二心声。这样一直到天色将晚，K摸摸肚皮：哦，我倒有点饿了。王蔷绝望地看看表，一切真再糟糕不过。

K推开他侧面的一个大橱，真想不到，那里面，不是病人档案、录音磁带之类，而是个多格的大型食品柜。花生曲奇，瑞士软糖，南通脆饼，芝麻卷，肉松酥卷，盐津桃肉。各种雅俗共赏的小点心像女人的配饰那样令人眼花缭乱。他冲姐妹俩挤挤眼:你们不也来点什么吗?

如同他乡遇故知,王薇欢呼一声扑过去,同时抓起三两个品种,还不忘了抽空对K嫣然一笑,简直一下子把K引为知己了。

王蔷心中一松,她知道,事情这下好办多了。吃东西的王薇,相当于是脱了衣服的、是喝醉了的,她没了遮挡,没了理性,肯定会兴高采烈、敞开心扉……这下王蔷自己顿时也觉胃口大开,她续了茶水,抓起一把瓜子儿,接下来三个人的谈天,哈哈,简直比茶馆还要热闹……王薇、王蔷,包括K,几乎在争先恐后,大谈各种闲闻杂事,不时发出放肆的大笑……

五

1

人影稀少的面包饼屋里,老温把眼睛对着窗外,好像在数外面的行人,数到一个满意的数目,他掏出一个貌似戒指盒的玩意,推过来:“差不多了,我们结婚吧。”

面包饼屋不是能够想象到的地点,王蔷略感惊诧。老温又在往下说:“我其实啊,就想过一种日子,像这刚烤出来的面包似的,香喷喷的。”

就冲这后一句可能是从哪里学来的话,王蔷马上点头了。当然,就算没有这个关于面包的比喻,王蔷也会答应的,连迟疑与矜持都不想扮演。老温的求婚,虽不意外,但也让她等了很长时间。从那次请母亲与王薇吃饭,又过去三四个月了,老温像是完全忘了这码事——母亲甚至因此担心起来,暗自后悔那天没有穿上新买的套装。但她总也不说,只更加固执地在深夜等待王蔷,等她从与老温的约会里归来,然后索取零零星星的信息……

老温又摸出一个硬本本:“这是新买的房子。房产证的户主一栏,我填了我们两人的名字。”

俗气即是现实、即是经典——老男人就是老男人啊,多么完美的求婚,他才不会弄些鲜花或烛光晚餐之类的名堂,撇尽浮华虚影,直抵现实中心。

王蔷接过硬本本,有些醺然。她急切地想要立刻就把这房产证拿去给母亲看,现在她理解王薇那次把肯德基带回去给母亲的做法了,这当中的原理是相同的,献给母亲,让母亲高兴……可以想象,当母亲看到这个房产证(重点小学学区,一百五十平),必如久旱逢霖,内心狂喜,却又假装着半信半疑、漠不关心……还有妹妹王薇,这沉甸甸、像秋季收获一样的婚事,也定会对她有所促进,让她从吃吃喝喝、游游荡荡的状态中清醒过来,把寻觅佳偶当成大事业,去苦心经营……

老温喝着水,等王蔷的劲儿过去,才咳嗽一声,重新开口:“不过,有件事,你知道我离过婚,孩子跟她妈妈过……”

“是啊,你一开始就说过。”王蔷连忙接上嘴,好像接得越快,就会阻止接下来将要出现的未知。

“她妈妈,也要再婚了,嫁到外地,那是个小城市,孩子要留在南京读书……其实,你也知道,没有父亲的孩子很可怜的,这样,她跟着我们,我也就放心多了……”

王蔷一怔,什么都不好说了。是啊,老温第一次抱她时就说过:没有父亲的孩子太可怜了……瞧瞧这抑扬顿挫的伟大求婚吧,她就知道:命运绝不会让她这么顺利。

没错,老温有个十五岁的女儿,从前王蔷根本忽略不提,因为这女儿一直跟着妈;就是老温本人,也闭口不谈,甚至从不带来跟王蔷见面,好像他就是个滑溜溜的大光棍儿似的。可现在!

这可怎么着?出入太大了!难道老温对此早有算计,他是那种最后亮牌的人?他知道怎么样把好消息与坏消息穿插着告诉王蔷!哈,老男人啊。

几乎是下意识地,王蔷把拉到跟前的戒指盒子与房产本本一起又推到桌子中间,不偏不倚地停在她与老温中间。她没说什么非此即彼的狠话——到这一步了,要懂事,不能把事态弄得那么绝。

2

王蔷回来得太早了,跟老温出去约会,还从没这么早过呢。母亲很吃惊,她试图问点什么,看看王蔷的脸色,立刻闭了嘴。整个晚上,她格外安静,不散步不看电视,耐心而稳当,像等待猎食的动物。

洗完澡,王蔷湿漉漉地坐到镜子前梳头。母亲挨挨蹭蹭的,终于还是靠近了,像是无意中地坐到女儿边上,她从镜子里看着王蔷,为她所未知的障碍而提前忧虑起来。

王蔷也瞧着镜子,看看吧,那里面的母亲,都老成什么样子了!都经不得看上第二眼了!这么些年的温寒之贫,哀而不发,直到现在,她还得殚思竭虑,用她最可怜的那点儿经验与世故,去替女儿们的终身寻求依托……

王蔷心中悲酸,眼睛避开母亲,把桌上的圆镜子略略晃开,镜子里即刻换成了摇晃着的家具与物什,狭小的空间,通过镜子的折射,忽然显得幽暗了、纵深了——

这让王蔷记起来,小时候,她跟王薇经常玩的一个游戏:站在窗口,用镜子把外面的太阳反射进来,然后,往人脸上打,往墙上打,往书本上打。明晃晃的小圆洞,带着超现实的荒诞感,不论照到那里,那白光所指之物,均显得强大而孤独,好像成了世外方物……

可是,她们的家,多么经不得照呀。那十九个平方,五脏俱全,五脏俱小。她们三个在里面挤挤挨挨,每到秋季就犯愁,因为长席子与摇头电风扇找不到地方放;到了春季,也犯愁,厚被子厚棉袄可怎么弄呢。平常的日子,更是天天犯愁,鞋盒、衣服架子、打气筒、雨衣、痰盂,好像每一样东西都太过巨大,太占地方,永远碍手碍脚。有时候,站在商店里,她们小声地商量,犹豫很长时间:不是买不起某样东西,而是在激烈地取舍,家里,哪里还能再放得下这样东西……

但是,哈哈,这样可怜巴巴的小屋,却可以在镜子里瞬间变得蓬荜生辉……

她们姐妹两个,分别移动手中的小圆镜子,反射的阳光照到红漆剥落的矮方桌上,她们说:瞧,这是我们的六人长餐桌,大理石的。

照到她们同床共寝的小床上,她们会说:这是女儿卧室,主色调:粉红,带有花边与垂幔,英国宫廷风格。

照到裹着黑胶布的二十瓦白炽灯上,她们会说:喏,我家的水晶吊灯……

不对,是枝形吊灯!不对,是水晶吊灯!常常的,在一些细节上,她们为了哪种风格更高级更奢华而吵闹不休,这过程其乐无穷,让她们不知厌倦……

直至,有一个人手中的小镜子不小心掠过墙上的父亲,在阳光聚集的反射下,他被拉近了,冷淡的,安逸的,那么挂着。

啪!啪!方才所有的繁华景象都接二连三地碎了。整个家重新变得拥挤、寒酸。王蔷与王薇忽地都噤住了,手里却不听使唤似的,越是想要移开,小镜子却越是固执地一遍遍闪过墙上的父亲,雪白的光柱里,灰尘白蒙蒙分外刺目……

小圆镜子的回忆带给王蔷一阵黯然神伤。承认这现实吧,承认她对老温大房子的垂涎欲滴吧——从离开老温起，直到现在，好几个小时过去了，她一直如脚下踩云，脑子翻来覆去的只有一个画面：那个暗红色的硬本本！150平米四房两厅双卫，她的名字，那么漂亮端正的，赫然印在共同产权所有人的位置上……老温太了解她了，就知道她会被一幢房子给打倒，然后在其他的问题上让步……

算算看吧，从父亲去世起，她们三个，在这阴暗局促、有着诸多贫寒回忆的十九个平方里，已经呆了十六年，这十六年，差不多的人家，都在换房子，踏着世俗的福利台阶、功名富贵，三室两厅、越层、别墅……但对母亲来说，如果不凭借女儿们的婚姻，她只可能会在这十九个平方里终老，永远不会有一间独用的整体厨房里为家人烹制晚餐，不能够在雪白的、没有异味的自家卫生间里从容地洗浴……

行的行的，如果母亲与妹妹都可以一起搬过去，最起码，把母亲带过去，王薇反正也要嫁出去的……对的，这就是一个讨价还价的筹码，一箭双雕！你带女儿来不是嘛！那好得很，我就带母亲来！王蔷突然涌上一股类似救苦救难的冲动：有什么好犹豫的，别太矫情了，老温的女儿算什么，想想吧，那大房子，带着母亲一起……

王蔷回头冲镜子外的母亲嫣然一笑，像打算在严冬提前开放的花朵："今天回来早，其实是有好消息……我已跟老温说好，你去跟我们一起住，真的，你很快就会离开这里，我们要过独门独户的好生活，干干净净、体体面面的，那里，谁也不认识你，谁也不知道我们有什么过去，谁都不会对你指手画脚……"王蔷说得排心倒海，大有旧貌换新颜的痛快，是啊，作为长女，她这一招可耍得真漂亮！婚姻从来就非儿戏，乃成人戏——她戏得还算不错吧！

镜子里，母亲迟疑而忧患的面容一闪而过："可我知道，你肯定有不如意的地方……不过，任何男女间，都一样，有便宜处，就必定有吃亏处……你可不能要求小温……老温……十全十美。”

王蔷故意地失笑：“得了，就老温，还十全十美！能五讲四美就不错了！”她看上去心情很好似的，慢条斯理地替自个儿梳头，谁也不会听见，她正在内心大声地对自己发誓：赶紧去办！把跟老温把事情给定下来，不能够再让这样的母亲牵肠挂肚……

3

马上，就要见到老温的女儿了。王蔷让自己做好准备，对的，像一个快要结婚的蠢女人那样，迟钝一点儿，没什么的，小事一桩，就算做个后娘又怎么样！可，是，老温为什么偏偏正好是个女儿呀！

这家餐厅的通道笔直，沿途放着许多真人大小的雕塑，宛若夹道欢迎。因为没有拐弯，老温父女的情状一下子就映入眼帘了，拳头一样，带着呼啸迎面击来——那雪白干净的少女，不知为了何事，正倚在老温身上撒娇，光滑的脸皮蹭着老温的疙瘩脸，旁人看了，似乎都能感到一种皮肤上的甜腻。而老温，面带几乎半痴的笑容，用手揽着女儿的肩膀，温和地抚摸，连连点头，简直不知如何是好——他像根冰棍那样，化成了一滩。

这一拳打得！王蔷感到自己的头急速地膨胀开来，像多了顶巨大无比的帽子……啊，这一幕，多么熟悉，她好像回到了当年，又站在若干年前的公共厕所里，臭气直冲鼻子，站在狭窄的窗台上，从排气孔里，她看到方甜与她的父亲，前者吊在后者的脖子上，并在后者的胡子上蹭来蹭去……黄昏，方甜穿着肥大的睡衣，两只肩膀光溜溜地露出来，穿堂风吹过，裙子鼓起，像是风在亲狎，若这时她爸爸走过，总会眼睛快活地一亮，突然从袖口里伸手进去胳肢她，把她笑得绵软了，藤一样缠到爸爸身上……他们还会经常玩一种找肌肉的小游戏，方甜的爸爸只穿一条裤衩，蹲着小马步，浑身一块块鼓出来，方甜笑眯眯地一块块敲打，说出肌肉的名称：胸大肌、胸小肌、膈肌、腹外斜肌……

哈，这一切，以后会在老温与女儿之间再现，王蔷可以天天看、看个饱吧！

当然，完全可以说，没什么的，一切正常，从方甜到老温，他们这都是天伦之乐，是人间亲情……可是为什么啊，只要看到有着肌肤之亲的父与女，不管陌生或熟悉，王蔷就感到汗毛竖立，胃中翻滚，在敌意与妒忌中，她替他们感到羞耻，感到乱伦般的肮脏，同时，鼻孔里似又钻入公共厕所里那湿漉漉的腥臭……

王蔷停下来，停在长过道里一小尊白乎乎的雕像前，好像在细细欣赏这拙劣的仿制品。谁能知道她内心里的惊涛拍岸！她正在拚命拽自己，从公共厕所的排气孔前把自己拽回来，丢下吧，所有那些异常的联想与仇恨……为了母亲，她发过誓的……

老温先瞧见她了，站起来打招呼，那女儿也吊在他膀子边站起，王蔷急急忙忙地想：笑，得笑！可是，唉，想不到，没有人肯相信吧，笑竟是这么困难的一件事！

老温跟平常一样殷勤，那丫头亦是友善相迎，王蔷却又认为，这乖巧，其实是强大，是有了秘密之后的宽容……太讨厌了，命运的捉弄，为什么会出现如此糟糕的一幕！王蔷觉得烦躁，急迫，直冒汗，想大便，她不能够在这对亲亲热热的父女前再呆下去！她已没有任何力气再虚与委蛇！索性，兜底了吧。

"老温，我在想，不如，把我母亲也一并接来跟我们同住……"

她在桌子底下悄悄捏着拳头，拳头里是一把汗。就在刚刚说出这句话的同时，王蔷突然发现，她多么担心老温拒绝！他若拒绝母亲，她就不得不拒绝整个婚姻，她的婚事又将重新归零，再次开始新的寻觅，没完没了的比较、试探，在茶馆里吃东西谈天……不，她厌烦了，到此为止，她就需要这样的老温。就算他是狡猾的，可王蔷不以为意，如果非得爱一个，爱一个老练的家伙，未来的生活岂不是更多保障……为什么她要把这么好的婚姻变成一种谈判？非如此不可吗？

但是，不对啊，退一步说，就算老温接纳了母亲，她也接纳了那个女儿，可这个带着过多附属物的婚姻，真的会“过上跟面包一样香喷喷的日子”吗？面对如影随形的老温父女，她还能够正常呼吸正常微笑吗？难道机关算尽到最后反换来这作茧自缚！像是再次陷入轮回般的泥淖！

不过算了吧，有什么资格挑三拣四！在一开始不就想通的吗？婚姻本来便是一桩交易，母亲亦说过，勿求十全十美，只要老温接纳母亲，就让自己一个人的心泡在苦涩里吧，这是命里注定的，我的日子就该永远弥漫着公共厕所湿漉漉的呛鼻子味儿！从明天起，背朝大海、心怀戚哀，做个远离幸福的人……

像一匹可怜的战马，在必死无疑的战场上逃命。王蔷感到自己大汗淋漓，短短一两秒吧，她昏厥过去，没能够听到老温毫不为意的回应：“好，你这个建议好，也怪我，怎么早没想到……这样，咱们也算是三代同堂了……”

六

1

K医生看看王蔷身后，确定她是一个人：“你一个人来的？最好。”

王蔷是特地“忘了”叫了王薇。现在的生活，如果愿意忽略掉自己，一切都已如愿已偿、风平浪静。瞧，老温答应了，可以带走母亲了。接下来不就是王薇么，她的这个小毛病，也会好的，然后她会找到意中人，过上好日子，她们三个都会越来越好的……

“对，她不算什么疑难杂症。要知道，从八岁开始，她就活在极端的孤独里……你母亲，因为忙于生计，总顾不上给她一些起码的抚爱与交流；家中的种种难处也轮不到她去分担，她不解父亲的死，不解家中的贫……她为何那么喜欢吃？人在胃液分泌过程中，会形成微弱的自我麻痹，近乎忘忧，这成了你妹妹感知家庭安全感与满足感的重要通道。但随着慢慢成年，在理智上，她又认为贪食是见不得人的、弱智的、儿童的，当然还包括发胖啊、自卑啊等等……为了排斥掉吃东西的罪恶感，她反其道而行之，意识里主动压抑，选择偷取吃食，好像她只能‘偷’着吃点小东西，只有‘偷’来的那东西，她才可以放任自己去吃，如同一种小小的自我奖励……这听上去有点绕，但在王薇那里，完全是无意识的行为：她太孤独——她需要不停地吃——吃是不好的行为——她只好‘偷’着吃。明白吗？这是连环反应。”

“……这一套真莫名其妙，好好的人那么多呢……”王蔷感到气恼，这样看来，好像她与母亲都成了间接的致病源，她们两个那样辛苦地扛着家里的难处，这倒是忽略了王薇、祸害了王薇。

“哪里，你是不知道，根本就没有好好的人。”K谨慎地笑了一下。“比如你，说说你怎么样？”

王蔷一时瞠目。她想起小报上经常看到的娱乐花边，一个人陪另一个人去报考电影学院、去报名超级女生什么的，最后，反倒是作陪的那个金榜题名……瞧瞧，自己也金榜题名了！这火热的生活，处处不会甘于平淡。

“那个下午，后来我们边吃零食边交谈，这其实是我的一种门诊模式，对女人与小孩特别有效，这时，她们会特别地随心所欲，零零星星的记忆，口头禅，对事物的评价，小小的愿望，包括习惯动作，面对问题的眼神……这些信息的真实性有效性都非常高。我碰巧发现,你的问题,不比王薇少啊。”

“你为什么前后三次站起来去关注窗帘?尽力拉得一丝不透?你明明知道,我的工作间在23楼?不可能有人从窗外往里看!窗帘是什么?其实就是遮蔽,你不安,你对窗帘有精神反射……我们谈到各种游玩场所或餐厅,记得吧,你总会主动提起那里面的洗手间,每一家的洗手间,你几乎都了如指掌,好像你去用餐的主要目的是为了鉴赏那里的洗手间,你眉飞色舞、旁若无人,极为详尽地对我们描述其色调与装饰,干花或香氛的气味——卫生间又是什么?在分析学里,它是隐私与性的代表符号之一……对了,我们还谈起一则热门新闻,只因其中涉及到一个有违常伦的恋爱,你用语之恶毒、仇恨之浓厚,实在与你日常的性情大相径庭,不能不引起我的注意……

“当然,还有一些其他的细节与迹象,最后的推断很简单:你情感高度营养不良,你总想知道更多的情感内核,你不得不偷窥,承认吧,你有很多的偷窥经历!但与此同时,对家庭情感模式,你存有深深的怀疑和拒绝,你患上了情感洁癖症……明白吗?打个程度最浅的比方,好比一个从小就没有机会吃羊肉的人,他对别人吃羊肉会感到好奇,但成长中的定势思维又使他固执地认为,羊肉是膻的,甚至看到别人大口吃羊肉也令他感到被冒犯,在心理与生理上产生激烈的反应……”

顾不得礼貌周全,王蔷打断K,一把拎起小包,迅雷不及掩耳之势地告辞出门——她得赶时间,她跟老温约好了去看礼服,去挑请柬——不,就算有大把大把的时间,她也根本无法认同K所说的那一切!

去他妈的精神分析,谁能贴近所谓的心灵深处,什么前因后果,什么无意识下意识，见鬼去吧，我们姐妹俩的往事、我们的悲欢、我们的灵魂，从来就不是能够复述的能够分析的！

2

家中现在显得富足平静，带着即将迎接喜事的那种懒洋洋，盲目地相信幸福的无限临近。她们依旧吃饭、看电视、谈论次日的天气。但王蔷知道，如同大海最深处的暗流，对即将到来的变化，她们茫然、她们不知所措：王蔷即将进入沉甸甸挂满累赘的婚姻；母亲连根拨起离开L形公寓；王薇开始一个人独住，如果真像K所说，她自小就是孤独的，这下真正落了单，岂不是雪上又加霜，鬼知道她会把生活弄成怎样……父亲走后L型公寓的十六年，转眼间就要山倾地裂、分崩离析。连接她们三人的那根线，长到肉里骨里血里的线，正在被扯出来，慢慢地拉，越拉越长，直至最后断掉。

但她们并不会直接谈起这一切，那太让人羞愧了。要知道，日常谈话的目的往往不是开诚布公，而是加以掩护、屏蔽，把真相与真心尽可能弄得扑朔迷离，好像这样才能保住彼此羞于承认的软弱情感。

吃过晚饭，趁着母亲到厨房洗碗，王蔷掏出皮夹，取出父亲的小照片给王薇，故意用了很随便的姿势："喏，这个，送给你，放到你那里吧。"

"怎么，难道这就是K医生提供的灵丹妙药?有了这照片作为护身符，我从此就再也不会顺手牵羊?成为浑身洁白的大善人?"王薇接过照片，像头一次见到似的仔细端详。"哼，我就知道必定是那套鬼话，从父亲的去世里追根溯源……"

王蔷未置可否，方才的举动其实也是鬼使神差，跟K全无关系，她只是突然想起来，既然已经与老温大事已定，在她以后的人际中，大概很少再会提起父亲的故事了，父亲的照片，像件她不需要再穿的衣裳，不如披到王薇身上——跟她们上学时一样，多少件衣服，都是那么先后穿过来的，直到磨旧了过时了……至于，这照片，也会给王薇带去一点什么吗?谁知道呢……

王薇盯着姐姐，要笑不笑的，好像同情王蔷的天真："难为你的一番苦心，作为回报，告诉你一个小秘密吧。"

"其实，我不是头一次在超市被人发现。最早是十六岁!"她露出一丝近乎幸灾乐祸的笑。"不是保安，而是一个也在挑饼干的陌生人……他看见我往衣服里塞饼干了，我塞到一半，目光正好与他碰上，但我没有停下来，一边盯着他，一边继续往里塞。他沉默，但开始跟着我，不论我挑什么，就算是卫生巾，他也毫不犹豫地跟着。妈的，我太兴奋了，我知道他不会告发我!在他的注视下，我又拿了袋买一赠一的涪陵榨菜，揣在怀里，还真是鼓鼓囊囊。然后，我径直到出口去结账，他跟过来，几乎跟我前后脚离开超市。"王薇卖关子似的，停下来。

"怎的?就这样有惊无险?"王蔷向过道里张望，以防母亲洗完碗回来。

"不，高潮在后面。"王薇把嘴巴凑近王蔷的耳朵。"刚出超市，那紧跟着的男人突然一把拽过我，非常强硬，他用力地、像在吸食果冻那样，亲了我一大口，然后掉头消失不见。"

王薇热乎乎的口气拂在王蔷耳朵边，接下来，才是她要跟王蔷说的重点："瞧瞧，比起别人那些傻乎乎、青涩果子般的初吻，我的这个，多么富有纪念意义，简直就是我将来的浓缩与写照。每到关键时刻，那搞东西的该死诱惑，就像一个即将发生的陌生人之吻，我是怎么样也躲不过去的!所以，就算有一万匹马来拽，我的胳膊也还是会伸向一包饼干或一袋榨菜。姐，你倒说说，有什么东西可以拽得过那一万匹马?"

“至于父亲的照片，我要了。”她晃晃皮夹子，准备出门，带着即将大吃一场的兴奋劲儿。“我相信，他会保佑我的一切。”

3

王蔷颓然地坐着，说不上是失落还是轻松。对王薇，她已经有作为，她现在是“道义正确”的，王薇的将来再怎么磕绊，她是可以求得心安的……唉，说到底，人是多么自私的动物，总会尽量找到安全的藉口……

母亲放好碗筷进来，像往常一样，手里握住块抹布，在空无一物的桌子上不停地擦来擦去，家里任一样破烂玩意儿，她都伺弄得一丝不苟……她忙于家务的动作，是种勤勉的姿态——好像只要对生活足够虔诚，就能够收获公平的回报。

她突兀地开了口，如笨拙的演员把反复默念的台词读出声：“看来，这下子是当真了，咱们也没什么退路了……不知道，嫁给这样的老温，是不是让你受委屈了……”

王蔷不吭声，只把脸上做出种不屑一答的表情。她知道，若搭了腔，哪怕就是否定，母亲也会觉得，事情真的很严重，有讨论的必要，有推翻的可能性。唉，无穷无尽、微小的心理迂回啊。

母亲转到香雪海与塑料花之前，她并没有抬头，但王蔷知道，她要提到父亲了。“这两天，我总翻来倒去的想，这男女之间，到底是怎么回事呢。譬如你爸爸，他为什么要背弃我们这一家子，跟那个不相干的女人钻到电影院里胡闹，直至送了性命？再比如，那几个曾经好像是我相好的男人，他们为什么又要丢下家里好好的老婆孩子不顾，偏偏要到我这巴掌大小的小房子里来蹭说蹭笑？所有的，到最后不都是一拍两散！这来来往往的，图个什么呢？”

王蔷不知如何作答，母亲听上去这般的感慨万千，让她若有所悟……一向以来，她倒也没有认真想过，父亲的那些事情，除了带来持久的生活窘迫，在母亲内心，她所遭遇的欺骗与放逐，恐怕是更胜一筹的打击……会不会正因为此，她在新寡后迅速反戈一击，借着讨生活的名义，通过与男人们有名无实的暧昧，达到无意义的补偿性报复……瞧瞧吧，这经不起推敲与追问的真相，不论从哪一个入口进去，都会碰到诡谲多变的画面。

“所以，要我看啊，夫妻之情，男女之情，都最不牢靠，到最后，倒是儿女血脉，才最粘乎人，最心疼人，怎么也错不了的……所以，你看那老温，女儿是怎么也丢不下的，就像你丢不下我……”

母亲这一说，王蔷想起个疑问。这疑问，早埋在土里几十年了，这刻儿，恰巧碰上合适的光线与干湿，一下子冒出来，细细的芽儿在空气中颤微微的：“不对，我怎么倒觉得，父亲是个例外，他要真有点骨肉情怀，哪里会就真的丢下我们！真的，妈，你今天一定要说句实话，是我从小记忆有误，还是事实就是如此，我一直弄不清楚——你说说，父亲他是不是从来没有在乎过我与王薇，他压根不爱我们？”话刚出口，王蔷却即刻后悔起来：错了，不该跟母亲说的，母亲从不知她对父亲的耿耿于怀。

母亲聋了般，一刻不停接着抹碗橱。那碗橱摇摇晃晃，简陋极了，就是几根木板，加一个布帘子，其实，什么东西都挡不住，蟑螂之类的照样爬来爬去，每次王蔷拿碗筷，都要用劲地拍拍木板，然后再掀布帘，好让小虫子们尽快爬走。唉，这房子，每个角落，都那么让人胸中酸胀，该怎么说它呀！可真要离了它去了它，却又这么的心如刀割……

母亲想了很久，终于开口。“其实我早知道，你怨恨你父亲……你恨他的死……至于他对你们，怎么说呢。”她半望着虚空，似要向父亲本人索取零星的细节作为例证。当然，父亲依然高深莫测，不肯透露半点信息。母亲把抹布叠了又放，放了又叠，勉强自圆其说："他这个人，从我跟他结婚，一直就很淡的。他那么有文化，我这么没本事，不上台面的，怎么能指望他对我怎么好呢。再说，他就算是对谁好，以他的性子，旁人也是看不出来的。看不出来的东西，也不能说就是没有，对吧？所以，我想，在他心里，对你们，肯定也是好的。这个你要信。"

信，还是不信？谁知道正确答案？答对了便春风扑面，错了便秋风落叶……唉，父亲啊，你是不幸之身，亦是冷酷之人。我们生下来就已失怙。我们的字典里就从来没有父亲，父亲是一辈子的生字。

七

1

婚事说动也就动起来了，家中一片狼藉。王薇显得很兴奋似的，在小屋子四处走，巡逻即将属于她的领地："哈哈，我这也算是有一套独立住房了！这下子，我的价码要水涨船高了，不愁觅不得个如意郎君！"她积极地忙活着替母亲收拾东西，又谋划着家具怎么东挪西移。王蔷暗中瞧她，疑心这快活是装的，可是又不忍点破，更不好抚慰，只得淡着脸装聋作哑，任她发疯。

母亲则变得优柔寡断，一大堆衣物器具，她拿了又放下，放下又拿起，磨磨蹭蹭，总在做无用功。其实都是些旧东西烂东西，并且一个比另一个更旧，王蔷看得焦躁，嘴里忍不住"啧"出声来，母亲停下，像是有所顾忌，她绞着自己的两只手，欲言又止："别的倒算了，都扔了也行，我听你的。有样东西，不知能不能带……"

"没关系，你实在丢不下的，就全都带上……"王蔷让步。旧东西是太破了，可那破烂里头，全是老日子的寄托啊，天可怜见的，人为什么如此多情，简直可笑，任何一种陈旧都割不下，不管那陈旧里，是苦涩还是悲歌……

母亲却又不作声了——王蔷即刻明白，母亲要带的，是墙上的父亲。

这问题，真像个问题了。王蔷求解不来。

她打电话给老温，不知怎的，竟觉得理亏，说得吞吞吐吐，老温在电话里好一阵七岔八岔，像是好不容易弄清楚之后，半点犹豫都没有，答案脱口而出——老男人啊，他才不会慌乱失措或反应激烈，他甚至说得那么外交，语气体贴可亲："咦，我们不是早就说好，是接你妈妈过来一起住嘛。按咱们说好的办。"他在"妈妈"一词上用了重音。不言而喻。

母亲羞恼地红起脸："你这孩子，打什么电话讨没趣。明摆着的！新房子么，他就是同意了我也不会带上的……嗨，我就是随便说说，你当什么真？而且吧，你知道你父亲对我是怎样的！我想起来都是恨呢，不会有别的……其实，真的！主要是个习惯问题，每天早晚看他两眼，或是骂上两句抱怨两句，心里舒服点儿……你真是的，打电话做什么，白丢脸！"母亲嗓门过分地大了，说得也急迫。

其实她没必要，屋子里现在真是十分的静，王薇和王蔷都低着头，各自叠衣服，弄的全是母亲的旧衣，劣质的化纤，滑溜溜的。刚叠好放齐，一碰，又全乱了。

父亲只在墙上眉清目秀地挂着，不知冬冷夏热，不知人来人往，亦不知，十六年过去了，他的大女儿，要带着母亲，嫁走了。

2

王薇的膨胀与兴奋果真没能支上几天，临到最后三四天，终于现出原形。

她拚命吃起东西，来势凶猛、史无前例，像用四方框把胃给撑开来似的，然后，她拿个大铲子，往嘴里一刻不竭地倒。

早上一起床，牙不刷脸不洗，她直奔油漆剥落的餐桌，往返于其与冰箱之间，干的稀的手脚不停，一边含含糊糊地对王蔷解释：早上一定要吃好，保证一天的精力……出门前，她遮遮掩掩地在大包里塞上许多水果与饼干及梅子，好像是要郊游，就连走路与等公交车，她也会掏出一大把瓜子，非常粗俗地边吃边吐。王蔷有次下班路上碰到她，正替她难为情着，王薇却掏出一大把粘乎乎的奶油瓜子塞给王蔷，真诚地劝说：你吃吃看，真的，好好感觉一下！只要牙齿与舌头之间有东西在动来动去，然后不停地往脖子里吞咽，感觉到胃里那么实实在在的，太舒服了！

晚上，则是她全天进食的高潮。那些花样百出的食品不必一一列举，漫长而津津有味的咀嚼从餐桌转移到沙发，再到床上……胃的容量是有限的，但王薇自有办法，她吃一阵，抠一阵吐一阵，再吃再抠再吐，有时还取锻炼之道，深更半夜地在家里转圈，以加速消耗，开始新的吞食。她忙得不亦乐乎，简直热乎极了。

母亲有些倦怠，像对待王薇小时候“搞”东西一样，她不负责任地散淡着，“你少吃点啊，别把胃弄坏了……”泛泛地，像在讲应酬话。

母亲在忙她的事——集中所有的精力；又得瞒着女儿们——向墙上的父亲告别。她的告别大象无形：十九平方米的房间，转到哪里，都与墙上的父亲近在咫尺，心里不论祷告些什么，父亲也当是一清二楚吧……

这告别或许也是伤神的，母亲的昏老在这几天里迅速地逼近。完全成了个老女人，前面那些年一直紧绷着的劲道好像突然间失去了张力与弹性——生活已经不需要她再去锱铢必究、死缠烂打。

头发花白只是表面之相,丢三拉四、行步缓慢亦不足为怪,关键是她经常会不合时宜地打起瞌睡。公共厨房里,灶上煮着一锅水泡饭,她倚着水池守着,眼皮朦胧。锅里溢出来,她竟也不动,仍是那样似睁似闭着,直瞧着沸水往灶上四处横淌……晚间的沙发上,她凹陷在旧弹簧里,像一枚土豆,以看电视的名义打着盹,很快流起口水,嘴角的一汪口水上映出屏幕上蓝荧荧的光——看上去,她多么可怜,多么老弱而微小,与墙上那依然文质彬彬的年轻父亲,好像从未发生过任何情感或肉体上的依偎。

爱过漂亮爱过整洁并且有过"相好"的母亲彻底不存在了,取而代之的是一个松下来的、完全没有样子的老妇人。她不穿胸罩,白天也套着睡衣走来走去。头上的发缝分得弯弯曲曲。手指甲长了也不剪掉——趁母亲看电视打瞌睡时,王蔷替她剪指甲,不知为什么,剪着剪着,王蔷掉下泪来,泪水像孱弱的小溪。

夜里,王蔷梦见自己睁开了眼,或许她是真的睁开了眼。她环视小屋。

小屋子依旧满满当当,那紧凑而实用的格局导致了视觉上的误差,并由此产生了一种荒诞效果:裸露的屋顶紧贴着面颊亲吻下来,她仿佛正睡到餐桌上,睡在隔夜菜与米饭粒之上,睡在电视机下方,睡在黑白的情节与画面之下,一切都在浮动之中,散发着物体本来固有的气质与引力……这不知置身何处的失重感,多么绵软,似在飘浮……好好记取吧,这滋味,当她与母亲睡到老温又大又新的房子里,可以作为长久的回味与陪伴……

脚下的王薇似乎醒了一下,翻了个身,碰得床头的各种食品包装一阵悉索。王蔷抱紧王薇的腿,多少个漫漫冬夜啊,她们姐妹靠着对方的腿脚互相取暖……好好睡吧,妹妹,醒来之后,你得自己去翻越你的山头,一个接一个的,生而为人,就得如此。但是,你要相信——你并不孤独,因为人人都孤独。你将会幸福,因为人人最后都学会了幸福,用他们所有的不幸作为学费。

梦中的王蔷翻身起床,站到小房间中央,这巴掌大的地方,因为夜深人静、众物萧条而变得广阔无垠了。不知何处飘来的雾气慢腾腾地升起,她清晰地看着自己,正顺着不存在的烟雾慢慢爬上去,摘下尘灰满面的父亲,捧在手上——父亲可真轻啊,她托都托不起来的轻。

月下逃逸

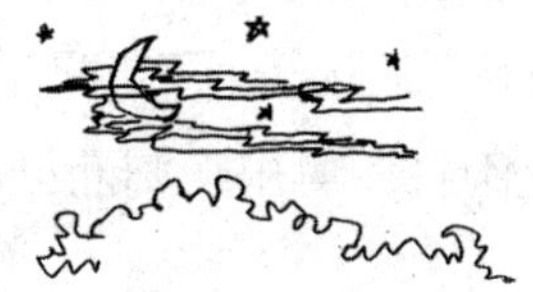

一

1

在蓝妮的回忆中,二十出头的哥哥显得比实际年龄要大得多,这跟他一直在户外工作有关。哥哥是送信的。宽马路与窄巷子里,他抬着屁股蹬车,鱼一样,没完没了地穿过平庸的灰色人群。他手关节粗大,指甲宽而发硬;耳朵与手,在冬天会生紫红色的冻疮。而夏天,他所有汗衫的胳肢窝部分,都发黄。他跟他的同事们一样,有着那行业特有的表情:生硬,缺乏笑容,似对万事万物皆漠不关心。没有人相信他高中毕业才没几年,某些职业便是这样,一进去便饱经沧桑。

也可能,不仅仅是职业的原因,哥哥整个人,长得太糙了,神情木,兼有萎靡之状,好衣服穿在身上也没有样子,包括吃饭、走路、做事，都有种等而下之的感觉。尤为等而下之的是他的成绩，整个学生时代都是个窝囊的差生，各种名目的坏消息与相应的处罚络绎不绝。他反正就是蔫蔫的，好似习以为常，但父母亲对此难以忍受——他们总会把小小的污点上升到人性或情操的地步。蓝妮一直以为这只是父母亲迂腐的道德洁癖，直到后来，当她知晓那个所谓的秘密，才明白他们的如此这般，是有出处的。

接着说哥哥。他这样的成绩，结果可想而知：南京的大学那么多，但哥哥没有考上其中任何一个。毕业后晃了好几年，不顾父母的强烈反对（父亲砸了一只杯子，母亲两顿没吃），他参加投递员的招工。送信么，风吹雨打、早出晚归而已，似是没什么门槛，也便进了。

现在想想，蓝妮仍然觉得哥哥当初的决定颇为奇怪，九十年代初的一个高中生，可选余地还是有的，比如眼镜店站柜台、广告公司跑业务，无论哪一个，总比投递员要强一些吧。唉，也许这份工作，本便是命中的必然吧——人人都是在自己不知情的情况下，踏上了他应该踏的那条路。

2

有一阵子，每天下午送完信，哥哥便富有计划地挨个儿到南京的各个大学一一拜访。那身绿色制服，使他可以顺利地进入几乎所有单位的大门，但他只去大学。绿色的自行车载着瘪瘪的马鞍袋（掉了色、卷边，一股寒酸相），他飞快地从那些跟他年龄相仿的学生们身边驶过，不打铃铛也不东张西望，只一心一意往前骑，凭着直觉找到教学楼或图书馆一类的中心建筑，然后，他走进去，顺着走廊找到一个男厕所，站到便池边，或多或少地撒上一泡尿，一边撒一边侧过头，透过窗户往厕所外张望，那里，或是一角灰白色的天，或是几枝紫荆花。他的尿液混合着水冲到校园的下水道里。然后,他便走了,重新跨上自行车飞快地离开。

这所大学,就算是来过了。下次,再换另一所。

这些,是哥哥跟蓝妮说的。他工作那一年,蓝妮才上初二,他们兄妹相差整十岁。记得很小时,因为羡慕哥哥的年纪,蓝妮问过母亲:为什么我比哥哥小这么多啊。母亲脸色阴沉,不予回答,好像这问题大大冒犯了她。蓝妮愣住了,随即假装不在意地从心中抹去这个疑问,管它呢,谁能管得了自己出生以前的事情。

但这样的年龄跨度,反倒让哥哥与蓝妮非常要好。虽则哥哥在家中一直寡言少语,私下里却会跟蓝妮说许多事情。蓝妮默不作声地听,听不明白也无所谓,她是觉得,像哥哥这样木讷的人,也不会真有什么深刻的想法吧。

星期六的晚上,父亲同意哥哥带蓝妮出去散步。就是在星期六的月光里,哥哥跟她说很多的话。

3

特地要提到星期六的散步,是因为,这于蓝妮和哥哥,是比较难得的共处时光。平常,父亲不喜欢她跟哥哥混迹太多:你会给"带"坏的。父亲毫不避讳地这样解释,似乎他的厚此薄彼乃天经地义之举。哥哥对此也有自知,当着父亲的面儿,他几乎不怎么跟蓝妮说话。

——说起来外人一定难以置信,蓝妮家,禁忌与雷区颇多,似有一种对称的、沟壑般的阵营:她与父亲为一方,哥哥与母亲则是另一边。

父亲从事建筑绘图,九十年代之前,电脑制图尚未普及,他的手工绘图,精细无比,为业中佼佼,他因此获得行业津贴,算是怀有别才的人。人们据此敬重他，他亦因此自爱并沉湎，花费一切的时间与热情在其上。每绘好一套工艺设计图与整体效果图，便在家里绕着圈四处踱步，得意得不能自已，四顾之下，无人分享，只得将就着喊小蓝妮去看，她当然完全不懂，但仍能看得喜欢——那纸上的庭院与砖木，竟比真实的建筑更为深邃，似乎有一条可以抵达另一世界的秘密通道。正因为这些图，父亲好象找到了蔑视身边人的理由，他常常盯着自己的图，喝茶，喝一整个下午，不与旁人说一句话，包括母亲。

蓝妮从没见过父母间有过其乐融融的时候，他们间，总似隔着又冷又脆的玻璃墙。好在，他们的这种生硬不是突如其来，从蓝妮记事起便是这样，故她倒也安之若素，并就此认为：家庭，男女，亲人，本就该这样吧，每个人都像一根独立的水草，在各人的命运里摇摇晃晃。有时看到别家几口人，亲亲热热谈笑而过，她反倒觉得那是短暂的假相、违心的表演……

尤其是哥哥，父亲挑剔后者的一切：可疑的智力、太大的脚，吃饭的声音。父亲用鼻音与舌齿音表示他的情绪：哼。啧。哧。短促的气流、撅起的嘴角，极具批判效果。而哥哥，蓝妮也从未听到他叫过“爸爸”，也不知是否她的记忆有问题。或许，二十郎当的儿子与父亲之间，就该这样吧。

哥哥做了投递员，父亲对哥哥的不屑与否定更是达到一个高峰，带着几分早已预料的讥讽：就知道，不会像我的……他根本就不是个读书之人。

4

相比之下，父亲对蓝妮算是不错，可能因为她的成绩——她一直以哥哥为鉴，对功课暗中刻苦，狂热而持重地欢迎各种考试，因为她可以用一个极漂亮的分数，来稳妥地换取父亲由衷的肯定。有时父亲从熟人处搞来两张邻校的同级测试卷，她会顾不上吃饭，立刻扑上去，把每一个空白处都填得满满的，好像就此可以保住唯一的父爱，毕竟，她不能指望母亲。母亲一向对蓝妮不太亲热。

但蓝妮理解母亲为何对自己不好：因为父亲对她好、对哥哥不好，而父亲又与母亲不和，那么，类似领地归属的分配，母亲“必须”对她不好，这样才算公平。这想法给蓝妮以很大的安慰——她从不与哥哥争抢母爱，就算她知道母亲曾暗中为哥哥顽固的冻疮去四处寻求偏方，又辗转托人找到邮局，要领导分给哥哥一条轻松些的邮路……

但情况也并非总那样泾渭分明——比如，对哥哥的长相，母亲就比父亲还要不满，她常常会突然发起火来，仅仅是因为哥哥油腻的发质或习惯性一高一低的肩头，她伸出手去，狠狠掳起哥哥的头发，或是徒劳地拉扯哥哥的衣襟。再比如，当着父亲的面，母亲会对哥哥做出很冷酷的姿态，像要跟父亲比赛：你对他狠是吧，瞧，我比你还狠；你以为他是我的心头肉是吗？错了，我比你还不在乎他！

总的来说，在家里，哥哥是不大走运的。

但哥哥对母亲十分忠心，他小心保留着母亲的一些旧照片，偶尔跟蓝妮一起分享：纱巾、剪裁合体的小洋装、胸部丰满，脸上的笑容跟脚上的高跟鞋一样，亮闪闪的。照片里，是那样一个柔软迷人的母亲。而生活中，她遮掩着收臀含胸，呆板的齐耳发，表情倔强，常年裤装，包括闷热的夏季。一个坚硬的母亲。

母亲的这种硬还表现在许多方面。比如碰到杀鱼、杀鸡，从高处取重东西等等，她宁可一个人跟自己的胆量和力气较劲，决不开口向父亲或哥哥求助。偶尔，她皱着眉跟蓝妮谈话，也是这样的调子：一个人，最好自力更生，不要依靠别人。谁都不可能指望谁。你跟你哥哥，都要这样……

在当时，蓝妮听得莫名其妙，觉得母亲爱讲大道理，唉，多少年过去了，当他们整个家像沙子那样散了，她才明白，母亲大概早料到会有后来的结果吧。

二

1

哥哥的确不是父亲谓之的“读书人”，他房里几乎找不出任何书本——自高考之后，像是清除臭虫般的，哥哥把他房里所有可以读可以写的统统扫地出门，尽管此事惹得父亲直翻白眼。但做了投递员之后，他倒喜欢起看杂志了，偏偏父亲顶瞧不起杂志。“杂！志！花花绿绿！”

好在哥哥不必专门花钱去买，每份工作，就算最差劲儿的，都会有点小小的便利不是吗——每天晚上，哥哥可以带一些杂志回来看，这些杂志，傍晚到达他所在的支局，搁一个晚上，第二天早上投送。而这一个晚上，哥哥就可以跟发行员打个招呼，暗中带回家来。这当然不符合规定，但是，生活怎么可能一直都符合规定呢。

《家具与室内装饰》、《模型世界》、《演讲与口才》、《围棋天地》……碰上什么就是什么，哥哥并没有固定的兴趣，他整齐地把它们装在一个纸袋里，上面遮上旧报纸，夹带走私货一样拎回家。晚上，除了必须的吃饭与洗漱，别的时间，他就呆在他的房间独自消遣。

哥哥的房间是个小夹层，从客厅边上隔出来的，没有窗户，黑乎乎的，狭长，刚能放下一桌一床，仅两片薄薄的木质移门与客厅相隔。工作后，哥哥大约自以为独立，为了使这个移门具有“锁”的功能，衍生出“敲门”和“等一会儿”的时间，哥哥大动心思，想出个笨办法：当他在里面，便在移门内侧的把手与自己的手腕间系上一根塑料绳，只要有人推门，绳子一动，他不论是在床上或在桌前，就即刻跳起来把灯关上，速度比豹子还快——于是，那间没有窗户的小夹层立刻暗乎乎的啥都看不清了，哥哥以此来维护他可笑的私密空间。实际上，能有什么呀。

蓝妮曾经使过一次坏，假装动门，欣赏哥哥一跃而起的姿势、灯光如闪电突然熄灭，她悄没声息地倚在门口：是我。

哥哥不生气，但他也不开灯。看来，连小蓝妮也在提防之列了。昏暗中，她看见哥哥的眼睛，从那黑暗中慢慢显现，泛着水淋淋的光泽，有种不为人知的幸福似的——于他，这是罕见的表情，蓝妮一时十分惊讶。她后来再未假装动过哥哥的门，而且，出于一种说不清的补偿心理，只要知道有人走近哥哥的木移门，她就会突然咳嗽或尖声唱歌。

父亲觉察到蓝妮的伎俩，他瞪瞪她，失去了突然开门检查哥哥的兴趣——说到底，他其实并不真的关心哥哥在里面做什么，可能只是想看看哥哥惊惶的脸色。

2

父亲只在星期六对哥哥稍稍亲和，因为他这天心情较好——母亲要加班至凌晨，他可以单独拥有一整个晚上。

母亲原来在粮食局机关坐办公室，很普通的职员，后来不知怎的，竟一下子成了下属一家老字号面店负责人，这种老字号，平日生意一般，但到休息日，总有外地游客兴冲冲挤满店堂，于人声鼎沸中煞有其事地匆匆品尝那些名过其实的点心——大约正是为了体现所谓的身先士卒，母亲总在周六晚上去跟她的职工们一起加班。

从这个意义上看，母亲算是个女强人，工作似是她唯一的兴奋剂，对于加班，她更有特别的嗜好，包括从前在机关，她总也能千方百计找到加班的机会,并像箭一样毫不犹豫地射出去。莫非正是因为加班,她脱颖而出、成了面店的负责人?这个逻辑似也不大通顺,但总之吧,母亲在事业上算成功的,不过父亲对此并不欣赏。他们两人的关系,很难说清楚谁更强势,因为他们不大吵架,或者说,他们不是用吵架的方式来非难对方——他们的策略是不说话,最先挑起沉默的那一方往往更富有主动性,然后,他们就开始绷,常态的、若无其事的,好像彼此不说话是最自然不过的事情,家中也并不因此运转不灵……

蓝妮曾暗中观察多次,看看他们究竟是为了什么而触发冷战。观察的结果毫无规律可循:有时是父亲的一句话,提到某个敏感的年份,母亲的脸突然就涨得通红;有时是母亲的某件旧首饰或一个姿势,让父亲想到了什么,他眼睛忽地一冷……更多的情况是风起青萍之末,在蓝妮还没有觉察到的时候,突然发现,他们当中的某一方,抿起了僵硬的唇。

蓝妮为此特地请教过几位女同学,询问他们父母吵架的原因。哦,这个呀,她们掰着手指头争着列举:钱、家务、打牌输钱、喝醉酒、双方的老人……看着她们舞动的手指,蓝妮暗中感叹:这种说得出原因的吵架,反是较牢靠扎实的关系吧。

3

你们也转转去吧。母亲一走,父亲好像要占领家中整个地盘,顾不上哥哥对蓝妮的“不良影响”了,迫不及待地建议他们出门,有时他还给一点零花钱。哥哥上班后的第二个月,他照例掏钱出来,但明显犹豫了一下,哥哥马上说:我有工资了。父亲鼻子里“嗯”了一声,把手收回去。其实蓝妮知道,父亲并非小气之人,他甚至不喜欢自己表现得小气。但对哥哥,他偏要如此苛刻。

从前用父亲的钱，现在用他自己的钱，哥哥总替蓝妮买些小零食。有一阵子，她喜欢锅巴，焦黄的、撒着辣粉末儿，哥哥就买上一大袋，然后带着她，走过布满电线与晾衣绳的巷子，走过老厂房边上长有参差灌木的小路，最终到达一片无人问津的空地，形状不规则，满地的野草，散着石块与废料。这是哥哥白天送信时留意到的。哥哥替蓝妮找到油漆筒之类的东西，让她坐下，吃锅巴，他则开始说话。

哥哥总是谈他的工作，并遵循一个固定的讲述顺序。

先是谈没有生命的。

比如，他的二八式大杠车子，沉重但灵活，他每周打理一次，擦拭、上油、紧螺丝，那车越收拾越懂事，像匹沉默的骏马。

他装信报的马鞍袋，搭在后座上，去程沉甸甸，返路空荡荡。

他每日骑的路——环形，按照最科学的编排，从起点到达终点，让他不重复地走完所有投递点。

他的邮件签收簿，每投出一封挂号信，签收簿上便多出一枚模糊的收发印、红色私章，或是蹩脚而用力的签名。

然后是有生命的，他按投送顺序对蓝妮讲述他所遇到的人们。

一个干瘦的退休工程师，长年在家里钻研各种科技发明，自动淘米篓，感光伸缩晾衣架、蛋白蛋清分离器等，他顽强地向各级专利局申请专利，从国家开始，然后是省里、市里、区里；若无回音，一个月后再重新开始；周而复始。工程师脾气很差，总当着哥哥的面急促地撕开信口，一边发起脾气，大骂官僚主义，并拽着哥哥，摊开图纸，细细介绍他的奇思妙想。

有一个人，很奇怪，他收到的信，一张纸都没有，而总是一盘磁带，不知道那是什么？又为什么那样？

一个基督教徒，他虔诚地在家用毛笔抄写圣经，寄送给天南海北的教友，而回赠品总是一本又一本的简装圣经。哥哥为他投递，他总要洗净双手才肯接受。他一度也送给哥哥许多漂亮的小楷教义，想替哥哥引渡，带他寻找彼岸世界。

一边讲着，哥哥干巴巴的语调逐渐起了变化，语气充满情感，他整张脸的轮廓，也不那么笨相了。他耐心罗列那些收件人的长相，情趣与性格，甚至家庭生活、情感状况与通信对象。

——蓝妮感到好奇，哥哥怎会那样一清二楚?对此疑问，哥哥无声一笑：……我会透过信封猜字。

月亮迟钝地照着狼藉的空地，照在哥哥身上，像是轻盈而冰冷的薄被子，赋予他特别的光彩。瞧他现在!跟在家里、在白天，完全不同了。凝视着哥哥脸上模糊的阴影，蓝妮感到一种心疼。手中锅巴的焦香气，带着世俗的热，在空气中散发。她递给哥哥一块锅巴，他接过，却一直攥在手心，顾不上吃。

4

在小空地上呆一个小时左右，哥哥带蓝妮往母亲加班的面店去，两个人步行不过十来分钟。进入面店后场，站在放满自行车的院子里，从北窗往里，便可以看到母亲——她套着件白外套，身边是一群同样穿着白外套的职工，明晃晃的灯下，他们的手指痉挛般地捏着包子皮，制造出紧凑的中式皱褶，面粉在空气中浮动，隔窗看去，恍若梦境。

哥哥这时总会紧紧捏住蓝妮的手，阻止她径直冲进去。他长时间地站在院子里，出神地盯着窗户里白色褂子的母亲。母亲正在跟职工们说笑，这里，母亲不再像家里那样硬梆梆的了，她成了一个可爱的陌生女人，自在、活泼、灵敏，大笑时露出牙龈，眉毛上白面粉更增添了某种喜剧效果。

终于，像是有血缘般的暗示被空气传播，母亲意识到什么，她别扭地转过身子，看到两个孩子一高一矮站在院子里，母亲的笑在脸上滞住，被掩埋的苦涩重新涌上来似的。母亲离开灯光，离开弥漫着面粉的工作间，她一边搓手一边开门出来，走到院子中。

“你们又来了？”她眼睛盯着比她要高出一头的哥哥，好像不高兴。其实不是，昏暗不明的灯光下，她轮流看看孩子们，这样感叹：瞧，你们越长越像了……这话真莫名其妙，蓝妮跟哥哥可一点都不像！但母亲半闭着眼，被自己这句话给催眠了，她伸出手，想要摸摸哥哥的头。哥哥却让开。母亲瞧瞧自己的手，也缩了回来：“瞧，全是面粉。”

母亲看着哥哥，尴尬而生涩地笑了笑；哥哥也在笑。每每这些个时候，蓝妮便会感到，他们的笑里，有些细小而饱满的东西，是她所不能共有的。

母亲从不邀请他们进去，随便说上几句话，她再接着回去忙碌，哥哥则拉着蓝妮，他们从原路返回。哥哥说：“其实，我们也可以不从原路，从别的地方绕一下。你相信吗，这城里，从任何一点到另外一点，都可以走环形，永不重复。”

是啊，不要说一个城，整个地球都是如此。但蓝妮认为哥哥此刻说的不是常识，而是表达一种心境。见了母亲之后，哥哥总似有所不同。此时，蓝妮便涌上一股冲动，想要追根溯源，请求哥哥告诉她，家里是否有什么特别的故事，哥哥出生得早，他有可能知道得更多吧。

但一个人是否有权质疑其出生前的事？本就不应当知道的吧？如果拚命追究，反会得罪老天爷吧……蓝妮总在这样小小的忧惧中错过开口的良机。

——若干年后，当母亲最终道出真相，蓝妮依然无法推测，若她开口相问，哥哥会说吗？又或者，哥哥是否真的早已知道那些秘密……

不过在当时，那些忽左忽右的念头来不及进行太多的周转，哥哥得赶时间，是他“带”蓝妮出来的，得早点“带”回去。对父亲的忌讳乃无所不在的篱笆，不敢轻意僭越。

推开家门之前，哥哥会让蓝妮检查他：“头上或肩上，有什么吗？”他的谨慎太过多余，他自己也应当清楚，母亲沾满面粉的手根本没有触碰到他。再说——父亲对他们回来的时辰、他们的表情或身体，根本毫不在意。

推门进去，看到的父亲——总是正以一个最舒服的姿势盘坐在小沙发上，喝着茶，四周铺着一圈图纸，从茶几到地上，全是他过往的得意之作。他脸浮在半空，像是进入了一个隐形的、至高无上的世界。他冲兄妹两个仓促地挥挥手，制止他们并不会发出的问候，以免打搅他与图纸们的窃窃私语。

这样的父亲，反倒让人觉得他是可怜的。或许哥哥也有同感，蓝妮感觉到，哥哥一直紧张着的身体软了下来，垂着头悄无声息地穿过客厅，进入到他的小夹层去了。

三

1

有一天晚上，很迟了，哥哥突然问蓝妮要纸与笔。“最好是信纸，干净的白纸也行。这会儿不方便出去买了。”

蓝妮翻了翻，发现竟没有完全的白纸，她的纸都是父亲作废的图纸——每隔一阵，父亲会带着一种隆重馈赠般的表情，整理出一叠废图纸，整整齐齐，给她打草稿。见他非常舍不得的样子，蓝妮有些不敢用：要不您留着吧。不，给你打草稿用，死得其所，就好比是“葬花”吧。父亲开了个酸腐的玩笑。

做作业时，如果累了，蓝妮会让自己分一会儿神，把草稿翻过来琢磨父亲的图，试图发现破绽或错误，寻找父亲抛弃它们的原因。但没有。就像她曾经千万次地想：为什么父亲不喜欢哥哥，哥哥身上，同样找不到特别的错误。

“那算了，图纸也可以。”哥哥勉强接受了。但当他伸手来接，图纸上父亲细腻的笔触让他的手指变得十分僵硬。

要纸干什么？他不是最痛恨这些东西的吗，难道他打算重新学习？这绝无可能，蓝妮知道，哥哥讨厌功课的程度正与她喜欢的程度一样。那么，深夜索要白纸——这引发了蓝妮的好奇：他到底在小屋子里忙些什么？

蓝妮开始暗中留意他的举动，终于发现一个小现象：哥哥经常往他的小夹层装水，用一只家中不再使用的旧铝饭盒；然后，又会用同一只铝饭盒带水出来倒掉。这比较怪，因为母亲规定一切洗漱都在卫生间进行。当然，如果他要单独洗什么、或是喜欢用饭盒来玩玩水，也没有人禁止——真正蹊跷的是：这根本算不上什么的事，他偏偏不想让人知道，进来出去，隐蔽得十分高超，或是一边套夹克衫一边进出，饭盒在夹克衫鼓起的空气里，或是用一条毛巾裹住饭盒夹在腋下……

他为何要遮遮掩掩？其实，世界上许多事情，大大方方的就能瞒天过海，反之，却会令人生疑从而加速暴露。不过，蓝妮并不想特别去打听，想想哥哥系在门拉手与手腕之间的绳子吧……算了，随他去，如果他愿意，他最终会在月光下说出来的。

——世界上有无数条环形的邮路，供跟哥哥一样的邮差们投信；但绝没有环形的人，每个人，都有一个小缺口。哥哥的那个缺口，正在月下。

2

最白最好的月光应当是阴历八月十五,举头向月的万家团圆之夜。

每年的此际,母亲都有些应景的努力,她从所在的老字号带回各种馅料的月饼与点心,有时还到菜市买两个石榴、称几斤菱角……父亲却因这节日而变得焦躁,他好像总拿不定主意,是配合一下母亲,还是顽固到底。到最后,他总毫无创意地选择“有事”:中秋当晚,没法赶回来一起晚餐,这么蹩脚的借口,让人都没法真的生气。

但父亲的这个举动还是具有效果的——家宴就此残缺了,跟千家万户的大气氛唱着反调,热气腾腾的饭菜也像是一种嘲弄,哥哥仍不多话,也不试图安慰“他那一边”的母亲,只用原罪般的沉默来尽可能缩小自己。母亲皱着眉扫视蓝妮,好像父亲的缺席该由她来顶罪。蓝妮装着不以为意。

三种味道的月饼,母亲都切成四小块,每人吃一块,剩下的那角,蓝妮以为母亲会留给父亲,她却劝大家再多吃一块,没有人再吃,她便一口送到嘴里,费劲地咀嚼,如同对付一块油渣。

这年中秋节的次日,正逢星期六,母亲继续加班,父亲同样让蓝妮与哥哥去散步。

正是这天晚上,蓝妮头一次注意到那初升的、无与伦比的大月亮——它不是白的,而是发黄、发红,几乎有些混浊,身陷于远处的建筑物轮廓线与模糊树影之间。冷不丁一瞧它,像是快要沉下去了;过了一会儿重新看,才会相信,它是在慢慢地上升,那样沉重的,随时会坠落般的。

有很大一会儿功夫,蓝妮和哥哥都默不作声地盯着那月亮看——多么好的月、多么好的夜晚!就算至今,她仍然记得那晚与哥哥的每一句对话，因为月光的浸泡，往事没有生锈，也没有湮灭，而化为影影绰绰的伤怀……

3

“啊，其实——我想，人与人之间，应当是非常亲密的，可以热乎乎的相互紧挨着……你信不信？你信不信！”仰望着月亮的哥哥突然大声感叹，语气跟以往有异，无限的沉醉而向往。

这措词像是书面语，显得很滑稽，他乱发什么狗屁感慨？看看我们家吧，什么叫亲密？还热乎乎？但蓝妮不打算反驳哥哥，只再次往月亮看，那清冷的光辉正合她的心境。

见蓝妮这般，哥哥反倒更加认真了。“可怜啊，你是从不知道……你一直呆在家里面！”他捏捏两只拳头，好像在犹豫，该拿出怎样的实例来证明。

蓝妮继续宽容地笑，不想争辩。她甚至感到一种愉悦，认为自己是成熟的、正确的。

她那理所当然的神色触动了哥哥，带着豁出去的劲儿，哥哥靠近了，有些气喘吁吁：“你不信？我有实例，我每天都看到许多活生生的例子……其实，我早想告诉你，我一直，在看别人的信，各种各样，只要有兴趣，我就看一看……”

月光现在完全地升上来了，它挂在半空，变得小了些、远了些，却又与人间无限亲近。

接下来，像是撕开了密封的缺口，活跃的空气涌进来，哥哥似也为此感到轻松，他把两条腿舒服地伸直，把脚边的一个饮料瓶儿踢得滚到一边。他用奇特的语调介绍详细做法，全无羞耻，带着分享感的。

——那些信，本该下午投递的，我暂时收起，下班时夹在杂志里带回来，第二天早上再夹在杂志里带去上午投掉。就只耽误一个晚上，绝对不会影响他们任何事情的。

——其实，挺简单的。在饭盒里装上水，把信的封口处轻轻地浸在水中，半分钟左右，信口就松了，刀片轻轻一挑，开了，再用干毛巾慢慢吸去水分，那信，就完全对我敞开了……看完了，我依原样叠好放进去，再用胶水封上。就算封口处恰好贴有邮票、盖有邮戳，也没事，一点都不会损坏，没有人会去留意邮戳什么的，他们一到手就会急忙忙撕开信口……

（我以为你每天睡那么迟，是看杂志……蓝妮插话）

——当然不看！只是用它们做掩护。杂志有什么好看的，全是瞎编、假的。只有那些信，私信！你想想，多么激动人心！我可以看到二三十个人的事情，完全真实的、新鲜的。

——但我还得按捺住，等你们都睡下了才能看。在这段不得不拖延的时间里，我会让自己玩游戏：根据每封信的地址，来自农场、监狱、医院、大学……以及笔迹、收件人的单位，加以不同的设想，然后，我把他们排队，像埋地雷，越大的越往后放。哦，那猜测与等待的乐趣！

——当然，有的信很平常，有的则十分抒情……好的信，我会反复看好几遍。他们写得实在太好了，真让我喜欢！看完了、觉得浑身热乎了一层！

——于是我抬起头，心潮澎湃地四处张望。我的小夹层四面均是墙壁，没什么好看的。于是我就听，黑夜里，隔壁房里传来他们的呼吸，还有你的呼吸，那么舒坦、友善！于是我会想：其实，我们家挺好的，也许就在明天一大早，当你们在太阳下重新醒来，就变成很亲切的、笑嘻嘻的人了！真的，在看了那么多的信之后，我总是这样相信的！

撕开了口子的哥哥滔滔不绝、颠来倒去……至今,蓝妮都记得他当时的那两只眼睛,有着与他不匹配的狂热。显然,那些跟他们毫不相干、甚至截然相反的他人的生活,让哥哥望梅止渴地获得了自我抚慰的途径。他还真是可笑呢。

四

1

此后有一整个星期,蓝妮陷入了哥哥的迷魂阵:他邀请她也"看看信"——像面对一大锅沸腾着的热汤,被其色香味所惑……当然,以一个初二学生的智识,蓝妮知道,这行径,大约等同于人人喊打的偷盗。

哥哥很有耐心地化解,打着简单的比方。

其实你仔细想想,这个,跟拿别人东西完全两样的。他少了什么没有?没有!丝毫没有!好比一面镜子,你照一下,我照一下,镜子不还是那面镜子!那几页纸,我一个人看了是看,我们两个人看了还是看,到最后,收信人照旧可以看!就算顶起真来,唯一的影响,就只是迟送了半天嘛!可是,今天下午与明天上午,会怎么样呢?信么,本来,它就有时快,有时慢的……

有点歪兮兮但的确令人信服的道理从他的嘴中鱼贯而出——事实上,蓝妮最终不是被那些道理所说服,而是他急于分享的神情打动了她。蓝妮愿意跟哥哥拴在同一根晃悠悠的绳子上。

这样,仅仅三天之后,在哥哥的力邀与她自己的顺水推舟下,蓝妮也成为了一个非法的私信阅读者了。

2

真正行动起来，略有些难度，主要是为了避免父亲的疑心。原因前面说过，父亲一向不喜欢蓝妮跟哥哥太过亲近。“记住，你跟哥哥，是两种人，你们必定会过不同的生活……”

对于父亲，蓝妮存有不自觉的投机心理。他的要求，若与她的想法一致，自然完全顺从，就算相左，也会阳奉阴违，以讨其欢心。所以，除了星期六的散步之外，平常在家里，她跟哥哥一般都是淡淡的。因此，如若她每晚钻到哥哥的小夹层里呆很长时间，父亲准会追究。

……最终，哥哥与蓝妮商量好。由他对每晚的数十封信进行筛选，然后选出四五封最为精妙的，找机会送到她房间，并确保在当晚收回……就这样，经过一点迂回之道，蓝妮顺利地与哥哥一起踏上了小小的罪恶旅程。每晚的温习功课，不再像从前那样令人沮丧，时常来袭的瞌睡也消失了——陌生人们的私语，有意想不到的愉悦，蓝妮的夜晚因此被扩充，变得肥厚多汁。

次日早晨，她并不能碰到哥哥，因他要在五点一刻就赶到邮局，为了把昨天的信安插进去，他总要比别人更早……当他开始在街巷里穿梭，蓝妮才睡眼惺松地坐在早餐桌上，一边回味昨晚所读的信件，一边喝食稀饭，内心充满不寻常的幸福感，真想跟哥哥仔细谈谈那些信、以及信背后的故事啊……父亲偶尔跟她说话，她会一愣，像从一个很远的地方被拽回来。父亲质疑地皱起眉头。母亲掠下头发，不置一辞。

“哦，还没睡醒，昨天看书很迟……”蓝妮嘟囔着解释。

3

必须等到周六晚上，分布有野草、杂物与垃圾的空地上，在月光的参与下，蓝妮与哥哥才会有机会好好细谈那些信件，发表观感，对写信人的情感走向进行解剖或批判……在众多断断续续、东边葫芦西边瓢的往来信件中，他们主要对其中的三条线特别感兴趣。

其中一对，是从未见面的笔友。他们通过《莫愁》的“交友专栏”结识，那在当时，是很流行的形式，大约可比现今的网友——不论什么时代，都是这样，孤寂的人们总会盲目地寄情于远方的未知。外地那个男子，颇为多情，几乎每封来信都有四五页之多，庞中华式的字体，略带吏气。而哥哥这边所投送的收件人，则是个深度近视、戴褐色假发的单身女人，四十多岁了，每到周三上午十点，她就穿戴整齐地站在小区门口等着哥哥。去信里，不知她如何描绘自己的境况。但从来信看，那男子已是十分倾心，与拒不见面的单身女人保持戏剧化的持久战。

再一条，倒是现实主义的。一个外地女人，不知何故把女儿寄放在此地的一个远房亲戚家，老实讲，她写给女儿的信行文琐碎，可那絮絮叨叨中却有着奇怪的吸引力，总让蓝妮在众多的信件中一下子被深深打动。

也有枯燥、令人发昏的信，反倒令他们产生强大的崇敬。信是从某大学寄出的，但写信人不是教授——根据零星信息加以猜测——当是名学籍管理员，大约是整日浸淫于校园氛围之故，他近朱者赤了，葆有一种对学术辩论的狂热爱好。他的信件，经常大段大段摘抄各种哲学观点，远在蓝妮与哥哥的理解范围之外。

所有这些信件，不仅是阅读它们本身时的满足，还有，对他们无法看到的、相对应的去信的猜测，也构成了乐趣的一部分——女笔友强作欢颜的遁辞，怨恨与自我辩解；不服管教的女儿，恶作剧地编造子虚乌有的疾病或早恋；学籍管理员的“知音”其实老眼昏花，满纸只是吃喝拉撒、牙疼与腰酸，对方的学术独白就此成为可笑的空谷回音……

有时候，在对去信内容的猜度上，蓝妮与哥哥会出现分歧，他们笑嘻嘻地争论不休，各自追溯过往信件的重要细节，从而为自己的主张寻找佐证……这些过程，委实有趣，令人忘忧。

但美中有所不足、且是大大的不足，影响了他们纵情享用这一盛宴——从周一累计至周六的集中回味，由于信件毕竟较多，难免会出现可怜的混淆与遗忘，A信与B信，C某与D某，E处与F处，张冠李戴、破绽百出，这真是很影响他们的愉悦程度了！

有什么好办法可以解决呢。

4

“其实，我倒是有个主意的。”哥哥有些忸怩，他吞吞吐吐。“以前就想到的，但是……”

“快说。”蓝妮认为哥哥大可不必如此，他们，早已跨过了通常意义上的禁忌，早已打开了潘多拉盒子，不是吗。“潘多拉”，这是那位学籍管理员在信件中经常提及的词。对信件中碰到的各种新名词，他们常会胡乱地引用，获得愚蠢的满足。

“我们可以把信抄下来。你记得我有天晚上问你要过信纸的吗？就是那天，因为一封特别喜欢的信，我动了这个念头，这样，就可以从容地、反复地看……但你那天给我他的图纸，让我下不了手……”

唉，本以为哥哥会提出把信件给私藏下来之类的大主意——对于错上加错，蓝妮竟然有着不可遏制的期待。但是，细想一下，“抄信”这个办法，的确可行，仍然可以保持这整件事的“无害与纯洁”，并不影响到收件人的任何利益。

那就抄吧。但蓝妮否定了哥哥另外买信纸的建议——就要把信抄在父亲的图纸背面！这种叠加，虽是大不敬，却又有着蛊惑劲儿的美感，令蓝妮鬼迷心窍了。用那晚剩下的时间，她全力说服哥哥克服对父亲图纸的障碍：没错，图纸就是他的命根子，但这些图纸，已是画错了的；再说，他既是给了我，我就是主人、可以自行处理了。况且，你想想，他怎么可能知道这件事呢……

瞧，小蓝妮当时多固执啊，其实信纸才花几个钱！她哪里会想得到，最终，正是因为使用了父亲的旧图纸，导致了事情的走向……

终于，在蓝妮反复的劝说与坚持下，哥哥勉强同意了。

他们对细节加以讨论：众多信件中，以什么标准决定抄哪些信；既然是抄写，绝不仅是精彩章节，而要全文照抄，一切的段落与空白，哪怕别字与笔误，都要保持原样，以维持其全部气息；此外，还要依照不同的寄件人，替信件编号，以便区分和保存。

整个晚上，由于谈话十分投入，他们忘了头顶上的月亮——那唯一的知情者，高远地悬挂着，他们甚至都忘了去面店，事实上，自此之后，他们都没有再去看望母亲了。这样也好，就让她在飞扬的白面粉中，完整地扮演一个亲和的女干部吧，她没有家事、没有心事，没有丈夫，没有儿女……

这就对了，父亲在图纸里，母亲在面粉里，蓝妮与哥哥在信件里——这样的夜晚，人人获得逃逸之道。这可能是他们家最为幸福的一小段时光了。

五

1

在信封与月光的翅膀里，蓝妮从初二升入了初三。

一浪一浪的作业与试卷潮水一样地扑上来，从小腿直至腰部，而后，淹到脖子。大部分同学都被压得摇摇晃晃，偶尔的打闹像是冒出水面透气。但蓝妮内心充实（虽然睡眠不足，由于抄信，她晚上得多花上二十分钟）——多么好啊，所有这些信件，成了明亮的、可以顺着往上攀爬的光线，当老师挥舞着双手强调质子结构，她可以在瞬间抽离，从散发着汗味的漆黑般的课堂消失，进入那雪白飞翔着的信……

不幸的是，她的学习，在长期的高歌猛进之后，开始出现下滑的迹象——父亲说过多少遍啊，她必须“像他”，考入重点高中，而不能“跟哥哥一个样”！她记得父亲还打了个莫名其妙的比喻：你就是我的……黑色地平线，你一倒，我就站不住了。

父亲的手紧紧捏着蓝妮分布着红叉的试卷，装着大度。自初三以来，他甚至停止跟母亲冷战，偶然还在饭桌上跟母亲装模作样交谈几句。只在晚上回到卧房，他们在里面小声而匆忙地互相指责。但父亲这些别扭的努力，让蓝妮更加惶然。

而母亲，也从她火热繁忙的工作中分出一些精力，从饮食到冷暖，鹦鹉学舌般地，试着以一个良母的腔调问长问短，但她实在学得不像——常常是集中地抛出一些句子，好像预先想好了生怕给忘掉，都等不及蓝妮回答。有时，仅母女两人在家，她便放弃那种表演，长久地沉默，若有所思地盯着蓝妮，表情游离。最终，她疲惫地站起，用几乎是苦涩的语气：你好好复习吧，我下面条去了。

而今回看，蓝妮明白了：母亲在其时，一定想到了哥哥曾经的中考与高考，由于那个“秘密”的背景，不仅父亲从未真正关心过，就是她自己，出于赌气与撇清之意，连起码的照料也做得不够，最终，哥哥顺流而下地淌进失败之河……

蓝妮的结果也不好，尽管她拚了命地努力，但不知到底是哪一个因素起了反向的作用：深夜的抄信，以及对其贪婪的回味；父亲引而不发的期望，母亲南辕北辙的关切；抑或，她本身就不是个争气的料儿——这一年的中考，她仅仅考上了本区的一所三流高中。

2

漫长的暑假，蓝妮驼鸟一样闷头度过。她曾经确信父亲一直灌输的说法：她比哥哥优秀得多，会有一个与哥哥完全不同的人生，明亮的高昂的……可现在看看！

这下好了，父亲很快就会同样厌恶自己吧，她曾侥幸拥有的一点爱与关怀，将如流水永逝！蓝妮突然想起，为什么哥哥刚做上投递员的那一年，会到各个大学去撒泡尿了，那很棒不是吗！而她，也只能翻翻别人的信了——蓝妮比中考前更加纵情于这一阴暗的勾当。深夜的抄录工作现在全部由她大包大揽，反正她的房间是可以从里面锁上的，尽可以放手去做。为了增加难度，她苛刻地要求自己在笔迹上也加以模仿。

蓝妮对笔迹的迷恋与研究也正是在这个暑假开始的。那些忽紧忽松的笔触，用力过度地往上倾斜；撇捺的轻浮弧线，故作洒脱的连笔，生涩的点与勾……无不带有丰富的暗示性，充溢着言外之意。她完全着了迷，一厘厘移动，一寸寸咀嚼，几乎要把那些字纸吞到肚子里，多少个夜晚，她通宵不眠，发红的眼睛流连于那些既陌生又熟悉的字迹，反复琢磨，直至自己可以在最短的时间，以假乱真地复制出他者的笔迹。

她甚至用上了与写信人完全一致的书写工具。她的桌上，分别放有蓝黑、纯蓝以及碳素墨水瓶，并对应有数支钢笔，还有普通圆珠笔、香精圆珠笔、超细圆珠笔以及粗细不同的签字笔和一些HB铅笔。白天，她替这些钢笔们细心地注水并擦拭干净，挨个儿把铅笔削得适中，然后，把它们从高到矮排好，像一队卫兵，等着晚上的奇妙旅程。

如此的孤旨苦心，只为在周六，可以如期收获最好的硕果——

月光下，蓝妮与哥哥，像两头长成人形模样的反刍动物，口袋里鼓鼓地揣着“货”,面带安详微笑地一路步行,直抵他们专有的空地,然后不急不缓、悠然自得地分享那些信件。

月光下,信件的背面——父亲的绘图美妙绝伦,但只是一种陪衬,他们的注意力全在另一面:那些句子,里面的意犹未尽与见字如面,曲折的隐喻,虚伪与真挚的比例,包括抬头与落款的微妙变化——有一对男女,蓝妮亲眼见到他们的关系,艰难地从远至近,复又惆怅地自近至远。

唉,有信件这样结结实实的东西拿在手上,多么让人满足!蓝妮感到她已完全甩掉了一切!父亲用图纸遮住脸、妈妈在饭桌上假笑、哥哥门上的细绳子、重点高中的大门,他妈的统统消失……这片完美的月光下,只有信,被精心挑选的、极上等的信——人与人最优雅的交往方式,富有希望、也最具欺骗色彩的麻醉剂,听听吧,那些恋人之絮语,学术之思辩,亲人之呢喃,世界昏迷,万物沉沦。

3

有时,哥哥会轻声诵读,他音质嘶哑,普通话及朗诵水平皆不敢恭维,但他的投入掩盖了那些缺陷,或者,是信件本身赋予了他超越自我的能力。氤氲月光下,他的声音具有如泣如诉的感人力量……蓝妮抬起头,看到哥哥捏着信纸的手,那么粗糙、笨大,手指间的缝隙处,父亲的手绘线条点缀着数字与字母精密地浮现……

哥哥最喜欢那位母亲的信,读来恰如魂灵附体。“我有个同事,她的女儿比你小一岁,我总故意引她谈孩子的功课与身高、喜欢吃什么不喜欢吃什么,在学校跟同学玩什么……这样,我就可以知道,你这个阶段,是个什么情况,就算你很少给我回信,并且总写得那么简单,可是你相信吗,我活灵活现地知道你的一切。并且,我真的常常能看到你,吃早饭时,你坐在我身边吃我做的煎鸡蛋,下班时,看到你站在窗口冲我笑，星期天早上，在被窝里，我摸得到你正在长大起来的身体……”这样傻而罗嗦的内容，哥哥却用无比温柔的口气，小心翼翼地读着，好像生怕打破这个可怜母亲的幻觉，甚至，他会令人难堪地哽咽起来！每至此时，蓝妮总不情愿地感到：这个假装粗笨的哥哥，竟是想到了我们那不成样子的母爱与父爱……

这样，蓝妮就会故意从他手里夺过那些信件，依据各个系列的编号，一下子找到那个学籍管理员长篇累牍的辩论，纸上，她成功模仿了其老熟的行书：“朋友，原谅我不能同意你用辩证法来解释这一现象。你应当知道，尼采在《苏格拉底问题》中说过，‘一个人只有在别无办法之时，才选择辩证法。辩证法会引起人们对使用者的不信任。辩证法只是一个黔驴技穷者手中的权宜之计。在使用辩证法之前，一个人必须先强行获得他的权利。’你听听，尼采替我做了多么有力的回答，所以，亲爱的朋友，抱歉，我仍然要坚持我在上封信中所表述的观念……”

蓝妮用刻板而戏谑的语调，并在所有被加了着重号的地方加以咬牙切齿的停顿。这会把哥哥给逗笑，他抢过信去，严肃地接着往下读，进入那些绕来绕去的哲理，空虚而卑怯地感叹：瞧瞧，世界上另有一群人……哥哥颓然地握起自己的手，左瞧右瞧，好像他这双风吹雨打的手已经给他的未来判了死刑。

4

慢慢地，蓝妮失去了起初的谨慎，抄录信件的过程中，竟发生过两次差错。

一次，她弄脏了人家的信纸——补吸墨水时，落下一滴纯蓝的墨水，等不及采取任何措施，那单薄的信笺上，它即刻迅速洇开，像朵不吉利的蓝花。蓝妮慌里慌张地穿过餐厅，顾不上父亲可能刚刚入睡，把哥哥喊到房里。倒是哥哥冷静，他搓着手，忽然间倒笑了：慌什么，你跟他用的不正是同样的墨水嘛，收信人哪里弄得清楚，准以为就是对方不小心滴上去的。

可不是！哥哥这一说，蓝妮大松一口气：收件人对信件永远是一无所知的不是吗，我们尽可以放心大胆……

到发生第二次差错——其实更为严重，蓝妮嘻嘻一笑不以为意，反过来开导哥哥了。

这第二次的错，到次日上午才发现：在她所抄录的一叠成果中，竟然有一封“原信”！蓝妮背上出了一层汗，紧张地回忆：明明记得是完整地抄过此信、并按照哥哥教的法子，放进信内封好的。那么，只有一个可能，迷迷糊糊的困倦中，她把抄录件给装了进去、而留下了原件。哥哥此时早已在他的环形邮路上了，绝无任何挽回的可能性。蓝妮愣了一会儿，最终，麻木地把“原信”也与那一叠复制品一起，收了起来。

直到几天后的周六晚上，蓝妮才说出来。哥哥十分惊骇，脸色涨得通红：“这下要露馅了！”

蓝妮照搬他的原理劝解：“慌什么，收信人哪里弄得清！他收到什么便是什么！你难道不知道，我是一字不拉抄写的！从笔迹到空白，完全一模一样……最多，收信人会有一点奇怪，这次，对方怎么把信写在一张图纸的反面呢？可是，人们一般不会专门问及此事的对不对？放心，他们要读的只是内容，于载体不会特别注意的……你想想，他若发现了，你现在还会站在这里吗……”

哥哥将信将疑，十分后怕，一个劲儿催着蓝妮快把原信毁去，蓝妮不肯：“那我们不就少了一封信吗？如同成套的玩具，怎么能少一个呢？再说毁了也无济于事啊，又弥补不了什么！”哥哥拗不过，但那个晚上，他的脸色一直没有缓过来，似乎这次差错，让他陷入了对某日事发东窗的惧怕之中。

为了使他宽心，蓝妮在一边继续逗弄：“相信我，不会有事的！我看，以后我们就直接把喜欢的原件留下来得了——咱们可以用真正的信纸，另外替他们写信，改变内容！大胆杜撰！只要遵循他们一贯的脾气与路子、不太离谱就成！真是天衣无缝啊！那才够刺激呢，我们将会像上帝一样，暗中改变他们的故事轨迹，加快他们交好或破裂的速度……”

哥哥听不下去了，一贯好脾气的他，突然厉声打断蓝妮：“可以了！我不是说过，除了耽误半天的时间，咱们什么都不能做！”

月亮冷冷地照着，像是未卜先知的警告。可是，不就开个玩笑吗，哥哥为什么这么当真。一百步跟五十步，我们已经不可能成为正确的人，不是吗。蓝妮有点不服气。

1

而父亲对蓝妮的疑心，大约就是在这个混杂着沮丧与狂欢的暑假开始的。

唉，那个时候，蓝妮完全不知道，父亲对她所倾注的苦心所在，只觉得他对自己的爱十分功利——得知中考结果后很长一段时间，父亲都保持着难以置信的表情，走路、穿衣，皆在苦苦思考一般。吃饭时，他怔忡地长时间盯着饭桌对面的蓝妮，一边吃一边看，吃着吃着就停下来了，他的筷子在半路迷了路，送到嘴边一半时，软下来，无力地搭在饭碗边。

与父亲的失魂落魄相比，母亲的表现……怎么说呢，竟像是有几分暗中的幸灾乐祸，当然，没有一个母亲会嘲笑自己的孩子，但蓝妮的确能在母亲的嘴角中感到一丝“看看这个结果吧”的冷笑——那不是给她,而是给父亲的,带着报复的快意,母亲敏捷地抓住了蓝妮的失手,反复提醒父亲:这次,你输了……

对这一切,蓝妮装着粗枝大叶,消极地听之任之,由他们去吧,能怎么样呢……倒是哥哥,是他先发现了父亲对蓝妮的异常关注。

父亲曾不止一次地追问蓝妮,书桌上那各种各样的笔,其用途何在;又问她晚上为何睡得那样迟,既然考试已经结束(说到考试这个词,父亲痛苦地停顿了一下,额角的某条青筋一闪),到底在忙些什么,是不是打算预习高中课程啊;若有同学打电话来找她,父亲会不在意地反复询问,推敲蓝妮的回答。

哥哥把这些细节堆在一起,提醒蓝妮,父亲是有所怀疑了——在他看来,蓝妮之所以出现这次惨败,必定是因为有“事情”,他必须查出那个“事情”……

哥哥的分析提醒了蓝妮,她很快想起:父亲最近大约一直在检查她的房间,有一两回,书桌有所变化,而她的废纸篓,常常发现被倒空了。那些纸篓里,会不会有粗心扔进去一些抄坏了的废信?记不清了……

这让蓝妮和哥哥担忧起来,幸而,他们的珍宝,那些抄录的信(加在一起,已经塞满了哥哥从前的一个旧书包),一直藏在哥哥的房里,但是,很难说,假若父亲已经发现一些破绽,会不会做出什么顺藤摸瓜之事。

显然,这些信,是不能再保存在家里了,但无论如何,它们必须是安全的、完整的,绝不能丢弃!它们太宝贵了,是他们整个生活最大的乐趣与价值所在,绝不能从这个世界上消失……仓促之中,蓝妮与哥哥临时商定:把这些信藏到他们的小空地去——或许那边最保险。

眼下,他们必须完全停止抄信,蓝妮桌上一应的笔墨工具等都必须移到哥哥那里,她要把心思真正放到快要开始的高中课程上,让成绩上升,从而打消父亲的怀疑……

“这样,也好。最近,就老担心会出事……”哥哥长吁一口气,半是轻松半是失落。

2

若干次的寻觅与推翻之后,直到蓝妮开学前一周,他们才在小空地上确定了自认为稳当的藏信处:一个废弃电缆轴芯的下方,十分干燥,又紧挨着一截残墙,四周的野草几乎齐到小腿。他们小心翼翼地跨进去,把层层包裹的哥哥的旧书包塞到轴芯下方,任何人冷不丁一看,根本发现不了!哥哥扭曲着四肢操作,注意让周际的野草仍然保持无人践踏的天然状态。

不可否认,没了新鲜信件的生活,周遭的一切黯然失色。曾经陪伴了蓝妮无数个夜晚的那些陌生人,他们的悲喜与琐屑,全都硬生生扯断了,蓝妮惦记不已。料想哥哥的感觉必定还差,她好歹还有功课作为正当的去处,而他,只要一上班,就会时刻面对信件铺陈于眼前的考验,如同在饥饿的人面前展示美味,他得需要多大的力气去克制……

兄妹俩在晚餐桌上相遇,表情空洞,心不在焉,连眼神也很少交换。但毕竟还有周六的月亮,还有以前抄录下来的旧信,就算是过期的面包,仍然是面包不是吗。

从这时候开始,他们周六的盛宴,其仪式感更大于内容了——

漫长散步的终点,一再四顾,确保无人,然后才像是随意地逡巡至电缆芯处,他们取出那孤独藏于野地的书包,刚刚拿到手上,书包显得沉重而陌生,很快,体温与热情使它活转过来,那野地里的信件也像是久别重逢的孩子似的,雀跃着等待他们去打开……他们克制着,凭着当晚的心境挑选、或是随机地取出一些旧信,抚之摩之展之,温故知新,感伤而快活。

最初的饥渴得到满足之后,哥哥会尤为精心地选上一两封进行朗读,因为太过熟悉,简直接近于背诵,他半闭着眼,头微微仰着,月光投在他半边脸上,他正冒充他人的身份进行伟大的独白……

"因你上次写的话,我一直生闷气到现在,说不出的空洞,灵魂饿得厉害。我一会儿恨你,一会儿体谅你,一会儿决心不再理你,一会儿又发誓无论你怎样对我不好,我都要死心眼儿爱你……有时,我又突发奇想,真想把我夹在这封信里寄给你,你收下来,践踏了也好,供奉了也好,总之,无论如何,是要跟你来个面对面,让我看个饱——因为我总是非常恐慌:这一切,是不是我的臆想啊,我们从来没认识,你只是完完全全的一个陌生人!"(自《莫愁》笔友)

"……犹太问题绝不仅是哪一个民族的问题,事实上,它具有普遍性,具有广泛而神奇的预示性,无数个民族,可能正在不同层面、不同程度上重复它的命运……突然扯上存在主义可能显得突兀,但存在主义,从本质上而言,即是一种人道主义,在各种观念交叉的论证中,都是存在主义所泽被的领地。别以为我只是在搬弄萨特的牙屑,不是,笛卡尔远在海德格尔之前就已经懂得了:'存在的唯一基础就是自由',自由意志是与否定性紧密相联的。所以,只有一个具有否定精神的人,才是真正意义上的知识分子,才获得了自由存在的独立人格。"(自学籍管理员)

夜越来深了,四际的市声基本完全消退,全城的人好像都进入了死亡般的睡眠,包括动物与婴儿们。月光下,只有薄薄的露水打上身来,凉冰冰的,令人感触至深。

重新踏往回家的路,蓝妮心满意足地走,幸福无边地走,哥哥轻声喟叹:这样也挺好。我们就必须这样艰难,这样隆重,这样把它们嚼烂了一遍遍反复吞咽才对！它们就像真正的金子一样，我们不能占有太多……

到现在，蓝妮都能记得哥哥当时说那些话的腔调：卑谦、收敛、知足，好像只要这样，秘密的愉悦就会在这个最好的顶点保持住，毫发无损……

真的，他们一点没有意识到，未知的阴影，已经飘到头顶上、挡住皎洁的月色了。

3

事后，蓝妮一再回忆，惊叹父亲的深藏不露——他发现他们的秘密，多久了？他之所以按捺不发，是犹豫着如何处置，还是为了抓住更多的证据……不得而知了，如今记得的，只是那个万劫不复的星期六。

……如常的月光下，在一个较晚的时辰，当他们激动而沉闷地慢吞吞走向电缆芯，猛然间看见，父亲正背着两手倚在那里，背景是黑黝黝的楼群，他似笑非笑，静止地，一言不发，蓝妮几乎失声尖叫，本能地往前跨了半步，想要去看看他们的宝贝是否安然。父亲却把手从后面伸出，那装满信件的旧书包立刻像个肥胖的婴儿似的给吊在半空，晃来晃去。

父亲胜利而沉痛地做了个说不清的表情，仍然不置一辞。他带着战利品大踏步从电缆边走出来，柔弱修长的野草们立刻被踩踏得东倒西歪，绿色的草汁无形地迸射。

蓝妮突然间周身疼痛，好像父亲踏过的不是那些野草，而是她与哥哥的五脏六腑。

父亲走到空地中间，坐在蓝妮通常喜欢坐的一个小漆桶上——他一定已经盯了很久。他熟练地打开书包，取出那些信，一小扎一小扎，按照不同的寄件人所分类的……偶尔停下来，似乎想要打开来读上几行，但立刻，他觉悟般地迅疾翻过去，决不多看一眼。

父亲仍是没有开口，甚至都没有盘问这些信的来龙去脉，或者，对一切的程序与细节，他早已一清二楚。当蓝妮与哥哥自以为沉浸在无人知晓的月光下时，实际上，父亲的眼睛，就在几米开外——这个想法令蓝妮一阵燥热，想要作呕，感到十分肮脏……

她侧头看看哥哥，他此刻的脸色，比头顶的月色还要白，他知道父亲会把这一切都算到他的账上——他不回应蓝妮的目光，只死死盯着父亲手里的信件，似乎提前在跟那些一笔一划抄成的信诀别！

瞧着这样的哥哥，不知哪里来的冲动，或者，是对父亲存有某种希翼，蓝妮走上前，从父亲手中准确地抽出外地母亲写给女儿的那一扎信，随便取出一封，站到父亲面前，不顾他吃惊而愠怒的表情，学着哥哥，声情并茂地读起来。

“亲爱的宝贝，你一定总在等我哪天给你一个合理的解释吧？为何我要把你放在另一个城市，远远地离开我……这一切，妈妈都是不得已而为之。每个人，不论做什么，都有她无法避免的原因……等你长大了，成为一个成年人，我就会对你和盘托出的。

“要知道，妈妈多么想你呀。我时常回忆你刚生出来时的样子，像只小羊羔那样湿漉漉的，一小缕细细的绒发，紧贴在额头上……我拚命地抱你亲你，发誓将来一定要对你最好最好最最好……可是现在，瞧瞧，我都对你做了什么！只要想到你，每一天，我都没法真正愉快，像别人一样大笑……

“请你一定要体谅，并可怜可怜妈妈吧，给我随便写点什么……”

这信蓝妮非常熟悉，因为已读过多次，但不知为何，此刻竟像初次读到那样感触，她难看地拉下嘴唇抽咽起来。看看这信、这里面的爱!

父亲似也有所动容,他停下手中机械的翻动,默然地低下头,蓝妮想他或许会明白,为什么她与哥哥会痴迷这些信……父亲最终抬起头,从蓝妮手里取走信件,动作十分轻柔,有一瞬,蓝妮觉得:她已经赢得了父亲!他会谅解他们的,最多只是没收这些信,然后,这事情就过去了……

突然间,好像才注意到似的,父亲摩挲起手中的信纸,这纸!是他的、至高无上的图纸!父亲的脸色突地一变,目光硬起来,马上在书包里进一步翻弄,动作激烈,他迅速弄清楚:所有这些信件都抄在他旧图纸的背面。

就这么一个小事实,把父亲给不可挽回地拽走了,甚至比原先更加遥远。那一刻,蓝妮多么悔恨,为何偏要盯着父亲的图纸不放,世界上有那么多的纸……

心意一定,父亲倒更加慢条斯理,他不急不徐地收好所有的信件,又把那书包的两个搭绊重新扣上,然后站起来,也不看人,转过身便走了,他从头到尾,竟是一句话都没说。蓝妮眼睁睁望着父亲的背影,全身发麻动弹不得。他仍是沿着他们通常所走的路径,手上的书包随着他的手而前后摆动,四周的景物往两边倒下一般。

哥哥情不自禁地跟了两步,他小声叫了一句:"爸爸。"

这好像是这么些年来,蓝妮头一次听到他口中叫出爸爸,两个单音节,最细的琴弦一样,在月光下颤抖,闪出暗哑的光。

父亲肩头一抖,停下步子,但只有半秒,仍是往前走了。

4

第二天清早,也许只比哥哥晚一个小时,父亲到邮政支局找局长去了。他带去了书包里的全部信件以及一份文字材料——刚刚过去的晚上,父亲通宵未眠,因为工作量非常大,他对所有那些信件进行了细致的统计:前后大约历时多久,约有多少封信,涉及多少寄件人,总页数,总字数等等。材料中,父亲对“作案手段”进行了拟真的描述,准确地提到了“杂志”,提到了“铝饭盒”,提到了曾经铺陈在蓝妮桌上而现在已全部转移到哥哥桌上的那些书写工具等等。

但有两点与事实略有出入:一,所有行为的主人公,都是哥哥,从头至尾,没蓝妮半个字;二,对供作书写之用的设计图纸,他亦只字未提,好像那是最应当被忽略的细节。

仅仅十分钟之后,得了支局长之命,投递班班长蹬上一辆备用的自行车,在哥哥的环形邮路上追上了正在送信的哥哥。投递班长骑得十分着急,他气喘吁吁地跳下车,然后以一个粗暴的动作一把抓住哥哥自行车的后座,生怕后者会像通辑犯那样猛烈挣扎然后插翅而去似的。

哥哥撑好被抓得东倒西歪的自行车,把车前袋里没送完的信和报纸杂志顺了顺,问班长:“那这些信、这些报,我来不及送完了?”

“送信?你还要送、送完这些信!”班长气得结巴起来。

但实际上,就算父亲对哥哥的指证再活灵活现,若仅凭那些写在图纸反面的字,并无法说明任何问题,谁又能确定那些内容是一种抄袭、并且源自真正的信件?难道调查者可以到哥哥的环形邮路上,挨家挨户敲开那些收件人的大门,向他们索要某年某月的信件,供调查者公开阅读、用指头移动着加以一一对照?不可能——公民的通信秘密神圣不可侵犯。

事情若是仅到这一步,还是乐观的,蓝妮所选择的“图纸”在一定程度上反过来又帮了他们,说到底,这并不是真正的信、而是涂在图纸背面的糊话昏话瞎话不是吗。

但父亲有最关键的物证——如同沙里淘金,父亲居然发现了蓝妮出差错的那封“原件”,是啊,父亲怎么会不发现呢,那是唯一没有抄在他图纸背面的原件。父亲把这封信单独挑出来，经过一些鉴定，它成了最有说服力的证据，哥哥的罪名得以成立：侵犯公民通信自由与通信秘密、利用职务之便私拆、隐匿或者毁弃信件……

出于对行业信誉的考虑，邮政局方面不想把这件事扩散开来，故立案、调查、起诉与判决等一切的程序都是暗中进行的；而在当时，小报记者们的嗅觉远没有今天这样惊人的发达。于是，哥哥可以说是无声无息地突然消失了，从那个小邮局、从他二八式自行车与环形邮路上、从那些一无所知的收件人眼中，消失了——没有一辆自行车，没有一条路，没有一封信或它的收件人，会真正惦记到一个邮差的命运。

有期徒刑两年，六百公里之外，另一个城市的一个小型监狱。哥哥去了。

六

1

母亲毕竟是那样的母亲。

从头开始，她就没有任何歇斯底里的发作，的确，父亲的举动代表着正义与良心，就道德层面而言，母亲无话可说；并且，哥哥的整个事件极具隐蔽性，这正好可以让她顺利度过，并保持生活工作的日常性——发作不出来的痛楚与耻辱大约更为可怕，看不见的地方，它们暗中侵蚀母亲，像是漆器从内层剥落。她所承受的打击，不仅仅是哥哥的命运线从此被改写，还有另一层：在与父亲的此轮博弈中，她输了。

但母亲不肯承认，她表情冷峻，更加彻底地献身到工作中，一大早，就算面店远没到开门时间，赶在所有人前面，她上班去了。楼道的水泥地上，她的脚步以一个外强中干的稳定节奏敲打着路面。每个月初，她舍近求远，绕开哥哥呆过的那个小邮局，从别处给哥哥寄去一些生活用品。

这样大约半年之后……一个平常的周六晚上，蓝妮在做作业（当然，她不再散步去了），父亲在画图，母亲突然从她的加班现场冲回来，头发上还带着几缕无意中沾上去的面粉，脸上的平静是暴雨将至前的寒光，一秒钟都等不及似的，她一进门就收拾起东西，在卫生间与卧室进进出出，很快拾辍出一只单薄的小行李包，除了临时从面店带回来的两盒酥点，什么都没拿，就准备往车站去了。看来，她打算像个外地人一样坐在肮脏的车站长椅上，等待次日清晨的头一班长途车——她打算去看哥哥。

整个过程中，除了零星地回答蓝妮惶恐的追问，母亲不跟父亲做任何交待，而父亲，也真是好样的，他处惊不变地端坐在书桌前，一丝不苟地继续画图，连哼都没哼一声——这情形，就算已长期习惯他们如此，但在那一刻，眼睁睁看着母亲正换上一双系带平跟鞋打算在夜晚离去，蓝妮的内心倾翻了，对哥哥的想念愈加强烈，她突然间想哭上一场。

母亲似有所感，她停下，抬头看看蓝妮，没说话，但那眼神，却有着明确的谴责：行了，这一切，也有你的份儿……

蓝妮不敢正视母亲，脑子里出现这样的画面——也许，就在半小时之前，当母亲仍然像以往那样，在面点制作间与同事们笑闹，无意中，她抬头向院子里张望，透过那漂浮着面粉的窗玻璃，看到被灯光分割过的院子，她突然间想起，这又是一个周六，可她却再也无法在院子里看到她熟悉的身影了。可能正是这一个瞬间，母亲冲破了紧裹她的硬壳，决定要连夜去看看她的儿子！

“带我去吧，明天是星期天！”蓝妮厚着脸皮请求。

母亲短促一笑，答得非常客气：“你功课这么紧，事关前程。可别再让哥哥影响到你了。”

母亲提包而去。蓝妮呆住，被打了一个软绵绵的耳光。等大门被拍上，父亲方起身倒水，并不紧不慢地劝说：“其实，两年时间，很快的；再说，那是什么地方，你不合适去的。”

蓝妮突发奇想，叫闹：“那我自己去！爸爸，您会同意的吧……”她被这一念头冲动着，并想象，当她突然出现在哥哥面前，那会非常有力量！

父亲默不作声，当蓝妮一再恳求，父亲走近，盯着她：“你真的认为，他会欢迎你去吗?”

2

蓝妮于是没有去，后来一直都没去——明明是母亲的否定与父亲的阻拦，但内心深处，她却认为，是哥哥本人在拒绝她。

蓝妮坐在作业前，把焦点集中到自己身上，盘算那些前因后果——本来，哥哥独自享用信件，会永远严严实实、平安无事，但他可怜她、向她敞开、与她分享，并帮她度过了可怕的暑假，可她的回报是什么?粗枝大叶、致命的错误，露馅的“信”……

其实不是父亲，而是她，是她撕开了哥哥的命啊，像撕开一张纸，此前，他最多只是平庸，可往后，却成了废纸头，再也无法进行流畅的书写，只会在狂风中被吹起，在空旷的街面上飘来飘去……

想想母亲讥讽的眼神，以及父亲那语多歧义的反问：你真的认为，他会欢迎你去吗。

自责与歉疚纠缠，蓝妮感到她不再纯粹、迫切地等待哥哥了，甚而，她害怕再次见到哥哥，因为担心他已变得堕落、浪荡，那会证明她是个罪人，或者，他将要憎恨她、报复她；又或者，经过这样的打击，哥哥就此一蹶不振，懦弱地紧紧贴在她身后，让她的日子拖着沉重的阴影……

最好，哥哥永不回来，永远不要再面对他！残酷的念头偶尔掠过。事实上，蓝妮知道，哥哥不会对她怎么样的，他永远会是她的好哥哥，他们曾经可以说是相依为命……

断断续续地假设与抽泣中，蓝妮惊异地发现：她真的不那么在乎哥哥了。

3

而正如母亲所强调的那样：关于学习，蓝妮已没有任何退路。就在高二上学期，哥哥“走”后不久，父亲动用了他的全部人际，又添上必要的金钱，把她转入了重点高中，那所她“本应”考进去的高中。

转去重点高中报到那天，父亲一直送蓝妮到学校。一路上，他什么都没说，可那沉默却更加让蓝妮浑身冒汗。她在汗津津中与过去进行拉扯与告别，算了吧，什么信什么哥哥什么内疚，我还配去想吗！

况且，重点高中，唉，那如火如荼、泯然众人的学风，是足可以让人脱胎换骨的吧，蓝妮很快就被异化成机器上一枚紧张旋转的小钉子，并顿悟：人生中，短暂的关键时刻与漫长的命运之间唯一性、决定性的逻辑关系——她必须为自己的前程负责。

蓝妮重新审视起父亲的所为。当然，她恨他夺走那些信，但怎么说呢，内心的某个角落，她又感到侥幸，如若不是父亲采取那样极端的做法，是阻止不了她与哥哥在那条畸形的路上越走越远的，更不要提她的学业，在一个三流中学里，结局不堪设想……虽然仍然交杂着怨恨，但说实话，蓝妮开始真心实意地认为：是父亲拉了她一把，他做了一件不可原谅但十分正确的事。

——自私与自觉意识、对哥哥有意识的屏蔽、对父亲的回馈，总之,这一切拧成一股合力,使那两年的蓝妮进入了冷漠的青春期,除了功课,其余皆可六亲不认,每日只在教室与房间之间进行点式移动……父亲似乎十分欣赏并鼓励她这样,但蓝妮也不与他交心,有什么必要呢,一切的柔情蜜意都不可靠,也是绊脚石……

而今回看、从已知的结局中往前追溯,真让人感慨:那两年,整个家,是多么荒凉的所在。哥哥身陷牢狱.蓝妮只管埋头为一己之运命而战,父亲与母亲则无声无息地埋头过活——毫无疑问,他们仍在紧绷,却带着终点将至的好脾气,像是漫长的马拉松:蓝妮的高考,如同最后一枪,所有的问题将迎来真正的解决。

七

1

这样,就可以勉强解释这一幕:春寒料峭的三月,离高考还有不到四个月的某个傍晚,当蓝妮顶着满脑子的公式与句型放学回家,突然在客厅里看到提前释放归来的哥哥,她竟愣在原地,像看到不速之客,完全不知该如何反应了。

是母亲去接的哥哥,把哥哥一送回家,她又急忙忙赶到面店上班了,这是母亲典型的风格。父亲还未下班,只哥哥一人坐在客厅里。

虽然还是那木呆的身形,但哥哥明显地白了,令人惊异地细皮嫩肉,曾经粗糙的户外生活已看不出任何痕迹,蓝妮注意到他的手,旧日熟悉的疤结,现在连半个也找不到了。他像个大街上的陌生人。

哥哥也在瞪着蓝妮。是啊,因为缺少运动,她胖了一圈,并且架上了眼镜,长辫子也剪成了母亲那样的短发,以便用最少的时间梳理完毕。

他们互相打量着,疑惑、难以置信、失落,各种感观交织着,时间无情地流失，终于失去了回归亲密无间的临界点.他们的生疏与别扭，昭然若揭。

哥哥轻而干地笑了一声，为蓝妮找台阶似的：“怎么？不认识了？”

“要喝水吗？我去给你倒。”这回答多差劲，像在招待一个远房亲戚。

“不，我不渴。”

……

他们开始简单的对话，但蓝妮显得有些焦躁。

这焦躁，倒是跟哥哥无关。大约从学校里竖起高考倒计时牌就开始了，只要不在做功课，蓝妮就会控制不住地联想，此刻，班上别的同学，这个城市以及别的城市、全国所有即将要跟她在同一天高考的同学，那无数的竞争对手们，现在一定都在高效地复习吧，可她，却在吃饭、在走路、在说话、在洗漱……这焦躁十分致命，像某种严密的机械装置，总会在最短的时间把她拽回她的小房间。

可今天，哥哥刚回来，总不能马上就去做功课吧。天气尚寒，可蓝妮在出汗，她不停、不停地想：要不是在跟哥哥说话，这会儿都该做了大半张化学卷子，或者复习了一章政治……

蓝妮走神了。哥哥忽然主动提出：“你忙你的吧。”她如遇大赦，而他，似乎也因此一阵放松。

多么可悲。

回到房里坐下来，蓝妮感到难过，亦十分困扰——为什么会这样？就算面临大考，可，他是月光下的哥哥啊！或者，只是因为她对哥哥有着太多的愧疚，竟会从反方向削弱感情？

而且，真奇怪，这整齐白净的哥哥，却让她感到说不清楚的、来自“那里面”的脏，使她产生了生理上的排斥，根本没法靠近——类似于触摸老人起皱的皮肤，他人打喷嚏时突然散布到空中的异味……

为何会如此?蓝妮不愿向内心深处进行追问,再说,她没有时间胡思乱想吧,必须埋头于试卷不是吗……这样,像是一颗迅速形成的琥珀,从重逢开始,蓝妮与哥哥的隔阂,注定失去了化解与活转的可能。

2

而在家中,蓝妮的表现并不是最差。

父亲坐立不安,对哥哥的提前释放竟好似不能适应,他踱来踱去,踱到挂历前,掀起下面三个月,反复地验看距离高考的最后时间——这是紧绷而脆弱的时光,哪怕最微小的风吹草动,也会影响到蓝妮的冲刺效果。父亲真是非常焦灼了。

父亲猜得不错,面对归来的哥哥,蓝妮很难适应了……每次回到房间,总要花上好一段时间才能完全沉入功课。怎么办呢,难道接下来、人生中最关键的三个月,都要这样给糟蹋掉吗?偶尔,蓝妮与父亲对视,感到他十分明白自己的苦衷。

包括母亲,她对哥哥的态度也是喜怒无常,一会儿对哥哥问长问短,一会儿却又用排斥的眼神盯着他,刺耳地喝斥哥哥的某个动作或习惯。同时,她非常务实、几乎急不可待地开始替哥哥找工作。晚饭后,她四处打电话找人帮忙,出于面子,她又不肯直接说明,而是兜来兜去地花很长时间聊天;最终打听来的工作,却比投递员还要差……这让母亲的脾气变得更差,她看着哥哥,眼神不由自主就尖锐起来,突然想到某个熟人,又皱着眉站起身去翻电话本了。

哥哥沉闷的呆着。他本来朋友就少,而今恐怕更不便联系。他就只管那样默然地坐在餐厅或堆满旧书报的阳台,却较少进去真正属于他的小夹层,大约他比较喜欢宽敞的空间与充足的光线,而那个小夹层，实在像另一个禁闭室。

但哥哥就算这样无声无息、亦少走动，仍然让人感觉到他无限的存在。只要有他呆着的地方，就不可避免地带有僧侣修行般的凄苦，从他身边走过，让人十分沉重……

然而，蓝妮能看出，即便家中现在的气氛比之从前变得更糟，但哥哥还是十分珍惜和满意的。他主动承担下做饭与清洁的家务，早上出去采买，烧出一桌挺像样的饭菜；他常带着热情暗中逡巡，四处打量，寻找可以收拾的地方，把家里弄得十分清洁舒适。晚饭时，他抬起眼飞快地从大家脸上掠过，随即长久地垂下。

3

在他回来后的第三个周六，母亲出去加班后，当着父亲的面，哥哥突然约蓝妮出去走走。唉呀，还散什么步啊，一刻便是千金……蓝妮有心要拒绝，却说不出口，她把目光转向父亲，希望他出面来阻止——可同时，想到从前的星期六，心里一阵自责，怎么搞的，自己变成这样没有心肝了。

父亲却点点头：“咦，不正好是星期六么，放松一下，也是需要的。”他不看蓝妮，只继续往他的图纸里埋去，父亲的模样有点做作，这让蓝妮感到惊奇，模糊的期待涌上来：莫非，父亲又在以他的方式帮忙……

什么话都没说，一抬脚，他们仍然是往以前的那条路上走。

夜色中的街景具有某种变异感，他们像是通过一个漫长的甬道，重新接近那幽暗的腹地。巷口骑自行车的孩子、相偎走过的行人、引擎轰响的摩托车似乎都成了淡漠的背景。熟悉的月光罩下，他们抵达终点：野草、杂物、垃圾，一切有异，但一切如常啊，他们的空地！

蓝妮突然间悲伤不已，一种复苏的感触像柔风那样轻抚上来。哥哥停在她身边，看看蓝妮，脸上也蓦地亮了许多，像是快要回到从前、变成那个激情地朗诵信件的哥哥了，他的嘴唇费劲地抖动着，像要打开一个生锈多时的水龙头。

瞧，他一定有许多话想要说吧。将近两年了，亲爱的哥哥！

像从前那样，哥哥在近处转悠着打算替蓝妮找个地方坐下来。蓝妮则抬起头，张开嘴巴用力吸气，空气并不清新，可她仍然感到舒服，带着久违的飞离感——回来吧，一切的感觉都回来……

蓝妮继续四处环视，目光尽头，浓密的树木形成边际线，成排的居民楼矗立其间，一格一格的窗户里，偏黄、偏白或偏红的灯光点缀着，稀淡而闲逸，却一下子刺痛了蓝妮，她的脑子突然被箍起来似的，练习、试卷、分数、名次、模拟考、志愿书，翻滚着搅和成巨大的黑布兜头蒙下来！那可怕的焦躁感又来了，像绳索那样紧紧地攫住她！瞧瞧，那所有的窗户后面，必定都有人在复习在做题，而她，却像个怀旧的傻子，站在这里虚掷光阴，打算重温往事、打算去感动……天哪，这多愚蠢，想想三个月后，想想一类本科与二类本科，想想第一志愿与服从分配，想想一辈子吧！

等哥哥转过身招呼蓝妮，他立刻注意这变化了，虽然蓝妮是尽力掩饰的。被抽掉脊椎骨般，哥哥即刻塌了一层。他轻轻咳了一声，用那种“家里”的语调开了口，干巴巴的，毫无生气：“请你出来，我就是想与你商量一下我的打算……可能，我要出去混混了。”

蓝妮没有吱声，她虽听清他的话，但并不明白——她完全心不在焉、魂不守舍，她能听到时间，巨大的打击器一样，在她后脑勺嘀嗒嘀嗒、霹雳啪啦地敲打，一阵紧过一阵，许多的人在灯下翻书，在计算，在背公式……她焦灼得恨不能一步就跨到家中坐到书桌前，用发烫的手翻开书本……

“昨天，找我谈过了……认为我最好是要独立起来，不要老在家里晃来晃去，这样，会很影响你高考……”哥哥省略了主语，但蓝妮想他说的只能是父亲，这明显是父亲的角度……但她动不了脑子进一步思考，只是迷惑而木愣愣地看着他，奇怪他为什么这样慢吞吞地说话，难道看不出她简直快要为时间的消逝而疯掉吗。

“……我是不能再在家里住下去了。其实，我在里面也认识了两个朋友，说要带我做点事，但是，那些事情，我并不喜欢，也有点怕。所以，是想听听你的意思。是不是，真的就出去……混混？”哥哥停下来，看来这是最为重点的问题，他紧紧地盯着蓝妮的嘴唇，好像那里划着一条线，他要么跳过去，要么就永远停在这一边。

而此刻，蓝妮的狂躁感已到了一个极点，头顶上的箍在不停地收紧、收紧，随便说点什么，只要回答他就好了，只要让这个所谓的散步就此结束好了。

“其实，我的意见有什么重要。一考上大学，我就要到外地的，包括工作，也会一直在外地吧。”蓝妮急促地开了口，同时发现自己的思路竟十分清晰，平静而冷淡地，她把将来画出来。

这回答，让哥哥突然笑了一下。接着他默默地转开脸，往空地看过去，像在对野草说话：“哦，这样啊。本来还以为……”

蓝妮终于撑不下去了，嚯地站起来，带头在前面，以最快的步行速度开始往家里走。她不满意自己的表现，同时又自找理由：只能先这样了，等考完了，再跟哥哥好好细谈，他想谈多少、谈多久都可以。一切的一切，先压着、放着，把高考对付过去再说。

蓝妮的掉头不顾让哥哥发出惊愕的声音，他连忙跟上，蓝妮听到他的脚步在后面擦着地面。好几次转弯，他都试图与她并排，再说上几句，但蓝妮无心停留，直到最后一个路口，他好不容易压低声音挤出几句，因匆忙而气喘吁吁：“那件事，我一点不后悔，也从没怪过任何人，包括他，更不用说你了！所以，你不要躲着我，我们还可以跟从前一模一样……”

蓝妮往另一边侧过头，躲开他的视线。哥哥抓紧时间，说出后半句：“……后来，在里面，我把大部分信又都回忆出来了，记得非常牢，你相信吗，如果你需要，我现在就可以重新写出来、背出来，特别是刚才，刚才那一瞬，月光照下来，我每封信都能记得一清二楚……”

蓝妮的心摇晃了一下，空洞地停住跳动。接着，她加快步子，一阵小跑，进了楼道。

她听到哥哥落在后面，他没有再追上。

八

1

几天后，哥哥便真走了，出去“混”去了。

父亲表现出相当的惊愕，好像他事先全不知情，随即又肩膀一松、摇头不语——蓝妮想他的表演是给母亲看的吧，但母亲不屑一顾，只忙着大张旗鼓地把哥哥的小夹层变成贮藏室，彻底把哥哥的痕迹抹掉似的——这有点说不过去，但蓝妮不想去深究；包括一系列问题：哥哥他到什么地方混，跟什么人混，去混什么，混到什么时候，等等，她都完全顾不上，只管努力恢复心理上的自在，毫无挂碍地开始搏最后一击……

许多年以后，蓝妮分析当时自己的漠然，或许是一种下意识地回避吧。她没法面对自己对哥哥一再的侵害，因为她，哥哥连着两次被连根拔起、远远抛开。

幸而高考的结果不错、很不错。那突然而至的喜讯，让父亲连饮三天，长醉不醒；母亲似也感到前所未有的轻松，可面对满桌菜肴，她全无胃口。蓝妮呢，理所当然地膨胀和旋转起来，没日没夜地忙碌，与同学们聚会，互留通讯地址，买皮箱与衣服……压根都挤不出一点空白来细想哥哥的事情，况且，想了又有什么用，就算不是因为她，哥哥在家里也不会再呆下去了——

他们的家，像一个濒亡的共和国，随即就解体了。就在蓝妮接到大学录取通知书后的一周内，如同漫长合约的最后一笔买卖，父母亲以前所未有的配合，办妥了他们的协议离婚手续。母亲没要房子，而是带上一笔钱自己另外单过。

他们的离婚一点不让蓝妮意外，甚至还为她的情绪更添了一把火：好极了，所有的问题都一下子解决了。她飞快地想到了哥哥一下：这个消息，他也一定乐意听到。当然，母亲会告诉他的……

2

母亲的东西搬得很快，六个大小不等的箱子，像是早就收拾好了似的，拎上就可以走了。她在城市的另一头买下个单室套，搬走的前一天，她到蓝妮房里来，后者正把所有的衣服都摊开，决定哪些可以带到大学，哪些要淘汰。

母亲看看那些衣服，基本都是父亲买的，她拎起两件来看看，自嘲地摇摇头，然后坐到一边，默然地看着，显得非常疲惫，语调干涩。“我与你爸爸商量过了，走之前，由我，来跟你说。全都说。”

蓝妮的心被紧捏了一下，随即一阵空虚：现在，她已经无所谓了！当然，理论上而言，这应当是个伟大庄严的一刻吧，多少次、多少次，她曾经那么指望着被谁告知的！现在，该以怎样的姿势和表情来迎接？她往身边看看，多么希望哥哥正站在身边啊——如同拆开一封未知的信件，应该与哥哥再次分享。

“曾经，我们般配极了，男才女貌，走到哪里，人人羡慕。”母亲这样开始。蓝妮想起哥哥给她看过的旧照片，那个明媚的母亲。接下来，母亲用的是提纲挈领的手法，虽说详略失当，但只需稍加梳理,便可大致厘清来龙去脉。

不幸发生得很早。

就在他们婚后的第二个月,一向要求上进的母亲,在一个莫名其妙、临时通知的加班中,遭到另一个“加班的人”的强暴,这人不是别人,是一个位重权要的领导。领导边干边自我嘉许:早就想了,但怕对你不好……所以,你看,一直等到你结了婚,正是新婚吧现在……事后,他许诺母亲:她将要成为一个很有前途的女干部。母亲带着断了跟的鞋子与掉了扣子的上衣在凌晨回到家,这是她加班最久的一次。父亲为此几乎要杀人:杀那人、杀母亲、再杀自己。当然他没杀,连案都没报,母亲跪着拦下他——太丢脸了,以后还怎么活?再说,这关乎母亲看重的、那了不起的前途不是吗?否则,不是白“那个”了吗?

好,那就让你进步去吧!此事对父亲的打击、由此形成的对母亲的恨,跟死一样严重。

不久,母亲发现自己有孕,是谁的,不知道。在那个时候,没办法知道。盯着母亲一日日变大的腹部,父亲面如死灰,烦躁、绝望。

哥哥出生了,父亲几乎天天站在摇篮边端详其长相。肯定否定,或喜或怒,交织不休。母亲也被他折磨得近乎崩溃。在哥哥一周岁生日蜡烛前,父亲明确对母亲宣布:对不起,没办法再这样过下去。离吧。

母亲却还存有幻想,请求父亲再等一等,等到可以看出究竟是谁的孩子。父亲勉强答应了,大约他也未完全死心。但日子只是囫囵着过,他不再与母亲行夫妻之实,只把全部的精力都投放到他图纸里了,打算在那里沉湎终身。

于是一直等。两岁、四岁、八岁,母亲请求着一再往后拖延,如犯人申请死缓。哥哥在父亲与母亲的目光中长大——他哭时嘴角下撇的弧度,他一颗新出的虎牙,他头顶的发旋,他走路的姿势,都被两双神经质的眼睛细细研究分析。十岁时，哥哥越来越成形了。母亲再怎样费尽心机，以父亲为范本，暗中对哥哥的发型、衣着及举手投足等各方面加以规范和调教，但根本无法掩盖铁一般的事实，就算瞎子也能看得一清二楚：哥哥，跟父亲没有任何相似性。他越长越像那个衣冠禽兽。父亲终于愈来愈冷，双手丢开，不闻不问。

母亲对父亲残存的修好之愿也慢慢消失，她同意离婚。

父亲却又提出一个条件：他希望能有一个自己的亲骨肉陪伴他的后半生。这要求，不能说无理，也可以说是双方扯平的一种方式，母亲木然地接受了——显然，蓝妮在母亲腹中的受孕，跟爱全无关系，甚至可以说，这是另一次屈辱的强暴。这也可以很好地解释：母亲对蓝妮，很难真正喜欢。

父亲却相反，像是空洞之后的填补，小蓝妮让他得到了迟来的为父之乐，他把所有的心思全都维系在女婴身上。他开始食言——周岁，三岁，六岁，当蓝妮分别进入断乳期、入托期、小学，每一次母亲提出离婚，父亲都会请求母亲再等一等、等小蓝妮长大一些，心理更成熟一些。

现在，关于离婚，两人的角色互换，拖延的那一方成了父亲，提议与否定的场景一再重演，离婚成了他们一切争议的起因和结果。而渐渐的，蓝妮成了父亲的软肋，哥哥成了母亲的罪孽，他们相互牵掣、绝不宽恕，就此形成深深的沟壑与艰涩的气氛。

继而是初中、高中，蓝妮在学习上表现出远胜于哥哥的巨大潜力，加之整个教育体系中日益吃紧的竞争情势，这又成为新的离婚障碍，父亲认为“他自己的孩子”，与“别人的孩子”可不一样，定会有大出息大前程，故而切切影响不得，离婚必须缓行——蓝妮回想起她失利的中考，母亲何以会对那坏消息略带嘲弄，而父亲何以又会穷追不休，直至抓出哥哥，从重从严……瞧瞧，一切是如此曲折而顺理成章！

一而再、再而三，父亲固执地咬着牙死拖，母亲无奈屈就，他们谈妥最后期限：等蓝妮一考上大学，就离婚。

3

“这样，你看，我们终于离了。”母亲坐在那里，倒有些发笑似的，咧了咧嘴。

蓝妮也笑了一下，这的确像个笑话！漫长并合理！而现在，瞧，这就是结尾，欧·亨利式的，蓝妮太瞧不起这拙劣的谜底了！如此做作，像是仅供审美的舞台背景，她和哥哥，则是前台上被牵住四肢的可笑木偶。

又冷又热的情绪之中，忍住某种拍打东西的冲动，蓝妮问：“那么，哥哥他早就知道这一切吧？”

“没对他说过，也不打算说了，毕竟，对他而言，这是很坏的消息……”这么说，秘密只对蓝妮一人恩宠地打开，真够幸运的！良久，母亲叹口气，“不过，也保不准他早已有所觉察，他虽然长得那样粗，但你该知道，他的心不粗。”

是啊，想想哥哥的生活，那可疑的寄生般的童年，然后是蠢笨、不讨喜的学生时代，最终长成个没有样子、蔫在一边的成人，然后，去蹲大牢，终身带有污点……蓝妮忽然感到自己失去了生气的资格，“好在，你对他一直很好。”她生硬地退了步，对母亲表示突如其来的感谢。

“哧，你认为我对他好吗？错了！没那么好！准确地说，我不喜欢看到他！唉，你是完全不知道、也根本没见过，从前，我是多么干净多么骄傲，你父亲对我又是怎样的好！可自从肚子有了你哥哥，一切就全完了。每每看到他，我整个心都绞痛，我简直是恨他！你无法理解吧？是啊，没有人能理解，因为只我一个人知道，他实际上长得多像那个畜牲!眼睛、嘴巴、神态,活脱脱一个模子出来的啊!只有那些星期六的晚上,你们来看我,面店的院子里黑乎乎的,看不清他的样子,在那么一小会儿时间里,我才会忘了对他的恨。

“还记得那次我连夜到牢里去探望他吗?那次真糟透了!远远的,看到他穿着条纹狱服晃悠悠向我走过来,我突然觉得那不是你哥哥,而就是那个禽兽本人,当时,我真恨不能一刀捅上去算了,他害了我半辈子!你说说,这样的孩子,让我怎么爱得起来呀!真的,受够了!我不能让他在我身边呆着!所以他一回来,我就急着替他找工作,到最后实在没办法,我干脆直接提出来,让他自己出去混,离开这个家算了!”

“是你让哥哥走的?”还以为是父亲!想想看——哥哥会多伤心,他对母亲那样热情而忠诚,他总以为母亲对他最好!

“就算我不说,迟早,你父亲也会赶他走的,他为了你什么做不出?还不如我自己开口,反落个痛快!”母亲分辩着,然而,她的语气苦涩了,“我知道,他要生我气了,他不会再要我了。”

……蓝妮替哥哥绞痛。回忆一下吧,那最后一个星期六的散步,他是怀着怎样绝望的、被抛弃的心情在征求她的意见,他满心指望她会体恤他、挽留他,就算是象征性的也好!他其实仍然想继续呆在家里,哪怕就是琐碎地做些家务活儿,他并不愿意出去“混”,他自小就是那么个胆怯的窝囊孩子……当她心不在焉地敷衍完哥哥掉头就走,当哥哥匆促地追在身后,说他从来都不记恨,就在那一刻,他应是已经无奈地起意离去——既然没有任何人需要他,并都迫不及待地希望他早点消失。

不过,回过头再想想自己这条勉强得来的性命吧,比哥哥又强多少?只怕更糟——倘若父亲当初宽容了母亲、接纳了哥哥,那或许便不会有她蓝妮;可他偏偏要让她降临,并让她成了他与生活死拧着较劲的沉重砝码,并把整个家像马车那样拖往越来越深重的泥泞与荒芜。唉，这样折腾着的父亲，多么笨、多么可怜，又多么让人愤怒。唉，对不起了，就算是忘恩负义吧，真的很难长相面对——无论如何，蓝妮决定，大学之后，一定要争取留在外地工作，像她那晚无意中跟哥哥所宣称的那样：远远的，离开这里。

父亲在外面发出翻弄东西的声音，还响亮咳嗽了两声，大约是为了表示他很放松，然而，蓝妮听出，那假咳嗽里，有着即将面对蓝妮的羞涩与自我掩饰。

“对了，告诉你哥，你考上大学了吗？还有我们离了的事，也告诉他一下吧。你们两个之间，以后要通通消息，别的，咱们家真不剩什么了。我很清楚……你也不喜欢我。”母亲站起来，走到门口，她把手搭在门上，像一个嵌在门框里的人那样。她那仍然可以算作苗条的身影，像从未生养过两个孩子。

蓝妮茫然地摇头，并就此意识到：哥哥是彻底割断“家”这根绳子了。就算她打算给他写点什么，也无从寄出。他们兄妹之间，看了那么多信，却不可能给彼此真正写一封信了！

5

离家之前，最后一次，蓝妮去了她与哥哥曾经的小空地。因为火车车次，她没时间等到晚上。正午偏后的太阳，刺目而布满浮尘，穿过那些东弯西拐的街道，不再有类似甬道的感觉了，最终进入那里，她不得不看到——

这片空地，其实全无任何神秘的特质，它毫不起眼，更像是个被遗弃的死角。白天的光线下，野草半萎，废物丑陋，附近的楼房墙面上，布满杂乱的线路与空调架。远处停放着几辆私家车，可以想见，过不了多久，这里将会成为一个理所当然的停车场。她与哥哥的一切，将不复存在，如同从不曾发生。

蓝妮只站了一小会儿,后悔在白天看到这样令人沮丧的景象,但又逼着自己仔细地凝视、并牢牢记住,以尽量覆盖掉曾经的、月光下的记忆:如果那记忆只是无益、反讽的,不如就此扔掉。

……只是,另外一些事情,却很难从生命中完全抹煞。

时至今日,在她工作并定居下来的另一个城市,看到邮车与邮局,看到那被风吹雨打的深绿,蓝妮都会掉转头去,好像那深绿,是从过往日子里抽打过来的枝条,她必须迅疾躲闪——与此同时,她又意识到这种敏感反应的可鄙,因此更加瞧不起自己,得了,有什么呢,好像受到伤害的反倒是自己似的!

并且,习惯性的,她仍然在笔迹上保持特殊的兴趣,会对偶尔入眼的字迹进行下意识的注目与研究,以判断其主人的趣味与文明程度,当然,字迹现今已渐为罕物,更惶论手写书信,何其幸甚,她已经失去了摸索往事的凭证与入口。

极个别的时刻,由于不可解释的阴郁灵感,蓝妮还会偏执地惦记起那些信,她与哥哥曾经一笔一划、抄在父亲图纸背面的信,而今,它们在世界上的哪里?物质应当不灭,就算已经变成泥变成灰,也还是在哪一个角落里呆着的吧!它们还记得一对异父兄妹的手指吗,曾经那样慌乱而感激涕零地抚摸过,像是抚过他们荒凉而焦渴的心。

至于哥哥本人,嗨,反倒模糊了——蓝妮从未打听过哥哥的下落,他既是立意要没入人海,她想她并无主动联络的权利。偶尔看到身边与他年龄相仿的男人,蓝妮会想,哥哥会像当中的哪一个呢,循规蹈矩的小生意人?一眼不眨盯着K线图的失意股民?精于行贿与喝酒的建筑承包商?入眼所见,细究下去,哪个都不可能像他,时间愈久,哥哥便愈是抽象,他的人生走向,她完全无法预知……

好在还有月亮,它基本如常,普照众生的黑暗。蓝妮有时抬头看看,觉得它什么都明了,并跟多年前一样,照着此地的她,也照着彼处的哥哥。当然,还有某处的父亲与母亲。

超人中国造

1

“从亚特兰大到多伦多，从法兰克福到阿姆斯特丹，整个地球，全世界，所有国家的所有孩子，都在玩着我们的玩具，这都是我们中国，我们广东，我们东莞，我们工厂，你爸爸制造出来的中国玩具……这多伟大，多神奇！”

工厂扩音器里每天都会播放同样的讲话，即便那些洋地名儿对刘传强而言毫无意义，他依然可以说得像一个国际人士那样顺溜，只不过，在给儿子伟仔重复这段讲话之前，他在“我们工厂”之后，加上“你爸爸”三个字，这样，气势就更加明显地大了，更加发自肺腑和富有激情了。

这时候伟仔在哭，因为今天又考了倒数第一名。在学校里他装得满不在乎，像个毫无上进心的老油条似的；回到家中，他的颓丧和耻辱感就如化冻之后的猪肉，带着点腥气，血污水流得满地都是。

唉，儿子这怯弱的性格，不知从何处得来。

刘传强想起弃他们父子而去的美亚。美亚，伟仔的妈妈，想想她，多么富有雄心，多么果断而决绝，简直叫人敬佩，伟仔那年才三岁，没有任何双关语式的告别暗示，一个星期六的早上，如同上街买菜，她突然抬脚出门，就再也没有回来过。

刘传强继续安慰病猫般的伟仔。他们这对父子有点颠倒，每次面对那令人难堪的分数，都是父亲在劝儿子，好像反倒是做老子的欠了什么。

"喏，你看老爸能不能干？全世界的孩子都在指望着我给他们造玩具呢！可我当初，连小学都没有毕业，到现在也不会做两位数除法，可是你看，我现在活得多么好！成绩算什么玩意儿，不要哭！儿子，不要再哭了！"

"可是，你不过……是个仓库保管员……你一个月挣的钱还不够我们同学买一辆折叠自行车……"伟仔抽咽着反驳，不明白父亲为何如此情绪高涨，似乎他真像他自己所说的那样，是全世界儿童不可缺少的大人物。

"折叠自行车！那算什么……不折叠的自行车不一样可以骑得呼呼的嘛！好了，我要去打牌了，龙二他们要等急了。你自己弄饭好吧，随便弄点什么，给你这一哭，时间都耽误了……"刘传强高一脚低一脚急急忙忙走了。这个不争气的儿子，成绩不好倒也算了，怎么一点血性没有，真要好好调教调教了。

提了一只缺了嘴的茶壶，刘传强的背影混到那混浊的暮色里，就像他的大半辈子，混到沉重的人群里……说起来，像他这样的人生，真随时都可以买块豆腐一头撞死。

小时候就不用提了，他这种岁数的人，从那万物匮乏的年代过来……好不容易长成个小伙子，他又发现自己个儿很矮，总是别人看他的头顶，而他只能看对方的肩膀和牙齿里的菜叶。接着是过分细狭的眼睛，没有人真正在意他的眼神与喜怒哀乐。突出的牙齿造成突出的嘴部。粗而短的脖子。

糟糕的长相，比之贫瘠的童年，显然更加不幸。他所谓的青春韶华，在女人方面，运气一直很差，常常是被打趣被嘲弄的配角，而成不了两情相悦的主角。这样，很知趣的，他只会追求那些看上去在标准线以下、被众人冷落的女孩。皮肤差，汗毛重。或者有点口吃。即便如此，他还是屡受挫折。他曾经冒昧地亲吻过一个头发黄黄、严重近视的姑娘，一个迅速而胆怯的亲吻，勉强擦过对方的唇，却换来一个准确无误的响亮耳光。从此，他甚至不再尝试揽过她们的腰肢。对女人，他彻底认输，习惯了躲躲闪闪，只在人群中悄悄揣度她们胸部的柔软程度。

他知道，在令姑娘们蔑视的长相之后，他还有一个更加不可饶恕的缺陷：不够有钱，准确的说，是太没钱了。有些人，一辈子都要锦衣玉食。而另一些人，终身注定没有财运，这没有办法。刘传强这样说服自己，他的运数只能如此——物流公司的装卸工。玻璃器皿厂的吹工。电影院领座员。名片号牌刻字房送货员——从一份微不足道的工作到另一份微不足道的工作，收入从来没有令他惊喜过，难有放纵生活愿望的机会，他永远只能极为克制地抽五块钱两包的廉价香烟。

刘传强从来不怨怪那些挑剔的姑娘们。他想，如果自己是个姑娘，也不会肯嫁给自己的。这么差劲儿的长相，这么差劲儿的收入，凭什么呀。

所以，想想看，当美亚主动对他示好，那是什么样的效果，刘传强甚至是有些惧怕的……倒不是说美亚多漂亮多不得了。她其实跟刘传强一样，也是在各个地方混混的，发型屋、茶馆招待、促销员、婚纱影楼门店接待什么的，不过她很会装扮，从头发到鞋子，处处都弄得五颜六色。

他和她在婚纱影楼的大堂门店初遇，在一大堆为了结婚而前来拍照的男女中间，刘传强把影楼老板预订的几盒名片和一些指示标牌送到接待员美亚手中。

美亚看了他一眼。刘传强的小个子，短而粗的脖子，不敢正视的笑容——这大概让她立刻嗅到了某种味道，比如：怯弱，顺从，忍耐之类。在瞬间，她选中了刘传强，出于心机的一见钟情。

结果可想而知。刘传强被这雷厉风行般突袭的爱情给吓昏了，感激涕零，死心塌地。三十三岁的他，本来好像都没有希望跟女人亲近的。认识才两个礼拜，一个懵懵懂懂的清晨，还没开门的婚纱店，在拍摄间层层叠叠的帷幕上面，他被美亚缠倒在地，没有亲吻与情话，过程荒唐而潦草，只是美亚事后替他整理衬衣塞进裤带时，他感到了一种家常的体贴，他一直朝思暮想的甜蜜细节。

四周后，美亚宣布她“有了”，他们领证。六个月后，伟仔出世，美亚说是早产。三年后，美亚抬脚离家，走了。又过了五年，伟仔八岁，刘传强四十二岁，这年夏天，他送名片过马路，被一辆无照的外地摩托车撞倒在地，一只小腿永久性骨折。

这样，在矮小、没钱、被女人抛弃、拖着个来历可疑的孩子等等之后，他又成了一个身体不那么健全的男人，走起路来，即使特别掩饰，也是一高一低。

他不得不放弃任何需要奔跑及过多腿力的活计，最终，在玩具厂找到这份仓库保管理员的差事，收入更加微薄，但与付出基本相称。大部分时候，他只需要坐在那里，登记进出的流水账。

这样，加上街道给他的低保补贴，他跟伟仔，过日子，也是可以了——刘传强并没有像别人想象中的那样万念俱灰——他经常买豆腐吃，从来没有想到过要一头撞死，结束这辛酸而结结巴巴的生活。

2

僵尸吸血鬼，入，五十箱。组合恐龙，入，一百八十箱。圣诞芭比，出，九十箱。多啦A梦，出，八十五箱。圣斗士，出，二十箱。腊笔小新，出，三十箱。

每到周三下午，刘传强都会大规模、彻底地清点一下玩具库存，几十个品种呢，要一个一个碰帐。这时候，小丁都会主动过来帮忙。那些大箱子，偶尔需要挪动，光凭刘传强那伤残的腿脚，吃不上劲。

小丁原来是线上的女工，专门负责给洋娃娃涂嘴唇和指甲的红色。不知怎的，天长日久，手指关节不大灵活，细活儿干不了。厂里念她时日做得长了，没有辞退，照顾到后勤上，在食堂帮厨。

玩具厂跟纺织厂一样，女工太多，都是秀呀珍呀丽呀，很难分清，于是便宜行事，大家彼此都称作“小什么”、“小什么”。小丁其实还比刘传强大两岁，长得那样人高马大的，但还是“小丁”。

小丁力气是真大，三下两下帮刘传强把箱子归整好了。然后，她就找一个软和些的箱子，比如，白雪公主或天线宝宝。懒懒地靠在上面，跟刘传强说话聊天儿。

说她的女儿。说她做门卫值班员的丈夫。说家里昨天的剩菜。说厂里其他女工，哪个打胎了，哪个在闹离婚，哪个跟技术员有一腿。等等。反正就像电视剧里插播的广告似的，颠来倒去，没完没了。

刘传强在一边按计算器，账早就平了，但他还在计算——保持一个计算的动作。他不敢专心地仰着头听小丁说话，那样会让小丁不自在吧，他就生怕小丁会停下来。仓库这种地方，宽大，森严，高远，虽然堆满了东西，人在里面，却总会感到特别的小、弱，有孤单之感。能有一个小丁这样在边上说说话，多好。

不过，今天，小丁的话明显的少了。她四仰八叉地歪在几个纸箱子上,没有一点样子,显得筋疲力尽、心灰意冷。

"唉。"过了一会儿,她自己叹口气,解释道。"我老公的夜班怕是上不成了,多少年了,都是他上夜班的,可是他的搭档,不知怎么的,突然找出许多理由,拚命跟头儿套近乎,要让他来上……"

"不要傻了,夜班有什么好?人累,对身体不好,夜里还容易出案件,再说,也不能回家陪你陪女儿。"刘传强自认为自己很会劝人,凡是别人伤心着、得不到的东西,他会立刻想尽办法贬得一文不值,他劝慰儿子瞧不起分数时也是用的这种办法,还是很灵验的。

"哪里!你不知道,当然有好处!主要是夜班津贴,一个月多出一百二十块呢!"小丁翻个身,像在床上睡觉似的,反正这仓库里是一排纸箱连着一排纸箱,可以没完没了地翻下去。

"那个……"刘传强结巴了,是啊,钱。钱就是最大的理由,最硬的道理,他劝不动了。

"一百二十块,可以管女儿两个月的牛奶,可以交八个月的水费,可以做六顿红烧肋排。凭什么让我们一个月少这么多钱?要是有个什么神仙来帮个忙就好了,吹口气,那个主任就听我们的,而不听那个人的……咦,唉哟!什么东西!"小丁忽然被身下的箱子硌住了,她把纸箱打开来,拖出来一个超人。蓝色肌肉,红色披风,红色内裤。

"……这个超人,硌死人了。"小丁抱怨,她飞快地看看超人内裤上凸出来的部位,重新把它们顺好了塞进箱子。"唉……"她继续叹气。

"你知不知道……你丈夫那值班室的头儿,家里有没有孩子?多大了,男孩还是女孩?"刘传强突然灵机一动,有如神来之笔,他想出个小小的办法,但不知管不管用。"你送点玩具给他家小孩怎么样?"

"嗤,谁会要这些破烂玩意儿?"小丁眼中流露出厌恶的眼色。跟所有的女工一样,因为在流水线上泡过十几个小时,所有这些让孩子们欣喜若狂的玩具,都不过是让她们一见就要吐的彩色垃圾。

“这个你就不懂了!你知道,那个金头发的芭比娃娃,装到盒子里,像模像样摆到商店里,配上衣服、梳子、高跟鞋、头花什么的,一套卖多少钱?”

小丁躺着不动,完全无动于衷。哼,一堆花色布头、脏兮兮的晴纶棉……

“要两三百!是你家老公夜班津贴的两倍!我们想想办法,死马当活马,内部弄几套热门玩具送送,说不定就把那个头儿家的小孩搞定了!小孩搞定了,就等于搞定大人了。现在,你也知道的,都是小孩子在家里算老大的。”

“那个管用吗,从来没听说送玩具的,人家都是送烟送酒送卡送钱……”小丁半坐起来,将信将疑地看着刘传强。

3

晚上回家,正做着作业呢,伟仔突然嚷肚子疼了,疼得特别有规模,从床上翻到地上,又从地上爬到沙发上,唉哟唉哟地直叫唤。

刘传强不敢去打牌了,肚子疼可比倒数第一可怕,他得看着宝贝儿子,这是他唯一的骨肉了,亲不亲生有什么重要。他高一脚低一脚地前后忙,烧稀饭,弄姜汤,灌热水捂子。总之,想尽一切土方子,尽可能地不去医院,到那里,一进去,没个四五百的肯定出不来。

折腾了小半宿,上天保佑,伟仔真的好多了,迷迷糊糊地在沙发上就睡过去了。

刘传强一阵踏实,奖励给自己一棵烟,一边替儿子收拾书包,一下子倒看到张学校通知,被弄得皱巴巴了,全是儿子的黑手指印子。

下周竞选班委，请各位同学做好准备，每人上台演讲两分钟……

那伟仔，不会是因为这件事肚子才疼的吧。刘传强心里一动，接着又一阵乱跳，不知哪根筋动了，像火星子落到秋草地上，着了。刘传强发现自己被“班委”两个字迷住了，班委，听上去真不错，活像个大干部似的……不过，不论是伟仔，还是刘传强他自己，从小到大，都还没做过任何干部呢，要是，伟仔能当上个班委，算是个一官半职，那真是子荣父耀、全家光荣了！刘传强被这想法激得浑身发热，也要肚子疼了。

“哎，起来！上床睡！”他摇醒伟仔，儿子醒了，又要喝水。他连忙递过水边插空问话：“那个竞选班委，你报名了吧？演讲辞写了没有？”

伟仔揉着自己的小肚子，一边往床上挪：“老爸，你别做大头梦了，你想想我是什么人，倒数第一第二的，也竞选班委？不要找骂了……”

伟仔嘟嘟囔囔地睡去，刘传强却兴奋起来，坐在床上，让烟头忽明忽暗的，像在谋划什么重大事项。

啧，班委，谁说不可以的呢。

4

才隔几天，还没到周三盘点呢，小丁从厨房偷偷跑过来，浑身一股葱花香：“小刘，你真神了，真厉害，你猜怎么的？成了，那头儿家是个男孩，我就按照你说的办，弄了一套二十四件恐龙、一套十八模的玩具汽车。这样轻轻巧巧的一分礼，竟然真的给搞定了，我家那位还是上夜班！一百二十块夜班津贴，一分不少！喏，这个给你。”

小丁从怀里掏出个热乎乎的塑料袋，里面是两块大排。“带回去，晚上给你家伟仔吃。”小丁放下东西，冲着刘传强喜笑颜开、挤眉弄眼，前一个表情是替她丈夫的夜班津贴高兴，后一个表情是自豪自己成功地从食堂“顺”出两块大排。接着，她慌里慌张地走了，健硕的身躯小跑着走了，留下满鼻子葱花儿香。

刘传强看看桌上的两块大排，酱红色的卤汁紧贴着塑料袋儿，形成两朵走了样子的梅花。他心里美极了，听听刚才小丁说的，“真神了！”、“真厉害”，他没想到，自己竟有那么大能耐，随随便便地就帮了人家一个大忙！用小丁的话说，那一百二十块，可以做多少事情呀，真可谓功莫大焉……当然，也有可能是其他的因素在起作用，那主任不过是做个顺水人情；但不管了，极有可能，就是他刘传强想的这个点子，四两拨千斤呢……没错，小丁夸得对，就是“神了”，就是“厉害”！

刘传强高兴得站起来，在仓库里无边无际转了几圈，腿似乎都长齐整了，他一路走一路用巴掌捏拳头，好像都能听到自己的骨头在咯咯作响，很高大，很有力气。

他眼睛一扫，看到那天小丁躺过的纸箱子，好像还留着她的人形似的，高高胖胖的。他想了想，有点不着主似的，小心翼翼也躺到同一个位置上……的确，小丁说得没错，“超人”在箱子里是硌人，硌着背了。

下班回家的路上，刘传强替自己和儿子买了半斤牛肉。很久没买了，吃好东西要有好心情，否则真是糟蹋。

伟仔却还是无精打采，刘传强雄心万丈地用筷子点他：“拿出点志气来！儿子，那个‘班委’，怎么样？咱们把它拿下来！”

伟仔懒得答话，这个老爸，怎么最近喜欢说起大话来了。

刘传强却来了劲：“主席说得对，这个世上，只有想不到，没有办不到。伟仔，你倒说个实话，想不想当班委？只要你想，咱们就一定能办成!”

伟仔翻翻眼睛:“想。当然想,怎么不想?吃饭在想,走路在想,做梦都在想!就是不可能!”

“那好。”刘传强慢慢地放下碗筷,运筹帷幄的样子。“相信我,你老爸还不能算是个完全的窝囊废……你知道的,从亚特兰大到多伦多,从法兰克福到阿姆斯特丹,整个地球,全世界,所有国家的所有孩子,都在玩着我们的玩具,这都是我们中国,我们广东,我们东莞,我们工厂,你爸爸制造出来的中国玩具……这多伟大,多神奇……”

第二天,刘传强就从次品库找回来一堆不那么次的“变形金刚”、“圣斗士”和“维尼小熊”,数了数,足足四十八个。够了。

“喏,你们不是投票选举嘛,关系很重要的……你呢,全班每个同学,每人悄悄送一个。记住,一定记住,要一个一个地送,好像全班你就只送了他一个人……”

晚上,刘传强又咬着笔头,抓耳挠腮地跟儿子一起想竞选演讲稿。在好词好句里滚了半天,大口号高调子的抄了一大段,一直抄到三个代表和八荣八耻,却觉得很别扭,刘传强一摔笔:“得了,儿子,咱们就实话实说,行就行,不行就拉倒。”

“亲爱的老师、各位亲爱的同学:

我知道我成绩不好,经常考全班倒数第一名。像我这种成绩,根本不配、绝对不配当班委,可是我从小学一年级到四年级,从来没当过任何小官儿,连组长都没有当过。我爸爸也是。我们父子两个人的人生都是非常失败的。但是,我真的很想尝一下当班委的滋味,就像想尝一尝我从来没吃过的必胜客以及哈根达斯,你们一定可以理解这种痛苦。

如果我能如愿以偿，就可以回家把我当班委的感受告诉爸爸听听，这样，等于我们全家都当上班委、当上干部了，等于圆了我们两代人的梦了。

人生不能没有梦想，连中央电视台都在做《梦想中国》，满足普通人的愿望。不知道各位同学能否投我一票，让我圆一个班委梦、圆我们父子一个班委梦。所有的班委职务里，哪一个都可以，你们随便挑，挑剩下来的那个就让我当一回，行不行？投我一票吧！我会好好干的！"

做父亲的说一句，儿子写一句。伟仔老大不情愿的，觉得老爸的话句句听上去都很混帐、很耻辱、上不了台面，就凭那几个烂玩具，凭这种所谓的竞选宣言，就能当个班委？

屁！狗屁！他才不信！

5

自从出其不意地替她丈夫摆平夜班的事，刘传强在小丁心目中，简直成了英雄似的人物。隔三岔五的，她都会从厨房顺些小点心什么的，带给刘传强吃。今天带的豆沙包是冷的，有些硬，怕他吃得十了噎着了，小丁顺手给他倒了一杯水在边上晾着。

很平常的举动，却把刘传强突然吃得哽住了，甜丝丝的豆沙在嗓子里堵住了似的，他不敢开口。

第一杯水。别人替他倒下的这第一杯水。看着那杯还在晃动的水，他简直不敢伸手去拿。

他想来想去，死活想不起来，这些年，有谁这样自自然然地给他倒过一杯水？小时候的事是记不得了，反正从能记得的时候起，都是大人喊他倒水的……在美亚身上，似乎从未有过真正的柔情，可能，她只是一直在等伟仔长到三岁，因而显得那样心焦和暴躁，常常对他发火，不愿意替他洗衣服或做顿好饭菜，更不要说倒上一杯知冷知热的茶水……而在他所工作过的各个地方，他永远都是做小伏低的，给老板倒水，给客户倒水，给业务员倒水，高一脚低一脚地半仰着脸伺应所有的人，那些人，个个比他能干，会居高临下地指挥人……

而现在，小丁，好像毫不在意的，理所当然的，就给他倒了一杯水！

刘传强端着小丁给他倒的一杯水在那里浮想联翩，不过一杯水而已，是不是该怪他竟如此多情……也可能吧，一个冰冻得太久的人，哪怕只是一点微暗的火，他也能想到一个烧得很旺的灶堂，热乎乎的，人都快化了。

小丁倒完水，仍是歪到纸箱子上，懒懒地歇在那里，有一搭没一搭地说话。健壮的身躯像一座微微起伏的山坡，想象着应当有小羊爬到山坡上，寻觅萋萋芳草……

小丁哪会知道传强的胡思乱想，只在发些老生常谈的牢骚："在食堂上班，最不划算，每天下午一大段空时间，回去来不及，呆没地方呆，车间吵死了，全是塑胶味儿……还是你这里最好，干干净净的，又宽敞，能躺能睡……"

刘传强慢慢地吃着包子，并不回头。反正他中意小丁比自己年长，中意小丁胖而高大，中意小丁说话有些罗罗嗦嗦，是个最典型不过的家庭妇女。总之，这样的小丁会让他感到很舒服，在空旷的冷冰冰的仓库里，每天下午，有这么一个胖而高大的女人陪他呆着，多好呢。他的日子，因此更加像点样子了不是吗。

6

刘传强下班回家，儿子还没回来，他有点不放心，想想反正是小子，出不了什么大是大非的事，便胡乱吃点泡面，仍然到龙二那里打牌。

他跟龙二几个，是多年的老牌搭子。龙二的房子挨着巷子口，夏天春天与秋天，总之，一切可以呆在外面的天气，他们就坐下路边的大树下，借着路灯，支张桌子就打牌。几步之外，车子开来开去，有灰尘，也有汽车尾气味。一些讲究的女人，高跟鞋笃笃的，总捂着鼻子过去。可是他们玩得很开心，好像天地之间所有的乐趣与热闹，全都集中在这张牌桌子上了。

天气冷了之后，他们才会移到室内，龙二因为是在殡仪馆做事，都三十好几了，还是没有女人愿意跟他结婚，他家里，也就理所当然成了大家玩牌的地方。在室内的时候，他们也会玩点小钱，凑凑趣，比如今天。

刚打到一半，刘传强突然发现伟仔鬼头鬼脑地伸出半个头，站在龙二家的窗外跟他做手势。

这时他正打到好处。他们这种牌，因为大家都没钱，十块八块就可以进园子了，不敢当真撒开来玩的。这会儿刘传强手气正在好处，眼见着一圈下来，能进帐个三五块呢。他很兴奋，不在钱多钱少，而在手气好坏——这种时来运转之感，疏远已久，稍纵即逝，绝对不能打岔。他冲儿子匆匆点个头，仍是一头埋到牌里。

这一玩，直玩到将近十一点，一共赢了二十二块，绝好的手气。回到家，却见伟仔两只眼睛亮亮的、小脸颊红红的，还端坐在桌前等他呢，刘传强有些怕，伸手去摸，以为儿子是发烧。

伟仔岂止是发烧，简直是要着火了。小孩子憋不住欢喜事情，一下子跳起来失声大笑："老爸，真有你的！简直是超人！真的，你的两招，管用！我被选上班委了！我当上班干部了！！不得了，从来没有人投过我这么多票！老师也就同意了！！”

耶！成功了，玩具攻势又起作用了！刘传强抱起儿子，试图像电影里那样在屋子转圈，腿却吃不上力，只得把儿子又放下，在屋子里走来走去，不知怎样高兴才好。按说，有好事应当喝酒以庆，但家中并未备酒，因为从前很少有好事。真要喝酒，只有烧菜的料酒，刘传强想了想——那料酒虽是煞风景，也勉强可以凑数。

儿子像刚从水里捞出来的鱼，直跳，刘传强好不容易把他按到床上睡下，这才一个人转到厨房，倚在灶台边上，倒出小半杯料酒。突然想起一个小问题，他伸头问儿子：“是班委里的什么干部?”

“劳动委员。”伟仔有些瞌睡的声音，却又兀自振作。“从明天开始，我负责每天第一个到学校开门开窗，负责检查卫生，负责记名字。谁不好好打扫卫生，我就记下他的名字报告老师。喏，班上的钥匙就在我脖子里，明天一大早叫我……”被窝里一阵悉悉索索，复又平静了。那带着体温的钥匙，挂在一根发黄的细吊绳上，紧贴着孩子的胸膛——金不换啊。

今天真不错。

有人给我倒了一杯水。

打牌赢了二十二块。

伟仔当上班委了，负责全班的卫生工作。

料酒的味道也不错，比想象的要好喝。看来，以后真得备一瓶酒了，万一，好事接二连三呢。

7

超人，内裤外穿，大红披风。可飞檐走壁，可上天入地。路见不平，拔刀相助。

刘传强把玩具超人拿在手上，看了又看。儿子说得不对。自己哪里会是超人，嘿嘿，有个最大的差距——内裤颜色不一样，而且，穿的方式也不一样……

刘传强一个人笑笑，在空无一人的仓库里跟自己开玩笑。

是啊，有什么不可能，万一他就是超人呢，前世修来的，眼下就托生在中国，托生在广东，在东莞，在玩具厂里，虽然腿不大灵活，虽然个子矮点，虽然老婆跑了。那些算什么，能替人办成事就对了，就OK了。

刘传强有些踌躇满志了，他拖着脚在仓库里转来转去，看到任何一个纸箱子，都要运气发力发功的样子。想一想，算了，还是把力气留着，等到下午，来问问小丁，还有什么别的事情，要他来帮忙的。不过，嘘，不要跟她提超人的事，那样就不神秘了。

说说呢，你……有什么最大的梦想？说说？看我能不能帮上忙？刘传强装着很忙，一边点货，一边漫不经心地问小丁。两只耳朵却抖了一下竖起来，注意着小丁的回答。

后者正在理毛线，天气开始冷了，她带了活计，就放在刘传强这里。线是绛红色的，又旧了，再难看不过，但小丁说："全毛的呢，给女儿织条毛裤最暖和了！"。

她总是这样会过日子，喜欢最大限度地利用工作的便利。比如，这毛线，从家里的旧毛衣上拆下带来，利用食堂里蒸饭的蒸气，弯弯曲曲的旧毛线一下子就熏得直了。晒干之后，利用下午的空档，她让刘传强伸出两只胳膊做架子，绕呀绕呀绕成几个大团。今天，她带了针过来，算是正式开始进入实质性的编织。她噘着嘴，正在起头，嘴里数着数。"八十七，八十八，八十九……"

听刘传强这么一问，她抬起头顿了一下，仍噘着嘴往下数，声音却有些散了，沉吟着，显然，她正在想……

“一百！”她终于停下来，用手捏住针头线，侧着头，望着虚空。“唉，我的梦想，你知道吗？唉，说了你不会笑吧……我一直想着，要是哪天我被一辆宝马车撞了就好了，开宝马都是有钱人对不对，但不能撞死，最好弄成个慢性病什么的，这样，他们就会一直给我补贴医药费，像发工资似的，我凭空就多了一笔收入……

“不，这个不好，有点损。这样，我改一下，改成，嗯，我有个远房的亲戚，我一直不知道，特别有钱，然后，他突然找上门来了，给我钱，让我想怎么过日子就怎么过日子，洗衣粉买最大袋的，苹果只买红富士的，女儿一次就吃三个鸡大腿……

“传强，我是不是心太大了？那这样，说个小点儿的。我希望哪一天我自己也能找个钟点工。你知道吗，我现在双休天都在外面兼职做钟点工。那些享福的女人，躺在沙发上，看杂志打电脑打电话，而我，忍住手酸手痛，还在爬上爬下地替她擦玻璃、刷马桶。所以呀，我就总有那么个理想，哪怕就一天，我也能像个贵夫人似的，坐在那里一动不动，只看着钟点工在那里忙……”

注意到刘传强困惑而没着落的神情，小丁大笑起来，她捋捋耳边的头发，笑话自己：“听听看，归根结底，我整天都在想钱，没出息！我还有个最迫切也是最现实的愿望：加工资，哪怕就加个三十五十也好。你看，我上一次加工资大概还是在结婚以前，现在，我女儿都八岁了……哎，你问这干嘛，我的愿望可多着呢，能连续说上一天一夜呢，可说了又有什么用……”

刘传强掩饰住他的失望与失落，忍住没有开口。见鬼，什么超人，小丁的这些愿望，大的太大，小的也还是太大，自己什么也做不了……

小丁重新低下头去数针脚了，另起一百：“十三、十四、十五……”声音单调而安详。她其实也就是说说的，并不真的期望怎样。

刘传强的情绪却完全地败坏了。天上的超人一下子就掉下来了，从几千米的白云顶上，突然掉下来，降落伞都没有，摔得浑身疼。这一摔，脑壳倒摔正常了，完全清醒了：显然，几天前的好事，全是他妈的碰巧，自己当什么真呢，还超人！笑话。

他无精打采地铺开流水登记本。怪物史瑞克、百变小樱、维尼小熊、恐龙、机器猫……所有这些玩具都比他刘传强有用吧，人家摆到商店里，还能卖个百八十的，能骗小女孩笑上一阵子的，能让男孩子摔上一阵子的，他刘传强有什么用？绝对废铜烂铁一块。

8

坏消息喜欢成群结队。下班回家，刘传强发现门口堵着一个蓝红条蛇皮袋，一个小花布包袱，包袱旁边，还坐着个穿花布衣的姑娘。见到刘传强，花布衣“咚”地站起来：“二堂叔好，我是刘鸿刚家的燕子……”

刘传强给吓得一阵眼花缭乱，定睛看了看，想起来了。不知哪一次回乡下老家过年，当时美亚还没离家出走呢，他也还没瘸呢，一家三口整整齐齐的，有点衣锦还乡的意思。老家的人看了，都以为他们在外面赚得很顺当。一个远房的亲戚尤其殷勤，总拉着刘传强说恭维话儿，要把女儿儿子什么的托付给他，当时他也许是胡乱应承下了，没想到，倒真的，就来了！

刘传强心上一急，汗都要下来了——找工作，找地方住，又是个姑娘，这事情可大了……想要推托，看看那小姑娘无限依赖的样子，又开不得口。只得哼哼哈哈地吱唔着，开了门带她进去。

燕子从蛇皮袋里拿出一堆土豆呀、芋头呀、藕呀，都是乡下的土货，摊了一地，看起来，倒是几天不要买蔬菜了。燕子很有眼色，见家里乱七八糟，厨房里冷锅冷灶，马上卷起袖子进进出出的。看小姑娘这样有礼有节的，刘传强更加着急了，急得脚上的旧伤都隐隐疼起来。看来事情还真不得不办了。

刘传强摸出一根烟，这次不是奖励，而是借烟浇愁了……浇了半天，愁还在那里，儿子伟仔倒是回来了，家里立刻人满为患的样子——统共四十多个平方的地方，那燕子一个大姑娘家的可怎么睡呢？

咦，好像一团乱麻绳突然冒出个小线头似的——那小丁，她爱人不是在值夜班吗？家里是有地方住的，而且！刘传强还想到，小丁不正好有一个梦想，梦想着有人替她做家务事、让她像个贵妇人似的坐着不动的吗？这不是太巧了，正好让燕子在她家借住，熟人算钱难办，就让燕子替她做事，两相抵消、各取所需多好！这就像瞌睡遇到枕头、遇到床、还遇到个暖暖和和的大被子！

刘传强咧嘴笑起来，把烟屁股留恋地含在嘴里吮里面的味道，一边给小丁打电话。听着电话里等待接通的长鸣音，他突然感到，这是多么愉快的短暂瞬间，大概类似幸福感吧，说不好——什么是苦，他刘传强十分清楚，但什么是甜，还真说不好。

9

接下来是工作。龙二很热心，他过来替刘传强出点子，又跟燕子聊聊天，纠正她乡音很重的发音，建议她把衣服、发型什么稍微弄一下。果真的，燕子稍微打扮打扮，还是挺好看的。

做餐厅服务员，人家嫌燕子普通话太差。发廊屋吧，名声不好，刘传强不乐意。钟点工吧，中介公司又嫌燕子没有经验。总之，万事开头难。龙二建议的几个招术很快用完。最终，刘传强只得决定还是带着燕子到自己的玩具厂，去找办公室主任试试，看能不能在线上安排个活儿。这活儿，不算太好，待遇也低，但每次招工，来报名的乡下女孩子都像冷天里小鸡苗似的，在厂门口簇成一团。因此，一路上，刘传强都没有底，他总不能给主任也送玩具吧。

果然，主任上下打量打量燕子，面呈失望之色，只问了一句："她有没有什么残疾？"

"哪儿能呢。好胳膊好腿的，不齐整我也不敢带来给您看呀？"刘传强忙不迭地让燕子活动活动，表明她一切正常、四肢健康。

主任却叹口气："你呀，要带个残疾人来，比如说，聋子哑巴六指什么的，我现在就可以收下。"

刘传强以为自己听错了，主任神色倦怠地摇摇头一挥手，意思是赶紧走吧，他还要忙别的事情呢。

出了办公室，燕子早已失望得泪汪汪的了，刘传强于是赶紧拿出他劝人的老法子，滔滔不绝地把玩具厂的活儿说得一无是处："你不知道，一上流水线，那些玩具们就源源不断地流过来，给小汽车上轮子，给娃娃扎蝴蝶结，给机器人封盒子，给手枪打钉子……人活得像机器人，半步动弹不得，连抓个痒揉一下眼睛都会耽误活计，上个厕所都得喊报告，若机动工正忙着，你就得一直憋着，憋到裤裆里也要憋着。燕子，别说他不要你，就是他要你去，我们还舍不得去呢，咱们白白嫩嫩凭什么受那个苦呀对不对？"

好不容易把燕子说得平静了送出去，刘传强回到仓库，满腹狐疑百思不解，为什么好手好脚的人不要偏偏倒要残疾人呢。

肚子里正翻滚着疑惑，小丁高大的身子一闪，进来了，脸憋得通红，进来就围着刘传强打圈子，上上下下、前前后后地看个没完。

"怎么了？怎么了？"刘传强浑身像爬满了蚂蚁似的，两只手左打右拍。

"我这是在看活神仙呢！刘传强，我昨儿才跟你说的，今天，我一下子就实现两个理想了！"不等刘传强发问，小丁就像被打开的消防栓似的，一下子喷出强劲的水流："喏，燕子，这是你一手给我送上门来的对不对！那孩子，不知你怎么跟她交待的，我怎么说都不听，非把我按到沙发上，她在那里洗马桶、擦地板，连我的内衣内裤都一起收拾了洗掉，还给我捶背，给我盛饭，给我倒洗脚水，唉呀，这个福享得呀，跟你说，我这一辈子都没被人这么伺候过，像王母娘娘似的！像美国总统似的！唉呀，真满足死了，想不到我还有这一天……”小丁闭起眼睛，好像她又回到了昨天，又成了王母娘娘或美国总统。

“那另一个呢？”刘传强心里没底，他实在不知道，自己还帮她实现了什么梦？让她给宝马车撞了？让她冒出个有钱的远房亲戚了？

“哦，另一个，妈呀，更吓人，你知道吗？我真要涨工资了！”

刘传强的眼睛也瞪起来，这个事情，太猛了，真没他什么事儿，怎么弄的？

小丁把嘴凑上来，想把声音压低，但因为过分激动，声调倒比刚才还要高：“就在今天早上，厂里突然出来一个小道消息，如果谁能证明自己是残疾人，就给加工资。这消息不知是真是假，我不管，当真跑到主任那里，跟他说起我手上的毛病……刚开了个头，主任就激动得很，拉着我的手左瞧右瞧，你知道的，我这手小肌肉失灵，不听使唤，做不了细活儿，当初就因为这个才下线的……可主任越看越高兴，我看他恨不得都要亲一口了。他特别和气地，说要亲自陪我到医院瞧病，医药费厂里报销。唉呀，哪儿来这么好的事！这么的我就跟他去了，然后，医院给开证明了，说我丧失劳动能力什么的……总之，主任笑得眉眼花花的，当场就拍板给我涨工资，每个月加四十！你看看瞧，你看看瞧！我昨天刚跟你说过，今天这一大上午的，就灵验了！刘传强，你说你不是活神仙转世是什么？！”

刘传强也张大了嘴巴，难道，自己真是超人，比超人还超人？竟可以在无意中帮助想帮的人？但是……为什么呀，得要残疾人，奇怪！

不过，等一下，“叮”的一声，像小发条发出的定时提醒，刘传强突然想到：残疾人？那自己一条腿长一条腿短，不也是残疾人吗？！太好了，我也可以加工资了，每个月四十块，一年就是五百块，真不错！平白无故的……他高兴得撇下仍沉浸在无限感激与崇敬之中的小丁，高一脚低一脚地也往主任那里去了。

这是一天内第二次看到主任了，以前可能一个月都不会见到一次，唉，时势造人呀，塞翁失马呀，没想到当年那腿给撞得，还能挣钱了。刘传强内心一阵阵巨浪般的激动。他故意地让自己站得高低不平，肩膀夸张地往一边斜过去，平常竭力掩饰的毛病现在一百倍地放大。

主任一下子看出意思，朝他翻翻眼睛，轻描淡写地一下子就否定了："不行，你不能加工资的，你这残疾不是一天两天了，我早算进去了，不是新增的残疾不能加工资，你不要为难我了……"

刘传强不服气，刚要分辩，却又不敢。算了，这结果似乎并不真的那么让他失望。天底下怎么会白白地落下好事到他头上呢？从小到大都是倒霉蛋，也都习惯了。

但是，他有一个小问题不明白。

"不行就拉倒，我不让您为难。不过，主任，你能不能告诉我。怎么残疾人突然那么吃香了？求求你，我好奇死了，你能不能告诉我？"

主任也笑起来，是苦笑："说了你也不懂的。有本事，替我弄几个能干活的残疾人来我再告诉你。"

"你先说，说了我保证替你去弄。"刘传强又开始胡乱应承，好奇心害死猫，他哪里能弄到残疾人呢。

"这个……你不要跟别人说……也是经理突然要求下来的，好像是有那么一个政策，如果残疾人占到一定的比例，就可以减免很多税的……25%是一种减法，35%是一个减法，50%又是一个减法，总之，越多越好啦。厂长给我下的指标是35%呢，这目标太大啦，我能弄到25%就不错了，你说说，这种事情，不能偷不能抢的，难道我拿根棍子去把每个女工的腿挨个儿敲断呀……”

刘传强被主任的话逗得要发笑，主任却长而重地叹了口气，像海面上刮起带有盐味的咸风，这让刘传强惭愧极了，唉，他为什么是一早就瘸了呢，要是刚刚瘸就好了，倒可以顺便帮上主任一个小忙。

10

这个周末，小丁提出，要请刘传强父子吃饭，谢谢他成全她两个美梦——不管刘传强如何分辩，她总坚持，是刘传强成全的。

“咦，怎么不是你呢？我痴心妄想了许多年，为什么偏偏跟你一说，第二天就成了？！不谢你谢谁？”

燕子当然还寄宿在小丁家，两个女人忙了喷喷香一桌子菜，还买了几瓶啤酒，伟仔跟小丁的女儿玩得吵吵闹闹——这个周末，不管从物质上看，还是从精神上看，都特别像个小康的周末似的。这样的日子太好了。

小丁喝得有些多了，一会儿代表他值夜班的丈夫敬酒，一会儿代表女儿敬酒，代表燕子、代表伟仔敬酒，还代表美国超人，代表灌篮高手、代表怪物史瑞克，把厂里所有的玩具都代表了一遍，把两个孩子逗笑得满地乱滚。

燕子也在一边殷勤地斟酒添菜，刘传强却不敢放肆地多喝。小丁就在旁边挨着呢，脸喝得白白的，嘴巴红红的，热了，又脱外套，浑身的肉都要挤出来似的，不知为何，这让他特别紧张，特别警惕，他尽力地控制着自己，不要老是看小丁，不要跟她对视，更不要偷偷地看她的胸脯……

这么些年，所有认识的女人里面，就只有小丁对他这么好了，这么自然的，如沐春风般的，他不能把事情给搞得下作了，跟个畜生似的……他就是天天夜里都在想着那些腌臜事儿，也绝对不能想到小丁头上去，人家是别人的妻子，人家是小孩的妈妈……再说，万一美亚哪天想通了，又突然回来了呢？

是啊，对于美亚，本该是恨的，本该是绝望的，但不知为何，只要一想到她，心中却是又疼又酸，刘传强不会忘记的，那一天，在影楼摄影棚里的层层帏幔上，是美亚主动把她给了他，这是多么大的恩情，他怎么能忘得掉！要不是美亚，他怎么可能睡到女人，又怎么可能有伟仔相依为命，对美亚，他只会感激不尽！怎么能恨她！！

这样七想八想的，刘传强低着头只管喝酒，喝得眼泪都要下来似的。小丁却没有觉察，正鼓动着燕子和两个小孩："快说，你们都有什么愿望，快说出来，我们这里有个活神仙，他会悄悄地帮你们的，什么不可能的事情都会成真，第二天眼睛一睁，就成真了……"

伟仔自豪至极，大声附合："我早就知道我爸爸是超人！我是我们班最后一名，可是我爸爸就能帮我竞选上班委！不过，嗯……"伟仔眨眨眼睛，十岁的孩子，知道童话与现实了，突如其来的狡黠，"嗯，我暂时没有什么要求……就算有，我回家直接跟老爸说就行了。今天，把机会让给你们吧。"

小丁八岁的女儿却信以为真，两只眼睛瞪得圆圆的，肥肥的手含在嘴里，谨慎地不轻易开口，见大家都笑眯眯地盯着等她，才有些扭捏地开了口："我……我最大的理想，是要跟我们班的邵奇亮结婚，他家有小汽车，他成绩最好，他会拉小提琴，他长得最好看！"

小丁一听大笑："好！我家女儿的眼光真不赖！看刘叔叔都在点头呢，你放心，等你长大了……下面，燕子，好燕子，这几天，在我们家你辛苦了，来，你也跟刘传强说说，就当是给神仙点香求愿了，心诚则灵……"

燕子果然也把脸色一正，放下手中的东西，又理理头发，非常郑重的样子：“其实我不用说，二堂叔也知道的，我就是想找份工作……二堂叔，什么苦差事我都不会怕的，随便什么，反正不能就这样傻呆着白吃白喝，我着急死了……”燕子的大眼睛汪汪的，像是要把刘传强心底里的那一点泪流下来了。

小丁见了，心疼得很，借着酒气伸过手来直推刘传强，好像事情简单得像喝一杯酒：“应了吧，应了吧。人家能指望谁，不就指着你嘛？”

这种时候还能推托吗，刘传强连忙大声地应承下来，刚准备举杯喝酒，小丁却又一把扯住他，大着舌头：“等一等，刘传强，你呢，你自己呢，有什么想法没？也跟你自个儿说说，顺便也一起实现了算了……”

“我呀……嘿嘿……还真没有什么。”刘传强给问得一愣，头脑中一片苍茫，是啊，他有过一些什么愿望不曾？让小丁是自己的老婆吗，让美亚重新回到身边吗，让伟仔是自己的亲生儿子呢，还是让两只腿一样长短……算了，不要开玩笑了，不要跟小丁一样说醉话了，在这个世上，他从来不敢指望过什么，从来不敢的……

11

从小丁家出来，走到一个街角，突然听到有人在拉二胡，不知是什么调子，有些耳熟，初冬的冷风吹着，听着特别的悲凉。刘传强连忙往口袋里掏，摸出张伍块，犹豫了一下放回去，换成两个钢嘣儿，让伟仔给送去。那人倒不是瞎子，而是个瘫子，坐在一张旧轮椅上一动不动，只管偏着头拉。见到有人丢钱，停下来，郑重地低下头道个谢。

走出几步，二胡声又凄凄惨惨地拉起来，刘传强听了，心中突然一动，这个瘫子让他想到什么事情……他停下来，往回走几步，去跟那二胡手拉起话来："兄弟，你应当，认识不少跟你一样的人吧……"

事情就是这么简单。

几天之后，在刘传强的带领下，厂里面突然出现了一些陌生面孔，有相互打着哑语的，有拄着拐棍的，有空挂着一只袖管的，出出入入，忙着填各种表格，填完就走了，并不真的留下来上线干活儿，那些活儿，他们到底还是干不了的。总之，主任默认了刘传强所提供的这个通道，对于这个交易显然也相当地满意：这些残疾人，除了一次性的费用，并不真的要支付工资，但在花名册上，他们已是厂里的员工了。残疾比例就此达标。

主任的任务就这样算是结结巴巴地完成了。刘传强很高兴，这事虽然不大光彩，但不管怎么说，他替那些流落街头的家伙添了一点外块，也替主任解决了个难题。算是一举两得了，没什么不好的吧。

主任显然是对刘传强另眼相看了，过道里，他喊住刘传强，看看他一高一低的脚，下意识地摸摸下巴："唉，现在，我真是欠你一份大人情了……哎，你那个远房的侄女，找到事情没有？"

刘传强又一次被幸福噎住了，像上次被小丁替他倒的那杯水噎住似的。难道好运真的再次降临？

"没关系的，主任。我替你找人不是因为找侄女的工作，那天，我不是因为好奇嘛……"刘传强不敢高兴，只敢重复他当时跟主任的承诺。

"行了，小子，别装乖。算我多事好了。不过，你先别高兴，这个事情，成败未定。因为厂长说过，除了残疾人，否则一个不进。你那个小姑娘，蛮机灵的吧，你能不能叫她……"主任把刘传强拉近，附耳交待一番。

刘传强听得不明不白，但还是依葫芦画瓢，跟燕子也如此这般、如此那般地交待了一通。燕子也听得似懂非懂，但因为事关工作,她像一个急着得到老师表扬的学生似的,直点头:“我知道我知道,就是,装看不见!什么都看不见!对吧。”接着,因为兴奋,她又不停地跟在刘传强屁股后面:“这么说,我进玩具厂又有希望了?这次是真的了……”

按照主任的指点,小丁带着燕子连跑了几个大医院的眼科,燕子就像鬼魂附身,得了奇病怪症,视力表上的第一行,硕大的“E”字,她就是死活看不清。走路跌跌撞撞的,全都要靠刘传强牵着,跟瞎子没区别了。

事情弄得有点鬼鬼祟祟的,刘传强心中很不舒畅。其实连小孩子都知道,这就是典型的弄虚作假么。可是怎么办呢,燕子从乡下那么远的投奔他来了,总不能让她一直在小丁家住着吧,小丁的丈夫碰到休息日总要回家过夜的,有燕子在,人家夫妻还办不办那事儿了呢。而只要进了玩具厂,不仅是替她找到了工作,还会有集体宿舍,什么事儿不都结了。

刘传强尽力地劝慰自己心安理得,世界上各种各样惊天动地的坏事多了去了,那些搞恐怖的搞贪污的搞女人的,燕子这个事情,应当不算什么吧。再说,照主任的话说,他也得找一些真正“能干活”的残疾人才行啊……

事情果然,有点卡住了。评残中心,燕子的病历在几个专家手上被翻来翻去,他们再三地打量燕子似无异常的眼睛,又打量刘传强站立不稳的腿脚,打量他们的衣着与表情,一些泄露他们身份与生存状况的细节,用那种复杂的、或许是同情之类的眼神,显然,他们不是第一次碰到这种事情,一个百分百的健全人,却要一份可疑的残疾证明,他们小声地相互耳语,用笔在本子上敲,又在电脑上看,在技术良心与人道妥协间徘徊不定……

吉凶未知,不过短短的几分钟,刘传强却已是汗湿后背,脸红如关公。坏事就是坏事,没有任何理由可以说它是好事。刘传强再也撑不住了,不战而败,他突然一把夺过病历,扯过燕子就落荒而走,逃之夭夭。

跑出医院大门,跑到半路上,燕子跑不动了,她停下来,因为再次的失望而哭泣。车辆来来往往,人群冷漠无情。她靠在路边的树上,用失神的眼睛张望着街道,她的确不是盲人,她看得一清二楚,这城市生活与她之间的巨大距离……刘传强在一边小心翼翼地呆着,无能感、失败感双管齐下。当初要没答应主任就好了,不出来折腾这个花样就好了。这对燕子不公平,就好比,给燕子一个苹果,第一次拿走了。现在又拿回来,她刚举到嘴边,可是他又把这苹果给拿走了。

晚上,龙二几个仍是喊他打牌,刘传强却提不起一点精神。牌桌曾经是他获得快乐的重要源泉,上了牌桌,好像什么都会忘掉。不过今天不行了,牌拿在手上,总能看到燕子那双失神的眼睛似的。他不能忘记,在那个愉快的周末的晚上,燕子曾经那样郑重地、当着大家的面,向他诉说她的最大愿望,她跟小丁一样,也相信他是无所不能的吧,是个神仙或超人……他现在又有点懊恼,为什么在评残中心,他会那么没出息,那么沉不住气的?说不定,当时软一下,递两句好话儿,编个故事什么的,事情就会是完全不同的结局,燕子这会儿都已经欢天喜地往集体宿舍里搬东西了,而且,小丁准会更加钦佩地用各种好听的词儿夸自己——虽然他知道那些话都是开玩笑,可是,真的,他多么喜欢小丁那样夸夸他,当成个大人物似的……

唉。主任嘴里的海风现在传染到他这里了。他叹口气,感到一阵苦涩,这以后,小丁肯定会瞧不起他的。

龙二见他没精打彩,也便收了桌子,打发另外两个家伙走了。龙二知道一点事情的原委,他犹豫着咳嗽了一声:“其实,我是不大好意思说。不知道……呃，燕子，对工作的要求高不高的?我们那里，倒是一直缺人，做美容，我可以亲手带着她，而且，我们那里收入也是稳定的……”

其实龙二刚一咳嗽，刘传强就想到他要说什么了。他心里有点激动，这个龙二，怎么想起来的，燕子哪儿能投奔殡仪馆去呢……可是，话怎么说得出口呢，说出来就对不起龙二了，人家都干了快十年了，别人好瞧不起他，刘传强无论如何不该瞧不起……再说，也难说，万一燕子愿意呢，有龙二帮衬着，总归是好一点的。

刘传强勉强笑着谢过龙二，捧着那豁了角的茶杯慢慢地回家去了。要不，明天跟燕子说说?可是，他怎么开得了那个口呢，人家本来是准备吃红苹果的，现在拿给她的算是什么，一只没法下口的苦瓜啊……要不，先找小丁商量商量，让她跟燕子开口说说看。唉。他再次叹口气，咸而涩的海风。

12

他不知道他已经没有机会跟小丁商量这事儿了。小丁，不再是他可以商量事情的人选了。

今天，真的很怪。小丁进来后，一句话不说，总躲闪着刘传强的眼睛。她身体有些僵硬，像个提线木偶似的，走到大纸箱边，没有像平常那样靠上去，却笔直地倚着，角度很别扭，很不对头。

小丁平常话是特别多的，简直太多了。今天这样子一静，刘传强并不是个傻子，先把燕子的事咽下去。他假装在抽屉里翻来翻去，想看看有什么东西可以拿出来谈论或收拾的。巧了，他翻到小丁寄放在这里的毛线团，他装着不小心，把毛线团扯到地上，那线团滚呀滚的，如愿以偿地滚到了小丁脚下。

刘传强矮下身子追过去，顺便抬头一瞧，发现小丁是在流眼泪,那么高大健壮的身体,流出小溪一样孱弱的泪水,事情这可就大了。刘传强慌了神,顾不得毛线团,连忙站直身子,伸手就上去揩起来,好像他只要把那泪水给擦掉,小丁就还会跟从前一样,大大咧咧没心没肺地嬉笑谈天。

小丁却一让,突然蹲下去捡毛线团了,他的手只在半空中保留着擦拭的动作。

"刘传强,把所有的毛线团都给我……我以后,不来你这里了。"

原来这就是结果,最坏的结果,末日提前到来。

多少次,当小丁在纸箱上为了一件什么小事笑得前仰后合,当她从怀里掏出热乎乎的肉包子,当她为了数错的毛线针而假装冲刘传强生气,唉,多少次那样的时刻,刘传强总会在笑眯眯享受着的时候分外担心受怕,他就知道上天不会让他这么舒畅如意,享用这么惬意的时光……果然,这不就来了,小丁,她说她不会再来了。

刘传强都没有想到要问问为什么,他像只被雨淋过的小动物一般,感到湿嗒嗒的,冷而难受,几欲打颤。至于天为什么下雨,难道那是小动物能管得了的吗。

小丁自己找出个塑料袋,把那些紫红的毛线团悉悉索索地装进去,一边喃喃地解释:"……不能怪他多心。谁叫我讲话没数的,从那时候你替他解决夜班问题就开始了,天天儿的跟他念叨你怎么了得,怎么神仙,帮了我多少忙什么的。还有我们家女儿,也跟在后面说刘叔叔如何如何。他这些天回家,又看到燕子在屋子里转来转去,好像我们全家每一个角落都被你控制了似的……"

"他……没怎么你吧?"刘传强知道天为什么下雨了,原来是有乌云飘到他头顶上了,他还一点都没感觉呢,他还一直当那乌云是片叶子呢。

"没怎么我。他那人,就是死不吭声,也不吃东西,疑神疑鬼的,问我跟你有没有那个过?说完了以后又后悔,可怜巴巴地拿眼睛盯着我,你说,他都在想些什么乱七八糟的呀……我们之间,干干净净的,谁想过那些东西?!”小丁委屈地停下来,眼里的小溪水流得更加湍急了。

刘传强有些心虚,又有些愧疚,脸都要红了。不能怪人家丈夫,小丁是坦坦荡荡的,可他刘传强,就敢保证没有想过一丁点儿别的念头?还记得小丁给自己倒水吧,一杯水,他就感动得翻江倒海了;还记得小丁躺在纸箱上的印窝子吧,等小丁走了,他也躺到同一个地方上去了,多没脸皮,多对不起人家丈夫……

“刘传强,你帮我的忙,我会一直记着……但是,你别生气,以后我打算不怎么来了,不给你捎吃的来了,不在你这儿打毛衣了,不在你箱子上歇着了,不跟你乱扯乱聊了……那个燕子,也不敢再让她在我家呆着了,对不起,我不能让他那么难过……”小丁低着头,一口气地跟他道别。

刘传强不敢接话,更不敢辩解或挽留,能说什么呢,说什么才好呢。

只怕以后这空旷的一个仓库,他一天天可怎么撑得下去?

说也奇怪,好像就在刚才那一刹那,他倒突然记起美亚来了,想念起她,前所未有的强烈。但这绝对不是因为爱,他知道美亚从来没有真心对待过他,可是,不管怎么说,美亚却是这世上唯一真正属于他的女人,仍然是他的妻子,他可以正大光明地想她,在那些焦躁难安的晚上想她,在那些过年过节的餐桌上想她,在伟仔生病的时候想她。总之,他得想一个什么人才好。他喜欢小丁,他在乎小丁,可从现在开始,他绝对不能再想她啦。实在要想念一个女人,就想念美亚好了——总得给自己一点想头才对,要不然,他刘传强的日子还怎么往下过呢。

13

登记入库时,车间的技术员打开包装箱,举起一只黄毛红嘴的塑料鸭子,表情非常古怪:“刘传强,你猜这是什么?”

“鸭子。”刘传强知道,这种塑料玩具,一般是给小孩在洗澡时游戏用的,最近,厂里开始大量生产,昨天刚进了十箱库存,今天又进了五箱。可是,现在的他,对鸭子哪有什么兴趣呀。

“准确的说,这个叫中国黄色鸭子。你知道厂里为什么突然造这个吗?告诉你,现在这种鸭子,在国外俏得不得了。为什么呢,说来话长,大概是1992吧,有一艘船,从我们中国运到美国,却在太平洋上翻船了,太平洋你知道的吧,那多大呀!将近三万只这种模样的黄色塑料玩具鸭全部掉到海里,但它们是塑料的呀,又沉不下去,于是它们就开始漂,遇到好多气流,遇到好多风暴,遇到好多冰山与暗礁什么的,它们漂呀漂呀的漂到好多地方,什么印度尼西亚呀澳大利亚夏威夷呀什么的,我记不清了,有的还到北极了呢,总之是越漂越少了。”技术员翻翻眼睛,想了一会儿,接着往下说:“然后,据说,这批在海洋上漂了十四年、漂了六万多里的最后一批幸存的鸭子,去年到达英国了,那是它们漫长漂流的终点,了不起吧!在网上,已经有人把每只漂流中国鸭子的价格炒到1000英镑,你知道1000英镑是什么概念,那要值人民币一万五千多块呢!吓人吧!外国人再有钱,也不能个个都买得起呀,于是,我们就造一批长得一模一样的,它们没有漂过那么远的海,可是一样好卖,咱们一样能赚点小钱……”

刘传强听得入了神:“你是说,那些鸭子一直地,在海上,漂了十四年、漂了六万多里路?”

技术员以为他不信,有些不耐烦:“是啊,不信你到网上查,写得清清楚楚呢,塑料鸭子,耐驮得很。不过,你可能不会上网吧,你家没电脑……”正好手机响了，他急急忙忙走了，临了把小鸭子的屁股一捏，鸭子尖声叫起来。

刘传强却痴住了，他直直地呆坐下来，也顾不上复核刚刚进来的箱子了。不知为何，那些在大海上漂了十四年漂了六万多里路的最后一批鸭子让他感到激动人心，好像突然间对生活特别有信心似的。多么伟大的鸭子，多么伟大的旅程，多么伟大的结局：它们再次回到了陆地！并且身价百倍！！

刘传强激动地羞愧了，无地自容，弄了半天，他还不如那些塑料鸭子呢……美亚音讯全无算什么？燕子的工作算什么？小丁不再到仓库来陪他算什么？有什么过不去的事情吗？有什么解决不了的难题吗？想一想那些在无边无际的大海上漂了十四五年的黄色小鸭子们吧……

14

牌桌上，刘传强又重现神采，虽然出错了两次牌，但吆五喝六地相当兴奋。

龙二暗中瞧他，觉得刘传强像是回光返照，估计等牌局完了，他一定会更加沮丧——不久前，燕子已经搬回刘传强家了，那么个弹丸之地，男女间很不方便。没办法，刘传强只好暂时借住到龙二家了。龙二倒很热情，还给燕子送去一套洗漱用品，让她“尽管住好了，咱跟刘传强不是一天两天的朋友。”

等人散了，龙二其实也有些困了，他照旧把沙发放下来，做了个窝子，自己先躺上去。

刘传强还坐在牌桌上，一遍遍地洗牌，仍是很兴奋的样子：“龙二，难得咱们哥儿们这些天睡在一处，倒是聊聊天呀。”

“我怕你没心情。再说聊什么呢？聊工作么，我只会谈死人。聊女人么，我又没见识过。聊小孩么，你有我没有。”龙二这话听上去粗糙，但的确也是实情呢。

“是啊是啊，说真的，我倒一直替你急，你说说，这找媳妇的事情，就一直这样不咸不淡地拖下去呀？”刘传强替龙二感到一阵心酸，如果龙二喜欢他的生活——在仓库干活，带一个儿子。他情愿跟他换，真的，他蛮喜欢龙二这小伙子的，他希望龙二能过得好一点。这么多年，在龙二的小牌桌上，他曾度过了多少漫长的夜晚啊，他甚至是感激龙二的：有这么样一个哥们，不容易。

“能指望什么呢。我压根就不想了，想了没用。”龙二放平了身子躺下来，长长扁扁的。

“哪儿能放手呢。我给你说个故事，中国鸭子的故事。”刘传强抬起头，几乎倒背如流。这些天，同一个故事，他跟儿子都讲了好几遍了，现在很熟了，但每次讲，他都还会觉得很激动。

“嗨，瞧这故事编得！你倒也信！好，就算是真的吧，跟我又有什么关系？”龙二有些木。他虽是比刘传强小上几岁，但并不算个活泼的人。

“我也知道没关系。但你听了，难道不激动吗？难道心里不会翻滚起来，翻滚得都能下面条下元宵！哎，你拿出点热血劲儿好不好？这样，你跟我说实话，比如吧，你现在最大的想头是什么？”

“没有，我现在想睡觉。”龙二不接茬。

“真是的，就说说呢。万一我可以帮个什么忙呢。”刘传强又好奇了，或者说又犯贱了。虽然他的确没什么本事，提不上筷子扶不上墙，但他真的，想做个好男人，好爸爸，好哥儿们，这总没有错吧。

“唉，你这人，怎么老要别人掏心窝子呢。这么着吧，你信不信？其实，这些年，我还是存了一点钱的呢。殡仪馆那边，听起来瘆人，待遇还是不错的，但我也不想干一辈子、最后把自己送进大烟囱。所以我总想，等哪天钱攒得够本了，就出来开个小店，卖卖小孩文具什么的……其实我蛮喜欢小孩子的，在那种地方呆久了，我就想看小孩子……这事情，我都想了好几年了，但总是怕，不敢开头，万一，开店亏本了，我就连扑克牌都玩不成了……”龙二感到自己话说得有些多了，说过了又有些后悔，马上缩住舌头不作声了。

“这就是你的最大想头？”刘传强竖起一根指头，加以强调。

“别笑话我！是你非要叫我说的……是不是太不切实际了？一个小破工人，除了伺弄死人，什么都不会，还想开门面店做生意！”龙二老大不乐意地盯着看刘传强的反应。他现在很懊恼，干嘛真的跟刘传强说出他的这个秘密。真是的。

“哪里？是太好了！龙二，我就知道你会有大出息，大，出息。你看。”刘传强高兴得打起结巴，站起来四处比划。“你看，龙二，你这间小房子，正好临了小马路，把墙一打通就可以了，花花绿绿地装扮一下，就可以直接开门大吉了。不过，别开什么文具店了，我看，不如开个玩具店算了，你知道的，我可以帮你拿到出厂价，保证全中国最低最低的价格，如果有处理品的话，我也保管第一个通知你，那简直跟白送似的……”

龙二从被窝子里拱出来，睡意全无：“你……你不要拿我寻开心。”

“谁跟你开心？而且，我还可以帮你找到打下手看店的小姑娘呢……”刘传强眨眨眼睛，这不能算是早有预谋，好像也就是在刚才那一小会儿，那一刹那间，燕子的工作、龙二的工作，被他天衣无缝地搅到一块儿了——像星星在天上突然亮起来似的，真的，突然就想到了。

“这么说，燕子还是不愿意到我们殡仪馆工作了？”龙二不快而失望的样子。这方面，他就是太敏感了。

“也没有。我压根就没跟她说。你想想，等她过春节回老家过年，别人问她，在哪里打工呀，叫她怎么说？我以后还回不回老家了？

龙二你不要多心，我不是瞧不上殡仪馆的活儿，他妈的我们谁离得开殡仪馆？尘归土，土归尘，谁到最后不去报到啊！只是我不好意思跟燕子开口呀，人家漂漂亮亮一个小姑娘，来投奔我的，我这算是帮她还是怎么的？你千万不要生气……”

“哦，不生气，那索性你就什么都别说了。等我的小店儿开了，请她直接来帮忙就是了……”龙二有些不好意思似的。“燕子这人，挺好的，也喜欢小孩，看她跟你家伟仔玩得多好，她要肯替我站店，玩具肯定好卖……”

刘传强瞧瞧龙二，无缘无故的，这大小伙子，他怎么突然扭捏起来了。

刘传强躺下来，突然发现龙二把头钻进被子，拱起背来，发出奇怪的声音，刘传强小心地趴过去凑近了听，龙二却突然把被子一掀，脸上湿漉漉的，不知是汗还是别的什么，声音有些紧张：“这么说，你家伟仔说的，都是真的了？”

“他说什么了？”刘传强一惊。

“说你……是超人，什么事情跟你一说，不对，就是不说出来，都能成的……”龙二又把被子一蒙，嗡嗡地勉强把话说完。“其实，自从你家那燕子一来，不知怎么搞的，我就一直在想，我如果能跟她一起干活儿，不论在哪里，做什么事都行……我本来想跟你说的，怕你骂，可你瞧，现在好像都快成了……”

刘传强笑得跌坐在那颜色脏得发黑的沙发床边上，一时不知是喜是悲。哈，燕子跟龙二的事情，好吧，只要他能办成，他肯定会包在身上的，中国超人么，有时候，可能也会做个媒婆什么的……

15

刘传强笑啊笑啊，一直笑到了他的梦里。他看见自己真的穿了一条红色的内裤，像超人那样，穿在外面，下面的玩意儿不知羞耻地挤得凸出来。

他变得个子高大，两腿修长，一样高低。他五官英俊，女人们个个爱慕。

他没有飞檐走壁，因为那样他离开人群太远，他听不到他们的梦想。他也不想到大饭店或小汽车里，那里面的梦想，比如买幢别墅啊比如官升三级比如出国游玩啊什么的，他一时可能满足不了……

他想他应当挤上一辆公共汽车，挤在早班车上，挤在那些散发腋窝味与头发味的人们中间，挤在乡下人的大蛇皮袋中间，挤在便当盒与学生的大书包中间，挤在主妇们装有弹簧秤与零钱的塑料袋间，挤在所有受尽折磨、休息不足的脸庞边。这样，他可以听得一清二楚，听到他们每个人在说些什么，对着手机，或者对着身边的伙伴，或者，只是用睡眼惺松的眼神对着肮脏的街景诉说，诉说他们的梦想，足够卑贱，足够廉价，足够让刘传强来替他们实现。

“等我发加班费了，我就到发型屋去做个头，最流行的韩式……不过我不会去的，划不来，那太贵了，我真舍不得……我要把钱寄回去，真的，每个月都寄……可是，如果我能到最贵的发型屋去一次，我准会比章子怡还漂亮……”

“唉，要是我期中考试那天生个病就好了，比如腹泻或胃疼什么的，一直生一个星期，我就在家休息一个星期，光看碟片光打游戏，什么作业都不做，连书包都不碰。”

“天哪，累死了！只但愿我家里的装潢材料没有污染问题，我老婆马上就要生宝宝了，可不想弄出个白血病什么的。哦，还有，我不要买到毒奶粉，毒大米……其实我没关系，我都习惯了，但她要有小宝宝了，上天一定要保佑她和宝宝……”

“啊嚏！啊嚏！天哪，可不能感冒，我明天要面试，这是我的第十三次面试，也许是最有希望的一个面试。只要让我别感冒，我明天一定会行的，我的生活会翻开新的一页的。不要感冒，不要感冒。”

“她会喜欢我吗?如果我说我爱她她会接受吗?其实我只是没有房子而已,我买不起房子,我只能够租房子,可是!我多么爱她……有没有可能,她实际上,也有那么一点喜欢我呢?但是,在出租房里过日子,她会介意吗……”

……

刘传强心潮澎湃,宛如惊涛拍岸,但又蹑手蹑脚,如影随形,隐身于人们的左右,他紧紧贴在人们的耳边、脸颊或后背上,感觉他们肌肉无力的颤动,泪水滑落的过程,腹腔中饭菜的蠕动。

无数的梦想,像微不足道的小蝌蚪,像命若琴弦的小蜉蝣,它们在空中游来游去、相互碰撞……好的,来吧,全都说出来吧,都大声地说出来吧,相信我,什么都可以实现,一定会实现……

饥饿的怀抱

一

1

我是突然造访儿子公寓时认识Sophia的，不久即开始了与她的交往。而我与儿子间出现实质性的裂痕，正跟Sophia有关。是的，得承认，我与她岁数极为悬殊，46岁，这超出任何的宽容度和理解力。

更何况，我们父子，从一开始就有隐蔽的积怨，这跟一个“八十块钱”的典故有关——

有了女儿之后，是否再要一个孩子，我们一直犹豫不定，七九年左右，突然传来关于“计划生育”的说法：每家只许生一个。

这怎么可能呢！任何一项政策的开初，都有种笑话般的荒唐性质，大家说说笑笑，觉得那是遥远而不可思议的。可同时，又产生了一种紧迫的压力，就像现在车牌限制、黄金升值之类，任何的风吹草动，人们总会想尽办法加以变通式的囤积，以争取一点微乎其微的利益——正是在那种近乎戏谑的背景之下,带着抢上最后一班车的心态,我们急急忙忙怀了儿子,然后,与同一批突袭生养的父母一起,心照不宣地藏着掖着,半公开半秘密地生下了他。

我们被象征性地罚了八十块超生费,就此得到一条合法的人命与一个合法的户口!比之后来因计生政策而出现的诸种离奇与惨烈,这简直就是“细细的皮鞭、轻轻地打”么。很长一段时间,特别是儿子小的时候,我们常常口头禅般地挂在嘴上,带着小户人家的庆幸:八十块的儿子,多大的便宜啊!许多倒霉的父母,丢了公职、罚得倾家荡产,还是个丫头片子呢!在无数次的传播与强化中,可以想见,这个“八十块钱”的故事,如影随形地伴随着儿子,像是植入小树躯干的一种特殊药剂。

早期,儿子不甚明白,因而显得自豪,尤其有外人在场时,为了吸引注意,他会主动地提起:你们知道吗?八十块……

到了变声期的年纪,好像是羞于开口,对这一特定的“数目”,他表现得无动于衷,连一个应景的微笑都吝于流露,这让我们失去了反复谈论的乐趣与土壤。

渐渐的,他到了都不怎么跟我们说话的青春期,八十块钱,便如同一个过时且变了调的电影插曲,只在儿子生日时,我们才会哼哼着旧事重提,他的反应则更加莫名其妙。八十块!的确好玩!他从嗓子眼里发出短促的笑……我终于意识到,儿子的眼神表明:他痛恨我口中的这“八十块”。

2

毕业后进入电台拿到第一笔工资,儿子就到外面租了房子,合租公寓,自由而热闹,正合他意,就此把我甩得远远的。是啊,他那么年轻,我如此之老,于他,我甚至存有一种不愿承认的心虚,似乎他正代表着崛起的、最为新鲜的力量。

料想妻子也有类似的心理障碍,早期的母性现在转化为对儿子盲目的崇敬,除了管好他的吃喝洗用,她已无法再提供什么,每次儿子周末回家,她便留声机般地按下问答键:今天想吃什么呢?床单带回来洗了吗?晚上一定要少熬夜……

儿子总不屑地笑笑,然后专心忙自己的事情:寻找特别的声源,录音。

不知怎么回事,儿子对声音极为敏感,好好的,总会突然停下来,注意地聆听一小段特别的声音。开水沸腾之际的嘶叫。把止痛膏药从皮肤上扯开,汗毛一根根拉长,剥皮般的断裂。洗衣机里衣服的铜扣子一圈一圈地敲打滚筒。楼上一枚弹子球掉到地上,在天花板上越来越快、越来越轻地弹跳。对面人家的门铃因为电池不足,那走调的曲子总令他拍案叫绝——邻居换了新电池后,他遗憾无比。

他的这个小爱好,倒也无伤大雅,我甚至暗中欣赏:一个有点古怪癖好的人,总是要可爱一些。

但当他带着录音设备回家来,就有点过分了。两只黑乎乎毛茸茸的采音话筒,像大猩猩的手一样,伸到我的嘴边——他要录我含着水吞咽降压药的动静,我清嗓子吐痰的声音。像一个灵感出了岔子的艺术家,他在家里的各个角落逡巡,试图捕捉任何一点古怪的动静。早晨拧开水笼头,弯弯曲曲的管道中水流不畅的回声。灶台上煨银耳,往里面扔冰糖,如同小石子投入最粘稠的湖面,荡漾起的“扑扑”声。脱下毛衣,头发与毛衣之间发出“啪啪”静电。阳台上,大风吹起,半湿的床单鼓起风又突然放掉风,那是什么声音?我找不到确切的拟声词。

不仅仅止于这些。他还戴着墨镜跑到大街上,手里捏着一个灵敏的微型录音笔,他所录的,可以随便想象:当你走上拧麻花般的三层立交，当你停在早点摊子前，当你撞上两个拖着编织袋的外地人，总之，你在大街上可能碰到的一切——闭上眼睛，滤去画面，只留下声音，那天真、不和谐、脏乎乎的市井声……

然后，他把这些声音放到他的节目时段里，每天放三到四个，让听众去猜……节目竟然因此大受欢迎，不知是无所事事的人太多，还是他们全都变得足够幽默，总之，他引起了相当多的关注和参与——儿子竟有些名气了，提起他的名字时，人们会说，“哦，那个‘搞’声音的主持人！”

“搞”，是个生动的说法。

3

两年后，妻子去世，我被接到女儿家跟她过。我们原先的家，便从地球上消失了。老年人的生活，是不能细想的。女儿给了我一间独立的客房，对我体贴且孝顺，可是这改变不了寄居的实质与老境的悲凉。梦里，我总觉得是住在旅馆，我把换洗衣及药物都放在一只大包里，再把大包放在柜子里，好像只要需要，就可以从失眠的凌晨里爬起，迁徙到另一个陌生的地方。

儿子更少露面了，隔上两三周，才冷不丁、赏赐般地突然出现，像住进家庭旅馆，他丢下一些需要洗涤的衣物，瘦长的身子晃来晃去，在食品柜里翻弄，一边散漫地回答姐姐殷切的询问（与母亲的那一套差不多，无外乎是吃喝起居）。他显得有些神不守舍。

渐渐的，我发现他很少主动跟我搭话，并且越来越明显，偶尔我捕捉到他的眼神，突然地一亮，飞快地从我脸上掠过去。

——这个时候，我已暗中结识了Sophia。我有些心虚，试图努力。饭后，不抽烟的我会主动递给他一根烟，拉他在沙发上坐会儿。

他皱着眉头坐下，但不看我，也不交谈。他这样跟姐姐解释：我在节目里说得太多了。后者于是理解而佩服地笑了:可不是嘛,这声带肯定跟橡皮筋一样,需要松动松动。

于是,他就在我的一侧,摊着脚妥当地坐着,一言不发,带着不太友好的力量。有时,他一刻不停地发送短信,或是接电话,讲一些莫名其妙的事情,训练有素的声线响亮而浑厚,脖子里的喉结上下滑动,他那突然变得快活的语调表明:在这个客厅之外,在我的想象力之外,他有一个多么广阔的天地。

偶尔,我寻找话题跟他探讨。比如,他的那些录音,为什么会获得众人如此热情而广泛的参与,其背后,是否有什么社会学或心理学层面的因素……

如果他姐姐在侧,他会以最简短的回答敷衍我;客厅若无旁人,他会不那么客气地打断我,卷着舌头,似带有某种暗示般的冲我来上那么一两句:"啊,行了行了,别累了,我烦我的神儿,你忙你的事儿,咱两不管,别非得亲亲热热。"

我勉强回应以一个父亲式的外强中干的笑,同时一再对各种细节加以回忆和确认:不可能的,他不可能知道我与Sophia的什么。

二

1

我与Sophia在儿子公寓的头一次碰面,其起因当然是儿子——他已经连续七周没有回家,打手机也只说忙。做姐姐的因此兴奋起来,满脸夸张的忧心忡忡,请我一定要尽到义务,最好上门侦查:他是谈恋爱了呢?还是失恋了,还是工作的缘故……

因为久不出门,那天我特意穿扮得极为整齐。退休多年的人,说得轻佻点儿,似有种红颜老去的心境,对生活特别的讨好、郑重,偶尔出门办事，格外的讲究，若能博得别人一两句客气的赞赏，可以暗中得意大半天。

我敲门，开门的就是她，Sophia。

她大概是在洗头，一路上滴滴嗒嗒。我不明白儿子的公寓里怎会有女孩子，他并没谈女朋友啊——其实这是早已流行的异性合租，我以为认错了门，犹豫地报了儿子的名字。

“他不在，您请进。”她大大咧咧地把我迎了进去，又到卫生间忙碌，哗啦哗啦的水声。

我紧张地环视，还没有从异性合租的震惊中恢复过来。这是一个四室两厅的大套，风格混乱，门上的大海报、角落里的哑铃、茶几上堆着拆开的泡面，一盆龟背竹半死不活，地上的接线板四面八方拖着。瞧瞧这些吧！我陡地生出老年人常有的沧桑感触，为这些孩子的新鲜生活而暗中唏嘘，并想到了我那拘谨的青春期，精神与肉体，双重的一贫如洗……

女孩子不知道什么时候出来了，正把额前的头发圈成一个奇怪的花样，用夹子固定。“我叫Sophia！”她一边自我介绍。

“索—非—亚？”我知道一个阔嘴巴明星。

“不对，别翻译成同音中文。”她皱着眉头，好像这非常要紧。“这是法文名儿。但可以用英语音标，跟我念：S-O-PH-IA！”她撅起嘴朝我示范。

我学过几年俄语，并且儿子女儿上学后整天在家听英语磁带，真要让我发这些音并不难。但我不太乐意。现在的孩子，真莫名其妙，一个法式发音的外国名儿，能说明什么？

她忽然走近，并伸出手，从两边往中间挤我的腮：“跟我念。S-O。”接着又把我的上下唇捏成鸭子：“PH”。又撑开：“IA”。

长这么大，还没有人这样掰弄过我的五官，我有些羞愧，当然，也有一丝意外的愉悦,我不得不模仿着她,从喉间发出似是而非的声音。她的手湿乎乎的,在我脸上留下一团洗发水的化学香气。

Sophia满意了,她拍拍我的肩:“很好,还挺聪明的。你这个岁数,就应当多学点新东西。要不然,什么都不懂,多可怜!”接着,她把我往旁边推推,一屁股坐到沙发上,打开笔记本电脑,在上面忙活起来,一边朝我呶呶嘴:“要玩吗?这个游戏?不难!”

我跟她见面不过短短几分钟,她对我却如此亲切随意,拍拍打打,如同多年旧识,真让我莫名惊诧。万事万物皆在加速:火车,苹果或肉猪的生长周期,南极冰川的融化。从前,两个陌生人之间,要通过几个月来克服的羞怯与距离感,现在只要一两秒吗?

我往沙发另一边挪了挪,摇头拒绝了她的提议——我全然不懂电脑。

在我退休前的三四年,电脑开始普及,但因我在单位资格较老,年纪又长,众人便都放过我。退休下来,这么些年,更加不用提了——罕见地,在如此现代化的情境下,我于个人经验中顽固地保持着对电脑的空白。渐渐地,我甚至有些自喜,认为不懂电脑、不上网,也勉强算是一种可嘉的老派风格了。

她撇撇嘴:“哼,人活着,就应当享用整个世界,好吃的,好玩的。你真傻,白活这么老了。”顿了顿,又热心地补充:“这样,哪天有时间,找我,保管把你教会。”

我告辞出门时,大约是出于她的交际习惯,Sophia飞快地报了一组号码,那是她的手机,她以为我是个年轻人,可以凭空记下这么长一串数字吗?但我不愿示弱,下楼时,嘴中念念有词,终于勉强记住。存入手机时,却碰到难题,因我不知如何输入一个外文姓名。想了想,在她的名字处,我输入了“少女”一词——这两个字,有如春风,让我感到一种特别的喜悦。

路边的梧桐树偶尔飘下枯叶，大风起处，行人捂紧他们的领口，萧瑟的秋景似有言外之意。我突然明白过来，她为什么会对我亲热而放松，一定，只是把我当成个失去性别意义的老头子了。

这想法让我有些沮丧，一会儿之后，我又突感轻松。怎么说呢，就像是，有人让我到舞台当中跳一支现代舞，我没有胆量，但有人又递给我一个面具，好极了，戴上它，就可以放肆地、随心所欲地跳了。我想，我的年纪，或许，就是那么一个适宜的面具吧。

2

68岁，多么典型的老头子啊——我经常会在我们的聚会上注意观察我的同龄人。

我留意我们说话时的嗓音，声带松弛，带着这个岁数特有的嘶哑，气流在口腔与嗓眼里盘旋，形成空洞的回声或短暂的停顿。频繁地，为了一个想不出来的熟人名字，我们突然失语，急得双唇颤动，半天没有声音。

我们的话题，一般总是滞后的上层人事变动与高官腐败，这是从机关退休带下来的惯性，很快，我们滑到保健与养生，糖尿病的饮食与降压仪的牌子……说着，有人会掏出花花绿绿的药瓶子，像年轻人分享口香糖那样，一只只手传递着研究。灰白干燥的手上缀满褐色的老人斑。

我们中的大多数，都戴着一顶样子过时的帽子，那帽子下面，我知道，是更加过时的发式——如果还有头发、并可以做成发式的话。帽沿下面是眼皮，一层层地耷下来，眼皮与皱纹的重量，使得我们看上去总像在打瞌睡。我们喜欢相互凑近了亲热说话，嘴巴里的味道立刻冲出来，不分彼此——那不能算是口臭，最多，只是老的味道。

分手时，我们会真挚地相互拉手，一遍遍重复雷同的道别之辞，相约下次见面的时间与地点，这个说完那个再说。反正有的是时间、可以没完没了地说下去，反正一转身，糟糕的记忆力就会无情地背叛我们。

聚会最终散了，变矮了的胖身体、黯淡的衣着、迟缓摇晃着的步子，进入色彩流淌充满活力的大街，成为一道破败的风景。我站住、长久地凝视他们，像在看自己的背影，一边带着恶意提醒自己：一切还会更加糟糕！有一天，我们，连走都走不了，站都站不了……

可能，我的这种反应，不仅仅是生理性的自弃，还包括有对死亡的不甘、对人间美好事物的贪念。我企图寻找到一条绳子，可以把我与年轻、与美、与时代，紧紧系在一起，哪怕是通过一条常人不大能够理解的途径——是的，我指的是我与Sophia的交往。

3

我到合租公寓后的下一个周末，儿子回来了一趟，他没有对我们解释他前一段时间的消失，也没有提到我的贸然上门。看来，Sophia没有跟他说起。这让我高兴，虽然可能只是Sophia忘了而已。

看到儿子，我突然又想起Sophia了。这是我第二次想起那姑娘。

昨天，我去机关退委办有事，大院里碰到几个从前的同事，他们为了什么事正在相互争论着推搡，看到我，他们恭敬地侧过身子，招呼我“啊，您老啊！过来办事吗？慢走！”然后，再接着刚才的话题继续高谈阔论着走了——他们的对话我字字听得明白，却偏偏弄不懂具体所知。

这样的情形很多，不知始于何时，人们，包括只比我小上十来岁的那些家伙,都会常常说到一些我完全插不上嘴的话题,他们所用大概是简略语或英文速写,比如CS、BT、PS、COSPLAY、KUGOO、PPT、RAR之类……我承认我落伍了,我从来也不敢指望自己是个永立潮头的百事通,我在意的只是众人那种理所当然的态度:好像事情就应当这样,我就活该从热气腾腾的社会中一步步退场——这让我强烈地感受到一种绝决的、毫不犹豫的抛弃,他们、这整个社会,都不要我了!

同事们的背影消失在拐角处,我若有所思地跟随着他们的路线,最终,面对一块被修剪得毫无生机的小花坛,我一下子想起了Sophia——我与她认识的那短短半小时内,她竟一下子准确地抓住了我的软肋,她怜悯我,还拍过我的肩,发出由衷的感叹:“你呀,应当多学点新东西。什么都不懂,多可怜!”我还记得她当时的神情,像个准备帮助弱者的志愿者……这世上,似乎竟只有初次见面的她,知道我缺少什么需要什么!

我记下的那个号码是准确的吗?我急得浑身冒汗。

等儿子走后,我出门散步,一边掏出手机,笨拙而小心地按动,终于,找到了!“少女”,我嗫动着嘴唇,完整地念出那十一位数字,带着感恩之心,像软弱地抚摸过一丛含苞待放的花朵。

“喂?哪位呀?”好极了,是她的声音。我没有记错号码,我抓住了我想要的绳子!

听上去,她把我给忘了。幸好我是在马路上,谁也不可能笑话一个语无伦次的老头儿——我尽可能详细地把那天的情形复述,她在洗头,我找我儿子,带着急于让她记忆复苏的迫切,我不得不加进许多细节:她的发夹,她脖子里的水,衣服上的湿印子等等。相信吗,这让我愉快,我感到自己的视角与语气都很像一个富有朝气的人,为了取悦一个姑娘,在努力地表现他的小情趣。

“你那天答应我的,如果想学电脑,就找你!”我故意用一种轻松的口气。

4

儿子的节目是晚上七点到八点半。因此，我晚饭后六点半左右到他的公寓，是最安全的——无论如何，我不愿让第三个人知道，更不要说是儿子。

Sophia开了门，她嘴里啃着一只苹果，嘎嘎响："怎么，心血来潮了！不过，你干嘛不跟你家儿子学呢？绕这么大弯！"

"他呀，他认为我太笨，不肯教，所以，我想悄悄跟人学会，给他一个反击！"我以玩笑的形式撒谎，同时，我想我给了她一个明确的暗示：此事，要瞒着儿子。

Sophia显然心领神会，她哼哼鼻子："现代版父与子！那你以后就周三来吧，正好另外两个人，这晚都在外面上课。谁都不会知道我有你这么个学生！"

刚吃完苹果，她又打开一包海苔，同时还扫荡了一小袋鱼皮花生。她那大吃大喝的痛快样子，让我又羡慕又心酸，我简直都想不起来，我什么时候有过这样的胃口和牙口。

我坐到沙发上，小心地抚摸着手提电脑，把它摆得特别端正。说实话，我有点激动，也有些恐惧，以及对自己不解：为什么，我突然间就妥协了，想要进入抗拒多年的电脑？这样真可以延缓衰老的侵蚀？可以证明我仍然活得像模像样吗……不，算了，别找这些大而无当的借口，为什么不肯直接承认：其实，我只是想跟一个年轻人说说话！我想感受生活那热乎乎甜丝丝的劲儿！

她的手机突然发出一阵刺耳的音乐——我后来知道，这是她的定时呼叫——她迅速站起来，从包里翻出一个小东西，我知道那玩意儿，坐公交时，大部分人脖子里都挂着它，然后垂着眼皮随着车身摇摇晃晃。她把耳机拖出来，塞进耳洞。见我盯着，她慷慨地分出一只小耳机塞到我耳里："可怜，你不会都没听过MP3吧？"因为耳机线不够长，她离我很近，甜美的呼吸像是清晨的时光。我一阵感动。

左耳里突然传来儿子的声音，带着夜间电波里那种特有的温和与亲昵，紧贴着耳膜，被最大幅度地放大，Sophia甚至把音量再调高了一些，这样，他好像是在跟我大声地耳语，并同时跟Sophia大声耳语，跟所有的听众大声耳语……听了大约五六分钟，我嗓子发痒想要咳嗽，拨出耳塞，感到轻微的耳膜疼痛。

Sophia皱眉看看我："我其实比较习惯用耳机听。算了，将就你吧……"她进入她的卧室，找出一个小收音机，上面贴满了粉红贴纸。打开开关，儿子的声音立刻在整个客厅响起来。

为什么要听我儿子的节目呢？她以为我需要，出于肤浅的家庭虚荣？我该不该告诉她，我基本不听他的节目，我不愿暗中关注他的工作，那显得有些巴结，不像个父亲。

Sophia 好像看出我的疑惑，她眨眨眼睛："看，这样你就可以放心了，你儿子一直呆在直播室，他不会突然敲门进来发现你的！"

我不好再表示反对。事实上，儿子的声音，以及他在电波里所"搞"的那各种各样莫名其妙的声音，让我的心情多少下降了几度，像有个小小的冰块扔进了我心里的那杯热水。

5

第一节课——我坚持用这个说法，她教我常识与术语，如图标、主页面、收藏夹等等。Sophia嘲笑我严肃紧张的样子，特别是当我从口袋里掏出一个小本子，急促潦草地记录时，她乐得直拍我，说我是个可爱的老家伙……

直到儿子的节目结束，她才关了收音机，并宣布教程结束。然后伸了个大懒腰，拿起一盒蛋卷，为了防止屑子掉到沙发上，她用手接在下巴上吃，那样子我很喜欢看。

“你可以再呆一会儿，你儿子很迟才会回来。你信不信，虽然我跟他住在一个屋子里，见一面还真不容易呢！早上我走的时候，他还没起床。中午我不回来。晚上我下班，他又上节目了，等我困得睡了，他都还没回来……”

我从学习的兴奋中慢慢平静下来，终于注意到Sophia好像并不特别高兴，那吃个不停的样子也显得不够自然。

“嗯，Sophia，你有事？要不，我还是走吧。”我想年轻的姑娘，总会有些追求与被追求的小事件，她或许在等电话，或者要打电话，一定不欢迎有个老家伙在一边碍手碍脚。

“不，没什么事。”她只管继续吃，嘴巴包着。“你走了，我也是一个人坐着无聊。你呀，你跟你儿子真长得挺像哦。”她若有所思地仔细端详我。

我同样打量她，并在心中努力寻找可以跨越年龄差距的共同话题。她的头发很顺滑，黄褐色，也许那是染的。灯光照在上面，像是夕阳西下时的色彩，这让我忽有所感；最主要的，是她放肆着吃吃喝喝的样子，有种奇怪的刺激性，拉扯到我的胃，而我的胃，又紧连着我的初恋，我不能不想到她，我叫她做“白薯”的，在夕阳下的石桥上……

往事像潮水一样扑打上来，淹没至顶！就价值观与理解力而言，Sophia 肯定不是一个合适的倾诉对象，但我并没有太多的选择，有时候，回忆太凶猛了，让人挣扎不出。

“Sophia，要不，我……我跟你聊一个跟吃有关的小故事怎么样？五十年前的事了。”

三

1

不知有没有人研究过，吃不饱的情况之下，人类在情感上的需求是会膨胀还是缩小？1959年，我十八岁，Sophia，比你现在小三岁，我饿得几乎停止发育，但我恋爱了，这听上去多像一个病句！

我所爱慕的那位少女，总的说来，是个磕磕绊绊的姑娘，从教室的后排走到前头，不是碰到这里就是碰到那里。“啪！”，我的一只空饭盒，被她碰到地上。她惊惶地回头，头发垂在眼上。而这时，她的脚又踢到了另一张桌子腿。她细瘦单薄，从侧面看过去，像是片没有馅的薄饼。

那个年月，可以用一个词加以春秋笔法：空荡荡。走出门，土地、树林、山沟；进入商店，从货架到仓库；所有的屋檐下，那些柜子与袋子，碗橱与老鼠洞。触目所见，皆像空洞的眼神或大张的嘴巴，带有黑色的阴影。有的人家在锅里放进绳子与棉布，长时间的烧煮之后，大人与孩子们一起闭着眼睛吞下去。技巧不好的人被棉花干噎而死，但送葬者一致认为他是幸福的，因为他的嗓子眼里结结实实。

好了，Sophia，这样的描述到此为至，虽然我本可以说得更加声色俱厉、活灵活现。但我知道，以你这年纪的习惯和节奏，会多么不耐烦这些铺垫，你们喜欢直奔主题。我只是想强调一下，这故事，“空荡荡”是个重要的背景。然后，才是我的初恋，病句一样的情感。

我所钟情的那个瘦长女生，她的上衣总是短短地吊着。课间操上，伸臂动作会让她的下襟提起，边角的肌肤倏地一闪。她的腰际，是透明的粉红，又似是神秘的蓝白，在我眼光里呈现出变幻莫测的色泽，越发加剧着我的爱慕之情。

令人沮丧的是，我并没有机会跟她独处，虽然她与我是一个村子的——女生们总是那样，身边有个亲热无比的好伴儿。Sophia，你们现在也还是这样吗?一个女生与另一个女生，互为陪伴，又似是监视，带着醋意的友情。她的那个伴儿，一直与我们同路。

2

那些星期六的傍晚，我们总是三个人一起从县中出发回家。漫长的乡路，她们一左一右地走在我身边，胃部的绞痛之下，我喜欢把她们比成吃的：一枚红薯与一枚白薯。白薯，就是我的那个姑娘，苍白而笨拙；另一个，矮小黝黑的，则是红薯。

半途，我们常常停下，对路边的田地加以分析，哪里可能还残存着一些被遗漏的果实。为了有所收获，我们会偏离大道很远，一直走到看不到村庄与行人的大地深处。

秋风瑟瑟，我们像挖煤人一样十指黑黑，有时，借助瓦片或棍子，三个人像小野兽一样曲着下肢移动，偶尔停下，满怀期望地刨出一个大凹洞，希望可以发现胡萝卜、土豆之类。最可能的结果往往就是几枚小而畸形的红薯，为了品尝这得之不易的美味，我们会不辞劳苦地聚拢些树叶，点起火，一边取暖，一边烤得半生不熟，连皮一起吞食。

那卑微的人间至味，连同秋风中渐渐熄灭的小火堆，以及坐在地上仔细吃着红薯的两个瘦小少女，总让我暗中悲怆得热泪盈眶。

Sophia，你大约不可理解，我为何会那样的难过——毕竟，这情境与我构想中的初恋背离太远。我可以接受一个女伴的点缀，可以接受长长归途的疲惫，可是，遍地翻寻食物、就地分而食之，这里面，有某种简陋与顺流而下的东西，让我产生心理上的绞痛。我总想,我与我的白薯姑娘,最起码,应该稍微浪漫一点的……

3

一次,碰上雨天,我与少女们对食物的搜寻不得不中止,雨水中的长途步行令我们更加狼狈。

白薯的嘴唇有些发紫,打着寒颤的肩头不时碰擦到我的胳膊。我低下头,看我们三个人的脚,单薄、脏乎乎的三双解放鞋,以那忍耐而伤怀的节奏,踩着没完没了的泥泞。

另一侧的红薯,倒走得冒汗了似的,浑身热乎乎地,散发出类似咸菜的味儿,给人一种可食的感觉。这让我产生了一种突如其来的好感,我朝她看去,后者,也正抬起她那双小而含笑的眼睛,紧紧地盯着我,我慌忙掉转开眼去。

这个红薯,此前我从未认真注意过她,她个子那么小,脸色黑红,先天带着笑一般……但我认为她的气质远不及白薯。

白薯的家先到了,她抖着乌紫的嘴唇跟我们道别,慌里慌张的,差点跌倒,冰冷的指尖无意中从我的背上掠过,带来一阵灼痛。这一瞬间,我多么心疼!她回过头来,看到我眼里的悲戚与怜爱,这似乎让她十分安慰,她冲我短促地一笑,露出一排牙齿——我可以确信:正是在这个饥寒交加的雨天,她跟我一样:恋爱了!她知道我喜欢她!

因为这被呼应的幸福,我几乎忘记了胃的存在。我理解中的情感,正是没有肉身、没有欲望的,更别提吃喝拉撒……

4

等走到红薯的家,天已经完全黑了,雨却越下越大。红薯让我到她家喝点热水暖和一下。

此刻,从理智上讲,我并不愿意与任何人呆在一起,我正强烈地渴望独处,哪怕是在风雨中,我需要好好反刍一下方才那稍纵即逝的画面,化飘渺为确凿,有可能的话,我想背上两句诗,为那初恋的降临举行私人的纪念之仪……

可是,真没出息,稍微想一想吧,在没有风雨的屋子里面,喝点什么热乎乎的——那天堂一样的场景诱惑了我。我再也迈不动半步。

好吧。带着点怨恨般的,我答应了红薯的邀请。

一回到自己的家,红薯就特别灵活了,她在灶间生了火,房间里很快升起热气。接着,她神奇地从哪个角落摸出两个黑乎乎的东西,放到蒸架上。Sophia,我说过那是五九年吗?说过我是十八岁吗?说过我们刚刚走了十几里路吗?那两个黑乎乎的东西,让我的眼睛都很难移开了!我甚至丧失了基本的礼节,都没想到要问一下,她的家里人呢。

红薯把我拉到灶下,我们像两只鸡苗那样蜷在那里,一边添柴火一边取暖。她主动跟我解释:“有个亲戚过世,他们奔丧去了。”

味道从蒸气里溢出,偷偷摸摸地香起来。

那黑乎乎的香里,是榆树皮香,槐树花香,花生叶香,玉米面香,总之我能想到的好东西,它都有,全了。红薯也贪婪地吸吸鼻子:“这是我妈妈的私货,她每天都想办法留下一点什么,枯的萎的黄的干的,不论什么可以吃的,她就留下来一点。然后,用一点点糙面和起来,拍结实了,做成疙瘩,能放很久。她藏的那个地方,以为我不知道呢。”红薯这样说着的时候,我觉得她突然变得好看了——一个人正在说着吃食,而且马上就可以吃到,这难道不是最动人的吗?

终于,红薯把两个小疙瘩装在小碗里递过来。我拿起其中的一个,预先想好了,要慢慢吃,但还是没控制成,“嗖”的一下,它飞到我牙齿间,瞬间没了。我吃得比任何时候都快,什么味儿都没有,嘴中重新空空荡荡。我真希望能把手伸进肚子,把那个疙瘩拿出来,再吃一次,然后第二次取出来,第三次吃,没完没了地吃下去……

红薯正把疙瘩举到嘴边,半闭着眼睛准备享用。我熟悉她吃东西的样子,我们从前在野地里烤东西吃时,她就是这样,半眯着眼,一小口一小口,细水长流。我盯着她,失控地盯着,看她的嘴唇与舌头,想象那里即将要开始的咀嚼。

她无意中看到我的神情,吓了一跳似的,犹豫了一下,突然哭起来:“你把这个也吃了吧……”她抽抽咽咽地哭着,把头扭过去,怕自己后悔似的,把黑疙瘩一直伸到我的嘴边,顶到我的牙齿上。

当第二个黑疙瘩也在我嘴中消失之后,Sophia啊,我忽然明白:红薯她喜欢我。以黑疙瘩为证,没有比这更强烈更深沉的情感了,我怎能漠然不见!就是当时白薯在场,我恐怕也决不会把一份吃的让给白薯!而如果是白薯呢,她会在此情此景下给我让一份吃的吗?这难道不是一个重大而科学的衡量标准?不,她不会的,每次我们烤食东西,白薯总是理所当然地挑一个看上去大那么一丁点儿的……

半个小时前,我才与白薯分手,就在那时,我刚刚感悟到初恋的存在,但这一刻,轰然倒地!与红薯的这一个黑疙瘩相比,我那个怎么能算是爱呢?还他妈的准备念诗呢!多么可耻、肤浅!

Sophia,你会笑话我吧,我知道,而今看来,不管是红薯对我,还是我对白薯,那十七八岁的爱恋,人们总会用一种过来人的世故眼光,好像那是可以藐视的,根本算不了什么。

可是,真的,在那个有着熊熊灶火的小角落,我感到自己的心,被紧紧地捏成了一团,最珍贵的东西打碎了一般,我茫然而绝望,真想趴在地上委屈地放声大哭!深不见底的饥饿中,我的初恋就这么屈辱地夭折了。

四

1

在Sophia那里，每个周三晚上，伴随着儿子的节目，以他的那些声音（装修工用气枪打钉、汽车接连开过没有盖子的窨井、濒死的大青鱼在瓷砖地上徒劳地跳跃、车库电动门缓慢地推出来再缩回去）作为背景，我学会了图片编辑、在当当网买打折维生素、与不认识的人一起玩牌等，小心体验着各种稀薄的现代化乐趣。

老实说，我并不是一个聪明的学生，而Sophia也绝对算不上是一个耐心的老师。她常用三字经骂我——她说起脏话来完全口不择言、暴风骤雨。但一旦我触类旁通、有所顿悟，Sophia又会击掌而起，摸摸我的脑袋，揪揪我的白发，不知怎样高兴才好。

一开始，无论是她的脏话还是亲热，样样令我噤若寒蝉、浑身紧张，慢慢儿的，我就不以为意、甚至甘之如饴了，如果人与人之间，都可以这样随便而放松地交往，该多好！

当然，我知道人际间的庸俗哲学，所谓友谊，可能只是各取所需。我不知道Sophia会从我这里得到什么，但我知道，从Sophia这里，如我那自私的愿望：找到了贴近这个新鲜时代的曲折小路：上一次见她，是彩色的短卷儿发，下一次，则用一种新技术给“接”长了，笔直乌黑。这一次，客厅当中铺一张瑜珈练功垫，她扭曲着身子演示了几个匪夷所思的动作，再下一次，不知怎的又迷上了什么灵修课程，神秘地让我跟她一起诵念一段半通不通的祈祷词。有时，她会安静地搞些什么“十字绣”，可没几天，又颠覆了，给我展示她肩头的纹身：加勒比海盗地图……

我感到我不仅仅是跟她一个人在交往，而是在跟整个新世纪以来的少女们交往，她们如此耀眼夺目、变化多端，这一切，我皆欢喜极了，正是通过Sophia，我得以跟这个万恶的、诱人的世界如此亲近！

不过她呢，Sophia，她跟我在一起，能得到什么呢。想到这点，我不踏实了。

2

金钱，是首先想到的东西。

我了解Sophia的工作，那份职业收入不高。她的工作很奇怪，叫做“商品推广”，就是在商场里不停地替来来往往的顾客们示范新产品的，比如：悬挂式蒸气熨斗、百用切菜刀片、无油不粘锅等等。她从一上班就开始演戏，在冰冷的购物中心里饰演一位家庭主妇，没完没了地做同一件家务活：弄皱一件衣服、再烫平；把土豆与萝卜切成复杂的花样……她描述得兴高采烈，好像这份工作甚是有趣。我听了却不是滋味，我在超市也经常会碰到一些孩子，她们站在高大的没有尽头的食品架前，单手举着一个托盘，里面放着切成细块的巧克力威化，不停地念叨：免费品尝，有奖促销……每每此时，我总假装感兴趣地停下，与她们聊上几句。我问过她们的报酬，低得可怜。我想，Sophia也并不会高到哪里去。

而我，有一份退休金，且花费不多。除了订阅几份报刊，我不抽烟，数月不购置衣物。有时，到银行查看退休工资卡，对那缓缓增长着的数目，我甚至感到悲哀。当一个人体会不到金钱的魅力，那感觉很糟糕——打个粗鄙的比方：跟淡出的性欲很是相似。

所以我很高兴，现在终于有一个可以有效支出的地方。为了得体，我以学费的方式每次给她一个信封。然后，考虑到她喜食零嘴，每趟上门，我从不空手。为此，我不得不长时间在超市食品区选购——这让我兴奋，我像广告里的人物那样，推着购物车，出手宽绰，随心所欲，在丰沛的商品前比较、寻觅，拿起、放下，流连忘返。

零食们一般体积巨大但分量较轻，我拎着膨胀的购物袋步出超市，感到一种特别的活力，那是来自物质世界的良性刺激——带着种矫枉过正的弥补心态，背叛我大半辈子的生活习惯，不再节俭克己，不再追求物美价廉，完全不要过日子般的，尝试各种新奇的、昂贵的……

Sophia对此总由衷地欢呼雀跃，她兴致极高地打开各种包装，左吃右喝，赞赏不已，她热烈地感谢，并邀我跟她分享。但我煞风景地摇头，带着衰弱牙口的凄惨相：太甜了，太油了，太硬了，太凉了，太粘了。

其实，我无法告诉Sophia——在挑选与购买的过程中，我就已获得足够的满足。这让我再次联想到性欲。老年生活，对占有与享乐的欲望，如同禅意，有不可言说之味：在放弃中才能得到。

Sophia替我遗憾，于是尽心尽责地向我汇报每一样零食的味道，她粉红的舌头，灵活地上下搅拌，表情极为享受，为了贴切地形容，她动用了许多离奇的比喻。我在一边看着、听着她的报告，感到无上的快慰，好像我过去所遭受的饥馑以及与之紧密联系的痛楚初恋，皆得到了最好的抚慰。

3

我的往事，是我讨好她的另一个途径。

自上次讲过红薯白薯的故事，几乎每次上完课，Sophia都会要我给她讲点陈年旧事，她表现出很有兴趣的样子。

其实，她让我看过她的MSN与QQ，前者有两百多个联系人，后者有五个群及七十多个好友……在我看来，这是非常惊人的数目，在网上，她与他们，不舍昼夜，谈得极其私密而坦率，讨论男友与女友,使用昵称和别名儿,发送便坨或玫瑰,个个都像是梦中情人、闺中蜜友、姐妹淘、生死党(上述一些名词,都是从她处学舌而来,虽颇俗气,但只能顺手用之)……

我所存疑的是,难道我的故事比网友间的聊天要好玩吗?在那么多热闹有趣的同龄人之外,她怎么还会需要听我这么个过时人讲的过时故事?不可理解。

当然啦!我们那些破事,其实都特没劲!Sophia像个挑剔的电影观众。我想听离奇的、悲惨的事情,那才酷呢!

她用了"酷"这个词。我一愣,但立刻说服自己忽略掉这个词对我的打击——其背后的猎奇心与冷漠感,明证了她与我之间彻底的代际隔阂与不可沟通性。

那好吧。就当自己是山鲁佐德,通过故事来无限延长她对我的兴趣与情谊,所以,我得控制好节奏与悬念,穿插乏味与高潮,尽可能地拉长我的往事……

讲故事的同时,我也在观察她……我认为她有心事,极有可能是恋爱方面的不如意。其实这个方面,我可以帮她!在这世上,走过了这么多年啊,我会教她,怎样去爱别人、或者让别人怎么来爱自己……

有一次,我试着问:"你呢,有没有好玩的或不好玩的故事,也跟我说说?"我小心翼翼向她的彼岸靠近。

"没有。"她极为干脆地翻翻眼睛,抓起一大筒薯片。自从我讲过红薯的故事之后,她会故意地在我面前吃各类薯片、薯条之类。"来,你随便讲。"

4

那好,就随便讲。

Sophia,就像你这样,而今,人们又开始吃薯条,吃窝窝头,吃玉米棒子了。粗粮细做，那些粗粮们被点缀在昂贵的酒面儿上，做成心形，做成一朵花，做成带小肚脐眼的包子。注重养生之道的筷子们纷纷伸向它们，细嚼慢咽，一边提到维生素B2，提到粗纤维，提到降血脂。

同时，他们还会长篇累牍、相互启发着抱怨，如同化学讨论：每株绿叶菜蔬，每天都要被喷洒200毫升农药；来自大棚营养土的菇类菌类，肥厚的叶片里饱含激素与催生剂。手剥毛栗了，色泽锃亮，乃涂以石蜡后的视觉效果。藕与萝卜，强碱浸泡后的通体白净。蛋白质丰富的鱼类与黄鳝，有避孕药的十面埋伏。奶粉与三聚氰胺。火腿与敌敌畏。鸭蛋与苏丹红……同时，深受发福之扰的人们，还会热心地互荐减肥良方，如何尽享口腹之欢又永葆轻捷之体：吃蛋弃掉蛋黄，肉汤撇去浮油，炒菜使用橄榄油，牛奶只选脱脂……

每当这样的时候，Sophia，你知道吗？我的胃便会开始可怕的痉挛，像是来自五十年前的致命击打，那完全昏死过去的饥饿记忆呼啸而来，千百只猫开始拚命地同时抓挠……为了避免出现失态——颤抖着手扔掉筷子，冲所有那些高谈阔论的人大吼大叫，我会借故离开桌面，离开那灯光过分明亮的处所，走到侍者来来往往的走廊，站到黝黑的窗前。

餐馆的院子里，一个挨一个地停着车子，现在人们都开着车到餐馆吃饭了，一切如此繁华而餍足！过上一个时辰，人们会披上外套一一离座，留下满桌的食物，他们得转场赶赴下一个作乐之地。

没有人注意到我的黯然，他们永不会理解，我这花白的脑袋，竟会如此脆弱；即便有人问起，而我恰好也愿意提起往事，他们也会暗中撇撇嘴可怜我：瞧，他是真的老了……

唉，只有那些跟我年纪相仿、正在走向衰老的最后一批老家伙，他们才会理解我为何会对饮食的富余与挥霍如此敏感……甚至，我产生了一种敌意：活该，现在你们就只配吃有毒食品、垃圾食品、化学食品，吃甜蜜素防腐剂与添加剂，这是报应，是规律——人类，不是死于饥馑就是死于贪婪。

在我激愤的言辞中，Sophia放下悉悉索索的零食袋子，似乎感到罪过。

不。我对她做个手势，继续吃吧。她哪会知道，我对她的喜爱，有相当一部分，正是因为她惊人的好胃口。从她的好胃口到我的差胃口，再到我的“白薯”与“红薯”，这里面，有种曲折、难以解释的条件反射，像看不见的绳子一样，让我反复绊倒，跌得浑身青紫。

她疑惑地抓起薯片，机械地往嘴里送，手指上沾满细小的调料颗粒。

我继续我的往事。

5

不久，因老师学生普遍体力不支，请假者与旷课者日甚，学校决定停课，直接放寒假。

回家的路上，背着简单的铺盖与杂物，我们三个人默默地走，深深感到前景一片茫然，刚刚开始的人生，倒像是已经到了头。我们无心像以往那样寻找吃的，事实上，正进入长冬，秋天所散落下的任何果实都被跟我们一样的细心人扫荡一空了。

我心中十分紧张，我知道，漫长的寒假一过，她们两个，是否会再次上学、我们三个是否会再次一起走在这条泥路上，很不确定了。那么，这基本是最后的机会——我必须当着她们两个的面，宣布我对红薯的爱。这是一种报答，是我必须完成的任务，否则，我没法跟自己交待！少年时期的人往往会特别激烈，要把自己往绝对的角落里逼。

走到一座破旧的石桥上，我们倚在桥栏上歇下。远处有一点斜阳，照得桥下冰冷的流水泛出点点碎光。我那该死的浪漫主义又动起了念头，是的，就应当在这座桥上，说出我应当说的话。

“哎！”我干巴巴地开了口，竭力显得自然而果断。“我要跟你们说件事。我喜欢你们当中的一个人……她是世上对我最好的人！”

红薯、白薯都惊讶地张着嘴看着我，下午的太阳，不太暖和，但还是把她们的侧面染成淡淡的金色，朦胧而伤感。我注意到，白薯躲闪了一下，脸马上红了。我痛心地发现：事实上，我还是喜欢她，就算她永远都不会让给我一口吃的！

但我飞快地一把抢过红薯身上的小背包，谁也不看，突然跑起来，跑得老远，一边逼着自己大喊红薯的名字。方才，红薯的表情是什么？我竟没有注意到，她猜出来了吗，我所要宣布的是喜欢她！那两块黑疙瘩呀，以及黑疙瘩背后黄金般的少女情怀……

红薯的背包里大概有饭盒一类的东西，叮叮当当地在我的后背上着响，一路伴随着我难以描述的心跳——事至今日，只要听到铝质饭盒的碰撞声，我还是不由自主要捂起耳朵，眼前出现昔日河水的点点碎光，两个姑娘的头发呈现淡黄，她们正抬起头吃惊地盯着我，我的心则像坠入山谷的玻璃，啪啦啦摔得粉碎……

五

1

事先没有任何提示，儿子突然打开电视，接着我看到他出现在屏幕上，身穿颜色鲜艳的紧身小西装，衬衫领子下绕着一根又长又细的黑色布条，头发向各个方向不规则地打着圈，像刚刚被狂风吹过。他在播报天气预报。

看来，这是他最新的心血来潮。报这个气象预报的原来是个小姑娘，但电视台后来发现，每天守在电视机前看气象的不是成功男士，而是居家妇女，这样的受众，可能更会喜欢一个生机勃勃的小伙子——就这么的，儿子顺利找到了这份兼职，当然，他有一张立体感的脸，带着混乱、多变的表情，据说最为契合当下的审美。

摇摇晃晃的镜头中，儿子一脸乖巧而虚假的笑容，为了保证广告时段，正以争分夺秒的语速一一道来：降雨概率……晾晒指数……穿衣指数……晨练指数……洗车指数……郊游指数……化妆指数……啤酒指数……钓鱼指数……

我止不住放声大笑，那一连串的指数真是叹为观止，着实大大地胳肢了我，谁折腾出来的？如此数字化而教条主义的精准生活……

儿子坐在沙发上转着打火机，一边严肃地盯着电视里的自己，没有对我的大笑做任何反击。女儿则在一边精明地指出：别小看这三分钟的出镜，每逢双数的整点就滚动播出，又出名，钱又多，播报一周的“指数”，能抵得上电台一个月的工资！

女儿显然很欣赏儿子的这份兼职，甚至翻出家里那台久不使用的录像机，把弟弟每天所播报的天气预报一一录下——如果她能够坚持下去，我们家将会有365天的降雨、晾晒、晨练、洗车等十来个生活指数……我甚至幻想着，很多年后的某日，后代的后代、一个少年，在贮藏室发现这些积着厚厚灰尘的老式录像带，出于好奇，比如，想到了“性、谎言、录像带”之类，那孩子会想方设法找到一个可播放旧式录像带的设备，接着，会看到几十年前的气象预报员，当年的时尚穿着与电视语言，一天接着一天，他陌生的先人在不知疲倦地做着各种手势，提醒那些旧时日的观众，风霜雪雨，阴晴圆缺，添加衣裳，预防感冒……哦，这简直太伟大了。

我想跟儿子这样开个玩笑，但他侧身坐着，疲惫而固执，神情拒我于千里之外，空气像冰疙瘩一样在我们中间凝结。

2

我暗中坐端正，某种心虚和不踏实感又纠缠上来，我担心他是否在为了某件具体的事情对我怀有敌意。紧接着，我又给自己鼓气，否定掉那种假设，不会的，他不可能觉察我与Sophia的什么——他把自己安排得太繁忙了，根本注意不了身边的任何细节。

为了获得更别致更生动的声源，儿子热衷于各种网络或民间社团活动，老游戏游版聚、雪茄客之夜、汽模家园之类，最近，他又进入一个驴友俱乐部，每两周出去活动一次，汽车后备箱里总备着帐篷、充气垫、折叠车什么的……他真的忙得很！而我，则只能从节目中出现的那些“声音”来大致了解他最近的动向……我突然想到，电视台这份违心的可笑兼职，或许只是出于经济的考虑吧，如他姐姐所说，他的收入，全花在了声音上……而这方面，他决不会跟我开口的。

我走到窗口，看他坚硬的背影挎着个大包进入地下车库，不一会儿，他那深绿色、落有一层薄灰的切诺基慢慢地从出口爬上来，接着，远了。

其实，我多少也能够体味到他的境地：跟父亲不得劲，姐姐仅是提供补养，尚无女友，亦没有特别交心的哥儿们……除了那些芜杂的“声音”，他似乎尚不知该从何处入口，去与整个世界交好或妥协。

唉，他为什么不能跟我聊一聊？忘了我是一个父亲吧！真希望我们能像两个自以为是、夸夸其谈的陌生人那样，一边喝点什么，一边交换秘密或伤心事，他说一些他的，而我，说不定会鼓起勇气，原原本本地从头说起：我跟Sophia……毕竟，这要好过被动地等他发现——他准会从一个背德的角度去理解，那样，对我们原本就薄弱的关系来说，无疑将是毁灭性的一击。

3

似乎，也有过那么一次，我跟儿子之间，几乎是要冲破什么了。

忘了是如何开始的，我记得自己正坐在沙发上半打着盹，一边暗中研究儿子脖子里所挂的饰物，是块黑色石头，造型古怪……

儿子忽然开口："那八十块，现在想想，花它做什么呢?毫无价值!"他说得没头没脑，我几乎没有反应过来，他所指的是什么。

这个时候，我们刚刚看过他客串的电视节目，可能正是他心情最糟的时候。那个花里胡哨、满嘴胡话的气象预报员，像是刚刚在我们的客厅，紧贴着我们的鼻子，进行过一场违心的表演。儿子一动不动地笔直坐着，似乎要表明，那个人跟他毫无关系。

八十块!看来，他真的一直惦记着，像一小枚肉眼看不见的回形针，卡在他的身体里。在身体深处的某个角落，常年发炎，疼痛，或者躁热难忍。

我突然间激动而慌张，暗中颤抖，像面临一个重大的机遇——如果，这会儿，我巧妙地抓住这个话题，像外科大夫一样，以一个轻巧的手势，优美地取出那枚回形针，那样，我准会赢得一个父亲的最大荣光。

可我应当怎么说?说生命的偶然以及偶然之后的无限价值，说我对他的厚望与倚重，说他事业终将成功……我左右权衡、无所适从，看上去简直像是反应迟钝，我愈加焦急，生怕儿子以为我在怠慢他。

仓促中，我急不择言，"哦，八十块……那可是我这辈子最大的一笔财富，用它换到了你呢。"这话太像《读者》，我感到了自己的愚蠢。人们都喜欢举那样的例子：当父亲与儿子掰手腕，儿子赢了，父亲会伤感。我觉得那并不完全准确,真实的情况是:当一个父亲,在儿子面前感到智力上的匮乏时,失败之感才真正兵临城下。

儿子早已露出一种懊恼的表情,克制着没有吭声。他飞快地瞥了我一眼,好像反过来同情我似的,他的眼睛非常奇怪地闪烁了一下,咬着嘴唇,欲言又止。他想要说什么?我再一次感到一阵熟悉的不安与忧虑……但最终,他只是站起来,抬脚走了。

听着他的皮鞋一声声走远,我心中失悔之极,方才,我真该克服害羞,坐到他身边,直接告诉他一个最冷酷的常识:不是他的生命卑贱,是所有的生命都一样卑贱。

1

Sophia推荐我看过一本书,介绍奢侈品。“很流行的,‘80后’必读、‘80前’也必读。”因为我总说她是“80后”,她现在叫我作“80前”。

我认真地看,并做了笔记,列下那些振聋发聩的品牌:价值五万人民币的万宝龙水笔;单瓶叫价五十万美金的极品法国红酒拉斐;宾利富豪概念车,仅购置税就相当于一辆奔驰320……总之,我知道,世上有一些人正在安然地享用它们,有一些人为之耗尽心血不择手段,另一些人,怀着仇恨与正义之心在批判它们,他们会这样加以类比:一件阿玛尼T恤,如果买成铅笔捐助失学儿童,可以用上一千年;一只最便宜的百达翡丽表是乡村教师二百年的工资;一套专为爱犬设计的伯百利冬装,相当于一个中国农民一生的穿着……

我被那些数字弄得眩晕了,物质世界永无止境的深渊真让人望而生畏,好像只要探头望一眼,就会失足摔死。可是,意义何在呢?我渴望着,能有另外一种标准、另外一张清单,可以定义或排列出情感生活的奢侈品。

当然,我知道,大多数人的情感生活,都是温饱水平,撑不了也饿不死,他们跟父母友爱,跟配偶相濡,跟一两个同事谈得拢,稍有富贵、姿色或机趣的,会有婚外交往,在暧昧情色中获得短暂欣悦……但真正的情感奢侈品应该是什么?我这样想——那些不合常情的、悬殊巨大的、前景危险的,约摸可算作一种奢侈品。

比如,我与Sophia之间,一个垂垂老矣,一个最好年华,像两种截然不同的树种,生物链般的相互供给与维系,与经济的、社会的、名声的、肉体的皆无关——难道不可以完全抛开那些吗,回到情感,回到悲喜,回到最朴素的感知,人们在交往中的小时光、给予对方的小爱怜,宛若一只新生的松鼠,在晨雾中从一个枝头跃向另一个枝头,那弹荡而惬意的短暂停留……

2

我与Sophia的交往,渐渐从室内移到室外,从夜晚扩展到白天。说起来这是自然而然,其实也是我有意引导——老实讲,主要还是儿子的节目,在公寓狭小的空间里,他那些来源不明、千奇古怪的声音,变成看不见的声波在墙壁与沙发间来回逡巡,简直像是无所不在的窥伺与嘲笑,总让我感到一阵阵紧迫与不安……

我曾假装无意地请求Sophia关掉收音机,她却同样假装随意地坚决反对:怎么啦,蛮好玩的呀!刚才,我猜出来两个呢,倒数第二个,是超市收银台的打印机声音,叽叽叽——叽叽叽。再前面一个,是用吸管喝罐装酸奶,快要吸空的声音,哈哈,怎么样!不过,昨天我猜错了,那个汽车刮雨器的声音……Sophia的回答更会让我感到一丝苦涩与失落,原来,她在教我电脑的同时,注意力全在儿子的节目上。

但走到室外，感觉就要好得多了——我们的活动主要是吃。不消说，这是Sophia的爱好，我日渐萎缩的胃口，一天所吃可能还抵不上Sophia的一顿。我解释说这是年纪，可Sophia坚持认为这是我吃的品种太单调太陈旧之故。“你应该吃点昂贵而乱七八糟的东西！”她宣布。比如，这周，Sophia决定带我去吃匹萨。

类似的体验，已经不止一次。味千拉面、快三秒、冰店、烧烤铺、火锅排档……通过她的眼睛看去，整条大街、整个城市似乎都是可食的，肮脏的街角，拥挤的广场，透明的幕墙背后，处处皆是肆意吃喝的所在。这些店铺里面，Sophia最垂涎于常青藤，这是家专门销售进口零食的商店——她可能是被那价格所激发了，八十块一条的巧克力！一百块一听的饮料！多么诱人！

记得去的那天我特意带上了工资卡，让Sophia尽管挑。她高兴极了，选了不少她平常舍不得买的德国甜圈、荷兰黑豆饼之类，一出店门便当街拆开品尝，而我，则在一边慈眉善目地看，有种混杂着父性与爱恋的柔情。

大太阳下，我无所事事，便拿起一包满是洋文的饼干来研究，算了算，里面每一块饼干刚好是二十块人民币。我下意识地撕开，取出一枚，对着阳光举起，它不透明，也无异彩。可有那么一瞬，我突然间觉得眼花缭乱，有种近乎癫狂般的迷醉——不是今昔对照、忆苦思甜的肤浅感叹，绝对不是！反而，这枚单价可观的饼干，让我油然而生出庞大的崇高感与庄严感，多么伟大的物质啊，我由衷地五体投地，欢呼它的所向披靡！

匹萨店里人头攒动，居然还得拿牌号等候。客人基本全是五颜六色的年轻人，我恨不得把自己花白的脑袋藏到腋下。人啊，就应当在什么岁数做什么事……Sophia觉察出我的窘迫，她善解人意一把挽起我的胳膊，自然地靠上来，这样果然好多了，我感到自己不再那么突兀——也不管别人可能会如何猜度我与Sophia的关系……

等待中，我倚着柜台看宣传单，蓝莓慕思、提拉米苏、卡布其诺、曲奇、布丁、宾治，一长串的泊来食品进入视线，译名里带有轻浮且甜腻的气息，图片上，它们以一种精确高效的方式组合排列，足以让我产生另一种逆反与抗拒——方才还略有些蠢蠢欲动的胃口，瞬间倒了。

胃口多么诚实！它不像大脑那样自欺欺人。我强烈地预感到：这店里的一切，我压根没法吃！它们离我饱受折磨、记忆炎凉的胃，实在太远了，远得就像我与这整个时代的距离。

当我们的盘子端上来，跟电视广告里一模一样，把比萨切成小块，用叉子挑起，融化了的芝士无限拉长，洋葱与鲜贝丁混杂起来的香味，奶油蘑菇汤上浮着面包屑——这一切，看上去都不坏。我却呆滞在那里。

“你怎么了？吃匹萨要趁热！” Sophia冲我瞪大眼睛，我感到她都快要骂我了。

“哦，我突然……牙疼得厉害。”我找了一个生理借口，老年人常犯的讨厌毛病，同时托起腮帮，像托起一颗蜷缩在五十年前的心。

3

但一到晚上，Sophia就不愿出去了，她总像在等待什么——等待的地点被指定在这间杂乱的合租公寓里，就算我不来的那些晚上，从她的只言片语里，我也可以得知：她一直呆在公寓里。这有点奇怪，Sophia毕竟正处在最好的时光，她应当像大街上的那些少男少女，喧哗匆忙，走来走去，跟这个见面、跟那个见面。

我没有问过Sophia，就假装她交际困难吧，所以她才会接纳我这么长时间——孤独到某种地步，人们就不会过分挑剔，就算是一只老狗侧卧在榻，也会心满意足。

现在，我们真正用在学习上的时间并不多，特别是儿子的节目响起，她就开始吃着我买来的各种零食，我则应她所求，随心所欲地讲一些旧事。有一次，我讲到计划生育与儿子的“八十块钱”，她笑啊笑的，一直笑出了眼泪——可我看出，那不完全是开心的眼泪。

现在，我越来越确信：她是个有深沉心思的姑娘。当我回忆往事，像个原罪者那样缓慢讲述，她会把目光长久地停在我的脸庞上，带着遥远的、走了神的激情——那激情，跟我及我口中的故事毫无关系。

有一次，她突然没头没脑地问：“你上次跟我说到的那个白薯，后来，有没有再碰到？一个人，到底怎么才能把初恋给忘了呢？”

“你是说……你没法忘掉你的初恋？”我听出弦外之音，立刻抓住。

“哪里，我的初恋……还没开始呢。你讲你的。”她匆匆笑了笑，催我往下讲。

是的，有一年回老家，猝不及防之中，我碰到了白薯。这一幕，我曾处心积累地加以提防——对初恋，最大的罪过就是重逢，我深知这一点，故很少回乡。但就在我退休的最后一年，儿子突然起了兴致，说要到我的故乡看看，顺便找点有趣的声音。受宠若惊般地，我当然应下。

于是我们便重现在我的乡村里。他把车停在路边，随便往田埂里走，因是冬季，我们的衣着并不鲜艳，很快融进大地……有一些人仍在地里劳作，棉花杆上最后一批青色的果子，绽出黄白色的花芯，他们要把这些果子摘下，扯出湿漉漉的棉花，在冬阳下尽可能晒干，勉强可以算上是最后一笔微不足道的收成。

儿子走到很深的地方，他举着吊杆话筒，要录大风呼啸刮过电线杆,录小羊在野外细弱的喊叫,录黄牛突然停下、一大坨粪便轰然坠地。

可能是为了询问什么,他与地里的一个女人攀谈起来。等到我们走近,他们已经说完了。我只瞥了一眼她的侧影,即刻认出,方才跟儿子搭话的农妇,尽管已是面目黝黑苍老,可的确是我的白薯——那个四肢瘦长、有着透明血管的少女!

往事在瞬间撞击而来。那座夕阳下的石桥上,最后的时刻,我违心地宣布我对红薯的喜欢,我背叛了她……

我迅速扭过头去,不要看!不要靠近,不能让她认出我来!同时,我也不应看清她满脸刀刻火灼的岁月印痕!包括她此际的侧影,如一个极易风化的标本,我应当马上毁掉!我只要记得她跟我的那一瞬间——雨天,她冰冷的指尖无意中从我的背上掠过。她冲我短暂而甜美地一笑。

4

"唉呀,可怜的'80前',原来,从头到尾,你的这场恋爱,就仅仅是一个微笑?然后,你就一直惦记了五十年?"Sophia大觉不可思议。

唉,她无法理解的,我也从未想过要她理解。

"真可怜!我来替白薯补偿你。"Sophia突地站起来,一边开始解她的衣服。

"你要干什么?"她不理我。黄色毛衣,树叶似的,以一个弧线飘落下去。

她不看我,只专注于脱衣服的动作,好像一打岔就会改变主意。最后,她褪去牛仔裤。现在,她只剩下内衣裤了,淡蓝,色泽柔和,却让我不敢睁开眼睛正视。

她摆出一个经典的三点式造型，这才开了口："好了，你不是在早操课上偷看过人家白薯吗？现在，就当我是她，完整地、好好地看看吧。让你的初恋像点样子！"

我想了想，听从了她，抬起头。

我想Sophia是在可怜我，我要收下这份礼物！有些人，终身都厌恶别人的怜悯，认为有所冒犯，可我不，怜悯与爱，不过是一墙之隔，我们不应当厚此薄彼。

看着这样的Sophia，看着她少女特有的单薄与青涩，美则美矣，我内心深处却涌起浓重的不安——

Sophia的躯体，塑像般匀称，亦像塑像那样带着悲哀的阴影。不，她一定不仅仅是为了同情我；她这个举动，冲动而缺乏逻辑，定有另一个我尚不能参透的原因，那是什么？

"好，谢谢你。我看到了……这确实是我想象中的白薯，她就是这个样子。Sophia，我的好孩子，把衣服穿上吧！"

Sophia没有坚持，她重新穿上衣服，脸色这才开始微微发红。她蜷缩在沙发上，带着一种体力上的疲惫。这么折腾了一下子，我感到她的悲哀变得明显了。

"现在轮到你了，也跟我说说你的故事吧。"

"我……哪有什么故事，要有故事，倒好了。" Sophia淡笑着，她在茶几上摸索，随便抓起一袋零食，往嘴里塞，散落下来的碎屑掉得满沙发都是。我忽然明白，她不是饿不是馋，她只是需要吃，就像整条大街上那么多好胃口的人们一样，他们需要"吃"这个动作——要么是胃里空，要么是心里空。而"吃"，似乎可以从形式上对付其中任何一个。

"那么说说这个——你怎么搬到这里，男男女女的挤在一块儿？跟父母闹叛逆？"从第一天我就想问了。她是本地人，看得出家境不坏，又是女孩子，似大可不必如此混居。

“嗨，叛什么逆呀，我不玩那个……其实，很简单的，你儿子不是总在电台里捣鼓各种声音让大家猜么，我蛮喜欢的啊！然后，就打听到他的住址，再想办法合租喽……就这么简单呗。”Sophia若无其事地看着我，然后慢慢地把目光移到零食上，伶俐地取出什么，再清脆地吃了。她显得多么镇定，好像她的小秘密还完好无缺！

我喉咙里突然涌上一股又腥又涩的液体，苦胆汁般的。

——Sophia每晚呆在屋里不肯出门，她每晚给手机定时，收听儿子的节目，她的MP3和小半导体，一打开来，就固定在儿子的节目上……原来，她一直都在等儿子。包括，对我的友好接纳，她耐心地听我说话、教我电脑、凝视我的脸，都是为了间接地寻找亲近儿子的途径，哪怕这完全是缘木求鱼！我算什么呢？就像我把她当作绳子，其实，我也是她的绳子！甚至，她愿意让我看看她的身体！

不过，这就对了嘛。老人与少女，我假想中的情感奢侈品，原来如此，原来如此啊。

半导体里，儿子正放出一段悉悉索索的录音，如此耳熟与亲切，像是男女宽衣解带，像是手指翻过脆薄的书页，像是脚步无情地贱踏过落叶。

Sophia突然振作起来，几乎是喜悦地、如遇知音般地喊：这是撕开零食包装袋！

七

1

我打定主意，为了Sophia，只要儿子回来，我就跟他好好谈谈……当然，一旦开口，我与少女的交往也就大曝于天下、面临未知的评判。我知这方式笨又蠢，且如以身饲虎，我将在儿子面前无地自容。

但没有关系，这就是代价，也是必须抵达的终点。事实上，可以说，这也是对我私人哲学的一次莽撞践行——

活到这个岁数，在其他各种事情上面，我的参悟都是以退为进、以弱挡强，求个无欲则刚。但对爱，我的体会却走向另一个极端：什么暗恋，什么单相思，什么只要付出不求回报，皆是无稽之谈，我觉得都是不真诚的。既是爱了，就要理直气壮地求“得”：得对方同等的垂怜与眷顾，得亲芳泽，得情意长，得手心手背连。这当中的真义，Sophia现在一定不懂，儿子也未必懂，他们大概还以为只要顺其自然——不对，人类的各种情感，尤其是爱情，是一种艺术，术便有其技、有其道。

儿子睁大他的双眼，接着紧紧闭上，像突然被强光射到似的——这便是他对Sophia暗恋他的反应？或者，是吃惊于我坦然剖白“地下交往”的老脸皮厚？

我等着他用主持人的伶牙利齿来对我大加指责，等了好久，他仍然闭着眼一言不发。

我小心翼翼地观察他，等待最好的时机，以便诠释乃至过度诠释我与Sophia的交往。这些话，已在腹中闷得太久，我会这样跟他一二三四地交待：首先从我抑郁的垂暮心境，惟恐被时代所弃的惶然开始；接着，也是最主要的，我让他考虑一下室友Sophia的爱慕，难道他从来没有感知？抑或是装作不知。第三，这整件事，就算我错，但Sophia没有错，她只是太过痴嗔，才辗转取道与我的交往……我一定要最大限度地推心置腹，以换取他最真诚的理解与回应……

我正半张嘴打算开头，儿子突然睁开眼，眼神略显空洞，语气慢条斯理。“你应该知道，为了我每晚的节目，除了现场采集，我还要在很多不便或不宜出现的地方布置采音线。比如，”儿子排开他的两只手，如数家珍，“公共厕所、地下通道、游乐场、动物园、停车场、泳池、教室、球场、饭馆之类，当然，也包括一些私空间，姐姐的厨房或是我公寓的客厅。”

他停了一口气，等我回过神。“是的，关于你和Sophia的一切，我一直都在场。甚至，每个周三，做节目途中，逢到广告时段与整点新闻，略作休息时，我都可以连线听听你们……”儿子沉吟着，最后又礼貌地补充道，“你当明白，我绝非有意如此，但碰巧就是这样。”

我扭过头去，脸色涨红得发疼，但内心却又感到一种奇异的轻松。这样也好，我什么都不必说了！

儿子点上一根烟，打火机照亮他的喉结：“说起来，你们俩倒真是给了我不少灵感：Sophia吃薯片或嗑瓜子，她玩PSP的嘀嘀嘀，水果榨汁机的刀片飞速旋转，你以一个初学者的僵硬与蛮劲使劲敲打键盘，包括你所说过的，五十年前，胶鞋踩入雨天的泥泞，铝饭盒在书包里碰撞敲打，碎玻璃落下深涧……只是，太遗憾了，你为什么要说出来？这就不好玩儿了。”

2

再一次跟Sophia见面，去途极为艰难，短短的两条街，我来回地散步，盯着橱窗后的塑料模特长久地思虑。我想设计一个温和的处理方式，妥当地结束 切，并避免伤及Sophia。

Sophia笑哈哈地来开门，仍是活泼的。她好像又洗了头，肩头有一些淡淡的水印。这让我强烈地忆起了我与少女的初次见面。“剪头或洗头，都可以让心情变一下。不信你试试！”她后来这样说过。

我坐下来，像从前那样，往桌上铺陈出一大堆美食。出于惯性，Sophia打开了一些，并恰如其分地表示了喜爱。接着开始教电脑:从网上下载电影及连续剧什么的。Sophia大力推荐一部叫《罗马》的美国长剧。“色情!暴力!”她用欢呼的语气这样介绍。

但这一切,皆显得拖沓和无精打采,像是被迫的、为了某种表演。儿子的节目同往昔一样,仍在客厅里播放着,他的声音,像是最先进的迷彩伪装,我听不出任何的喜怒哀乐。

Sophia听任线上的QQ好友不时发出咳嗽声与敲门声,突然直接谈到儿子,带着一种用力过度后的若无其事:“你知道的吧,你儿子上个周末搬走了。都没跟我打个招呼,我还是听另一个室友说的。”她不再理会那些零食,手指在膝盖上轻轻地敲着,直盯着我。

唉,我心中叹息一声,感慨而徒劳地往这个熟悉的小客厅四处环视,儿子是否留下了他的两根“采集”线?此刻他仍然在场吗,在另一头谛听?啊我希望如此,又害怕如此……对即将要开始的谈话,我感到前所未有的迷茫。

“哦,他也没跟我说他要搬走。”我在沉吟中开了口,一边用眼睛睃了一眼光电鼠标上一闪一闪的蓝光,一度,我特别讨厌这个眼睛一样的东西,但奇怪,此刻它突然给了我灵感。

“Sophia,还记得的吧,以前也跟你说过,我们父子,长期以来,不是很友好。在我面前,他总是非常骄傲,而我,则产生了对抗与攀比的心理,以及一种广泛的妒忌,你明白吗?除了一把年纪,我什么都没有,而他,什么都有。

“我很不服气。这样,就像你看到的,我全力构建并推动了与你的交往。我的目标是:他能做到的,我同样也可以。我故意在你面前强调自己的衰老,但我动用我往昔的苦难以及皱纹里的世故,以此来赢得你的信赖。本来,我还以为我成功了。”

Sophia不安地扭动了一下身子,想打断我,大概是要责怪我不该动这种糊涂心思,我冲她武断地摆摆手,接着往下说。

“但这个幻象,在上个星期三被打破了,当你不小心流露出对我儿子的情感。”她又要张口分辩,我再次挥手。“这跟你没关系。整个事件,归根结底,其实是父子关系,你明白吗?

“好,现在进入最核心的部分。我们父子长期以来的淡漠与敌意,其实,那只是表面,像繁密的浮萍,如果用手轻轻拨开,你会发现,下面有极为清洌的深水。

“我对儿子和盘道出了你的心思,我本来是想帮你一把。可是,你也看到我儿子的选择了!世界上没有比他再懂得父亲的儿子了——他干脆地退出了,让给我一个完整的空间、一个长长的台阶,供我体面地慢慢下来……现在,你能懂了吧?他为什么突然就搬走了?”

Sophia眨着她的眼睛。我想她应该可以听懂这肤浅的情节:一个不服老的荒唐父亲,一个突发孝心的儿子,然后,他们成为尚未发生的情敌……对一个少女来说,这是说得过去的解释,甚至颇为浪漫和戏剧化。

果然,隔了一会儿,像一块奶酪慢慢融化,Sophia终于露出羞恼而难以置信的笑,她蹦起来,在我头上胡乱地敲了几下:“你呀,拿我做什么靶子!再说,你为什么要告诉他,你让我以后怎么好意思见他,这下彻底没戏了……”

3

时间差不多也就结束了,我与Sophia愉快而轻松地道别。我们照例没有提及下一次的授课时间,因为那是约定俗成的,根本不必特意提起。

可是我知道,我不会再去见她了。这是最好的戛然而止。

附近的街心公园里,找到一条僻静的木头长椅,我坐下来,感到无限的孤独,比认识Sophia之前还孤独、比跟儿子闹翻那天还孤独。

如同谎言重复一千遍后的后怕，刚才与Sophia的谈话，仍然停留在我的耳边，乃至变为某种回声与嚣叫，形成一种凝滞且令人憋屈的压力，如同冷热两股气流，把我托举在半空，危危欲坠。

热气流。我所脱口而出的那个解释——我对儿子的理解，会不会，正是事情的真相？儿子，他其实真的是体察我、明白我的？他知晓一切但保持沉默，只是为了让我能够心安理得地继续保持与Sophia的交往……可是，这假设又完全是个巨大的黑洞！我该相信吗？该往里跳吗？幸福地、带着对天伦之乐的信仰而跳下去？

冷气流。现在，在Sophia面前，我把自己说成了一个可笑而不自量力的追求者——而这，根本不是我与她情谊的实质所在。这让我很别扭，在我们的最后一次见面中，我亲手毁坏了我们曾经的那份自在与坦然。我们的友谊，就此以一个暧昧的结局烟消云散了。

对了，还有儿子，他可能同样听到了我这个版本的解释，他又如何看待这样的父亲、父亲口中的他以及我所构画的父子情谊？

如此隔阂啊。我实在难过得很。

一只肮脏的野猫跑来，在我四周打着圈，最终，它蜷缩在木椅下方睡去，发出轻微的呼呼声。我突然想起儿子曾经拿回家的那毛茸茸的采音话筒，真想打个电话给儿子啊，让他过来，坐到我身边，带着他完整的录音设备，贴近我的心跳，贴近他自己的心跳，贴近Sophia的心跳，甚至，再贴近这野猫的心跳，贴近所有空荡荡的怀抱，分辨那些心跳里细小的焦渴与呼唤……然后，放到他的节目里去，让这世界上的人们听听！我一定会打电话参与的，并固执地为之命名为“饥饿”。

一连串混乱的联想突然让我泛起一阵久违的胃酸，我强烈思念起五十年前，那个雨天的灶间，一个少女所塞给我的黑疙瘩。

我走出去，走到最近的一家小食铺，对着殷切相迎的店员，无视她莫名惊诧的目光，喃喃念叨：玉米馍馍地瓜粥高粱小米荞麦面……随便哪样，你们有吗？我想来上一点。